DELPHINE GIRAUD

Delphine Giraud vit en Vendée avec son mari et ses deux enfants. Assistante de direction, elle est passionnée de lecture et d'écriture depuis sa plus tendre enfance. Son premier roman, *Six ans à t'attendre*, connaît un incroyable succès depuis sa parution sur Internet en 2018, puis chez Fleuve Éditions en 2019. *Doucement renaît le jour*, son deuxième livre, a paru chez le même éditeur en 2021. En mai 2022, elle publie son troisième livre, *Les Couleurs du silence*, chez le même éditeur.

SIX ANS
À T'ATTENDRE

ÉGALEMENT CHEZ POCKET

SIX ANS À T'ATTENDRE

DOUCEMENT RENAÎT LE JOUR

DELPHINE GIRAUD

SIX ANS
À T'ATTENDRE

fleuve
ÉDITIONS

MIXTE
Papier issu de
sources responsables
FSC® C003309

Pocket, une marque d'Univers Poche,
est un éditeur qui s'engage pour la préservation
de l'environnement et qui utilise du papier fabriqué
à partir de bois provenant de forêts gérées
de manière responsable.

Cet ouvrage a paru dans une première édition publiée
par Librinova en mai 2018.

ISBN : 978-2-266-30806-9
Dépôt légal : juillet 2020

Aux trois hommes de ma vie.

« L'espoir est le dernier à mourir. »
(Proverbe brésilien)

« Tôt ou tard un secret partagé se révèle. »
(Pierre-Claude-Victor Boiste, *Dictionnaire universel*, 1800)

PROLOGUE

L'air est encore un peu humide, mais pour la première fois de la journée, le soleil pointe à travers les nuages gris de cette deuxième quinzaine de mars. Rachel lui offre son visage. Mais ici, profiter de ses rayons est moins agréable qu'à la maison, car il suffit d'inspirer pour s'apercevoir que l'atmosphère n'est pas pure. L'odeur des pots d'échappement devient vite étouffante, et le grondement sourd de cette vie foisonnante tout autour d'elle, un cauchemar pour les oreilles.

À Paris, la foule compacte qui se presse sur les trottoirs après une journée de travail contraste avec le calme bienfaisant de la campagne vendéenne, dont a l'habitude la jeune femme. Elle soupire, mais songe qu'elle n'est pas là pour longtemps de toute façon. La porte claque en se refermant derrière elle, ce qui la tire de ses rêveries nostalgiques. Elle s'avance dans la rue bruyante, s'éloignant de l'immeuble bourgeois de son client pour rejoindre son hôtel à quelques mètres de là. Aujourd'hui, M. Latour s'est montré particulièrement bavard, et Rachel sent poindre un lancinant mal de tête. Serrant sa sacoche avec son coude, elle se masse les tempes. Rachel et son client ont passé la journée dans le séjour de l'appartement, qui manque cruellement de lumière, à essayer de rafistoler les souvenirs éparpillés et désordonnés de M. Latour.

D'ordinaire, Rachel ne se déplace pas chez ses clients. C'est à eux de se débrouiller pour venir la voir dans le petit bureau qu'elle s'est aménagé dans le domaine familial, depuis qu'elle est devenue biographe. Écrire pour les autres, retracer leur vie, faire vivre leurs mémoires, c'est ce à quoi elle s'applique tous les jours. Si Rachel a accepté cette fois d'écorner sa déontologie, c'est d'abord parce que l'une de ses anciennes clientes lui a demandé d'écrire pour son frère, qui n'est autre que M. Latour, respectable et respecté septuagénaire, icône du monde de la mode. Le vieil homme n'aime plus beaucoup se déplacer. Mais aussi et surtout – cela, Rachel a un peu honte de l'avouer – parce qu'il lui a offert une coquette somme pour qu'elle mène à bien son projet. Ce qu'il s'est engagé à lui payer équivaut à peu près à l'écriture de trois biographies. La jeune femme se sent dans l'obligation de se surpasser.

Rachel sent – plus qu'elle ne l'entend, à cause du brouhaha ambiant – son estomac crier famine au creux de son ventre. Elle se demande si elle ne ferait pas mieux de rebrousser chemin pour essayer un autre restaurant que celui de la veille. Le petit boui-boui dans lequel elle a voulu se détendre hier soir ne possède que l'avantage de se situer à un pas du Repos parisien. La cuisine n'y était vraiment pas fameuse. Comme pour couper court à son indécision, une grosse goutte vient s'écraser sur sa joue. Elle ferait bien de se dépêcher, si elle veut éviter la saucée. Elle n'aura pas le temps de dénicher un meilleur endroit pour ce soir.

Tant pis, ce sera pour demain.

La foule se presse un peu plus sur le trottoir.

À cet instant, qu'est-ce qui pousse Rachel à lever les yeux et à tourner la tête sur la gauche ? Lorsqu'elle y repensera, encore et encore, les jours qui suivront, elle ne trouvera pas de réponse à sa question. L'intuition féminine, peut-être. En tout cas, mue par cette espèce de force de la nature – *le destin ?* – Rachel regarde dans la direction des beaux immeubles en pierre datant du XIXe siècle. Une porte s'ouvre au même moment. Avant même de distinguer nettement la personne qui sort du bâtiment, elle devine de qui il s'agit. Elle le reconnaît… d'instinct. *C'est lui…*

Et son cœur cesse de battre un instant, puis repart à une cadence effrénée. Les Parisiens qui la frôlaient jusqu'alors la bousculent à présent. Elle s'est arrêtée en plein milieu du trottoir, sans crier gare. Pour autant, elle ne bouge pas. Parce que, tout simplement, elle ne peut pas. Ses pieds refusent d'avancer. Ses jambes ne lui obéissent plus. Son cerveau est figé lui aussi sur une interrogation qu'elle a envie de hurler :

Pourquoi Vincent est-il ici, alors qu'il était censé être mort ?

Le sang reflue de son visage, ses oreilles bourdonnent, ses jambes flageolent. Le monde autour d'elle devient flou. Il est le seul qu'elle voit nettement. De sa démarche chaloupée, il avance tout en remontant frileusement le col de son pardessus, la dépasse puis continue sa progression, sans même s'apercevoir qu'il est observé. Elle est incapable d'esquisser le moindre mouvement. Comme dans un mauvais rêve où elle serait devenue muette, elle ouvre la bouche, mais aucun son ne sort. L'état de choc. Les interrogations. L'incapacité de penser que tout cela puisse être vrai. Puis la certitude. Cette intuition profonde et puissante qui lui souffle qu'elle ne se trompe pas. Que malgré toutes les questions suscitées par cette résurrection, c'est bien lui qui déambule dans les rues de la capitale. Et l'espoir. Le sang qui rosit de nouveau ses joues. L'air qui emplit ses poumons en gonflant sa poitrine d'espérance.

La vie reprend son cours autour d'elle, avec un goût un peu différent. Les gouttes d'eau glacée sur son visage et ses mains, les coups de klaxon, le vrombissement des moteurs. Tout lui parvient de nouveau avec netteté. Et ses pieds avancent l'un après l'autre, se mettent à courir, à voler, presque.

En jouant des coudes, elle se précipite vers ce passé ressurgi de nulle part, vers cet impossible devenu possible…

1

Rachel regarde au-dehors la pluie qui tombe drue, sans discontinuer depuis plusieurs jours. La flambée dans le poêle lui rappelle que le printemps n'est pas encore là et qu'il faudra patienter encore un peu avant de pouvoir se découvrir. Elle en a assez, et sent l'impatience courir sous sa peau. Pour évacuer la tension qui l'habite, elle file à la cuisine et fouille dans les placards à la recherche d'un plat où verser le sachet de cacahuètes qu'elle tient dans les mains.

— Pas ici, la réprimande gentiment sa mère. Dans celui de droite. Aurais-tu la tête ailleurs, Rachel ?

Clotilde s'approche, et tend la main doucement vers le visage de sa fille, pour écarter les mèches de cheveux roux de ses yeux. Rachel se dégage en faisant mine de chercher dans le placard indiqué.

— Tu as mauvaise mine, ma fille. L'air de Paris ne te réussit pas du tout, on dirait.

Une ride soucieuse s'installe entre ses yeux, vite éclipsée par un sourire, à l'entrée tonitruante de son autre fille.

— Salut, la compagnie ! Tiens, Rachel, tu es rentrée ? Tu aurais pu passer au loft me chercher, on n'aurait fait qu'une voiture !

Rachel ne relève pas la remarque. Connaissant Carole, elle sait qu'il ne s'agit pas d'un reproche.

Carole étreint sa sœur, puis la contemple en la tenant à bout de bras.

— C'est quoi, ces cernes sous les yeux ? Tu as vraiment bossé pendant trois jours, ou bien M. Latour t'a fait faire le tour des boîtes de nuit de la capitale ?

Ses paroles sont empreintes d'humour, mais le regard de Carole se fait soupçonneux et réellement inquiet à mesure qu'elle observe sa jumelle. Elle sent que quelque chose lui échappe, mais elle ne parvient pas à saisir quoi. La réaction de Rachel est loin de la rassurer.

— Non, non, tout va bien…, maugrée-t-elle de façon presque inaudible. J'avais du travail, c'est tout.

— C'est justement ce que j'étais en train de lui dire, insiste Clotilde en levant un sourcil pour signifier qu'elle attend des explications.

— Je suis un peu fatiguée, c'est tout.

Rachel vide le sachet de gâteaux apéritifs dans le ramequin, puis se dirige vers la salle à manger. Alors qu'elle se tient devant la porte, Cécile fait irruption dans la cuisine, avec un gâteau dans chaque main.

— J'apporte le dessert, attention ! Salut, Clotilde ! Salut, les Juju !

Elle embrasse chacune d'entre elles de deux baisers sonores sur les joues.

— Salut, Tata ! fait Carole, enjouée. Une charlotte au chocolat et une tarte à la noix de coco ! On est gâtés aujourd'hui !

Elle se lèche les lèvres et fait mine de mettre un doigt gourmand sur la charlotte. Cécile lui assène une petite tape sur la main.

— Pas touche, ma grande ! J'ai dit que j'avais apporté le dessert ! On n'a pas encore mangé, à ce que je sache !

— Où sont les hommes ? demande Clotilde.

— Dans la salle à manger. Ton frère a offert à ton mari une bouteille de vin d'un nouveau producteur des environs. Tu penses qu'il est déjà en train de l'observer sous toutes les coutures pour voir s'il est meilleur que le sien !

Clotilde glousse tandis qu'elles entrent dans la salle à manger. Philippe, viticulteur de son état, est bien en train d'étudier avec concentration la robe pourpre et cristalline. Il hume son bouquet, fait tourner le liquide dans le verre ballon. Visiblement un peu contrarié par la qualité du nectar, il repose son verre et s'avance vers les femmes, prenant Rachel par les épaules pour l'embrasser sur les deux joues.

— Ça va, ma grande ? Tu as l'air fatiguée.

Rachel soupire avec humeur.

— Oh non, pas toi, Papa, s'il te plaît. Tu ne vas pas t'y mettre aussi !

— Qu'est-ce qu'il y a, Rachel ? Ils t'embêtent tous ? Mais laissez-la donc un peu tranquille, elle revient de trois jours de travail à Paris ! Vous croyez que c'est reposant, la capitale ?

Sa tante la défend avec véhémence, mais déjà Rachel n'est plus à ses côtés. Elle est allée voir Grand-Ma, qui, assise dans un fauteuil près de la fenêtre, observe la scène en silence. Elle tend la main vers la vieille dame pour l'aider à se relever et la guider vers la table.

Grand-Ma prend la main tendre dans la sienne, et se laisse conduire jusqu'à la chaise. Elle s'assoit et sourit à sa petite-fille avec bienveillance. Le sourire n'est plus le même qu'autrefois. Fatigué, moins enthousiaste, timide, même. Lorsque la vieille dame reste silencieuse, Rachel a parfois du mal à savoir si sa grand-mère a toute sa tête. Les phases de brouillard se font de plus en plus nombreuses ces derniers temps. Plus longues aussi. Sophie, que la famille a embauchée depuis deux ans pour s'occuper de la vieille dame durant la journée, leur confie souvent des régressions troublantes. Le soir, ce sont les enfants qui prennent le relais pour veiller sur Grand-Ma. Pour cela, le domaine facilite les choses. Ici, tout le monde vit ensemble, ou presque.

Le domaine est composé de quatre grandes bâtisses. Trois d'entre elles forment un U. Dans le bâtiment du centre, le plus haut, qui fait face au grand portail, vit Grand-Ma. L'édifice, sur deux étages, a été restauré une dizaine d'années plus tôt, si bien que les pierres sont du plus bel effet, leur blancheur tranchant joliment avec le bleu azur des volets. Autrefois, les fenêtres étaient toutes agrémentées de jardinières aux beaux jours. Grand-Ma choisissait les fleurs aux couleurs les plus éclatantes et aux parfums les plus agréables, si bien que lorsqu'elle ouvrait les fenêtres, sa maison humait toujours bon le printemps. Mais Sophie n'a pas la main verte de Grand-Ma, et elle n'a disposé qu'une jardinière devant la fenêtre de la cuisine, garnie de plantes aromatiques.

Dans les deux longères disposées à droite et à gauche de l'imposante demeure, vivent respectivement Clotilde, avec son mari Philippe, et son frère Adrien avec sa femme Cécile. Les petits-enfants ne vivent plus au domaine depuis longtemps, mais les filles y viennent tous les jours, d'abord parce qu'elles y travaillent. Dans le quatrième bâtiment, vieille grange rénovée, un peu plus à l'écart des habitations, Rachel s'est installée un petit bureau dans lequel elle vient écrire et où elle reçoit ses clients. Elle a souhaité que cette pièce soit parfaitement insonorisée, car l'autre partie de la grande bâtisse sert à Carole de salle de danse, où elle donne ses cours et s'entraîne pour ses compétitions.

Lorsque Grand-Pa était encore vivant, il aimait s'installer dans une chaise longue sur la terrasse, avec sa pipe et un bon livre, et regarder les trois gamins courir autour de lui. Souvent, Gautier, le fils d'Adrien, se disputait avec Carole. Les deux enfants avaient un caractère bien trempé et ne pouvaient rester en place cinq minutes. Ça se taquinait, ça se criait dessus, et le grand-père levait un œil de son livre à contrecœur, prêt à intervenir. Mais il savait que, bien souvent, il n'aurait pas à le faire, car c'était Rachel, sa douce et réfléchie petite-fille, qui jouait les arbitres. Elle les obligeait à faire la paix, et comme ils ne voulaient ni l'un ni l'autre la contrarier, ils passaient à autre chose.

Grand-Pa avait repris la banque que son père avait créée, il était souvent absent ; aussi mettait-il un point d'honneur à consacrer ses dimanches à sa famille. Ainsi avait débuté la tradition des repas dominicaux, que les petits-enfants avaient toujours connue. Et même si Grand-Pa était mort depuis bientôt six ans, la tradition se perpétuait.

Grand-Pa avait toujours donné le sens du vent pour guider le clan. Malgré sa taille moyenne, il possédait un immense charisme, porté par sa voix grave et profonde dès qu'il ouvrait la bouche. Il n'avait qu'à se mettre à parler pour que les murs tremblent. Mais s'il effrayait les nouvelles recrues de la banque d'un seul regard, noir et perçant, ses petits-enfants n'avaient jamais eu peur de lui. Grand-Pa était de ceux qu'on n'oublie pas, car il était bon et sincère. Juste, aussi. L'amour qui le liait à Grand-Ma avait été le pilier de toute leur vie. André Charrier avait rencontré Madeleine plus d'un demi-siècle auparavant, un soir d'été, dans le jardin de ses parents à elle, qui étaient alors des connaissances de ses propres parents. Il en était tombé amoureux instantanément. Sa blondeur, ses grands yeux verts, ses taches de son. Son sourire si lumineux. Tout en elle l'avait charmé. Ils s'étaient mariés très vite. Et malgré le tempérament impétueux de Madeleine, André n'avait eu de cesse de l'admirer toute sa vie. Elle était si mystérieuse et tellement douée dans l'art de la peinture ! Elle ne se plaignait jamais, et jouait à la perfection son rôle d'épouse et de mère, puis celui de grand-mère. Ensemble, ils avaient aimé la vie.

Rachel coupe la viande en petits morceaux dans l'assiette de Grand-Ma. Elle lui en a mis un peu trop pour qu'elle remplisse ses joues émaciées, sans grand espoir néanmoins. Clotilde discute avec véhémence avec sa belle-sœur :

— Tu te souviens de Marie-France ?

Comme Cécile lève un sourcil :

— Mais si… la dame qui achetait souvent des tableaux à Grand-Ma, et que j'ai eue comme cliente…

Le visage de Cécile s'éclaire enfin :

— Eh bien, figure-toi qu'elle divorce ! Je lui avais bien dit que, dans cette nouvelle maison, cela risquait de ne plus être comme avant avec son mari. Cette poutre au-dessus de leur lit qui passait juste entre les deux époux ! Elle n'a jamais voulu la repeindre en blanc ! Eh bien, voilà : quelques années après, ils divorcent ! Je l'avais prévenue pourtant !

Rachel croise le regard de sa sœur et les deux filles lèvent les yeux au ciel. Elles détestent l'une comme l'autre ces histoires de feng-shui. L'orientation du lit pour un meilleur sommeil, cela passe encore, mais depuis que Clotilde, décoratrice d'intérieur, s'est spécialisée dans l'art de vivre avec son environnement, il y a des éléments auxquels elles ont plus de mal à croire, comme éviter les tables de chevet aux angles droits, ne pas dormir avec des livres en face de soi… Pour autant, même si les jumelles font mine d'être agacées par ces théories, elles vérifient toujours que les objets soient disposés comme il faut dans leur propre intérieur.

Soudain, la porte d'entrée claque avec fracas. Rachel soupire de soulagement. Elle avait cru un instant qu'il ne viendrait plus. Gautier entre précipitamment, en tirant sur ses manches pour ôter son blouson de cuir.

— 'lut la compagnie !

— Eh ben ! On ne t'attendait plus ! Tu faisais quoi, bon sang ?

Carole l'embrasse sur la joue tout en se dirigeant vers la cuisine avec un saladier vide. Gautier lui envoie un coup de poing amical dans les côtes et lui tire la langue sans répondre. Ces deux-là n'ont jamais vraiment cessé leurs chamailleries…

— Tiens, Gautier, goûte-moi donc ça, dit Philippe tout en remplissant son verre de vin. Un petit viticulteur du coin… Tu m'en diras des nouvelles.

Philippe accompagne son commentaire d'un rictus amer, ce qui fait sourire son neveu.

Le repas s'étire, animé. Rachel reste silencieuse, absorbée dans ses rêveries. À l'intérieur, pourtant, elle bouillonne. Elle n'attend qu'une chose : se retrouver seule avec sa sœur et son cousin, pour leur faire part de l'impossible. Elle saisit l'occasion de s'éclipser du séjour lorsque la table est débarrassée et que Cécile supplie Carole de lui montrer l'une de ses dernières danses. Carole s'exécute en musique. Rachel sait comment cela va se terminer : comme toujours, sa mère et sa tante vont tenter d'imiter Carole. Et comme d'habitude, Philippe va enchaîner d'autres chansons, et l'après-midi se terminera en dancing.

Rachel se dirige vers le salon et se laisse choir dans le fauteuil club beige le plus confortable. Elle soupire et ferme les yeux, se concentrant sur le flic flac régulier des gouttes d'eau qui viennent s'écraser sur la fenêtre. Bientôt, une porte grince doucement, un pas approche, et un bras l'enlace. Elle ne prend pas la peine de tourner la tête. Elle sait de qui il s'agit. Elle les connaît tous par cœur.

— Qu'est-ce qui te tracasse, p'tite sœur ?

C'est Gautier, qui aime appeler sa cousine ainsi. Rachel tourne la tête dans sa direction et plante ses yeux dans les siens. Le regard de Gautier est bienveillant. Elle décèle cependant une petite pointe d'inquiétude au fond des prunelles vertes. Lui aussi la connaît par cœur. Un détail lui échappe, mais il sent bien que quelque chose ne tourne pas rond.

Tout à coup, la porte grince à nouveau.

— On ne m'attend pas pour faire des messes basses ? raille Carole en refermant doucement la porte derrière elle.

Elle s'installe dans le canapé face à sa sœur, et la fixe intensément. Elle veut savoir, et ne lâchera pas le morceau. Rachel se demande comment elle va leur annoncer la nouvelle ? Faut-il y aller en douceur ou dans le vif du sujet ? Finalement, elle choisit de mettre les pieds dans le plat :

— Je l'ai vu.

L'annonce tombe. Le temps s'étire un peu. Gautier fronce les sourcils.

— Qui ? demande Carole.

Bien sûr : qui ? Comment peuvent-ils comprendre ? Cela fera bientôt six ans que Vincent est censé être mort, et cela fait désormais suffisamment longtemps que Rachel va mieux, pour ne pas songer, même en rêve, à cette hypothèse insensée.

— Vincent. J'ai vu Vincent, déclare-t-elle avec force.

Dans le regard de Carole, Rachel lit l'incompréhension. Et le malaise aussi. La jeune femme frotte ses mains entre ses cuisses l'une contre l'autre, et se tourne vers Gautier pour croiser son regard. Celui-ci passe une main devant sa bouche pour frotter sa barbe naissante. Il est mal à l'aise également. Rachel sent la colère monter. Ils ne la croient pas. Ils ne lui font pas confiance.

— Rachel…, commence Carole, hésitante. Tu sais bien que c'est impossible…

— Je vous dis que je l'ai VU.

Rachel se lève pour donner plus de poids à ses paroles. Elle fait quelques pas, puis vient se rasseoir.

— Je l'ai croisé à Paris.

— Arrête tes conneries, p'tite sœur…

Gautier n'aime pas froisser Rachel. Plus réservée que sa sœur, plus introvertie, plus fragile aussi. Il n'a jamais voulu lui faire de mal. Rachel fait toujours attention aux gens qui l'entourent, alors Gautier fait également attention à elle. Pourtant, il ne peut retenir son commentaire. Il ne veut pas entendre parler de l'impossible. Comment peut-elle avoir vu Vincent ? Elle se trompe, c'est certain.

— Je vous JURE que c'est vrai.

— Ne jure pas…

— Si, je jure ! Je jure, précisément parce que vous savez que je n'aime pas ça. Comme ça, vous comprendrez que je ne raconte pas d'histoires…

— Mais bien sûr que tu ne racontes pas d'histoires. On ne doute pas de ta sincérité. Et… que t'a-t-il dit ?

— On ne s'est pas parlé… Je l'ai vu, mais lui ne m'a pas vue.

Le regard de Carole croise une fois de plus celui de Gautier, et elle serre les lèvres. Comme si ces paroles attestaient que Rachel a définitivement sombré dans la folie.

— Tu sais que ça ne peut pas être lui.

Carole se met à genoux devant sa sœur et lui prend la main. Gautier vient appuyer ses paroles.

— J'ai entendu dire qu'on a tous notre sosie quelque part. Tu as dû rencontrer celui de Vincent… Même si tu es bien la dernière personne à qui ça aurait dû arriver…

Il termine sa phrase en maugréant, comme pour lui-même.

— C'était bien Vincent, j'en suis absolument certaine. Dès que je l'ai aperçu, j'ai été prise d'une certitude absolue.

— Oui, mais ça t'est déjà arrivé, ma chérie, de croire que tu le voyais…

— C'est arrivé combien de fois ? se défend Rachel avec véhémence. Deux fois, en six ans. Et uniquement au lendemain de l'accident, dans les quelques mois qui ont suivi. Je vais mieux, maintenant. Cela fait si longtemps qu'il n'est plus là… Je m'étais fait une raison. Pourquoi est-ce que je me replongerais soudainement dans ce passé qui m'a fait si mal ?

— Parce que tu as croisé son sosie…, insiste Gautier.

— C'était lui… La même démarche, les mêmes yeux bleus. Son regard n'a pas croisé le mien, mais j'ai distingué ce bleu… si pur, si cristallin… Personne n'a des yeux comme ça !

— Mais il a été déclaré mort, Rachel !

— Comment se fait-il qu'on n'ait jamais retrouvé son corps ? contre-attaque Rachel. Vous ne me croyez pas, parce que ça ne colle pas avec ce que nous avons pensé durant toutes ces années. Je vous assure que je ne suis pas folle. J'ai vu l'impossible, et je veux comprendre. Laissez-moi vous raconter comment ça s'est passé, et ensuite vous jugerez. Mais ne comptez pas sur moi pour abandonner. Quoi qu'il m'en coûte, avec ou sans vous, je retrouverai sa trace.

*

Rachel court à en perdre haleine. Ses yeux sont rivés droit devant elle, vers l'homme à la démarche chaloupée. Se frayer un chemin à travers la foule compacte n'est pas aisé, mais Rachel n'a qu'une idée en tête : tenter de réduire la distance qui la sépare de Vincent. La haute taille de celui-ci est un atout pour Rachel, qui peut le repérer plus facilement, mais aussi un inconvénient, car en quelques enjambées, il a tôt fait de la semer. Elle tente d'accélérer sa course. Elle a envie de hurler pour qu'on la laisse passer.

Vincent a disparu de son champ de vision. Elle regarde partout, mais elle ne le voit plus. Comme elle arrive à un carrefour, elle devine qu'il a dû tourner. Mais de quel côté ? Sans prendre le temps de réfléchir, elle tourne à gauche. « Boulevard Haussmann », lui indique un panneau. Elle se remet à courir, puis traverse la rue sans crier gare. Son audace imprudente est accueillie par un concert de klaxons. Rachel s'arrête net au milieu de la chaussée, puis recule pour rejoindre le trottoir qu'elle vient de quitter. Elle a manqué de justesse de se faire renverser. La panique l'envahit peu à peu. Elle vient de retrouver la trace de l'homme qu'elle a aimé si fort, et à peine l'espoir l'a-t-il gagnée, que de nouveau la perte se fait ressentir, plus cuisante encore.

Il faut qu'elle se ressaisisse, car elle est en train de perdre pied. De la même façon que lorsqu'elle a appris qu'il avait disparu et qu'il avait eu un accident. Ce sentiment de ne plus rien contrôler, de devoir subir sans pouvoir agir. Elle s'est juré de ne plus jamais vivre ça. On ne décide pas les événements que la vie nous impose, mais la façon dont on les affronte.

Alors, elle choisit de prendre son destin en main, et, une expression volontaire affichée sur le visage, elle se met à marcher vers où ses pas la guident. Elle déambule ainsi durant une bonne heure. Parfois, elle entre dans des boutiques qu'elle parcourt du regard avant de ressortir bredouille. Elle entend de vagues « Je peux vous aider ? », auxquels elle ne répond même pas. Soudain, elle s'arrête. Ses chaussures à talons la font atrocement souffrir. Elle n'a aucune idée de l'endroit où elle se trouve. Les lampadaires éclairent la rue, et la nuit est tombée. Il pleut toujours, et elle a froid. Depuis combien de temps grelotte-t-elle ? Elle n'a plus de raison de poursuivre ses recherches à l'heure qu'il est. Où qu'il se trouve, Vincent est sans doute bien loin. Il faut qu'elle rentre au Repos parisien. Rachel fait demi-tour et poursuit sa marche solitaire, sourde aux douleurs lancinantes qui irradient dans ses chevilles. Absorbée dans ses pensées, elle finit par tomber par hasard sur le panneau « Boulevard Hausmann ». Elle soupire de soulagement. Dans quelques minutes, elle pourra s'allonger et plonger dans le sommeil. Son estomac, qui criait famine tout à l'heure, est à présent obstrué par une boule qui ne laissera rien passer.

Harassée, Rachel retrouve enfin le calme de la petite chambre qu'elle affectionne, car c'est le seul endroit ici qu'elle s'est un peu approprié. Après avoir nettoyé et pansé ses ampoules sanguinolentes, la jeune femme se laisse choir sur le petit matelas douillet. Elle éteint la lampe en soupirant. Tant de questions lui viennent à l'esprit ! Pourtant, elle est si lasse que ses yeux ne tardent pas à papillonner dans le noir. La dernière image qu'elle voit au-delà de ses paupières closes est celle de deux prunelles bleu glacier, semblables à celles des huskys.

Rachel est allongée dans l'herbe fraîche. Elle ferme les yeux. Le visage offert aux rayons du soleil, elle se laisse bercer par cette délicieuse fin d'après-midi. Soudain, des lèvres effleurent les siennes avec une grande douceur. Elle ouvre les yeux, et sa bouche se fend d'un franc sourire, alors qu'elle lève les bras pour les passer autour du cou de Vincent. Il s'écarte un instant, et le soleil qui reparaît brusquement lui fait plisser les yeux.

— Bon anniversaire, chuchote Vincent.

Rachel sourit de plus belle, incapable de se débarrasser de cette joie contagieuse qui la submerge lorsqu'elle est avec lui. Cela fait dix ans ce jour-là qu'ils se sont rencontrés. Elle tâtonne sur sa propre poitrine à la recherche du pendentif qu'il lui a offert à cette occasion. Pour la énième fois de la journée, elle admire la petite clé en or blanc. *La clé du bonheur*, a-t-il dit.

Rachel pivote sur le côté et s'aide du coude pour se relever. Elle s'assied et s'adosse au pied de l'arbre. Leur arbre. Au-dessus de sa tête, elle sait ce qu'on peut y lire. Il y a dix ans, alors qu'ils étaient encore adolescents, Vincent a gravé dans l'écorce de cet arbre, à l'aide de son couteau suisse, leurs initiales entourées d'un cœur. R+V. *Que de mièvreries !* s'était exclamée Carole. Mais Rachel était fleur bleue, et Vincent aimait lui faire plaisir. Depuis, cet arbre est devenu leur endroit rien qu'à eux, ce havre de paix au pied duquel ils aiment se retrouver. Même s'ils vivent à présent ensemble, ils continuent à venir ici de temps en temps aux beaux jours. C'est si agréable de se sentir de nouveau comme des adolescents !

Tout à ses pensées, Rachel tourne la tête pour regarder Vincent. Mais il a disparu. L'atmosphère aussi a changé. Le soleil est caché par des nuages gris, et le vent s'est levé. Un vent qui lui glace les os.

Elle serre son pendentif d'une main et se sert de l'autre pour se relever. Elle tremble, incapable de lutter contre l'angoisse qui l'étreint.

— Vincent ?

Sa voix rauque la fait sursauter. Seul le sifflement sinistre du vent lui répond.

— Vincent ! se met-elle à crier. Vincent ! Où es-tu ? Vincent ! Ne me laisse pas toute seule !

La panique l'envahit, tellement sourde qu'elle ne peut contenir.

Tout à coup, alors qu'elle tourne la tête, elle la voit : grise et triste. Toute simple, sans fioritures. Une tombe rectangulaire, au milieu de nulle part.

— Ce n'est pas possible ! hurle Rachel. Il n'a jamais eu de tombe ! Ce n'est pas possible !

Un cri dans la nuit, strident et puissant.

Rachel se réveille en sursaut. Elle est trempée de sueur. Son cœur bat la chamade, et elle ne sait plus où elle est. À tâtons, elle cherche la lampe de chevet.

À Paris. Elle est à Paris, au Repos parisien. Tout va bien. Elle expire lentement, et force son rythme cardiaque à se calmer. Elle tend l'oreille. Hormis la circulation au-dehors, le silence règne dans l'hôtel. Elle n'a pas dû crier très fort. Elle se passe la main sur le visage. Ce n'était qu'un cauchemar. Il était pourtant si… réel… Rachel secoue la tête, un goût amer lui reste dans la bouche. Celui de la peur.

Elle repense à toutes ces nuits où, quelques années plus tôt, elle s'est réveillée dans le même état. Et ce cri. Combien de fois avait-elle hurlé dans ses cauchemars !

Son rêve commençait toujours par ce souvenir si cher à son cœur : la journée que Vincent et elle avaient passée ensemble à l'occasion de leurs dix ans de rencontre. Elle avait eu lieu dix jours avant leur mariage, qu'ils n'avaient jamais pu célébrer, car Vincent avait disparu l'avant-veille de la date prévue. Le soir, ils avaient fêté cet anniversaire au restaurant tous les deux. Elle ne rêvait toutefois jamais de cette soirée-là. Non, ce qui revenait toujours, c'était cet instant au pied de l'arbre. Était-ce parce que Vincent avait percuté un arbre à quelques mètres de là ? Cet endroit était si symbolique désormais. Rachel est restée longtemps sans pouvoir y remettre les pieds. Quand elle a enfin écouté les conseils de sa psychologue, elle s'est rendu compte qu'elle avait commis une erreur en laissant leur endroit devenir un tabou. En réalité, revenir sur les traces de son passé lui avait été d'une grande aide. Là-bas, elle retrouvait son Vincent. Une sorte de paix l'envahissait. Et les cauchemars avaient fini par cesser. Jusqu'à aujourd'hui. La seule différence avec les autres fois, c'est qu'elle a crié une dernière phrase :

— Ce n'est pas possible ! Il n'a jamais eu de tombe ! Ce n'est pas possible !

D'habitude, elle se contentait de hurler le nom de Vincent. Certes, son corps n'a jamais été retrouvé, et on n'a pas pu l'enterrer, mais dans ses précédents cauchemars, elle ne remettait pas en cause la présence de cette tombe. Puisqu'il était censé être mort.

Mais à présent, c'est différent. Elle l'a vu. Il n'est pas mort.

Rachel passe ses bras autour de ses genoux repliés contre sa poitrine. Dans la faible lumière de cette chambre d'hôtel, au beau milieu de la nuit, seule à Paris, elle n'est plus très sûre de ce qu'elle a vu. Si elle s'était trompée ? Si ce n'était pas Vincent ? Et si elle ne le retrouvait jamais, tout simplement *parce que ce n'était pas lui* ? N'arriverait-elle jamais à sortir de cette épreuve ?

Rachel frissonne dans son haut mouillé de transpiration. Elle ferait bien de se doucher. Elle se dévêt à la hâte et se faufile en grelottant dans la petite cabine vitrée. L'eau chaude se déverse sur son corps, et elle reste là sans bouger, le visage offert sous le jet.

Une fois détendue, elle se met à frotter son corps au savon avec énergie. En sortant de la douche, elle enfile le peignoir de l'hôtel et s'attarde devant le miroir qu'elle essuie à l'aide de sa manche pour enlever la buée. Son visage rougi apparaît soudainement, et Rachel se tire la langue, car elle déteste cette couleur de teint. Il est seulement 4 heures du matin, mais elle va être obligée de se sécher les cheveux pour ne pas maudire demain sa tignasse rebelle. Une fois prête, elle se regarde encore attentivement dans la glace. Deux grands yeux verts qui lui mangent le visage n'ont pas l'air prêts à vouloir retourner dormir. Ses joues sont encore plus rouges que tout à l'heure, à cause du souffle brûlant du sèche-cheveux. Cela a pour effet de faire ressortir davantage ses taches de rousseur qu'elle a en horreur. Rachel trouve que Carole, qui lui ressemble pourtant comme deux gouttes d'eau, est une jolie fille, alors qu'elle-même a du mal à se sentir belle. Sa jumelle n'a jamais compris ce manque de confiance et d'estime de soi. Mais Rachel s'attache aux détails : Carole n'a pas de taches de rousseur, et malgré ses formes, son corps est plus ferme, grâce à la pratique quotidienne de la danse. *À jamais insatisfaite,* c'est ainsi que Vincent qualifiait souvent Rachel.

Vincent... À présent que son esprit est clair, il chasse les doutes qui l'assaillaient. C'était bien Vincent, et personne d'autre, qu'elle a vu hier soir. Elle ne s'est pas trompée. *Il n'est pas mort...* Demain matin à la première heure, elle va réfléchir à une solution. Mais pour l'instant, si elle veut avoir l'air présentable quand elle le retrouvera, il est primordial qu'elle dorme encore un peu.

Elle traverse le reste de la nuit dans un brouillard, à la limite entre rêve et réalité. Ce voyage à la lisière de la conscience s'avère exténuant, et au réveil elle peine à masquer les cernes sous ses yeux. Mais elle a élaboré un plan pour retrouver Vincent. Tandis qu'elle courait désespérément après lui, pourquoi n'avait-elle pas pensé à retourner à l'endroit d'où elle l'avait vu sortir ? C'est évident ! Elle aurait dû se poster devant la porte de l'immeuble ! Rachel secoue la tête tout en rassemblant ses vêtements à la hâte. Cela ne sert à rien de se reprocher son manque de clairvoyance de la veille. Comment pouvait-elle avoir les idées claires, après ce qu'elle venait de voir ? C'est aujourd'hui qu'elle doit agir. C'est pour cela que la nuit porte conseil.

La jeune femme enfile un jean, un petit pull vert à col roulé, et chausse ses Converse, dans lesquelles elle juge qu'elle sera plus à l'aise. Elle se brosse les dents, et redessine ses boucles à l'aide de sa mousse. Elle regarde sa montre : il est à peine 7 h 30. Cela lui laisse environ une heure et demie avant de se rendre chez son client. Elle n'a pas beaucoup de temps devant elle, aussi décide-t-elle d'oublier le petit-déjeuner.

Elle fait claquer la porte de sa chambre derrière elle, et sort en toute hâte.

Ce matin, le vent a remplacé la pluie. Son contact est tout aussi désagréable. Le froid s'insinue jusqu'aux os de la jeune femme, qui plonge les mains dans les poches de son manteau et remonte son col devant ses lèvres. Petite fille, elle avait cette façon de sucer son pouce avec un mouchoir en tissu à la main. Elle ne saurait expliquer le réconfort qu'elle éprouve au contact d'un objet doux entre sa bouche et son nez. Comme les draps qu'elle remonte jusque-là, même lorsqu'il fait chaud. Rachel secoue la tête. Elle comprend qu'elle a besoin de pensées apaisantes, car plus elle s'approche de l'endroit, plus elle sent la nervosité la gagner. Tout peut désormais arriver. Elle se refuse à trop anticiper, mais elle n'y parvient pas. Rachel n'est pas du genre à improviser. Et les questions l'assaillent.

S'il sort maintenant ? Comment réagir ? Que lui dire ? Sera-t-il heureux de me revoir ?

S'il n'habite pas ici ? Si je n'y rencontre personne capable de m'aiguiller sur l'endroit où le trouver ?

Est-il possible que je reste sur cette note inachevée ? À tout jamais ?

Mais tout ce que trouve Rachel en arrivant devant l'immeuble, c'est une porte close. Et un digicode, bien sûr. Au moins, sous le renfoncement de la porte, Rachel est un peu à l'abri du vent. Fébrile, elle se met à pianoter sur le petit clavier. À l'aide des flèches, elle fait défiler les noms des habitants. Elle ne se rend même pas compte qu'elle retient sa respiration. Elle laisse courir les patronymes, de plus en plus rapidement à mesure que sa déception croît. Comme les résidents ne sont pas nombreux, elle arrive vite à la fin de la liste. Rachel soupire. Personne ne porte ici le nom d'Ambrosini. Vincent était donc venu rendre visite à quelqu'un hier soir. Il s'agit maintenant de trouver qui est cette personne. C'est là que les choses se compliquent. Rachel plonge à nouveau ses mains dans son manteau. Même si elle est abritée, elle se met à grelotter. Elle ne pourra pas rester longtemps ici sans bouger. Recroquevillée sur elle-même, elle attend.

Son esprit se met à vagabonder malgré elle vers un passé qu'elle avait enfoui jusqu'alors, pour pouvoir vivre un peu en paix. Elle se revoit le lendemain de l'accident, fouillant chaque parcelle de terre, criant le nom de Vincent. Elle revoit tous les regards de ses proches, cet air de pitié qu'elle a tant détesté. Toutes ces mains tendues qu'elle refusait de serrer, car elles n'étaient pas celles de Vincent. Combien de crises d'hystérie sa sœur avait-elle dû calmer, combien de cauchemars avait-elle dû effacer ! Puis était venu le temps de la mélancolie amère, durant lequel Rachel pleurait de l'intérieur. Ne sachant comment s'y prendre, Carole lui donnait des cours intensifs de danse, pour que sa jumelle s'endorme d'épuisement, et non abrutie par les médicaments. Enfin, Rachel avait fini par remonter la pente, et songer à Vincent pouvait de nouveau lui arracher un sourire. Nostalgique, bien sûr, mais un sourire quand même. C'était grâce à tous ces regards de pitié, toutes ces mains tendues dont elle s'était détournée, et qui étaient restées là à attendre. Rachel a un sourire attendri en songeant au chemin parcouru grâce à l'amour des autres. Et aujourd'hui, elle est de nouveau en train de chercher Vincent. Mais pas parce qu'elle se demande comment elle fera demain pour continuer à vivre sans lui. Non. Elle est là parce qu'elle l'a vu. Elle sait qu'il est vivant. Et ça change tout.

Tout à coup, la jeune femme sursaute, comme prise en faute. La porte vient de s'ouvrir et de se refermer en claquant. Rachel n'a pas eu le temps d'en profiter pour se faufiler à l'intérieur.

— Attendez ! crie Rachel, avant même de réfléchir.

Une dame d'une quarantaine d'années se tourne vers elle, portant dans les bras une petite forme enveloppée dans une couverture. En y regardant de plus près, Rachel s'aperçoit, grâce au museau qui dépasse, qu'il s'agit d'un chihuahua. La dame lui fait penser à une starlette exigeante et capricieuse, avec sa fausse fourrure, ses talons aiguilles, son chignon guindé et sa moue dédaigneuse. Cette femme lui ferait presque perdre ses moyens. Pourtant, elle s'entend lui demander très distinctement :

— Excusez-moi, madame, je suis à la recherche d'une personne. Pouvez-vous m'aider, s'il vous plaît ? C'est très important. Il s'agit d'un homme de trente-trois ans, brun aux yeux bleus, qui s'appelle Vincent Ambrosini. Est-ce que ce nom vous dit quelque chose ?

Rachel sent l'impatience et l'exaspération gagner la femme. Ses yeux se plissent et elle se met à la jauger. Elle sert un peu plus son chihuahua contre elle et balance d'une voix méprisante :

— Nous n'avons pas besoin de paparazzis ici !

Elle n'a pas dit non. Pleine d'espoir, Rachel avance d'un pas, en dépit du comportement hostile de la harpie, qui d'ordinaire l'aurait fait fuir en courant.

— Vous voyez de qui il s'agit, n'est-ce pas ? Je vous en prie, j'ai besoin de votre aide.

Mais la femme fait volte-face et s'éloigne d'un petit pas pressé, ses talons claquant sur le sol.

Rachel se sent tout à coup anéantie. Elle ne sait que faire. Attendre encore, au risque de se faire claquer la porte au nez une nouvelle fois, ou rentrer bredouille ? Elle ne doit pas se laisser abattre. Pas maintenant. Pas après toutes ces années. Elle est si près du but, alors qu'elle ne pouvait même pas y songer la veille encore !

Mais elle est transie de froid. Elle doit admettre qu'elle n'a pas les cartes en mains pour déjouer le destin. Vincent n'habite pas ici, et il faudrait qu'elle fasse du porte-à-porte pour obtenir des réponses à ses questions. À supposer qu'elle passe le barrage de l'entrée, car si tous les habitants sont comme la femme au chihuahua… Et à supposer que Vincent connaisse personnellement quelqu'un ici. Qui sait ? Il a très bien pu venir à titre professionnel, en utilisant le nom de la société pour laquelle il travaille. Dans ce cas, le nom d'Ambrosini n'est pas forcément suffisant. Rachel a beau tourner toutes les éventualités dans sa tête, elle en revient toujours à la même conclusion : une photo de Vincent s'impose.

*

Dans le train qui emmène de nouveau Rachel vers la capitale, quelques jours plus tard, la jeune femme observe Gautier à la dérobée. Il travaille sur son ordinateur en face d'elle. Il peaufine le plan d'une pièce d'usinage qui paraît, si on en croit la ride qui barre son front, plutôt compliquée. Rachel sourit malgré elle. Gautier a passé outre son propre jugement en l'accompagnant dans sa quête. Pourtant, Rachel sait qu'il ne la croit pas. Gautier est le genre de personne qui ne peut croire que ce qu'elle voit. Cartésien en somme. Ou alors refuse-t-il la simple hypothèse que Vincent pourrait être en vie, pour éviter de souffrir une deuxième fois si tel n'était pas le cas ? Rachel hésite un peu avec cette supposition.

Quoi qu'il en soit, cette histoire lui hérisse le poil et il préfère ne pas en parler. Sauf qu'il ne va pas avoir le choix, car ils vont bientôt arriver. Rachel sent l'excitation la gagner. Elle se tient à l'un de ces carrefours où l'erreur n'est pas permise. À droite, c'est retour en arrière. La vie reprend ses droits six ans plus tôt, lorsque tout était si facile. À gauche, c'est retour à quelques jours avant, quand elle croyait Vincent mort, à la nuance près qu'elle ne sera plus jamais certaine qu'il le soit vraiment. Peut-être y a-t-il aussi une route qui va tout droit ? Un chemin qui lui laisserait l'espoir de reprendre le cours de sa vie heureuse d'avant, mais qui s'avérerait beaucoup plus sinueux qu'il n'y paraît ?

— À quoi tu penses, p'tite sœur ?

Gautier sourit à demi, partagé entre l'expression indéchiffrable, qui se lit sur les traits de Rachel, et la raison qu'il en croit deviner.

— À rien.

Rachel secoue la tête pour montrer qu'elle chasse ses pensées.

— Tu as terminé ?

— Bah, il me reste quelques cotes à contrôler et à m'assurer que la matière corresponde bien à l'usage de la pièce, et ma foi je ne serai pas trop mal…

Gautier déchausse ses lunettes et se frotte les yeux.

— Putain, j'ai ma dose pour aujourd'hui !

Il repousse son ordinateur sur la tablette et se trémousse nerveusement dans son siège. Rachel sait que lorsque Gautier ne se trouve pas devant un ordinateur, il ne peut pas rester en place. Il doit aussi éprouver une certaine tension à cause de ce voyage et de son objectif.

— Tu sens ça ? dit-il tout à coup en se redressant.

— Oui, ça sent le café, répond Rachel en faisant la moue.

Elle a horreur du café. Elle désigne à son cousin une jeune femme qui se déhanche dans l'allée, une tasse fumante à la main.

— Il faut que j'y aille ! Ça me donne trop envie !

— Le café, ou la fille ? plaisante Rachel.

— Rachel ! grogne le jeune homme en s'éloignant.

Rachel soupire et regarde sa montre. Dans un quart d'heure, le train devrait entrer en gare. Profitant de l'absence de son cousin, elle extirpe de son sac à main le petit porte-photos dans lequel elle a pris soin de ranger plusieurs clichés de Vincent. Elle a voulu mettre toutes les chances de son côté, en choisissant des angles différents et les photos les plus récentes qu'elle a retrouvées. La première est un portrait où il fixe l'objectif sans sourire et où l'on ne voit que ses yeux. Deux billes bleu glacier, qui ne peuvent laisser indifférent. Rachel a mis plusieurs années avant de pouvoir de nouveau le regarder. Le regard de Vincent y est tellement troublant... On a l'impression qu'il vous transperce pour lire en vous à cœur ouvert.

La jeune femme se force à tourner la page pour passer à la photo suivante. Celle-là la fait sourire. Vincent y apparaît en maillot de bain, debout dans le jardin. Le cliché n'a rien de comique en soi, si ce n'est qu'il a été pris en plein mois de février au domaine, alors que le jeune homme devait fournir une photo en pied et en maillot de bain, pour pouvoir participer à l'émission « Koh Lanta ». Ils avaient tant ri ce jour-là ! L'appareil photo ne fonctionnait pas bien, et elle riait si fort qu'elle avait eu toutes les peines du monde à cadrer. Il suppliait derrière son sourire figé : « Dépêche-toi, j'me les gèle ! » Sur les trois photos suivantes, on voit Vincent en costume lors d'un mariage, Vincent riant aux côtés de Gautier, ses yeux de husky en forme de croissants de lune, avec quelques rides à leur coin, et Vincent qui regarde l'objectif d'un air surpris alors qu'il retourne de grosses côtes de bœuf sur la grille du barbecue. Rachel revient vers la première photo, celle qui la trouble tellement, mais en apercevant Gautier au loin, elle se hâte de tout ranger dans son sac.

— Allez, prépare tes affaires, on arrive, annonce le jeune homme.

Et son sourire a disparu.

2

Ses yeux papillonnent. Les bruits parviennent doucement à ses oreilles, jusqu'à ce que le ruissellement de l'eau connecte son cerveau à la phase du réveil. Lorenzo se redresse pour regarder son portable : 9 heures du matin ! Il étouffe un juron et enfouit sa tête sous l'oreiller. Il est beaucoup trop tôt ! À quelle heure s'est-il couché ? 3 heures ou 3 heures et demie ?

Même masqué par l'oreiller, le bruit de l'eau semble s'intensifier, comme un appel. Il se lève et se dirige vers la salle de bains. Il hésite sur le pas de la porte, se contente un instant d'observer en silence la femme qui se douche. Les parois de verre ne sont équipées d'aucun artifice pour l'intimité, et il peut l'admirer tout à loisir. La tête relevée vers le jet qui ruisselle sur son corps, elle passe ses mains dans ses cheveux noirs pour en rincer la mousse, qui suit ses courbes parfaites. Lorenzo l'accompagne du regard et s'attarde sur la chute vertigineuse de ses reins. Il s'avance pour la rejoindre, mais la jeune femme coupe le robinet. Lorenzo secoue la tête, comme pour sortir de ses pensées voluptueuses, et se hâte vers sa chambre, avant qu'elle ne le voie debout.

Il s'éveille une seconde fois, et jette un œil à son portable. 11 h 48. Le silence règne dans l'appartement. Tout en se redressant dans son lit, Lorenzo songe à Angela, qui a dû quitter les lieux après sa douche, pour se rendre à son shooting photo quasi quotidien en ce moment. Demain, elle décolle en direction des États-Unis pour quatre jours de travail. Il se serait bien envolé avec elle. Mais leur histoire n'est pas assez sérieuse pour qu'il ose s'inviter dans sa vie de cette manière. Et puis elle ne le lui a pas non plus proposé. Angela est une chic fille. Très jolie aussi. Pas étonnant que les agences de mannequins se l'arrachent. Son accent chantant espagnol va de pair avec son humeur pleine de soleil et de rires.

Angela n'est pas une fille compliquée, ce qui convient très bien à Lorenzo. Par contre, la vie privée de la jeune femme devient de moins en moins privée, et cela lui fait peur. Il n'a pas la moindre envie de se retrouver à la une des journaux à scandale, tout ça parce qu'il va dîner ou boire un verre avec Angela. C'est pour cette raison qu'ils ne partagent pas grand-chose tous les deux. De moins en moins d'ailleurs. Car elle, elle travaille la journée, alors que son métier à lui le pousse à s'absenter plutôt le soir. Hier, il est rentré vraiment tard.

Lorenzo se glisse sous la douche à son tour, tandis qu'il se remémore la soirée de la veille. Il est rentré à l'appartement d'Angela presque deux heures après la fermeture du bar. Miguel, son patron et ami, venait de se faire larguer, et Lorenzo avait dû faire du social toute la soirée. Il était crevé et avait hâte de rentrer se coucher, mais quand il avait vu le visage défait de

Miguel une fois le dernier client parti, il n'avait pu se résoudre à le laisser seul. Alors ils avaient débouché une bouteille, deux bouteilles, et Miguel s'était confié sans retenue. Ils avaient parlé. Enfin, c'était Miguel qui parlait. Et Miguel qui buvait, aussi. Lorenzo ne buvait jamais plus que de raison. Puis, quand son patron avait fini par s'assoupir, terrassé par le chagrin autant que par l'alcool, il l'avait tant bien que mal monté jusqu'à l'étage, où il vivait. Il avait hésité à dormir là lui aussi, mais Angela n'habitait qu'à quelques centaines de mètres, et il avait besoin de prendre l'air. Sortir sa tête, au moins jusqu'au lendemain, du boulot, et des affres de la tristesse, que Miguel avait laissé flotter dans l'air, avec les vapeurs d'alcool.

Lorenzo prend un petit-déjeuner à la hâte, et lit le message laissé par Angela sur la table de la petite cuisine.

Ne prends pas la peine de faire silence en rentrant, amor, *je t'entends quand même. Je sais toujours quand tu rentres tard.*

Il répond :

Je ne vois pas de quoi tu parles... Ce soir ce sera plus tôt. Je veux profiter de toi avant ton départ.

Puis il réfléchit à ce qui pourrait faire plaisir à Miguel, sourit et sort en claquant la porte.

*

Rachel salue le personnel de l'hôtel, qu'elle connaît bien, à présent, et demande à la réceptionniste, Sarah, qu'on leur montre leurs chambres. La jeune femme se confond en excuses et lui explique qu'on n'a pas pu lui attribuer la même chambre que d'habitude, celle aux rideaux bleus qu'elle aime tant. Elle n'était pas censée revenir si vite, et de toute façon cette chambre était déjà réservée depuis quelques semaines. À la place, l'employée lui a attribué une chambre un peu plus grande au troisième étage. D'un air entendu, elle lui assure qu'elle s'y sentira aussi bien, sinon mieux, que dans l'autre. Celle de Gautier se trouve un peu plus loin, sur le même palier.

Rachel a terminé de déballer son maigre bagage. Elle a ouvert à la hâte les tiroirs du petit bureau et des tables de chevet, et découvert un magazine oublié récemment, avec le visage d'une brune aux yeux verts et aux longs cils sur la couverture. Cette chambre est certes un peu plus vaste que la chambre bleue, mais Rachel est certaine qu'elle s'y sentira moins à l'aise. Elle ne dort bien en général que dans son propre lit. Dans sa chambre habituelle au Repos parisien, certains détails lui rappellent son chez-soi. Les rideaux bleus, d'abord, parce que c'est la couleur de sa chambre. La couleur de la sérénité, celle qui appelle le sommeil. Rachel a l'impression d'entendre sa mère, et elle sourit malgré elle.

Elle va frapper doucement à la porte de Gautier. Le jeune homme lui ouvre, en chaussettes, le téléphone vissé à l'oreille. Elle comprend qu'il est en conversation avec son patron.

Il ne peut pas laisser mon cousin un peu tranquille, celui-là, pense-t-elle.

Elle fait les gros yeux au jeune homme, et il hausse les épaules, tout en fouillant dans son sac pour en sortir sa trousse de toilette, qu'il emporte dans la salle de bains. À grand renfort de gestes et d'articulation muette, Rachel lui fait comprendre qu'elle va l'attendre en bas. Gautier acquiesce en silence, puis repart dans l'explication ardue selon laquelle le oblong de la pièce doit venir se positionner exactement dans l'axe du serre-flanc afin de…

Bref, Rachel se détourne de cette conversation dont elle ne comprend pas la moitié des mots. Elle descend les escaliers quatre à quatre et pénètre dans un petit salon où trône un vaste bar en bois foncé laqué, un brin désuet, autour duquel sont placés de hauts tabourets dans la même teinte. Le sol est recouvert d'une moquette bordeaux, sur laquelle le claquement des talons se meure, créant une ambiance feutrée. Dans un coin, autour d'une petite table, deux femmes d'un certain âge discutent à mi-voix. Rachel prend place sur l'un des tabourets, et commande un thé. Puis elle sort de son sac à main le petit album photo dont elle compte bien se servir et en feuillette rêveusement les pages.

Adeline, la serveuse, vient lui apporter sa boisson :

— Vous rendez de nouveau visite à M. Latour ? Il avance, votre bouquin ?

Rachel hésite un peu. Elle n'est pas encore tout à fait prête à aborder le sujet. Mais après tout, pourquoi mentirait-elle ?

— Pas cette fois. Je suis revenue avec mon cousin, parce que nous sommes à la recherche de quelqu'un qui nous est très cher. D'ailleurs, vous le connaîtriez peut-être ? ajoute Rachel, soudain animée par l'idée.

Elle lui tend le carnet. Adeline tourne les pages, dubitative.

— Non, ça me dit rien du tout… Je suis désolée, je vais pas pouvoir vous aider…

Elle affiche une mine navrée tout en s'affairant à rincer quelques verres.

— Ça ne fait rien…, réplique Rachel sans grande conviction.

Mais une lueur apparaît soudain dans les yeux de la serveuse.

— Attendez, je vais demander à Sarah de venir ! Elle connaît tout le monde !

Adeline décroche son téléphone. Deux minutes plus tard, la réceptionniste se trouve à ses côtés. Au passage, elle se saisit d'une tasse qu'elle dépose sous le percolateur en appuyant sur le bouton. Le café coule tandis qu'elle s'approche de sa collègue pour regarder, les yeux plissés, les photos de l'homme dans le carnet. La tasse est pleine depuis longtemps quand Sarah détache enfin son regard des photos. Rachel retient sa respiration.

— Alors ? la presse Adeline. Tu le connais ou pas ?

— Eh bien… ce visage me dit quelque chose, mais je ne parviens pas à remettre où j'aurais pu le voir.

Les bras croisés, l'index devant la bouche et les sourcils froncés, Sarah fouille sa mémoire.

— Fais un effort ! Tu es pourtant physionomiste ! Des yeux comme les siens, tu ne peux pas les oublier !

Adeline se mord la lèvre en se rappelant que la cliente est encore face à elle. Cela fait sourire Rachel, car c'était toujours l'effet que produisaient les yeux de Vincent.

— Il est peut-être venu ici en tant que client, suggère-t-elle.

— Non, non, s'empresse de répondre Sarah. Je m'en souviendrai. J'ai dû le croiser… dans le quartier, peut-être ? Ou à la salle de sport ?

Sarah semble se parler à elle-même.

— Je suis tellement désolée de ne pas pouvoir vous aider !

Rachel sursaute lorsque quelqu'un s'installe sans bruit sur le tabouret à côté du sien. C'est Gautier.

— Salut, fait-il avec un petit sourire forcé.

— Je suis certaine d'avoir déjà vu votre ami, reprend Sarah. Je suis vraiment désolée, car je ne me rappelle pas du tout où cela pourrait bien être ! Pourtant, j'ai une très bonne mémoire quand il s'agit de reconnaître les gens. Ces yeux-là me disent quelque chose…

Gautier fait un geste vague de la main, comme s'il lui signifiait de ne pas s'en faire. Sarah récupère sa tasse de café et balbutie de nouveaux mots d'excuse.

Adeline part avec un plateau et deux tasses de thé pour les deux dames de la table du fond, et Rachel se retrouve seule avec Gautier. Elle remarque que sa jambe droite tremble et provoque un bruit qui finit par l'agacer. Elle se racle la gorge et bouge sur sa chaise. Gautier cesse sa tremblote. Ils se connaissent bien. Ils savent ce qui est susceptible d'énerver l'autre.

— Tu as emmené des photos ? demande Gautier.

Bien sûr que j'ai emmené des photos ! songe Rachel. *On est venus le chercher ! Tu veux qu'on fasse comment, si on ne met pas toutes les chances de notre côté ?*

Ça, c'est ce qu'aurait balancé Carole. Il l'aurait envoyée balader en retour. Une fois leur joute terminée, la conversation serait redevenue fluide, et les rancunes oubliées. Ils auraient enfin pu parler du sujet qui fâche. Mais Rachel n'a jamais fonctionné comme ça. La faculté de dire tout ce qu'on a sur le cœur et de désamorcer les conflits a été accordée à Carole à sa naissance, et à elle seule. Rachel n'est pas hypocrite. Elle a juste peur de blesser les autres.

Un bon coup de pied aux fesses, ça remet les idées en place ! dit souvent Carole pour déculpabiliser sa sœur. Cette dernière est d'accord. Les conflits ne sont pas toujours négatifs. Mais elle ne parvient jamais à crever l'abcès.

Au lieu de ça, Rachel répond donc :

— Oui, j'ai préparé ce petit album avec les photos les plus récentes que j'ai trouvées.

Gautier hoche la tête.

— Tu veux les voir ? ajoute-t-elle.

— Non, c'est bon.

Sa voix est à peine audible, tandis qu'il fait mine de pianoter sur son téléphone.

— Je suis contente que la réceptionniste l'ait reconnu. Ça me redonne du courage.

— À Paris, il doit y avoir plein de beaux gosses dans son genre.

Gautier se redresse pour voir où se trouve la serveuse. Il a besoin d'un café. Rachel, quant à elle, sent la colère monter. Gautier ne croit pas à son histoire. S'il est là aujourd'hui, c'est parce que Carole et lui se font du souci pour elle. Ils ne veulent pas la savoir ici toute seule, à la recherche d'un fantôme. Il est là pour jouer les anges gardiens. Ou les gardes du corps, plutôt ! Eh bien, tant pis pour lui ! Elle va lui prouver qu'il a tort ! Rachel se saisit de son sac à main, y fourre le petit carnet et se lève.

— Tu viens ? On a du pain sur la planche.

*

C'est quand il sort du petit magasin de locations de DVD que les premières gouttes de pluie de la journée se mettent à tomber. Lorenzo réajuste le col de son manteau pour protéger son cou et soupire. Ce temps le rend d'humeur maussade. Qui lui rendra sa joie de vivre ? Ses parents qui ne sont plus là ? Son seul ami, lui-même en crise ? Lorenzo songe à Miguel, qui est bien plus malheureux que lui en ce moment. Une femme partie. Une petite fille qu'il ne pourra voir qu'un week-end sur deux si tout va bien. Un divorce à payer. Un appart et un bar à rembourser seul. Pourquoi faut-il que les hommes soient faibles ? Un écart, et toute une vie fichue. Une partie de jambes en l'air hors contrat, et un monde s'écroule.

En passant devant le Repos parisien, Lorenzo serre un peu plus le sachet contre lui, pour protéger les DVD de la pluie. Il est plutôt content du petit cocktail antidépression qu'il a concocté pour Miguel. Son ami n'a jamais vu *La Cité de la peur*, alors il n'a pas pu s'empêcher de le prendre, avec la trilogie de *Very Bad Trip*, qu'ils ont déjà vue cent fois, mais dont ils ne se lassent pas.

À l'heure du téléchargement tous azimuts, Lorenzo loue encore des DVD. Il doit faire partie des derniers clients de ce vidéoclub. Il pourrait choisir des centaines de films sur son ordinateur ou même son portable, mais il adore fouiller dans les rayons, effleurer les boîtiers et se saisir de l'un d'entre eux lorsque le titre lui plaît, pour lire le résumé au dos. Certains font ça avec les livres, lui, c'est avec les DVD.

Lorenzo passe son doigt sur la cicatrice qui lui barre le sourcil droit et grimace. Avec ce temps, cette saloperie lui fait un mal de chien. D'ailleurs, elle le tiraille tout le temps : quand il pleut, quand il fait froid, quand il oublie d'appliquer sa crème et que sa peau est sèche, quand il rit trop fort... Une chance, ce dernier point ne lui arrive pas très souvent.

Son portable vibre soudain dans sa poche. Peut-être est-ce Angela, pour lui demander comment il va, ou bien Miguel qui veut savoir ce qu'il fout, mais non, ce n'est que son opérateur qui l'informe qu'il a consommé l'intégralité de son forfait. Ce message lui fait prendre conscience à quel point il est seul au monde, et son sentiment de profonde déprime revient à la surface. Cette solitude qui vous pèse, parfois ! Elle oublie que vous êtes un peu fragile, et elle s'appuie sur vous comme si elle voulait vous écraser. Elle y arrive, un peu, et puis il se passe quelque chose. Un instinct de survie, qui vous fait penser à n'importe quoi de positif, pour vous aider à être plus fort : avec cet élan, vous appuyez à votre tour sur la solitude pour l'écraser. Et ça marche. Jusqu'à la prochaine fois...

Lorenzo pense au soir où il a rencontré Angela. Elle était venue avec des amies, mannequins comme elle, boire un verre au bar. Il l'avait servie, et il l'avait trouvée très jolie. Sans arrière-pensée. Miguel lui avait donné de grands coups de coude, en désignant la table des trois filles d'un geste du menton.

— Je crois bien que tu as tapé dans l'œil de la brunette !

Lorenzo avait souri, flatté. À la façon de glousser de la jeune femme, il avait tout de suite compris que Miguel avait raison. Elle était jolie, mais il n'avait aucune envie que quoi que soit se passe entre eux.

— Allez, lâche-toi un peu, mon ami ! Je ne t'ai jamais vu avec une fille ! avait insisté Miguel. Dommage que je sois marié, car je ne me serais pas fait prier… Si j'étais toi…

— Oui, mais tu n'es pas moi ! l'avait interrompu Lorenzo tout en s'éloignant chargé d'un plateau.

Les filles étaient restées jusqu'à la fermeture, et la soirée s'était étirée, entre coups de coude, œillades et gloussements. Lorenzo devait reconnaître que plaire à une fille comme elle était plutôt flatteur. Il avait repris un peu plus confiance en lui, et il était guilleret, sans même s'en apercevoir.

Quand il était sorti dans la rue ce soir-là, il s'était fait happer par deux mains tièdes, et une bouche aux vapeurs d'alcool s'était écrasée sur la sienne. Il s'était dégagé doucement, et la jeune femme avait éclaté de rire en lui montrant un doigt sévère.

— On ne dit pas non à Angela, avait-elle dit, très éméchée.

Ses amies l'avaient laissée toute seule dans la rue dans cet état, Lorenzo en était navré pour elle. Il avait proposé de la raccompagner. Elle s'était de nouveau mise à rire et avait dit quelque chose qu'il n'avait pas compris. Quand elle avait manqué de s'écrouler, Lorenzo l'avait soutenue et avait dit qu'il allait appeler un taxi. Il avait alors pensé que cette soirée allait lui coûter un bras. Mais Angela lui avait répondu en riant qu'elle habitait tout près, et qu'ils pouvaient y aller à pied. En bas de son immeuble, Angela avait encore tenté d'embrasser Lorenzo. Il l'avait tenue à distance et avait déclaré qu'il allait l'aider à monter avant de rentrer chez lui. Et c'est ce qu'il avait fait. Il n'avait pas eu grand-peine à s'en aller, puisque dès qu'il l'avait allongée sur son lit, elle s'était endormie. Il n'avait pas osé la dévêtir pour la mettre à l'aise, et avait songé au danger que cette fille avait pris sans même s'en rendre compte. Une chance qu'elle soit tombée sur lui… Le lendemain, elle était repassée au bar pour s'excuser. Ils avaient ri, et ils avaient concrétisé le soir même…

Deux mois sont passés depuis ce soir-là, et Lorenzo se doit d'être honnête : il n'est pas amoureux d'Angela. C'est une fille charmante et il l'aime beaucoup, mais ce n'est pas la femme de sa vie, et il sait que la réciproque est vraie. Elle est cette fille dont la présence vous fait du bien à une étape de votre vie où vous en avez besoin. Cette fille dont le sourire illumine votre journée, mais qui ne vous manque pas vraiment lorsqu'elle est loin de vous.

Lorenzo regarde sa montre et songe qu'il a vraiment intérêt à presser l'allure. Quand son ami va mal, sa tolérance quant au retard est très limitée. Surtout s'il a besoin de se confier ! Pauvre Miguel. Il faut qu'il l'emmène dimanche s'aérer l'esprit. Aller voir un match de foot, une course de voitures, une exposition… N'importe quoi, pourvu qu'il lui change les idées !

*

Rachel et Gautier ont déjà interrogé bon nombre de passants, aidés du petit album, mais ils n'ont pour l'instant aucune piste sérieuse. La plupart des gens semblent s'arrêter à contrecœur pour les écouter, comme s'ils étaient des arnaqueurs ou des militants politiques. Ils regardent les photos avec un intérêt limité, et haussent les épaules en maugréant un vague « Non, j'vois pas ». Une fois, une dame a observé les photos de Vincent avec plus d'insistance et tenu le même discours que Sarah, la réceptionniste : elle l'avait bien déjà vu quelque part, mais elle ne parvenait pas à se souvenir où.

Gautier surveille sans arrêt son téléphone. Rachel a le sentiment qu'il n'attend qu'une chose : que cet engin se mette à sonner pour le délivrer. Lui qui aurait remué ciel et terre pour retrouver son meilleur ami ces dernières années… Comment peut-il paraître aujourd'hui tellement détaché ? On dirait qu'il n'y croit pas. Rachel aurait envie de le secouer comme un prunier. Certes, l'idée même que Vincent soit vivant après toutes ces années paraît démente. Mais Rachel l'a VU. De ses propres yeux. Et deux témoignages viennent apporter à ses propos un crédit non négligeable. Comment Gautier peut-il être aussi aveugle ? Il y a encore trois ans, il aurait foncé tête baissée et aurait mené tous les combats pour retrouver Vincent. Pourquoi, si près du but, cela a-t-il tant changé ?

Gautier s'arrête subitement et lève les yeux vers l'enseigne qui clignote sur sa gauche.

— Games & Films, lit-il. S'il y a un endroit où Vincent a dû aller s'il est dans le coin, c'est bien celui-là !

Rachel reste un instant interdite : pour la première fois depuis qu'elle lui a révélé qu'elle a vu Vincent, Gautier semble lui accorder un minimum de confiance. Elle sourit malgré elle et sent l'optimisme la gagner.

Ils s'engouffrent dans la boutique et tentent de repérer le vendeur. Deux adolescents discutent de façon animée dans le rayon des jeux vidéo. Rachel finit par remarquer le vendeur au détour d'un rayon. Un grand homme barbu occupé à ranger les DVD de science-fiction. Elle cherche Gautier du regard et lui fait signe de la rejoindre.

— Bonjour, monsieur, commence-t-elle, un peu intimidée.

Elle ne sait pas pourquoi elle se sent soudain troublée, car l'homme lui sourit gentiment, et ses yeux s'étirent derrière ses petites lunettes rondes.

— Excusez-nous de vous déranger, mais nous sommes à la recherche de cet homme, ajoute-t-elle en lui montrant la première photo de Vincent.

Le vendeur l'étudie avec sérieux, et son visage se trouble quelques instants.

— Vous êtes de la police ? Est-ce qu'il a fait quelque chose de mal ?

— Non, pas du tout, s'empresse de répondre Rachel. C'est un ami à nous qui a disparu. Nous avons appris qu'il serait dans le coin.

— Il a disparu… de son plein gré ?

La question dérange Rachel. Bien sûr que non, comment serait-ce possible ? Il les aimait. S'il a disparu, c'est bien malgré lui. Gautier se contente de se racler la gorge. L'homme étudie les traits de Rachel, et semble lire la détresse sur son visage.

— Bon, et puis après tout, ça ne me regarde pas.

Il hausse les épaules.

— Tout ce que je sais, moi, c'est que je l'ai déjà vu.

— Vous en êtes sûr ? s'écrie Rachel.

— Certain ! Ce monsieur est un de mes meilleurs clients. Il vient ici régulièrement. C'est un amoureux des films. Entre les comédies et les policiers, il a bien dû louer les trois quarts des références ici présentes !

L'homme sourit avant de reporter son attention sur l'album photo et d'en feuilleter les pages.

— Il a un peu vieilli depuis ces photos, mais je suis sûr de le reconnaître.

Rachel et Gautier échangent un regard. Pour la première fois, Gautier prend la parole :

— Savez-vous où il vit ? Où il travaille ?

— Ah ça non, je n'en sais fichtrement rien ! Et même si je l'avais su, je ne vous en aurais rien dit. Vous m'avez l'air bien gentils, tous les deux, mais je ne m'immisce pas dans la vie des gens, et encore moins dans celle de mes clients.

Le vendeur se remet à ranger les jaquettes, signe que la conversation est terminée.

— Et d'ailleurs, il sort de là à l'instant ! ajoute-t-il en se retournant une dernière fois.

Les deux jeunes gens échangent de nouveau un regard, les yeux ronds.

— Merci, monsieur, merci pour tout !

Ils se précipitent au-dehors et fouillent la foule du regard, scrutant les visages.

— Il est trop tard, murmure Rachel. Nous nous sommes croisés sans nous voir.

Elle aimerait masquer sa déception, mais elle n'y parvient pas. Gautier jette un coup de pied rageur dans le lampadaire.

— Je commence à en avoir assez de ce petit jeu de cache-cache, merde !

— Tu me crois, maintenant ? s'enquiert Rachel en espérant le calmer un peu.

Le jeune homme hausse les épaules et évite de croiser le regard de sa cousine.

— J'en sais rien… C'est quand même bizarre, cette histoire !

— Mais tu les as entendus, tous ces témoignages qui vont dans mon sens !

Cette fois, Rachel peine à dissimuler son agacement.

Gautier plante ses yeux dans ceux de la jeune femme. Elle y lit une plus grande colère encore que ce qu'elle éprouve, et elle s'en trouve un peu désarçonnée.

— Et si c'était juste un sosie ? Tu y as pensé, Rachel ? Comment ça se passera, si on retrouve ce mec et qu'on s'aperçoit que ce n'est PAS Vincent ?

— On reprendra notre vie comme avant. Tout simplement, Gautier !

— Arrête tes histoires, p'tite sœur ! Bien sûr que non, tu ne pourras pas reprendre ta vie comme avant ! Et moi non plus ! Si à un moment donné je me mets seulement à y croire et que ce n'est pas lui, je vais revenir six ans en arrière, moi ! Et je n'ai pas envie de ça, putain ! Tout, sauf ça ! On va finir par devenir fous !

Gautier se tait. Son accès d'humeur retombe comme un soufflet, et il baisse les yeux, les mains au creux des poches de son jean.

C'était donc ça ! Il s'interdit de penser qu'il pourrait s'agir de Vincent, parce qu'il a peur de souffrir comme six ans plus tôt. La perte de son meilleur ami l'avait anéanti. Il a dû s'accrocher pour ne pas dériver. À ses cousines, à sa famille, à son boulot, à la boxe. Combien d'heures a-t-il passées à se défouler sur le ring ! Combien de fois les filles l'ont-elles retrouvé au petit matin, allongé sur le canapé du loft, le visage tuméfié le lendemain d'une soirée arrosée où il avait cherché la bagarre ! Non, Rachel n'a pas du tout envie d'être à l'origine d'une rechute de son cousin.

Elle n'aurait pas dû le mettre dans la confidence. En même temps, elle lui est reconnaissante. Elle apprécie qu'il se confie à elle comme il vient de le faire, même maladroitement. Car elle le sait : l'abcès est enfin crevé.

Gautier relève la tête et croise de nouveau le regard de Rachel. La colère a disparu. Il esquisse un sourire un peu confus et tend les bras à la jeune femme.

— Excuse-moi, p'tite sœur. Je sais que tu attends autre chose de moi. Depuis qu'on est là… C'est pas facile… Mais on va continuer. On va le retrouver, ce sosie. Et après… advienne que pourra !

*

— Salut, patron !

Miguel l'accueille en regardant sa montre, le visage fermé.

— Deux minutes de retard… Tu n'arriveras donc jamais à être à l'heure ? grogne-t-il.

Le ton de sa voix laisse présumer de son humeur maussade.

— Désolé, mais cette fois, j'ai une bonne excuse !

Lorenzo jette un regard dans la salle, quasiment déserte à cette heure, et juge qu'il a le temps de montrer à Miguel l'objet de son retard.

— Hum…, maugrée ce dernier, toujours renfrogné. Quand est-ce que je vais avoir le temps de les regarder, tu peux me le dire ?

— Eh bien, vas-y ! Il n'y a personne ! Tu as le temps d'aller t'étendre un peu à l'étage et de regarder un film en même temps. Tu sais ce que je crois ? Que ta nuit t'a seulement servi à cuver, et que là tu as sérieusement besoin de te reposer.

— Mouais…

— Excuse-moi, mais à voir ta tête, je préfère m'occuper seul des clients cet après-midi. Je suis certain que, s'il n'y a personne, c'est que tu leur as fait peur.

— OK, ça va ! J'ai compris ! Ma femme se barre, mon ami ne veut plus me voir ! Je n'ai plus qu'à me pendre, moi !

— Hé, Calimero ! Qu'est-ce que je devrais dire, moi !

Miguel soupire et pose sa main sur le bras de Lorenzo.

— Oublie. Tu as raison, j'ai besoin de me reposer un peu. Merci, mon ami, j'apprécie ! dit-il en désignant le sachet de DVD, qu'il serre contre son cœur avant de monter les escaliers quatre à quatre.

L'après-midi s'étire lentement, au rythme des entrées et des sorties des rares clients. Il n'y a pas foule en ce moment. Lorenzo s'inquiète un peu pour l'avenir de son ami. Comment va-t-il s'en sortir maintenant qu'il est seul ? Quand Estelle était encore là, son salaire d'infirmière libérale permettait de compléter les fins de mois difficiles, durant les périodes creuses. Là, ça va être un peu plus compliqué. Lorenzo se dit que Miguel aura besoin de ses conseils pendant quelque temps. Aujourd'hui, son patron est incapable de prendre une décision sensée. Et Lorenzo lui doit bien ça, après tout. Miguel a toujours été là pour lui, depuis qu'il le connaît. Il lui a d'emblée accordé sa confiance et l'a aidé quand il en a eu besoin. Lorenzo s'est souvent senti coupable. Il a l'impression de ne pas mériter ce que lui a offert Miguel… Un travail, son amitié… Mais, sans en avoir l'air, son patron possède assez de tact pour ne jamais lui rappeler qu'il lui est redevable. Son amitié, il lui a offerte, sans rien demander d'autre en retour que la sienne. Il est temps de rendre la monnaie de sa pièce à Miguel. Et même si Lorenzo aurait préféré que ce soit en d'autres circonstances, il est heureux que l'occasion se présente.

— J'ai dormi longtemps ? demande soudain une voix encore ensommeillée derrière lui.

— Tiens, un revenant ! Tu as quand même une meilleure tête. Dépêche-toi d'enfiler ton tablier et de me remplacer, y a eu un monde fou pendant que tu te la coulais douce là-haut, je suis rincé !

Miguel le sonde du regard, un demi-sourire flottant sur ses lèvres.

— Tu te paies ma tête là, non ?

Lorenzo éclate de rire et lui fourre un carton vide dans les mains.

— Allez, aide-moi donc à faire un peu le ménage. Je me faisais chier, et tu as accumulé tellement de bordel que je n'ai pas pu m'empêcher de ranger…

— Pitié, pas le rangement ! Tu sais que je n'ai pas l'esprit au rangement…

— Pitié, Miguel, pas de plaintes ! Il n'y a rien de pire que celui qui se plaint. Estelle n'aimerait pas ça.

— Qu'est-ce que j'en ai à foutre de ce qu'elle aimerait ! C'est quand même elle qui m'a plaqué, non ? s'emporte soudain Miguel.

Lorenzo arrête un instant de sortir les bouteilles vides du placard sous l'évier pour lui assener un regard lourd de reproches.

— C'est quand même toi qui l'as trompée, non ?

— Tu prends sa défense ?

— Je t'ai dit ce que je pensais de ton écart. Tu sais que je n'approuve pas. Tu as blessé Estelle. Comment croyais-tu qu'elle réagirait ?

— Qu'est-ce que ça peut te foutre, tout ça, Lorenzo Lopez ? siffle Miguel en plissant les yeux.

— Tu fais chier, Miguel ! Tu peux te défouler, mais pas sur moi, pas comme ça ! dit Lorenzo, en poussant un profond soupir.

Son ami s'effondre sur le tabouret.

— T'as raison. Qu'est-ce que je suis con ! (Il se passe les doigts sur les tempes.) Je crois que j'ai besoin de faire un break.

— OK. Alors je vais te dire ce qu'on va faire, rétorque Lorenzo en s'agenouillant au pied de Miguel et en plantant son regard droit dans le sien. Ton break, tu le feras quand tu te seras d'abord bien éreinté la tête à tout ranger. Y a pas grand monde, on peut se permettre de remettre tout à plat. Tu verras le bien fou que ça fait quand tout est propre et rangé. Quand ce sera fini, tu auras l'impression d'avoir fait du tri dans ta tête par la même occasion. Ensuite, on va passer la soirée normalement, car il y aura un peu plus de monde. Et puis on avisera demain, d'accord ? À chaque jour suffit sa peine.

Lorenzo remarque que son ami vient de décrocher. Il ne l'écoute plus. Lorenzo tend l'oreille et entend la chanson de Vianney et Joyce Jonathan qui passe à la radio. Estelle adorait cette chanson. Ils s'amusaient à la chanter en duo. Lorenzo se jette sur la télécommande et met en route le lecteur MP3 sur lequel sont enregistrées les chansons latines qu'ils diffusent habituellement.

— On est dans un bar latino ici, mon vieux, lance-t-il d'un ton sans réplique.

Miguel ne répond pas et se met au travail, après lui avoir donné une tape amicale sur l'épaule.

Ils ont terminé leur petit nettoyage plus tôt que prévu, car, contre toute attente, le bar s'est un peu rempli en fin d'après-midi. Miguel en paraît ravi, et Lorenzo le soupçonne d'être content de voir arriver des clients surtout parce qu'ils lui épargnent des tâches ménagères.

À présent, c'est le moment creux avant le rush de la soirée.

— Si mon patron le veut bien, déclare Lorenzo, je vais aller courir une petite heure. J'ai besoin de me détendre un peu avant d'attaquer la soirée ! Tu vas t'en sortir ?

— Hum ?

Miguel l'écoute à peine. Il est occupé à regarder une fois de plus son téléphone, pour voir si « quelqu'un » aurait essayé de le joindre. Il soupire.

— Vas-y… Ne t'en fais pas pour moi, va… Je devrais m'en sortir sans toi. Puisque je ne peux compter que sur moi-même, de toute façon…

Lorenzo fait une moue navrée, puis court jusqu'à l'étage pour se changer.

*

— Alors ?

La voix grésille à l'autre bout de la ligne. La communication est mauvaise.

— Alors rien…

— Toujours pas de piste ?

— Rien de concret. On se rappelle, d'accord ?

Rachel raccroche avant d'écouter la réponse de sa sœur. Elle est tellement déçue qu'une boule lui noue la gorge. Depuis l'épisode du vidéoclub, leurs recherches restent vaines. La boulangère du coin de la rue voit cet homme régulièrement, mais elle n'a aucune idée d'où il vit ni d'où il travaille. Et encore moins s'il vient ici parce qu'il y vit ou parce qu'il y travaille. Rachel et

Gautier ont la certitude à présent qu'au moins un « sosie », comme dit Gautier, n'est pas loin d'ici. Rachel a hésité à rendre visite à M. Latour pour lui montrer les photos de Vincent. Après tout, il réside dans le quartier. Mais elle utilisera cette option en tout dernier ressort. Elle n'aime pas tout mélanger. Il ne sait pas qu'elle est ici, et il vaut mieux que cela reste ainsi.

— Qu'est-ce qu'on fait ? demande soudain Gautier, alors qu'ils errent désormais sans but.

Rachel sait ce que suggère cette question : « J'en ai marre, on arrête. » Elle hausse les épaules, pensive. Elle aussi en a assez. Elle est fourbue. Même si cette fois, elle a tout prévu, et qu'elle s'est chaussée confortablement, elle commence à avoir mal aux pieds.

— On n'a qu'à trouver un endroit pour se poser un peu.

La nuit est tombée depuis une bonne heure déjà. Quelques enseignes sont fermées, d'autres se sont illuminées. L'une d'entre elles clignote d'une lueur rosée à quelques dizaines de mètres. « La Salsa Rosa ». Rachel trouve que le nom sonne bien. Elle interroge Gautier du regard, qui hoche la tête en signe d'assentiment. En entrant dans l'établissement, Gautier souffle :

— Je me demande s'ils organisent des soirées danses, ici. Carole serait comme une folle !

Il n'y a pas foule. Un groupe de jeunes se partagent plusieurs tables. Deux ou trois autres banquettes sont occupées. Rachel aime d'emblée cet endroit. L'odeur d'abord. Il y flotte un mélange d'arômes musqués et boisés, qui la trouble délicieusement. La musique, ni trop forte ni pas assez, sonne sur des airs latins qui vous redonnent le sourire. L'ambiance est tamisée, et la décoration à la fois sobre et envoûtante. Les deux jeunes gens passent devant le bar et saluent l'homme qui prépare un plateau de bières. Rachel lit sur les traits de son visage typé une grande tristesse. Elle le considère un instant, mais Gautier, derrière elle, la pousse à se diriger vers une table au fond. Quelques minutes après qu'ils se sont installés, le barman vient à leur rencontre.

— Vous avez choisi ?

— Une limonade au citron, s'il vous plaît.

— Et une Heineken pour moi.

— Très bien, je vous apporte ça tout de suite.

Rachel attend qu'il se soit éloigné avant de se pencher en avant vers son cousin, d'un air de conspiratrice.

— Tu ne trouves pas qu'il a l'air triste ?

Gautier lui adresse un regard mi-interrogateur, mi-amusé.

— Tu as vu cet homme deux minutes à peine, et tu as déjà senti qu'il était triste ?

— Certaines personnes ne savent pas masquer leurs sentiments. Il doit faire partie de ceux-là. À moins que ce ne soit mon intuition féminine ? Mais ça, tu ne peux pas comprendre…

La jeune femme lui tire la langue d'un air taquin, comme elle avait coutume de le faire, gamine. Gautier sourit en repensant à tous ces moments d'innocence échangés.

— C'est vrai, je ne comprendrais jamais rien aux femmes, soupire-t-il.

Le barman revient leur apporter leurs verres, accompagnés d'un ramequin de gâteaux apéritifs. Rachel a soudain l'impression que cette journée a commencé depuis des lustres. Elle s'apprête à en faire part à Gautier, tandis qu'elle pioche dans le petit bol. Mais Gautier n'est plus avec elle. Il regarde sur sa gauche, en direction du bar. Ce regard-là lui indique que quelque chose est en train de se passer. Rachel tourne la tête sur sa droite. Déjà, elle sait.

*

Son souffle est court, et sa poitrine commence à le brûler. Lorenzo jette un œil à sa montre : le cadran affiche quinze kilomètres-heure. Cela fait quarante-cinq minutes qu'il a commencé sa course, et sa vitesse est régulière depuis le début. Il n'arrivera pas à pousser jusqu'à une heure. Il sait qu'il peut se surpasser, que tout est une question de mental. Mais là, il entend l'avertissement que son corps lui envoie : il est complètement cramé.

Lorenzo commence à ralentir l'allure. Son rythme cardiaque décélère un peu, et même si la douleur dans sa poitrine est toujours aussi intense, Lorenzo accueille avec délices les grandes goulées d'air frais qui alimentent de nouveau ses poumons. Il stoppe sa course et commence sa séance d'étirements, tout en observant le parc autour de lui. Il aime venir courir ici. Malgré l'heure tardive, surtout à cette période de l'année où le soleil se couche tôt, il est loin d'être seul. De nombreux joggeurs viennent aussi se défouler là après leur journée de travail. Plusieurs lampadaires éclairent le chemin de gravillons clairs, qui sillonne parmi les arbres et les bancs épars. En pleine journée, le parc grouille de jeunes parents accompagnés de leurs bambins venus avec leur petit sachet de pain dur pour nourrir les canards. Lorenzo préfère se rendre au parc lorsque ceux-là sont tous confortablement rentrés dans leur pavillon douillet. Non pas qu'il soit jaloux, mais il lui faut se protéger de son grand ennemi, la solitude, qui n'attend qu'un seul faux pas de sa part pour lui mettre la tête sous l'eau.

Et ces derniers temps, c'est plutôt facile. Alors, il s'impose les choses de façon quasi militaire, comme il l'a fait tout à l'heure avec Miguel, quand il lui a suggéré l'idée du grand ménage. Lorenzo, lui, part courir une heure pour se décrasser le corps et l'esprit. Miguel lui a demandé, une fois :

— Après quoi cours-tu comme ça, mon ami ?

— Je vide ma tête, a répondu Lorenzo.

— J'ai du mal à comprendre le principe... Pendant une heure, tu n'as rien d'autre à faire que courir... et penser, non ?

— Pas si tu te concentres sur ta course, mon vieux. Tout est une question de mental.

— Tu me sidères, des fois, mec ! On dirait que tu es programmé comme un robot. Tu ne veux pas penser, tu te dis que tu ne veux pas penser, et ton cerveau t'obéit aussi sec ! Il faut que tu me donnes le mode d'emploi, car moi, je sais pas faire ça !

— Viens courir avec moi, et je t'apprendrai.

— Très peu pour moi, mon ami ! On verra ça le jour où j'aurai de vrais soucis !

Lorenzo ne peut s'empêcher de sourire au souvenir de cette conversation, et tandis qu'il étire ses quadriceps en ramenant son pied droit au niveau de ses fesses, il se dit qu'il devrait peut-être rappeler à Miguel sa dernière phrase et le contraindre à une petite sortie un de ces soirs...

Quand il rentre au bar, il monte comme d'habitude directement à l'étage chez Miguel pour prendre une douche vite fait.

Cinq minutes plus tard, le voici qui redescend, frais et pimpant, alors que son corps infuse délicieusement l'effort fourni.

— Alors, ça t'a fait du bien ? lui demande Miguel, sans grand enthousiasme, alors qu'il vient de desservir une table.

— Plus que tu ne pourrais l'imaginer. D'ailleurs, quand est-ce que tu viens avec moi ?

— Oh ! là, là ! mon pauvre ami ! Je ne sais pas quand je vais pouvoir, maintenant, avec tout ça sur les bras !

Miguel désigne la pièce d'un geste vague des deux mains, tout en haussant les épaules.

— Qu'à cela ne tienne ! rétorque Lorenzo tout en ôtant les verres vides du plateau pour les laver.

Manifestement, Miguel est prêt à lui fournir n'importe quelle excuse. Le départ d'Estelle ne peut en être une, puisque, si elle aidait son époux d'un point de vue financier, elle ne pouvait se permettre de l'épauler au bar que rarement. Son travail lui prenait du temps, et elle mettait un point d'honneur à se consacrer à sa fille durant son temps libre.

Miguel pousse Lorenzo pour le remplacer derrière l'évier.

— La six a commandé une vodka. Tu t'en charges, c'est le snobinard de la laverie d'à côté ! J'aime pas ses manières, et je suis sûr qu'il préfère quand c'est toi.

Lorenzo lève les yeux au ciel.

— Ce n'est pas parce que ta belle est partie que tu dois être désagréable avec tout le monde !

— Oh, ça va… Tiens, en parlant de belle, mate-moi un peu la rouquine de la onze ! Crois-moi, si mon cœur n'était pas déjà pris… Et si elle n'était pas venue avec son mec, ça va sans dire…

Mais Miguel n'a pas le temps de finir sa phrase. Il est stoppé par le bruit du verre qui éclate. Lorenzo vient de faire tomber la coupe de vodka sur le sol.

*

C'est lui. C'est Vincent. Le voir en chair et en os lui coupe le souffle. Son cœur se met à battre la chamade, et son écho résonne jusque dans ses tempes. Mais c'est lorsque leurs regards se croisent que l'intensité de l'émotion est à son comble. Un bruit de verre brisé lui parvient à ce moment-là. Mais elle n'y prête pas attention. Elle ne voit que ses yeux. Ces yeux, bleu glacier, dont elle devine la brûlure, même à cette distance, la font chavirer. Leur échange ne dure qu'une fraction de seconde. Mais c'est assez pour que son monde en soit bouleversé. Plus rien ne compte autour. Dans ce bar parisien, il n'y a plus qu'elle et celui qu'elle est venue chercher.

Soudain, une silhouette se retrouve devant Vincent, lequel, surpris, détache son regard des yeux de Rachel. Trop hypnotisée, Rachel ne l'avait pas vu venir. Elle n'avait pas non plus anticipé le poing qui vient s'écraser avec force sur la joue de Vincent. Ensuite, tout se passe au ralenti. La tête de Vincent est projetée sur le côté et vient frôler l'angle du bar. Le jeune homme tombe à la renverse. Il veut se rattraper avec sa main gauche, mais celle-ci s'écrase sur les morceaux de verre épars, et un cri de douleur retentit. Le barman se précipite à son secours en criant de plus belle, et Rachel trouve enfin la force de se mettre debout. Pourtant, elle ne parvient pas à bouger. Elle comprend tout à coup que l'homme qui vient d'agresser Vincent n'est autre que… Gautier ? Mais pourquoi ? Rachel se précipite. Vincent caresse sa joue meurtrie de sa main droite, tandis qu'il tend sa main ensanglantée au barman. Ce dernier lève les deux bras d'un geste de refus et s'exclame :

— Non, mon ami ! Je peux tout faire pour toi, mais pas ça ! Tu m'entends, je suis incapable de m'occuper de ta main ! Tiens, attrape, ajoute-t-il en lui lançant une serviette en papier.

Vincent s'en saisit de la main droite pour essuyer le sang qui coule, mais il grimace aussitôt, car des bouts de verre sont plantés dans sa paume. Rachel ne sait pas quoi faire. Elle cherche à attirer son regard pour que la communication s'établisse de nouveau, mais pas une fois il ne tourne les yeux vers elle. Alors, elle s'avance.

— Laisse-moi t'aider.

Le barman accourt, le téléphone collé à l'oreille.

— Eh, vous, les fous furieux, ne vous approchez pas ! Fichez-moi le camp d'ici ! Ouste ! Du balai ! Vous savez où se trouve la porte ! Ne t'en fais pas, Lorenzo, j'appelle Estelle, elle saura quoi faire !

— Lorenzo ? murmure Rachel, désarçonnée. Vincent ! C'est moi. C'est nous ! Gautier et, moi, Rachel ! Vincent, regarde-moi !

Elle hausse la voix, désespérée.

Vincent, très lentement, lève les yeux vers la jeune femme. Elle le reconnaît. De toute son âme, elle sait que c'est lui. Et pourtant, le regard qu'il lui jette est vide. Il n'y a plus rien qui passe au travers.

— Je suis désolé, chuchote-t-il. Je ne sais pas qui vous êtes…

La phrase tombe comme un couperet. Rachel en a les jambes sciées. Elle sent Gautier s'agiter à ses côtés.

— Il se fout de notre gueule, siffle-t-il entre ses dents.

Le barman revient à grandes enjambées, une fois sa communication terminée.

— Vous, l'excité ! Vous n'avez pas encore compris ? Sortez d'ici ! Vite, avant que j'appelle les flics !

Gautier recule de quelques pas, puis s'enfuit en courant. Rachel se retourne pour le regarder, et c'est alors qu'elle se rend compte que le groupe de jeunes s'est attroupé derrière elle et qu'ils échangent des commentaires à voix basse. Lorsqu'elle croise leurs regards, la rumeur enfle, et elle se sent mal à l'aise. Elle leur tourne de nouveau le dos. Puis elle hésite. Doit-elle rester ou rejoindre Gautier au-dehors ? Elle a attendu ce moment toute la journée ! Elle s'approche doucement et s'accroupit devant Vincent. Ce dernier ne lui prête aucune attention. Le barman joue les gardes du corps. Il aide Vincent à se relever, et le fait passer de l'autre côté du bar avant de l'asseoir sur une chaise. Puis il s'adresse au groupe de jeunes :

— Vous pouvez retourner à vos occupations, il n'y a plus rien à voir !

Puis, se retournant vers Rachel :

— Soyez raisonnable, mademoiselle. Vous n'avez pas l'air aussi tarée que votre copain, mais ne restez pas là ! Laissez Lorenzo tranquille.

Rachel reste plantée là. Attendant un échange qui lui permette d'espérer. Mais rien ne vient. Vincent est penché sur sa main. Alors, elle fait demi-tour, va récupérer son sac à main, laisse quelques pièces sur le comptoir et s'éloigne. Avec le peu de dignité qui lui reste.

3

Le froid de la nuit la submerge en même temps que les larmes. Elle s'est sentie si impuissante dans ce bar ! Tellement inutile et… oubliée ! Comme si elle n'était rien ! Soudain, une ombre se détache du mur qui jouxte celui de La Salsa Rosa. Elle reconnaît Gautier, mais une fraction de seconde a suffi à lui ficher une peur bleue. Il s'avance vers elle et ose à peine la regarder, penaud. D'un geste rageur, elle essuie ses larmes. Est-ce parce qu'elle s'est fait prendre en flagrant délit de faiblesse, ou parce qu'elle croyait Gautier rentré à l'hôtel alors qu'il a pris soin de l'attendre, comme si elle était sa complice ? Ou bien parce qu'elle en veut à Gautier pour sa réaction puérile, ou parce que Vincent ne se souvient pas d'elle ? Ou peut-être pour toutes ces raisons à la fois… La jeune femme explose, hors d'elle.

— Mais qu'est-ce qui t'a pris, Gautier, putain ! Depuis quand Vincent et toi êtes des ennemis ? (Gautier a un mouvement de recul.) Tu n'as pas voulu me croire quand je t'ai dit que c'était lui que j'avais croisé à Paris ! Tu crois que je ne vous ai pas vus, Carole et toi, hein, quand vous avez échangé vos regards de compassion, du style : « la pauvre, on ne va pas lui dire pour ne pas lui faire de peine ». Tu crois que je n'ai pas compris que si tu es venu ici, c'était uniquement pour me surveiller ?

— Arrête, Rachel, ce n'est pas vrai…

— Toi, arrête ! Toi ! hurle-t-elle en pointant son doigt contre son torse. Et ne me dis pas de me calmer, s'il te plaît ! Car tu viens de foutre en l'air toute tentative d'approche avec Vincent ! Tu peux me dire ce qui t'a pris de lui sauter à la gorge comme tu l'as fait ? Non ! Ne dis rien ! Je ne veux même pas le savoir, après tout ! Tu n'as pas d'excuse, Gautier ! Tu t'es comporté comme un vrai con !

Sa voix monte dans les aigus. Elle la reconnaît à peine. Rachel se met en marche en direction de l'hôtel, toujours aussi furieuse. L'air est glacial. Elle n'a pas fermé son manteau. Elle tremble de tout son corps, mais elle ne sait plus si c'est de froid ou de rage. Les larmes emplissent de nouveau ses yeux. C'est sûrement à cause du froid, essaie-t-elle de se convaincre. Elle hait ce manque de courage dont elle vient de faire preuve à l'égard de Vincent. Mais que pouvait-elle faire de plus ?

Dans la vie, ma grande, il faut que tu suives ton instinct. Il n'y a qu'à lui que tu pourras te fier en toute circonstance. Apprends à lui faire confiance, lui a souvent répété Grand-Ma.

En évitant de brusquer Vincent ce soir, et en respectant le temps dont il semble avoir besoin, vient-elle de suivre son instinct, ou bien plutôt sa lâcheté qu'elle hait tant ? Comment aurait réagi Carole à sa place ? Rachel secoue la tête rageusement. Elle doit apprendre à penser par elle-même.

Combien de fois Grand-Ma lui a-t-elle seriné qu'elle devait essayer de voir avec ses propres yeux ! Grand-Ma ! S'il y a une seule personne auprès de laquelle elle a envie d'être, c'est bien elle ! Même si aujourd'hui, elle n'est plus sûre de ses réactions, sa seule présence à ses côtés suffit à l'apaiser, et elle se remémore tous les conseils qu'elle n'a eu de cesse de lui prodiguer toute sa vie.

Rachel marche à grandes enjambées. Gautier la suit, un peu en retrait. Elle peut entendre le bruit régulier et agaçant de ses manches de blouson qui frôlent le tissu contre son corps, au gré du balancement de ses bras. Elle le déteste lui aussi à cet instant. Lui et son besoin de violence injustifiée. Elle compose le code d'entrée du Repos parisien, étant donné qu'il est tard, puis monte quatre à quatre les marches jusqu'à sa chambre. Elle entend son cousin qui l'escorte toujours. Avant de lui claquer la porte de sa chambre au nez, elle perçoit un vague « Rachel, attends... » Mais elle n'écoute pas. Elle ne veut plus rien entendre. Elle a besoin d'être seule.

Rachel se laisse choir sur son lit. Un instant déboussolée, elle finit par extirper de son sac le petit porte-photos, puis elle se met à tourner les pages. Tandis qu'elle l'observait à La Salsa Rosa, elle a remarqué une foule de détails sur le visage de Vincent. Ces ridules d'abord, qui bordent désormais le contour de ses yeux. Signe indéfectible du temps qui s'est écoulé... Vincent s'est aussi laissé pousser une barbe de trois ou quatre jours, qui ombre ses joues et lui donne une mine plus grave et plus sombre. Et puis il y a cette cicatrice. Une ligne fine et blanche qui zèbre son sourcil droit. Est-elle le seul témoin de ce qui est arrivé à Vincent six ans plus tôt ?

Qu'a-t-il bien pu se passer, bon sang ?

Un accident ? Si c'est le cas, comment expliquer qu'il se trouve ici aujourd'hui, à quelque cinq cents kilomètres de la maison ? Un rapt ? Pourquoi la police n'a-t-elle jamais suivi cette trace ? Pourquoi n'a-t-on pas demandé de rançon à la famille ? Qui aurait bien pu vouloir le kidnapper et le rendre amnésique ?

Rachel passe ses index sur ses tempes et ferme les yeux. À quoi bon réfléchir en vain ? Se torturer l'esprit ne la mènera nulle part. Ce n'est pas ce soir qu'elle trouvera les réponses à ses questions. Tout à coup, quelque chose vibre à côté d'elle. Elle finit par comprendre qu'il s'agit de son portable qui se trouve au fond de son sac. C'est Carole. Rachel pousse un profond soupir et laisse la messagerie vocale s'enclencher. Elle sait que cela va inquiéter sa sœur, mais elle n'a pas la moindre envie de parler de ce qui vient de se passer.

Elle vient de retrouver Vincent ! Elle devrait être la plus heureuse du monde, à l'heure qu'il est ! Et au lieu de ça, elle se morfond parce qu'il ne se souvient pas d'elle… À bien y réfléchir, son amnésie est en fait plutôt rassurante. Que ce serait-il passé sinon ? Il lui aurait dit : *Eh oui, chérie, désolé, mais comme tu le vois, je ne suis pas mort ! Je t'ai juste quittée ! Je ne voulais pas te faire de peine, alors je ne t'ai rien dit !*

Oui, plus elle y réfléchit, plus Rachel songe que cette tournure inattendue du destin est la plus souhaitable. Il reste à éclaircir le mystère qui entoure sa disparition, et maintenant son amnésie, mais elle y arrivera. Pour l'heure, la barrière la plus difficile à franchir est celle érigée par Vincent lui-même. Acceptera-t-il de leur reparler un jour ? C'est sur ces interrogations que Rachel finit par s'endormir, exténuée.

Tout à coup, Rachel est tirée du sommeil par un bruit étrange. Elle se redresse et cligne des yeux, l'esprit embrumé. Cela fait-il cinq minutes ou une heure qu'elle s'est endormie ? Le bruit se fait de nouveau entendre. On gratte à la porte. Son cœur s'emballe. Et si…

— C'est Gautier, entend-elle à travers la porte.

Elle soupire, déçue, et se laisse choir sur le lit. Ses cheveux s'éparpillent tout autour d'elle, tel un halo orangé.

— Va-t'en, je n'ai pas envie de te parler.

— S'il te plaît, Rachel… À cinq, si tu n'ouvres pas, je vais être obligé de te confier tout ce que j'ai besoin de te dire au travers de cette porte, et toutes les chambres voisines vont en profiter.

Le discours de Gautier rappelle à la jeune femme leur enfance, quand Gautier ne trouvait rien de mieux, pour réussir à obtenir ce qu'il voulait, que de marchander. Et elle, elle plongeait. Toujours.

— Mais fais donc, je t'en prie, lui répond-elle contre toute attente, et le silence qui s'ensuit la rend fière.

— Excuse-moi, p'tite sœur, j'ai merdé. Grave merdé.

Silence…

Rachel sent les remparts de sa rancœur s'effriter. C'est comme ça. Quand ceux qu'elle aime demandent sincèrement pardon, elle a du mal à leur en vouloir. Alors, elle va lui ouvrir la porte. Il ne s'attendait pas à cela. Lorsqu'elle ouvre, son bras gauche est appuyé contre le mur à droite de la porte, tendu, ses épaules sont rentrées et il regarde le sol. Il redresse la tête, le regard surpris et les sourcils froncés. Penaud, il n'ose pas encore lui adresser un sourire. Il reste ainsi un instant, face à elle.

— Bon, rentre, imbécile, lui dit-elle gentiment.

Tandis que Rachel s'installe en tailleur au milieu du lit, il prend place bien au fond du fauteuil, coudes en appui sur ses jambes écartées, les mains de chaque côté de sa tête, comme s'il avait peur qu'elle ne tombe.

— Je suis désolé pour ce que j'ai fait, répète-t-il.

— Ça va, Gautier… Tu ne t'excuses jamais, qu'est-ce qui te prend ?

Gautier hausse les épaules, un peu agacé par sa remarque.

— Écoute, p'tite sœur. Je suis pas doué pour les excuses, c'est comme ça. Alors, écoute-moi. Oui, tu as eu raison quand tu m'as dit qu'au début, je ne te croyais pas. Enfin presque raison, parce qu'en fait, j'avais une trouille bleue. Je voulais que tu aies raison, mais en même temps, je refusais de m'emballer. Et puis quand j'ai vu que c'était bien lui, un mélange de sentiments m'a envahi. La peur d'abord, qui me disait « Comment c'est possible, bordel ? ». Et puis la colère. Tout aussi incontrôlable. Il se trouvait là, sous mes yeux alors qu'on l'a cherché pendant des années, à jouer les barmen dans un endroit dans lequel on n'avait jamais mis les pieds ! J'ai pensé qu'il s'était bien foutu de notre gueule pendant tout ce temps ! Comment a-t-on pu tout lui offrir, et ne plus compter à ce point ? Ce n'est pas possible d'avoir un frère qui ne se souvient plus de vous ! Ça n'existe pas, ce genre de chose, putain !

Gautier s'est redressé dans son fauteuil. Rachel remarque les muscles de ses joues et de son cou tendus à l'extrême. La jeune femme sent la souffrance et l'impuissance sous la colère de Gautier. L'impulsivité de son cousin n'est menée que par ses émotions trop puissantes, qu'il ne parvient pas à gérer.

— Si, ça se peut, Gautier, dit-elle en s'approchant et en posant une main douce sur la sienne.

Elle sait comment s'y prendre avec lui. Elle connaît les gestes qui l'aident à reprendre le contrôle de lui-même. La douceur pour le dompter. Une main de fer dans un gant de velours.

— Ça s'appelle l'amnésie, reprend-elle. Et à bien y réfléchir, il s'agit de l'hypothèse la plus positive. Nous ne savons rien de ce qui s'est passé. Lui non plus, probablement. Il va nous falloir beaucoup, beaucoup de patience. Tu m'entends, Gautier ? Nous ne pouvons rien faire d'autre, dans un premier temps, qu'attendre qu'il veuille bien nous ouvrir le livre de sa vie.

Gautier garde les sourcils froncés. Il paraît réfléchir intensément. La colère court toujours sous sa peau, bouillonnante.

— C'est moi qui ai merdé, Rachel. C'est à moi de me racheter. Je vais faire ce qu'il faut.

Rachel comprend que la colère qui couve encore est destinée à lui-même. Il s'en veut. Elle doit essayer de désamorcer la bombe. Elle se recule et reprend sa position initiale, au milieu du lit, et se munit de son air taquin.

— Dis donc, ces excuses improvisées – que j'ai bien appréciées, soit dit en passant –, ne viendraient-elles pas d'une demande expresse de Carole ?

Gautier se saisit d'un coussin, qu'il lui balance dans la figure. Rachel, qui ne l'avait pas vu venir, se met à rire.

— Tu sais pourquoi c'était, ça ? demande-t-il le sourire aux lèvres, comme un enfant heureux de ses bêtises.

— Non ?

— Pour le « tu t'es comporté comme un vrai con ! », dit-il en l'imitant.

Gautier a raison. Jamais, avant, elle ne l'avait insulté.

— J'ai dit ça parce que tu t'es comporté comme tel ! répond-elle en lui renvoyant un coussin.

Gautier, qui avait anticipé son geste, le rattrape de la main.

Rachel lui tire la langue, et Gautier s'apprête à poursuivre la bataille de coussin, mais il se ravise.

— Excuse-moi, p'tite sœur, d'avoir gâché nos retrouvailles avec Vincent.

La discussion prend une tournure nostalgique, et les larmes menacent de nouveau au bord des cils de Rachel. Elle préfère prendre un autre chemin pour les éviter.

— Excuse-moi de t'avoir traité de con.

Gautier se lève d'un bond du fauteuil.

— J'ai une de ces dalles ! On va manger un morceau ?

*

— Aïe, aïe, aïe !

Lorenzo se tient assis sur la chaise que Miguel a placée derrière le bar, un peu en retrait, de façon que les clients ne puissent le voir. Estelle, munie d'une pince à épiler désinfectée, s'applique à lui ôter tous les morceaux de verre plantés dans sa main. Lorenzo serre les dents et supporte la douleur en silence. Ce n'est pas de lui qu'émanent les gémissements, mais de Miguel qui revient de servir un groupe à une table.

— Comment arrives-tu à te faire charcuter sans rien dire, mon ami ? demande-t-il en lui tapotant l'épaule avec une moue dégoûtée, avant de repartir dans la salle avec une nouvelle commande.

— Ne t'occupe pas de lui, sourit Estelle en lui jetant un regard pour s'assurer qu'il va bien. Il est tout simplement jaloux de ton courage. Il n'a jamais supporté la vue du sang…

Lorenzo la regarde à son tour. Un sourire flotte sur son visage, tandis qu'elle est de nouveau concentrée sur sa tâche.

— Tu l'aimes encore, hein ? murmure Lorenzo.

Estelle suspend son geste. La pince à épiler qui maintient un bout de verre s'enfonce un peu plus profondément dans la paume de Lorenzo, qui étouffe un cri de douleur.

— On n'est pas là pour ça, Lolo. Tu me fais faire des bêtises. Ça va ?

Lorenzo hoche la tête en silence et se promet de ne plus remettre ça sur le tapis tant que la jeune femme est armée de sa pince, au-dessus de sa main.

Miguel est de retour, et s'affale sur un tabouret, en soupirant :

— Pfff… Je suis rincé, moi ! Tout seul à gérer le service, c'est dur !

Estelle lui jette un regard noir avant de demander :

— Que s'est-il passé, Lorenzo ? Pourquoi t'es-tu battu ?

— Mais il n'a rien fait ! Il n'a même pas bougé le petit doigt ! J'en suis témoin. Lorenzo s'est littéralement fait sauter dessus par un fou furieux. Un bagarreur, accompagné de sa nana, pourtant ! Ils l'ont appelé Vincent. Ils ont dû le confondre avec quelqu'un d'autre, c'est tout. Je te l'ai mis dehors, le gaillard ! Ni une ni deux, il était parti !

Estelle écoute en fronçant les sourcils. Lorenzo se tait. L'infirmière a terminé l'extraction des débris, puis se met à écarter doucement les chairs pour s'assurer qu'elle n'en a pas laissé. Miguel fait mine de s'évanouir, et Lorenzo serre les dents. Des clients viennent régler l'addition, Miguel se précipite avec joie.

— C'est vrai que ça s'est passé comme ça, Lorenzo ?

— Hum…

— Alors pourquoi tu laisses Miguel répondre à ta place ?

— Tu connais ton mari, il est plus bavard que moi…

— Pour ça, il n'y a pas de mal, mon Lolo ! Pourquoi ne portes-tu pas plainte ?

Estelle applique une crème antiseptique sur toute la paume de la main, avant de la bander.

— Laisse tomber, Estelle, ce n'est pas si grave…

— Le gars t'a quand même bien amoché ! On ne fait pas ça gratuitement !

— Je t'assure, ça va… De toute façon je ne le reconnaîtrais même pas…

— Miguel le pourrait, il est très physionomiste. Tiens, prends ces comprimés. Ce sont des antidouleurs. Tu en avales deux maintenant, et deux autres dans la nuit si la douleur te réveille. À présent, laisse-moi voir ta joue.

Lorenzo retire la poche d'eau glacée qu'Estelle lui a demandé de tenir le temps qu'elle s'occupe de sa main. La jeune femme fronce de nouveau les sourcils.

— L'œdème a un peu désenflé, mais je te préviens : la bosse et le bleu vont se voir un bon moment !

Elle lui applique du bout des doigts du gel d'arnica, mais même cette caresse est douloureuse pour Lorenzo. Il grimace.

— Tut tut tut ! Arrête tes mimiques, tu vas te faire mal ! Le simple fait de sourire va être douloureux pendant quelques jours. Encore que ça ne devrait pas beaucoup te déranger, tu ne souris pas souvent… C'est une chance que ta pommette ne soit pas cassée ! Ce taré aurait pu te causer des dommages bien plus graves ! Miguel m'a dit que ta tête était passée à deux doigts de l'angle du bar ! Je n'ose même pas imaginer… Là, voilà, j'ai terminé. Regarde-moi, Lolo : tu es vraiment sûr de ne pas vouloir porter plainte ? Sinon, je t'emmène, si tu veux… Miguel ne pourra pas se libérer, mais moi je peux faire en sorte de t'accompagner.

— C'est très gentil, Estelle, mais tu as déjà fait assez. Merci pour les soins.

— Alors, ça y est ? Les bobos sont cachés ? Voilà qui est plus agréable à regarder ! s'exclame Miguel en désignant le bandage sur la main de Lorenzo.

— Lorenzo est en arrêt de travail pour ce soir, annonce Estelle à Miguel, d'un ton sans réplique.

— Il ne peut vraiment pas… ? Comment je vais faire, moi ?

— Non, il ne peut vraiment pas. Tu fermeras plus tôt, pour une fois. Lorenzo, tu as besoin de repos. Miguel, promets-moi que tu ne vas pas le forcer à travailler ?

— Bien sûr que non, tu me prends pour qui ? répond-il en haussant les épaules, agacé.

Estelle range son matériel et se lave les mains. Puis elle vient se planter devant Lorenzo et le force à la regarder dans les yeux.

— Je veux que tu me jures de prendre soin de toi.

— Je ne jure jamais.

— Alors promets-moi.

— Je te le promets.

— Tu es si vulnérable ! Tu ne te souviens pas de ton passé, tu es seul ici ! On ne sait jamais ce qui peut arriver, tu m'entends ?

Lorenzo sourit, et ce geste lui arrache une grimace.

— Je ne suis plus un enfant, Estelle.

Elle l'embrasse sur sa joue vaillante, et Miguel la raccompagne jusqu'à la sortie. Cela prend un peu de temps, et des gens attendent pour payer. Lorenzo se lève en grimaçant, et s'occupe de l'encaissement. Miguel reparaît.

— Oh, malheureux ! Ne t'occupe surtout de rien, tu vas faire fuir les clients avec ta gueule cassée !

— Si tu n'avais pas pris tant de temps pour raccompagner Estelle, je n'aurais pas été obligé de te remplacer !

— Eh bien, oui, figure-toi qu'on a discuté, si tu veux tout savoir.

— Je disais ça, mais ça ne me dérange pas de t'aider ce soir.

— Alors là, mon ami, tu vas bien m'écouter ! s'écrie Miguel avec véhémence. Tu ne vas rien faire du tout !

— Pourquoi ?

— Pourquoi ? Je vais te dire pourquoi, moi ! Primo, parce que Estelle t'a défendu de faire quoi que ce soit ce soir, et que si elle l'apprenait, elle me tuerait ! Deuzio, parce que avec une main en moins et une gueule au carré, ça n'est pas bon pour le business ! Tu as besoin de te reposer, alors tu vas monter te coucher là-haut ! Je te laisse mon lit, je prendrai le canapé. Mais avant, tu vas gentiment t'asseoir parce que j'ai deux mots à te dire !

— Quoi encore, Miguel ? soupire Lorenzo en s'exécutant.

— Je n'ai rien voulu dire devant Estelle, pour ne pas l'inquiéter, mais ce qui s'est passé ce soir, ce n'est pas rien !

— Comment ça ?

Lorenzo a cette fois l'air vraiment agacé.

— Je sens bien que ça t'énerve, mon ami ! Mais ces gens, tu les connaissais !

— N'importe quoi !

— Non, écoute-moi ! Quand je t'ai parlé de la rouquine et que tu l'as regardée, tu as fait tomber ton verre ! On ne lâche pas son verre en croisant le regard d'une inconnue, ou alors c'est un sacré coup de foudre, ma parole !

— Mais je ne sais même pas qui était cette fille !

— Toi, tu ne le sais peut-être pas, mais ton inconscient, là-dedans (Miguel tapote sa tête de l'index), il a tout de suite tilté, je te dis ! J'en suis sûr, Lolo ! J'ai vu ton regard ! Il s'est passé un truc !

— J'ai cassé un verre, et puis alors ? Ça ne veut strictement rien dire ! Un geste maladroit, c'est tout !

— Mon ami, tu ne casses jamais de verre !

Le silence se fait, avant que des clients appellent Miguel pour une autre tournée de bières. Le barman pointe Lorenzo du doigt.

— Toi, tu ne bouges pas de là ! J'en ai pas fini avec toi !

Quand il est enfin de retour, Lorenzo se tient toujours sur sa chaise. Miguel a l'impression qu'il s'est endormi.

— Mon ami, souffle-t-il.

Lorenzo ouvre aussitôt les yeux.

— Bon, reprenons… Je vais te dire ce que j'en pense : ça fait combien de temps que ton « accident » t'est arrivé, mon ami ? Cinq, six ans ? (Lorenzo acquiesce.) Tout cette histoire qui l'entoure… c'est un vrai mystère ! Tu ne sais pas ce qui s'est passé. D'abord, parce que tu n'as jamais voulu te faire suivre par des médecins compétents, malgré ce qu'on t'a toujours conseillé, avec Estelle. Et ensuite parce que personne n'est venu te chercher. Tu n'as jamais pu avoir de déclic. Je sais que tu en veux beaucoup à ta famille pour n'avoir donné aucun signe de vie, mais c'est maintenant qu'il arrive ! Cela fait peut-être des années qu'ils te cherchent, après tout ! Si ça se trouve, tu n'habitais pas à Paris, mec, comment savoir ? Je crois que ce soir, il s'est passé un truc, que ton cerveau a capté cette connexion avec ta vie d'avant. Au fond de toi, tu le sais, c'est pour ça que ça t'énerve !

Lorenzo se redresse. Il soupire encore avant de se servir un verre d'eau. Avec une main, ce n'est pas facile, mais il refuse l'aide de son ami.

— Putain de fierté, Lolo ! Tu me dis parfois que je suis égocentrique, que je ne pense qu'à mon petit nombril, mais toi, mon vieux, tu es fier comme un paon ! Accepte la main tendue, Lorenzo ! En tout cas, en ce moment, une autre main pourrait t'être d'un grand secours ! (Miguel rit de sa propre blague.) Allez, lâche prise ! Ravale ta fierté et accepte mon aide. Je vais t'emmener voir les plus grands spécialistes en neurologie. Ou bien je vais te mettre une nouvelle fois devant cette rouquine, tu vas voir s'il ne se passe rien !

En tout cas, moi, j'aimerais bien me retrouver seul avec elle…

— Putain, Miguel, tu fais chier !

— Ah, tu vois ! Je le savais ! Tu es jaloux !

— Mais non, pas du tout… Ça n'a rien à voir avec la jalousie… Mais tu es là, à raconter mon histoire, comme si tu savais tout sur tout ! Tu ne sais rien, tu entends ? Rien. Alors fous-moi la paix.

Lorenzo s'éloigne.

— Ce n'est pas par là pour accéder à mon appart, Lorenzo ! lui crie Miguel.

Mais celui-ci n'écoute pas. En quelques enjambées, il atteint la porte d'entrée de l'établissement, laquelle se referme en claquant.

*

Miguel s'époumone au rythme d'une chanson entraînante d'Amir, son balai dans une main en guise de micro, sous les rires de Lila, qui frappe joyeusement dans ses mains. La petite fille s'approche de son père et cherche à attirer son attention en tapotant son ventre avec son index.

— Chante avec moi, ma puce ! *On dirait…*

— Papa ?

— Oui, ma chérie ?

— Il y a quelqu'un qui frappe à la porte.

Miguel pose son balai contre le mur, baisse le volume de la musique et lisse ses cheveux d'un geste coquet. Il se donne une contenance, car il sait très bien que de là où se situe le visiteur, il a pu observer toute la scène à travers la porte vitrée. Miguel hausse les épaules. Quel mal y a-t-il à s'amuser avec sa fille ?

Le bar est fermé aujourd'hui et il essaie de faire un peu de ménage dans la joie et la bonne humeur. Soudain, il se dit qu'il s'agit peut-être de Lorenzo, qui aurait oublié ses clés. Il a essayé de le joindre plusieurs fois sur son téléphone, en vain. Il s'est même rendu de bonne heure ce matin chez Angela, mais il n'y avait personne. La jeune femme avait déjà dû décoller pour les États-Unis, et Lorenzo, s'il était là, n'avait pas daigné lui répondre. Miguel avait hésité à se rendre chez lui, mais pour cela il lui fallait prendre sa voiture ou les transports en commun, et il n'en avait pas le temps : la grand-mère de Lila venait lui déposer la petite fille à 10 heures.

Miguel se précipite vers l'entrée. Un homme se tient sur le pas de la porte. Des cheveux châtains en bataille, une carrure plus haute que la sienne, bien qu'il ne soit pas très grand. Des yeux verts en forme de croissants de lune. Miguel le reconnaît sur-le-champ.

— Faut-il que j'aille chercher mon casque avant de vous ouvrir ? demande-t-il d'un air sérieux.

— Je ne suis pas venu pour chercher la bagarre, mais pour présenter mes excuses, répond Gautier d'une voix posée. Est-ce que Vincent… ou Lorenzo… est ici ?

— Avec vos histoires, ce bon vieux Lorenzo s'est fait la malle sans demander son reste, et je ne sais pas où il est.

Miguel secoue la tête, blasé, avant de marmonner :

— D'ailleurs, si ça se trouve, grâce à votre sang-froid sans faille, je vais peut-être devoir assurer le service tout seul ces prochains jours, moi…

— Je suis désolé, bafouille Gautier.

— C'est qui, Papa ? demande une toute petite voix en dessous d'eux.

Gautier lui sourit timidement.

— C'est... un ami de Tonton Lolo, ma chérie. Ne reste pas près de la porte, tu vas prendre froid. Retourne à ta table et joue avec tes poupées.

La petite fille s'exécute. Gautier montre d'un geste vague la boîte de chocolats qu'il tient entre les mains.

— J'étais venu apporter ça à Vincent, mais... si vous ne savez pas où il se trouve...

— Bon, ne restez pas bêtement devant la porte, comme ça, vous êtes en train de me faire dépenser du chauffage pour rien. Mais je vous préviens, l'ami, dit-il en pointant un doigt menaçant sous le menton de Gautier, on se tient à carreau ! Je ne veux pas de violence chez moi, et en plus y a la p'tite ! ajoute-t-il en relevant le menton vers Lila, qui joue tranquillement.

— Bien sûr, pour qui me prenez-vous ? Je ne suis pas une brute épaisse !

— Mouais ! Ça reste à prouver...

Miguel referme la porte à clé derrière Gautier, et le fait asseoir sur l'un des tabourets du bar avant de lui servir un café. Puis il s'installe en face de lui et le regarde droit dans les yeux.

— Après tout, je ne peux pas trop vous en vouloir... Grâce à vous, j'ai rencart ce soir avec ma femme !

— Pardon ?

Le barman balaie ses paroles d'un geste de la main.

— Enfin, je vous expliquerai... un jour, peut-être. En attendant, VOUS me devez des explications. Qui êtes-vous ? Comment connaissez-vous Lorenzo ?

Gautier pousse un profond soupir. Il reste d'abord silencieux tout en mélangeant son café qui dégage des arômes de vanille. Il tente de rassembler ses idées, de les remettre dans le bon ordre. Puis, d'une voix chargée d'émotion, le jeune homme se lance dans le récit de sa vie d'avant :

— Vincent et moi nous sommes rencontrés au jardin d'enfants, dans notre Vendée natale. Nous étions comme deux frères. Inséparables. On se comprenait sans même avoir besoin de se parler. Enfant, j'avais du mal à me canaliser. J'étais un peu effronté, bagarreur. Lui, il était tout l'inverse. Il n'avait de cesse de vouloir être aimé. Il faisait toujours ce qui lui semblait être juste, droit, bon. Il pensait aux autres. Il me calmait, m'apaisait. (Les yeux de Gautier se mettent à briller au souvenir de son ami d'enfance.) Sa famille et la mienne étaient aux antipodes, alors quand nous étions tout gamins, nous nous voyions peu en dehors de l'école et du foot. C'est quand on a eu l'âge des mobylettes qu'on a vraiment traîné ensemble. Et c'est là qu'il est tombé amoureux de Rachel, l'une de mes cousines. Elle l'a fait poireauter un peu avant de daigner lui accorder un premier rencart. Rachel était si sage… Quand ils ont eu dix-sept ans, ils se sont mis ensemble et ne se sont plus quittés. Vincent apprenait à notre contact ce que le mot famille signifiait, car chez lui… c'était compliqué. Il a suivi des études pour pouvoir travailler dans la banque familiale, dirigée par mon grand-père. Celui-ci était devenu le mentor de Vincent. Ils s'entendaient à merveille. Parfois, j'étais même un peu jaloux, car il était ce petit-fils que je ne pouvais pas être pour lui. Ce domaine ne m'attirait pas, je n'avais pas envie de reprendre le flambeau. Mais j'étais heureux que ça nous fasse encore un lien de plus. Vincent et Rachel avaient même prévu de se marier. Et puis il y a eu cette putain de soirée, deux jours avant le mariage. (Les yeux de Gautier s'assombrissent, et sa voix se fait plus grave.) Grand-Pa est mort. Il a fait une crise cardiaque à son travail. Et quelques heures après, le sort a continué de s'acharner. Il y a eu ce coup de fil de la gendarmerie à Rachel : on avait retrouvé la moto de Vincent, encastrée dans un arbre, défoncée, et son casque dans la rivière en contrebas. Mais aucune trace de Vincent. J'entends encore les cris de Rachel ce soir-là. On a appelé Vincent, on a fouillé partout, on a imaginé tous les scénarios possibles. Les flics ont sondé la rivière durant des semaines. On a pensé à un suicide, ou tout du moins à une tentative. Vincent aimait Grand-Pa. Mais plus que tout, il aimait la vie. On a cherché un autre lien avec la mort de Grand-Pa. Mais on n'a rien trouvé. Rien ne collait. Et il ne revenait toujours pas. Au bout d'un an à peine, il a même été déclaré mort, car soi-disant, toutes les circonstances ne laissaient supposer aucune autre version possible. Mais comment faire son deuil sans cadavre ? Le chemin a été long, très long. Il en a fallu des putains d'heures passées assis le cul dans un fauteuil à essayer de vous faire mettre dans le crâne par un professionnel que personne n'y était pour rien, que c'était comme ça. Qu'il fallait tourner la page. Et puis la vie a repris, petit à petit. Il manquait quelqu'un, ce n'était plus pareil, mais on pouvait de nouveau sourire. Après tout ce chemin parcouru, je vous passe le détail du choc des émotions quand, six ans plus tard, on revoit Vincent, barman à Paris ! Je suis encore désolé pour le coup de sang, mais c'était plus fort que moi. Je n'ai pas réfléchi… Lui balancer toute cette maudite souffrance en plein visage a été mon premier réflexe !

Miguel essuie d'un geste discret le bord de ses cils et s'éclaircit la voix avant de prendre la parole, au bout d'un long moment.

— C'est bien beau de l'avoir vu là comme ça. Et suivant ce que vous me racontez, ça pourrait coller : mon Lorenzo ne se souvient pas de son passé. Mais comment être sûr qu'il ne s'agit tout simplement pas d'une coïncidence ? D'un sosie ?

Gautier émet un petit rire jaune à l'évocation de cet argument qu'il avait lui-même mis en avant, et songe à la tête que Rachel ferait si elle était présente. Puis il sort de sa poche le fameux porte-photos. Miguel en feuillette les pages et reste coi devant les portraits.

— *Meu Deus !* À n'en pas douter… c'est bien mon Lolo, murmure-t-il, comme s'il se parlait à lui-même.

Puis il se redresse et plante ses yeux dans ceux de Gautier. Il y lit le ravage causé par le stress, la culpabilité, l'incertitude de l'avenir, un espoir implorant aussi. Et il éprouve un élan de sympathie pour cet homme impulsif mais tellement sincère. Il se demande ce qu'il aurait fait à sa place. Une amitié aussi fraternelle, il n'en a jamais connu.

— Je suis content que Lorenzo ait vécu la vie que vous venez de me décrire. Si je comprends bien, cet enfoiré menait une vie rêvée… Un amour de longue date, une amitié sans borne, une belle-famille friquée – oups, pardon – une belle-famille aimante, un job en or. Et puis, bam ! Le revers du destin ! Il lui est arrivé on ne sait quoi, on ne sait pourquoi, et tout a capoté. Il en a connu des galères, si vous saviez ! Il mérite bien d'avoir vécu le bonheur avant tout ça… Le souci, c'est qu'il ne s'en souvient pas. Vous vous rendez compte ? Il s'est retrouvé orphelin, du jour au lendemain. Seul au monde dans la grande ville ! Tout ce que je peux vous dire, c'est qu'il l'a reconnue, votre cousine, hier soir. Ça a sans doute été un éclair très fugace, et ça l'a énervé, mais il a eu un flash. Je l'ai vu dans ses yeux. Alors ce n'est pas sans espoir. Même si vous ne m'aviez pas montré ces photos, j'aurais bien parié que votre Vincent et mon Lorenzo ne sont qu'une seule et même personne. Mais il faut y aller en douceur, on ne peut pas le replonger comme ça dans son passé !

— Vous acceptez de m'aider ?

Miguel réfléchit un instant, en faisant les cent pas derrière le bar, les bras croisés et une main sous le menton.

— Lorenzo est sans doute chez lui. Du moins je l'espère… J'aurais voulu vérifier ce matin, mais je n'ai pas eu le temps, avec la p'tite. Bref, en tout cas, il est hors de question que je vous donne son adresse. Il m'en voudrait à mort. Je ne peux pas lui faire ça. Il faut y aller doucement, avec lui. Par contre, je peux inventer un stratagème. Lui donner rendez-vous, alors qu'en réalité, c'est vous qui vous présenterez à ce rendez-vous.

Les yeux de Gautier s'illuminent un instant, et Miguel parvient à entrevoir quel genre d'ami il peut être.

— Vous feriez ça ?

— Oui… Enfin… À bien y réfléchir et sans vouloir vous offenser, je ne pense pas que le fait que ce soit vous qu'il voie en premier soit la meilleure idée du siècle. Non… Je pense que c'est plutôt son ancienne copine qui va devoir se rendre à ce premier rencart. C'est elle qu'il a regardée, pas vous. Vous seriez à ma place, vous comprendriez pourquoi…

Gautier se garde bien de tout commentaire. Pour quelqu'un qui veut y aller mollo avec Vincent, lui donner un faux rencart pour qu'il tombe sur Rachel sans même s'y être préparé lui paraît assez contradictoire. Mais Gautier évite de faire une quelconque remarque.

— Tu t'appelles comment ? demande soudain la petite fille qui a fini par se lasser de ses poupées.

— Gautier. Et toi ?

— Lila.

— C'est mignon, Lila. Et quel âge as-tu ?

— J'ai cinq ans. Et toi, t'as quel âge ?

— Lila ! intervient son père. Ça ne se demande pas. Tu vois bien qu'il est vieux ! ajoute-t-il d'un air de conspirateur.

— C'est parce que t'es vieux que t'es triste ?

— Tu trouves que j'ai l'air triste ?

— Un peu ! (Lila hausse les épaules.) Papa, quand je suis triste, il me fait toujours des guilis. Je peux t'en faire ?

Gautier descend de son tabouret.

— Attention, parce que je peux t'en faire en premier !

La petite fille se met à rire avant même que Gautier ne commence à la chatouiller.

— Alors, tu vois, ça chatouille !

— Même pas ! Je gratte pas, j'efface juste les guilis !

Les rires de Lila se calment, puis le jeu prend fin. Le sourire jusqu'aux oreilles, la fillette rejette en arrière les longues boucles brunes qui lui retombent devant le visage. Le sourire est contagieux, il atteint même les deux hommes. Vu de l'extérieur, on pourrait presque croire que ces deux-là sont amis.

— J'appellerai Lorenzo tout à l'heure. Donnez-moi le numéro de votre cousine, pour que je puisse vous tenir au courant.

Gautier griffonne le numéro sur un bout de papier. Puis il remercie vivement Miguel, offre la boîte de chocolats à Lila et leur dit au revoir.

À peine Gautier parti, Miguel s'isole pour appeler Lorenzo. Il croise les doigts pour qu'il décroche, mais au bout de quelques sonneries, le répondeur se déclenche, et la voix désincarnée de Lorenzo décline son prénom et son nom. Miguel s'éclaircit la voix.

— Salut, mon ami ! On peut savoir ce que tu fous, là, bon sang ? Écoute, j'ai besoin de tes conseils, et tu disparais en pleine nature ! Hier soir, on était un peu centrés sur toi, ta main, ta gueule cassée, et tout le tralala, du coup, je ne t'ai pas dit : j'ai rendez-vous avec Estelle ce soir. Je suis hyper content, mais je sais pas trop comment me la jouer… Pouvoir en parler avec toi m'aurait fait un bien fou ! J'ai pensé à quelque chose… ton histoire de me faire courir… Je t'ai toujours dit qu'un jour je le ferai avec toi. Eh bien, je pense que ce soir, c'est mon soir, mec ! Avant le rencart avec Estelle, il n'y a rien de tel pour se vider la tête ! Alors…

— Papa ? T'es où ?

— Bon, mon ami, je dois te laisser, je suis avec Lila. Je compte sur toi, Lolo : ce soir, à 17 heures au parc. Tu m'entends ? Si tu n'es pas là… bref. SOIS LÀ. J'espère que ça ira pour courir, ta main et ta joue. Enfin, tu n'en auras pas besoin ! Au fait, comment vont tes bobos ?

— Papaaa !

— Oui, Lila, j'arrive ! Bon allez, mec, je raccroche ! À ce soir. 17 heures. Et ne sois pas en retard !

Miguel raccroche, le sourire aux lèvres, et prend la main de sa fille qui l'entraîne vers ses jeux. Il est certain que Lorenzo va répondre présent ce soir, puisqu'il est question de lui rendre service et de le faire courir. Miguel lui a menti, mais ce n'était qu'un demi-mensonge. Il a bien réussi à décrocher un rendez-vous ce soir avec sa femme. Et il aurait bien eu besoin des conseils de son ami pour préparer ce moment délicat. Aller courir avec Lorenzo aurait pu être une excellente idée, aussi. Mais aujourd'hui, Miguel préfère penser à son ami. S'il invente ce stratagème, c'est uniquement pour lui qu'il le fait. Lorenzo mérite bien ce coup de pouce. Désormais, il ne reste plus à Miguel qu'à finaliser son plan en prévenant Rachel qu'elle a rendez-vous ce soir avec son Vincent.

*

Lorenzo déclenche sa montre et commence à trottiner. Rapidement, il trouve son rythme de croisière. Il est 16 h 45. Il sera sans doute en retard, mais Miguel a l'habitude. Il va le houspiller un peu, et puis quand il commencera à courir, il sera bien obligé de se calmer, puisque c'est Lorenzo qui mènera la danse. Il n'en revient pas que son ami ait de lui-même pris la décision de se mettre au sport ! Il doit se trouver dans un état de stress intense. Lorenzo s'en veut un peu de ne pas l'avoir rappelé après ses coups de fil répétés, mais il avait eu besoin de faire le vide, de s'éloigner un peu. Si son ami ne l'avait pas appelé à l'aide, il n'aurait sans doute refait surface que le lendemain, pour retourner travailler.

Lorenzo jette un œil au bandage de sa main. Il n'a pas voulu l'enlever, car il n'était pas certain de pouvoir le remettre tout seul correctement. Les blessures sont restées superficielles, et il n'est pas du genre douillet, et encore moins à se plaindre. Il garde en tête qu'il y a plus grave dans la vie. En revanche, sa joue est un peu douloureuse. Il a l'impression que les vibrations de la course se répercutent dans toute sa tête. Mais tout n'est qu'une question de mental. Il suffit de penser à autre chose, et l'élancement va s'évaporer… Il est des sujets trop douloureux qu'il évite cependant. Il faut faire attention, car la sournoise et insidieuse solitude le guette. Lorenzo préfère se concentrer sur sa joue. Cette douleur-là est plus supportable. Mais son esprit a tendance à vagabonder. Et la scène d'hier soir revient toujours, tel un mantra. Ce n'est pas le coup qu'il a reçu ni la violence qu'il contient, qui l'a le plus désarçonné. Non. C'est autre chose… Un coup d'œil à sa montre. Pourquoi lambine-t-il comme ça ? Il doit vraiment remettre son putain de cerveau en état, et accélérer. Cette petite course va lui faire le plus grand bien. Miguel a eu une super-idée.

Quand il arrive au parc, il n'a que dix minutes de retard. La journée a été belle, et après ces derniers jours de pluie, et les rayons du soleil qui ont dardé tout le jour, les odeurs de la terre ressortent, avec celles des fleurs fraîchement écloses. Lorenzo s'arrête et cherche son ami. Il devrait se trouver ici, près du grand portail de l'entrée. C'est là qu'ils se retrouvent d'habitude lorsqu'ils emmènent Lila nourrir les canards. Mais Miguel n'est pas là. Lorenzo jette de nouveau un œil à sa montre. Serait-il plus en retard qu'il ne le croyait ? Il marche vers l'étendue d'eau. Peut-être que son ami l'attend sur l'un des bancs qui longent l'allée principale. Mais Lorenzo a beau regarder de tous les côtés, aucune trace de Miguel. Et c'est là qu'il la voit…

Sa chevelure rousse relevée au-dessus de la nuque, elle est accroupie devant le plan d'eau et y jette des petits cailloux. Elle porte une veste de sport rose et un pantalon de jogging noir. Les sourcils froncés, Lorenzo repère ses chaussures de sport. Il ne voit que son profil, mais il est certain que c'est elle. Tout à coup, il comprend. Il s'est fait avoir par Miguel. Comment a-t-il pu lui faire ça ? Lorenzo sent la colère monter. De quel droit ? La jeune femme ne l'a pas vu. Il doit rebrousser chemin, et vite. Dans un premier temps, ses jambes refusent de lui obéir. Il la regarde sans pouvoir bouger d'un pouce. Se sent-elle observée ? Ou commence-t-elle à s'impatienter ? Elle tourne la tête dans sa direction, et leurs regards s'accrochent. Ses yeux verts se plantent dans les siens, et il y lit la surprise de se voir ainsi épiée. Un sourire naît sur ses lèvres, tandis qu'elle se redresse lentement. Elle hésite, mal à l'aise. Dans son regard, une sorte d'innocence et de profonde sincérité le bouleverse. Et il reste là, sans pouvoir esquisser le moindre mouvement.

Elle comprend tout de suite que ce n'était pas elle qu'il attendait. À sa façon de se tenir, on croirait que tous ses sens sont en alerte et qu'il n'attend qu'un signal pour s'échapper en courant. Les muscles de ses joues sont contractés, ses yeux brûlants cherchent une explication. Elle aussi, elle aimerait qu'on lui en fournisse une. Miguel l'a appelée pour lui dire qu'il avait réussi à lui obtenir un rendez-vous avec Vincent, et Gautier lui a rapporté la conversation qu'il avait eue avec le barman le matin même. Mais ni l'un ni l'autre ne lui ont précisé que Vincent n'était pas au courant que ce serait ELLE qui viendrait à ce rendez-vous. Pas sûr qu'elle aurait accepté en de telles circonstances…

— Salut, dit-elle timidement en s'approchant.

D'un geste embarrassé, elle enroule une mèche de cheveux rebelle qui s'échappe de son chignon. Elle a l'impression, l'espace d'un instant, qu'il va reculer. Mais il n'en fait rien… Il détourne cependant le regard, comme pour couper le contact.

— Salut, répond-il au bout d'un moment.

— Je crois qu'on s'est fait avoir, glousse-t-elle.

— Tu t'attendais à rencontrer qui ?

— Disons plutôt que je croyais que la personne que je devais rencontrer s'attendrait à me voir, *moi*…

Vincent plisse ses yeux et la regarde avec intensité. Mais Rachel est incapable de déchiffrer les émotions qui le traversent… Colère, déception, tristesse ? La jeune femme ne sait pas elle-même quelle réaction adopter. Toute la journée elle n'a pu s'empêcher de songer avec impatience à cet instant. Elle s'est maintes fois repassé le film dans la tête. Elle a anticipé ce qu'elle lui dirait, imaginé ce qu'elle espérait qu'il lui réponde. Mais elle était alors certaine qu'il avait accepté de la revoir. Tout semble à présent bien différent. Elle finit par penser qu'elle va rentrer à l'hôtel et le laisser là. C'est la dernière chose qu'elle a envie de faire, mais elle n'a pas le choix. Elle ne peut le contraindre à passer du temps avec elle s'il n'en a pas envie.

— Le tour entier du plan d'eau fait cinq kilomètres. Puisque tu es en tenue, on peut peut-être y aller en trottinant ?

La question surprend un peu Rachel. Certes, Miguel lui a demandé de venir en tenue de sport, mais il n'a jamais été question de course. En vérité, elle ne savait pas à quoi s'attendre, mais elle se sentait prête à tout, juste pour le voir. Rachel devine que Miguel a dû faire croire à son ami que c'était lui qu'il retrouverait au parc pour faire un jogging entre copains. Rachel, elle, n'a pas couru depuis des lustres. Il arrivait autrefois que Vincent l'emmène courir avec lui. Elle aimait bien ces moments-là, car il était patient et pédagogue, et même s'il n'avait pas le même rythme, il restait près d'elle. Mais cela fait si longtemps ! Depuis qu'il a disparu, elle n'a jamais voulu s'y remettre. À présent, elle n'a pas le choix. Si elle veut passer du temps avec lui, elle va devoir faire un petit effort. Il ne la reconnaît pas ; va-t-il être aussi patient qu'avant ?

— Allons-y, répond-elle d'une voix ferme.

Elle commence à trottiner. En passant devant lui, elle a juste le temps de déceler dans son regard une lueur d'étonnement, ainsi qu'autre chose de nouveau... de l'amusement ? Elle s'élance un peu plus vite, son amour-propre lui soufflant qu'elle ne doit pas lui montrer ses faiblesses. Puisqu'elle va devoir le reconquérir, elle ne peut plus compter sur leurs dix ans passés ensemble. L'ardoise est effacée, elle doit tout réécrire, en ne montrant que le meilleur d'elle-même. Mais très vite, Vincent la fait redescendre sur terre.

— Pas si vite. Tu dois d'abord t'échauffer. C'est la base si tu ne veux pas te blesser. Suis-moi, je vais te montrer.

Il parle doucement. Rachel croise son regard, le temps qu'il la dépasse. Ses yeux bleu glacier l'hypnotisent. Elle aperçoit sa joue tuméfiée, sa main gauche entourée d'un bandage. Vincent s'en sert de la même façon que de son autre main, et Rachel songe que déjà, à l'époque, il était dur au mal. Elle se met à le suivre. Comme à l'époque, avec cette confiance sans bornes. Elle pourrait le suivre les yeux fermés... Elle ne peut s'empêcher de parcourir son corps du regard : sa haute stature, ses larges épaules au creux desquelles elle aimait se blottir, ses fesses si fermes... *Mon Dieu, Rachel, ressaisis-toi !*

Cela fait un bon moment qu'ils sont partis. Rachel a l'impression qu'il s'est passé au moins une heure, et que le tour de cinq kilomètres en fait le double. Elle se force à utiliser la respiration abdominale, comme Vincent lui a montré il y a des années. *Inspirer par le nez – gonfler le ventre – expirer en deux temps par la bouche – inspirer par la bouche – gonfler le ventre – expirer en deux temps par la bouche...* Elle se concentre sur ces mouvements, mais elle sent que ce n'est plus suffisant et qu'elle va bientôt craquer. Ses joues doivent être toutes rouges, et ses poumons sont à deux doigts d'exploser. Cinq kilomètres, ce n'est pas un long parcours, à condition d'avoir un minimum d'entraînement. Ce qui est loin d'être son cas...

Vincent se retourne de temps à autre pour voir si elle va bien et si elle le suit toujours. Elle ne s'abaissera pas à lui montrer qu'elle est au bout du rouleau. Il y a une dernière – légère – côte à gravir, et au-delà, Rachel peut apercevoir le portail de l'entrée. Un regain d'énergie s'empare d'elle. Depuis le début de leur course, elle sent bien que Vincent se bride, qu'il se force à ralentir son allure pour l'attendre. Dans cette dernière côte, elle va tout donner pour lui signifier qu'elle aussi, elle peut se battre.

Surpris par cette accélération au moment le plus inattendu, Vincent se laisse distancer par la jeune femme. Elle ne lui jette pas un regard. Elle doit rester concentrée sur les derniers mètres. Très vite, il revient à sa hauteur. C'est si facile pour lui ! Évidemment, il a l'habitude ! Vincent court depuis des années… Le cœur de Rachel s'emballe. Et ce n'est pas à cause de l'effort, cette fois. Ce que Rachel vient de comprendre, c'est que Vincent court toujours. Il ne se souvient plus de l'homme qu'il était, mais sa passion pour la course est intacte. Il ne se remémore certainement pas qu'il aimait déjà courir dans sa vie d'avant, mais il a repris ce sport, car il s'agissait pour lui d'un besoin vital. Alors Rachel se met à espérer. Peut-être qu'il en sera de même avec elle ? Peut-être qu'il n'a plus le souvenir de l'avoir aimée, mais que les sentiments reviendront d'eux-mêmes ? Cette pensée lui donne des ailes, et elle distance de nouveau Vincent, qui revient vite à ses côtés. Le portail n'est plus qu'à quelques mètres, et la côte est derrière elle. Rachel donne tout ce qu'elle a dans le ventre. Même si son cœur va exploser, elle court aussi vite qu'elle le peut. Ce n'est que lorsqu'elle arrive à la hauteur du dernier banc qu'elle se met à décélérer.

Tandis qu'elle se tient le corps penché en avant, les mains sur les genoux et les jambes écartées, peinant à reprendre sa respiration, elle sent le regard de Vincent sur elle. Elle doit être affreuse à voir, en sueur et les joues écarlates, mais pour l'instant, elle s'en moque. Tout ce qu'elle voudrait, c'est pouvoir s'affaler sur un banc. Pour l'heure, ils sont tous occupés. Elle entend le souffle régulier de Vincent à ses côtés. Il commence à s'étirer. Rachel attend d'avoir retrouvé son souffle pour l'imiter. Les mouvements se font sans échanger un mot. Autant le silence tout à l'heure n'a pas dérangé Rachel – de toute façon bien incapable de courir en même temps que de parler –, autant le poids de ce silence-là lui pèse un peu.

Elle se demande à quoi il pense. Comment peut-il rester aussi naturel à ses côtés, sans même la questionner ? Elle essaie de se mettre à sa place. Comment réagirait-elle face à un inconnu qui prétend la connaître, alors que c'est tout à fait plausible puisqu'elle n'a pas de souvenir de son passé ? Quel comportement adopterait-elle si elle se faisait agresser par la personne qui accompagnait cet inconnu ? Que penserait-elle de ces gens qui refont surface de manière inopinée, alors même qu'ils l'avaient laissée seule au monde des années auparavant ? Rachel a beau se creuser la tête, elle ne parvient pas à imaginer sa réaction.

— Le banc un peu plus loin vient de se libérer. On y va ? demande-t-elle.

Vincent acquiesce d'un hochement de tête. Rachel s'assied avec soulagement, et Vincent prend place à ses côtés, en gardant une distance raisonnable entre eux. Rachel le remarque, mais ne souffle mot. Vincent tamponne son front avec l'éponge jaune fluo accrochée à son poignet. Puis il caresse doucement sa joue boursouflée avec sa main valide, mais grimace aussitôt. Ce petit jogging n'a pas dû être un parcours de santé pour lui non plus, à cause du coup de la veille. Rachel a soudainement envie de le prendre dans ses bras.

Je t'ai cherché et pleuré si longtemps ! Tu m'as tellement manqué ! Si seulement tu pouvais savoir à quel point je suis heureuse de te retrouver !

Voilà ce qui aurait dû se passer. Voilà ce qu'elle aurait dû lui dire. Elle se serait jetée à son cou et lui aurait murmuré ces paroles à travers ses larmes. Rachel ne sait pas si cela aurait dû arriver dans la vie normale ou dans l'une de ces histoires qu'elle aime lire. Mais une chose est sûre : sa vie à elle a déjà dépassé le seuil de la normalité.

— Tiens, bois, dit-il en lui tendant sa bouteille d'eau.

Rachel redresse la tête et cherche son regard, mais il fait semblant d'être absorbé par le réglage de sa montre.

— Merci. Après toutes ces années sans sport…

Rachel ne termine pas sa phrase, et Vincent plante ses yeux dans les siens.

— Tu aurais dû te préserver si tu n'as pas pratiqué depuis longtemps. Courir aussi vite pour un démarrage n'est pas raisonnable.

Le ton de sa voix est un peu sec, mais Rachel ne peut s'empêcher de rire.

— Je te rassure, ça va rester occasionnel.

— Tu n'as pas aimé ?

— Je ne suis pas venue là pour ça.

Elle a prononcé cette dernière phrase en murmurant. Rachel n'est pas très à l'aise à l'idée de se mettre à nu devant cet homme devenu presque un étranger. Le temps est passé et quoi qu'elle en dise, il a causé les ravages de l'éloignement… et de l'amnésie.

Elle guette sa réaction, mais il ne bronche pas. Il a repris, imperturbable, l'examen de sa montre. Rachel, malgré elle, avance la main et la pose délicatement sur la sienne. Il sursaute un peu, puis retire sa main pour se la passer dans les cheveux, un peu gêné. Rachel sent son cœur s'effriter. Mais sait-il au moins qui elle est ? Qui elle était pour lui ? Est-ce que Miguel lui a confié ce qu'il avait appris par Gautier ?

Après tout, c'est à elle de se lancer. Elle est leur mémoire à tous les deux. Alors elle poursuit, en ramenant sa main sur ses genoux :

— Vincent… Je sais que tu es Lorenzo à présent. Je sais aussi que Vincent n'a jamais existé pour toi. Je suis consciente de tout ça, et je le comprends. Mais tu ne dois pas nous fermer la porte, à nous qui t'avons aimé.

Rachel sent les larmes couler le long de ses joues, tandis que sa voix se met à trembler.

— Tiens, mais c'est vrai. Tu n'es pas obligé de me croire, après tout. J'ai apporté quelques photos…

Rachel lui tend le petit album qu'elle a pris soin de glisser dans la poche de sa veste avant de partir, puis essuie ses larmes avec le revers de sa manche. Vincent se met à tourner les pages, sans commentaire. Il regarde cet autre lui, qui paraît tellement à l'aise dans son costume du passé. Pourtant, aucun sentiment ne semble le traverser.

— Et en voici une de nous deux, ajoute Rachel en sortant du fond de sa poche une petite photo qu'ils avaient prise avec le retardateur au pied de leur arbre.

Lorsque, pour préparer ses recherches à Paris, elle avait rouvert la petite boîte des souvenirs de Vincent, à laquelle elle n'avait pas osé toucher depuis des années, elle était tombée sur ce cliché, qui trônait autrefois sur le réfrigérateur. Elle l'avait mis à part du porte-photos, car elle n'était pas certaine de vouloir s'en servir pour mener son enquête. À présent, elle se félicite de l'avoir emporté. Vincent regarde la photo intensément. Il fronce les sourcils et ses yeux se voilent avant qu'il ne les ferme quelques secondes. Rachel attend. Le jeune homme glisse la photo dans le petit carnet, qu'il tend à Rachel, et soupire. Rachel attend. Elle espère qu'il réagisse.

Dis-moi quelque chose, bon sang !

Elle a envie de hurler. Ses émotions sont mises à rude épreuve depuis quelques jours. Elle ne sait pas si elle va pouvoir se maîtriser. Elle, la reine du contrôle. Il faut qu'elle agisse avec douceur, si elle ne veut pas effrayer Vincent. Il finit par se racler la gorge, avant de chuchoter :

— Alors toi et moi, nous… ? Pourquoi personne n'est-il jamais venu ?

— Mais Vincent ! Si nous avions su que tu étais là ! Je t'ai aperçu ici il y a seulement quelques jours. Je n'en croyais pas mes yeux ! Oui, toi et moi, nous étions ensemble, Vincent. Nous allions nous marier. Oh, comme nous nous aimions ! (Les larmes coulent, mais elle ne cherche plus à les cacher. Vincent regarde obstinément devant lui.) Si j'avais su où tu étais, je serais venue te chercher depuis longtemps pour te ramener à la maison !

Alors Rachel lui raconte son histoire. Comme Gautier l'a fait avec Miguel, elle lui explique qui il était, ce qu'il aimait et quelles étaient ses relations avec sa famille. Et puis, elle lui parle de ce maudit soir, l'avant-veille de leur mariage, quand Grand-Pa est mort et que lui-même a disparu. Cette nuit où leur destin à tous a basculé d'une façon tragique.

Vincent écoute sans bouger. Même ses paupières ne semblent pas ciller. C'est comme s'il dormait les yeux ouverts. L'a-t-il au moins écoutée ? Tout à coup, alors qu'elle est restée silencieuse un long moment, il tourne la tête vers elle. Elle s'accroche à son regard. Il est brûlant. Il semble chercher à lui faire passer un message, mais ce n'est plus comme autrefois. Elle ne le comprend pas. Elle tente de lire au plus profond des prunelles de glace, de déchiffrer la tornade qui le traverse. Il a l'air de tant lutter contre les émotions qui l'assaillent !

Une voiture de police passe dans la rue à quelques mètres, toutes sirènes hurlantes. Rachel sursaute. Elle prend soudain conscience que depuis qu'ils se sont rejoints, elle a fait totalement abstraction du monde autour d'eux. Peu à peu, la vie reprend son cours. Un chien jappe en allant à la rencontre d'un de ses congénères. Un jeune homme écoute de la musique un peu trop fort en s'étirant. Des roues de vélos crissent sur les gravillons de l'allée. Les ailes des oiseaux qui s'envolent bruissent. Un enfant jette un caillou dans l'eau qui clapote. Tous ces sons reviennent à ses oreilles, comme si elle venait de recouvrer l'ouïe.

La main de Vincent est posée sur le banc, près de la sienne. Si près qu'elle en capte la chaleur. Tout son corps se recentre sur sa main, qui meurt d'envie de prendre l'autre dans la sienne. Et ses yeux, desquels elle ne parvient pas à se détacher. Durant quelques secondes, elle a l'impression qu'il va l'embrasser. Elle voudrait rompre cette barrière qui les sépare, pour effacer tout le reste. Gommer les six dernières années. Mais rien ne se passe. Elle ne bouge pas. Elle se sent soudain très lasse. Moment de lâcheté, encore une fois ? En tout cas, il est trop tard pour les regrets. Le contact est une fois de plus rompu. Vincent vient de se lever.

— Il faut que j'y aille, marmonne-t-il.

— D'accord, répond-elle après un silence gêné. Promets-moi de voir Gautier et de passer un moment avec lui.

Il hésite.

— Je ne suis pas encore prêt… Je suis désolé.

— Je comprends, murmure Rachel. Mais penses-y, au moins.

En vérité, elle ne comprend pas. Comment le pourrait-elle ?

— À plus.

Il cherche son regard, mais leur échange ne dure pas longtemps. Il fourre la bouteille dans sa ceinture de course, baisse la tête et s'éloigne en courant. Elle reste là, tout en se demandant quand et surtout si elle le reverra.

4

Carole repose le magazine qu'elle parcourait distraitement, avachie dans le canapé du salon, et elle tend l'oreille. On dirait un bruit de moteur qui ralentit en arrivant à hauteur du loft. Elle se précipite à la fenêtre de la cuisine, où il règne une drôle d'odeur… Un sourire s'étire sur ses lèvres. C'est bien eux. Les voilà enfin qui rentrent. Mais d'où provient donc cette odeur de… brûlé ? Elle sursaute en songeant soudain aux deux pizzas qu'elle a enfournées il y a… combien de temps déjà ? Carole fronce les sourcils. Elle n'en sait fichtrement rien. Carole hausse les épaules, puis se saisit d'un gant et d'une manique, et ouvre le four. De la fumée s'en échappe. Elle bat l'air de ses deux bras pour la chasser. Elle se mordille la lèvre d'un air soucieux, mais se rassure en se disant que de toute façon, l'appareil a cette fâcheuse manie de fumer depuis un certain temps, même quand ce n'est pas elle qui l'utilise.

Merde, songe la jeune femme, *les pizzas ont quand même l'air d'être un peu sèches. Si Gautier est fatigué et qu'il ne peut pas remplir son ventre, on va entendre parler du pays toute la soirée ! Je n'aime pas jouer à la bobonne qui prend soin de lui, mais j'ai encore moins envie qu'il se mette à râler...*

Carole appuie sur le bouton d'arrêt, et referme la porte du four, tout en laissant les pizzas à l'intérieur.

À ce moment-là, la porte d'entrée s'ouvre à la volée, et se referme en claquant tout aussi bruyamment. Carole inspire un grand coup, et se dit qu'elle va devoir user de toute sa meilleure volonté, de sa bonne humeur et de son enthousiasme pour remonter le moral des troupes.

— 'lut.

Gautier annonce d'emblée la couleur en lui tendant une joue absente. Carole essaie d'appuyer un peu cette embrassade, mais il s'échappe bien vite pour se rendre aux toilettes. Rachel étreint sa sœur un instant, mais cette dernière sent bien que le cœur n'y est pas vraiment non plus. Elle n'a suivi que quelques bribes de leurs péripéties parisiennes. Elle a vraiment besoin d'en savoir plus. Rachel s'affale dans le canapé en soupirant. Carole lui fait signe de se décaler vers l'avant du canapé, pour qu'elle puisse prendre place derrière elle. Un bon massage du cuir chevelu comme Rachel en raffole, voilà ce qui va lui faire du bien.

Tout en mettant son plan à exécution, Carole suit du regard Gautier, qui est de retour. Il se lave tout d'abord les mains, puis ouvre le four pour y jeter un œil. Une légère odeur de brûlé s'en échappe et vient chatouiller leurs narines à tous les trois.

— Putain, Carole, tu fais vraiment chier !

— Qu'est-ce que t'as, toi, là-bas ?

Le jeune homme extirpe les deux pizzas des fourneaux. Il manque d'en faire glisser une et se rattrape in extremis en jurant et en se brûlant le doigt. Il le passe tour à tour dans sa bouche, et dans ses cheveux, pour calmer la brûlure.

— Quand on sait même pas réchauffer une pizza, on s'abstient ! râle-t-il.

— Non, mais dis donc ! Tu te prends pour qui, d'abord ? J'étais pas obligée de vous préparer quelque chose ! C'est tout de même pas ma faute si t'es de mauvais poil !

Gautier laisse les pizzas un peu sèches sur le plan de travail, et file vers sa chambre pour défaire sa valise, histoire de se calmer un peu.

— Pourquoi il te parle jamais comme ça, à toi ? demande Carole, énervée, à sa sœur.

Rachel se contente de hausser les épaules. La jeune femme poursuit :

— Je ne sais pas faire à manger, d'accord ! Mais on ne peut pas tout avoir ! Moi, je suis belle, drôle et intelligente, et toi, tu sais cuisiner…

Rachel lui envoie une tape sur les mains, et Carole étouffe un rire, puis détend ses doigts crispés sur la tête de sa sœur.

— N'empêche, il est vraiment chonchon le Gaut' !

— Vincent n'a pas voulu le voir.

— Ah… je comprends mieux le retour anticipé ! Je savais que ça ne s'était pas passé comme prévu, mais pas à ce point-là ! Pauvre Gaut' ! Et toi ? Raconte-moi tout !

Carole s'extrait du canapé et vient s'asseoir sur le pouf face à sa sœur. Elle lui prend les mains, tout en écoutant son récit. Rachel lui raconte tout en détail, depuis leurs recherches jusqu'au fameux rendez-vous dans le parc.

— Mon Vince ! Que lui est-il arrivé ? interroge Carole lorsque Rachel se tait.

— Ça, j'aimerais bien le savoir ! Si tu savais ce que ça peut faire mal de se sentir aussi… démunie… oubliée… Lorsque nous étions tous les deux après le jogging, il ne m'a rien dit ! Tu te rends compte ! Rien. Je n'ai pas réussi à déchiffrer ses pensées. Je ne sais même pas s'il sent, au fond de lui, que nous avons des années en commun. J'ai l'impression d'un beau gâchis !

— Je sais ce qu'il te faut ! s'exclame Carole, un doigt dressé tout en se relevant, pour lui signifier de ne pas bouger.

Carole fouille dans les placards et en sort trois verres à vin, les plus gros qu'elle a trouvés. Puis elle se dirige vers l'arrière-cuisine tout en envoyant un clin d'œil complice à sa sœur. Gautier est de retour, un peu calmé, et s'assied à côté de Rachel. Carole dispose les trois verres sur la petite table et débouche la bouteille de vin.

— Du saint-émilion 2012 ! annonce-t-elle, triomphante, en leur montrant l'étiquette dorée. Celui-là, je l'ai gardé pour vous ! Vous m'en direz des nouvelles. Moi, j'adore !

Les deux autres ne bronchent pas et attendent que leur verre soit plein. Les jeunes gens trinquent en silence, et personne ne semble avoir le cœur à complimenter Carole pour son bon goût. Celle-ci ne se démonte pas. Elle court à la cuisine et entreprend de couper les pizzas, objet du désaccord, en lamelles suffisamment fines pour que leur texture sèche passe inaperçue. Pendant ce temps, Gautier soupire :

— Je le savais que remuer le passé n'était pas une bonne chose !

— Mais enfin, rétorque Rachel, nous avons tout de même retrouvé Vincent. Ce n'est pas rien !

— Oui, mais tu as vu ce que ça nous a apporté ?

— Je vous rappelle que vous l'avez retrouvé il y a deux jours seulement ! Laisse à tout le monde le temps de recouvrer ses esprits ! intervient Carole, en haussant la voix depuis la cuisine.

Elle place sur la table du salon les deux assiettes de morceaux de pizzas et y ajoute quelques ramequins de noix de cajou et de cacahuètes qu'elle a trouvées dans le garde-manger. Elle espère ainsi se rattraper pour son manque de savoir-faire en matière culinaire. Sa sœur et son cousin sont avachis dans un coin du canapé, leur verre de rouge à la main. Elle a tout à coup envie de les secouer comme des pruniers. De leur redonner cette énergie qui les habite d'ordinaire. Carole déteste le laisser-aller et l'abattement. Cet état d'esprit la rend folle.

— Allez ! On est une équipe de winners, tous les trois ! On l'a toujours été ! Avec Vince aussi, d'ailleurs. On s'est battus pour accéder à nos rêves. Aucun objectif n'était hors de notre portée ! Alors, on se ressaisit, et on trouve une solution ! Il n'y a pas de problème, il n'y a que des solutions ! C'était notre devise !

— Ça, c'était avant le drame…, maugrée Gautier. Avec la disparition de Vincent, comment voulais-tu que cette devise fonctionne encore ? La solution à sa perte, c'était quoi ?

— Eh bien, on en a une, maintenant ! C'est quand même dingue ! Vous êtes vraiment exceptionnels, tous les deux ! Vous n'avez même pas osé rêver de revoir Vince un jour ! Et alors que le rêve est devenu réalité, vous êtes là, à me dire que c'est trop bête, que vous êtes finalement déçus de l'avoir retrouvé ! Non, mais vous vous entendez ?

— Ça se voit que tu n'étais pas là, Carole ! s'exclame Rachel. On n'était pas prêts à ce genre de réaction de sa part !

— Mais laissez-vous du temps, bordel !

Carole explose, non pas de colère, mais plutôt pour convaincre. Elle est animée par une force optimiste, pour essayer de leur faire prendre conscience de la réalité.

Les deux jeunes gens se taisent un instant, le temps de s'imprégner de ses paroles. Chacun semble méditer sur les derniers jours, et sur l'intolérance et l'impatience dont ils font preuve. Rachel termine son verre d'une traite, le repose sur la table et pioche dans le ramequin de cacahuètes.

— Elle a soif, ma sœurette, plaisante Carole en lui resservant un deuxième ballon.

— Qu'est-ce qu'on fait maintenant ? demande Gautier.

— On trouve un moyen de revoir Vince.

— Je ne suis pas d'accord, intervient Rachel. Il n'en a pas envie. C'est ce qu'il m'a clairement fait comprendre.

— Il t'a dit qu'il n'était pas prêt, Rachel. C'est tout à fait différent. Et puis, parfois, il faut savoir brusquer un peu les choses pour les faire avancer.

— Tu n'étais pas avec moi, hier. Miguel a tenté d'accélérer son retour aux sources, mais Vincent n'était pas vraiment ravi. Il t'aurait suffi de voir son regard lorsqu'il m'a reconnue, pour constater que j'ai raison.

— En tout cas, Miguel est de notre côté, maintenant. Il faut le voir comme un allié. C'est lui qui pourra nous aider.

Gautier sait de quoi il parle, puisque c'est lui qui a fait en sorte de pouvoir compter sur le barman.

— Alors il faut trouver une idée par rapport à lui.

Carole attrape un morceau de pizza et le fourre dans sa bouche tout en réfléchissant. Le silence s'éternise. Ils boivent et mangent, chacun dans ses pensées. Carole se lève pour mettre en marche la musique. La voix de Stevie Wonder emplit la pièce. La danseuse ne peut s'empêcher d'esquisser quelques pas sur l'air de *Faith*. Puis elle se met à débarrasser.

— Eh ben, alors, mon Gautounet, dit-elle d'une voix taquine en désignant les assiettes vides. Tu vois bien que tu as fini par les manger, ces morceaux de pizzas ! Ça valait bien la peine d'être désagréable et de râler comme un putois !

Gautier lui fait un doigt d'honneur. Rachel lui donne une tape, passablement agacée.

— Quand est-ce que vous aurez fini de jouer les gamins, tous les deux ?

— Hein ? C'est quand même pas moi qui ai commencé ! s'exclame Carole en exagérant une grimace avant de s'atteler au brin de vaisselle.

Rachel soupire et lève les yeux au ciel, puis s'extirpe du canapé pour aider sa sœur. Lorsque les deux femmes reviennent au salon, Gautier est en train de jouer sur son téléphone.

— Tu n'en as pas marre de passer ton temps sur ce maudit jeu ? s'emporte Carole.

Elle se penche au-dessus de l'écran et pianote n'importe où avec ses doigts, pour lui faire perdre sa partie.

— Mais arrête, bordel !

— Tiens, file-moi ton portable ! dit-elle en prenant place à côté de son cousin.

Elle se love contre lui et demande en levant la tête vers Gautier :

— Comment il s'appelle, déjà, le bar de Miguel ?

— La Salsa Rosa. Pourquoi ?

— Pour rien. Je veux essayer de voir à quoi ressemble l'endroit où vous avez retrouvé Vince, c'est tout. Ah ouais… c'est pas mal… C'est assez grand, mais plutôt intimiste. J'aime bien les différents niveaux où sont disposées les tables. Ambiance latine… Tiens, ils proposent des soirées salsa ? Vous vous souvenez quand je faisais des extras à Toulouse dans ce bar salsa qui proposait des soirées que j'animais ? Qu'est-ce que j'adorais ça ! Il y avait de sacrés nullos en salsa, mais on s'en foutait ! Ça éclatait les gens, et c'était ça qui comptait.

Le visage de Carole s'illumine au souvenir de cette lointaine époque. Rachel ne semble pas l'écouter. Elle est concentrée sur sa lecture du programme télé de la semaine. Gautier s'anime tout à coup. La jeune femme lui fait signe d'arrêter de gigoter alors qu'elle est confortablement installée contre lui.

— Putain, j'ai une idée ! Carole, tu es un génie ! s'exclame-t-il soudain.

La jeune femme tourne son visage vers lui, interloquée d'entendre un compliment inattendu. Même Rachel reporte son attention sur cette scène inédite.

— On va proposer à Miguel une soirée salsa que tu animeras !

Carole l'observe en silence. Puis son visage s'éclaire.

— C'est une idée géniale, mon Gaut' !

Rachel se redresse, et vient se poster devant eux.

— On ne peut pas faire ça. Désolée, mais je ne marche pas.

Ses deux interlocuteurs la regardent comme si elle venait de dire la pire ânerie.

— Mais pourquoi ? lui demande Carole.

— On ne peut pas une fois de plus mettre Vincent devant le fait accompli. Le forcer à nous voir s'il n'en a pas envie.

— Mais Miguel ne lui cachera pas l'événement. Il pourra même lui dire qu'on sera de la partie. Vincent aura au moins une semaine, si Miguel est d'accord, pour décider d'être présent ou non.

Les paroles de son cousin ébranlent la jeune femme, qui se passe les mains dans les cheveux. Carole sent sa détresse et lui tend la main.

— Et s'il n'est pas là ? Ça voudra dire que ce sera fini pour toujours ? balbutie Rachel.

— Mais non, la réconforte sa sœur d'une voix douce. Ça signifiera qu'il aura besoin de plus de temps, et nous le respecterons. En attendant, nous essaierons de comprendre ce qui s'est passé.

— Carole a raison, Rachel. Personne ne pourra jamais nous empêcher de découvrir l'histoire de Vincent. Notre histoire. C'était débile ce que j'ai dit tout à l'heure. Quoi qu'il arrive et même si ça nous fait souffrir, c'est génial que Vincent soit encore en vie !

— Oooh ! s'exclame Carole, au comble de l'excitation. Comme il me tarde, moi aussi, de le revoir !

*

Miguel, penché sur son ordinateur, et tellement concentré qu'une profonde ride lui barre le front de façon disgracieuse, n'a pas entendu un bruit, mais c'est son flair qui l'alerte. Une odeur de transpiration et de vêtement mouillé, qu'il reconnaîtrait désormais entre toutes, songe-t-il tout en se retournant. Lorenzo se dirige vers lui à pas de loup. Il voulait lui faire peur, mais c'est raté.

— Ah ah ! Je t'ai eu ! exulte Miguel. Tu pues, mon Lolo, alors laisse tomber. Tu choisiras de me foutre la trouille de ma vie le jour où tu ne viendras pas juste de courir. C'est horrible, cette odeur ! Qu'est-ce que tu peux sentir !

Miguel lui lance une grimace dégoûtée tout en se bouchant le nez de la main droite.

— Tu ne crois pas que tu en rajoutes un peu, là ? lui demande Lorenzo dans un sourire.

Ce à quoi Miguel répond par la négative dans un hochement de tête.

— Tu n'aurais pas dû faire barman mais nez, ça te conviendrait très bien.

— Crois-moi, mon ami, je n'ai pas besoin d'être un nez pour sentir ce que je sens ! Tu m'excuseras, je ne t'embrasse pas, mais le cœur y est. Comment tu vas, mon ami ?

Le barman change d'attitude et le regarde d'un air sincèrement inquiet, un brin paternaliste. Il sait que ce comportement risque d'énerver son ami, mais il se fait du souci pour lui.

— Ça va…

— *J'te répondrais ça va, ça va, ça va, comme ci, comme ça*… entonne Miguel.

— Change de disque, mon vieux. Tu rabâches toujours les mêmes chansons.

— Excuse-moi. Le moins qu'on puisse dire, c'est que tu n'es pas vraiment jouasse, mon ami !

— Ça va, je te dis…

— OK, OK… Bon, et ta main ? Et ton visage ?

— Estelle m'a dit que je pouvais enlever le bandage. Quant au visage, ça tire un peu, mais c'est beaucoup moins douloureux. Maintenant ça va, c'est de l'histoire ancienne.

— Bien, bien…

Miguel se tait un instant et réfléchit.

— Tu dis que tu as vu Estelle ?

— Oui.

Lorenzo jette un regard malicieux à son ami. Il sait bien que celui-ci ne va pas pouvoir s'empêcher bien longtemps de lui poser d'autres questions à ce sujet. Mais il se lève de la table qu'il a transformée en bureau le temps de réaliser ses travaux de montage, et se dirige vers son domaine de prédilection : derrière le bar.

— Ton odeur me dit que tu as dû te déshydrater… Tu veux une bière ?

— C'est pas de refus.

Lorenzo suit son ami jusqu'au comptoir, et prend place sur un tabouret de bar.

— Quand ?

— Quand quoi ?

— Quand as-tu vu Estelle ? répond Miguel de l'air agacé de quelqu'un pris en flagrant délit d'intérêt, alors qu'il voulait justement paraître détaché.

— Hier en début de soirée. Elle est passée voir l'état de mes blessures. Elle m'a dit qu'à compter d'aujourd'hui, je pourrais ôter le pansement.

— Oui bon… Elle ne t'a pas parlé que de ça, j'imagine ?

— Qu'est-ce que tu veux savoir, Miguel ?

Après sa gorgée de bière, Miguel maugrée entre ses dents serrées :

— À ton avis…

Comme Lorenzo est un peu long à répondre, il ajoute, avec son habituelle impétuosité :

— Elle a bien dû te parler de moi, de nous ? De ce qu'elle envisageait ? *Meus Deus*, mon ami, la reconquête ne va pas être facile, je te le dis ! Quand elle a accepté le rendez-vous l'autre soir, j'ai cru que ça me tombait tout cuit dans le bec, qu'Estelle chez sa mère avec Lila, c'était du passé ! Mais pas du tout ! Pas du tout ! (Miguel martèle ces mots tout en tapant du poing sur le bar, comme pour mieux les faire entrer dans la tête de Lorenzo.) Je n'ai même pas eu droit à un petit câlin, rien du tout ! J'ai fauté, ça, j'ai compris ! On peut peut-être repasser aux choses sérieuses, non ? Eh bien, non ! Il lui faut du temps, elle n'est pas prête, elle doit réapprendre à me faire confiance, et gnagnagni, et gnagnagna… Des foutaises, tout ça ! On a envie d'être ensemble, ou pas. C'est tout. Y a pas trente-six solutions. Je n'en vois que deux. Y a rien de compliqué là-dedans.

— J'espère que tu ne lui as pas dit ça ? s'enquiert Lorenzo, après un silence.

— Bien sûr que non, tu me prends pour qui ? J'ai fait tout ce qui était en mon pouvoir pour conclure, moi…

Lorenzo lui fait les gros yeux.

— Tu parles de ta femme, pas d'une conquête d'un soir !

— Je le sais bien ! Mais c'est plus fort que moi… J'ai besoin de ce contact physique entre nous pour me rassurer. C'est mal ?

— Je suppose que non, répond Lorenzo en haussant les épaules.

— Alors, qu'est-ce qu'elle t'a dit, à toi ?

— La même chose que toi, de son point de vue de femme, c'est-à-dire en beaucoup plus élégant. Qu'elle avait envie de te redonner une chance, mais qu'elle voulait y aller doucement. Je suis sûr qu'elle reviendra, Miguel, mais il faudra juste être patient. C'est sa manière à elle de te montrer que tu lui as fait du mal et de s'assurer que tu ne recommenceras pas.

Miguel fait un geste de la main d'une manière un peu agacée, comme pour signifier que la conversation à ce sujet est close. Lorenzo descend du tabouret et s'étire lentement, les yeux fermés. Son ami en profite pour l'étudier à la dérobée. Ses traits sont tirés. Lorenzo ne veut pas en parler, mais Miguel est certain que ce passé ressurgi de nulle part le mine et hante ses nuits. Comment expliquer autrement ces cernes qui alourdissent son regard ? Cette cicatrice au sourcil qu'il gratte un peu plus que d'habitude ? Miguel ressent une vive pointe de compassion.

La vie n'est pas tendre avec son Lorenzo. Il s'est longtemps demandé ce qu'avait été sa vie d'avant. Au départ, il a fallu qu'il use de tout son pouvoir de persuasion pour qu'Estelle accepte de lui faire confiance. Sa femme avait sans doute raison de se méfier : on ne peut pas ouvrir sa vie à un étranger, les yeux fermés, sans l'assurance de son honnêteté. C'est risqué. Qui plus est, Lorenzo n'avait rien pour prouver sa bonne foi. Pas même une carte d'identité à présenter. D'ailleurs, il ne savait même pas lui-même qui il était. C'est ce qui a ému Miguel.

Le destin lui a donné raison, car Lorenzo s'est toujours montré fiable et fidèle. Plus qu'un simple employé, il est très vite devenu un ami. Et quand il a sauvé Estelle en la trouvant inconsciente dans l'appartement, alors qu'elle était sur le point d'accoucher, son geste a scellé leur amitié pour de bon. Lorenzo se sent toujours redevable de ce que Miguel a fait pour lui, ce dernier le sait bien. Et pourtant, s'il savait à quel point il a payé sa dette depuis longtemps ! Sans lui, son enfant ne serait jamais né, sa femme serait morte, et il n'aurait pas eu d'ami. Car Miguel a beau connaître beaucoup de monde, les vrais amis, il n'en compte qu'un seul. Pas étonnant, avec son sale caractère ! Mais on ne se refait pas. Aujourd'hui, Miguel connaît l'histoire de Lorenzo. Il sait qu'il était bien entouré et aimé. S'il devait retourner auprès des siens, le barman aurait énormément de peine. Mais même s'il est un peu égoïste – voire carrément égocentrique, comme le dit Estelle –, il serait heureux pour lui.

À présent, Miguel ne sait pas comment amener la conversation vers la nouvelle qu'il doit lui annoncer. Comment Lorenzo va-t-il réagir ?

— Quoi ? demande soudain ce dernier.

— Euh, pardon ?

— Pourquoi tu me regardes avec ce drôle d'air ?

— Euh… En fait, je me demandais pourquoi tu ne poses aucune question ?

— … ?

— C'est vrai, tu arrives en douce, enfin, tu essaies… Tu vois que je suis occupé sur l'ordinateur, mais tu ne demandes pas ce que je fais ? Pourquoi tu ne poses jamais de question, Lolo ?

— Parce que je n'aime pas qu'on m'en pose. C'est aussi simple que ça, mon Miguel. Mais je vais faire un effort, puisque je vois bien que tu as envie de m'en parler. Qu'est-ce que tu faisais sur ton ordinateur quand je suis arrivé ?

— Non, rien… Je vois bien que ça ne t'intéresse pas…

— Allez, ne te fais pas prier, je ne suis pas du genre à insister, tu me connais.

— Bon, eh bien, puisque tu veux tout savoir, viens voir.

Miguel entraîne son ami vers son bureau de fortune. Lorenzo ne peut s'empêcher de sourire en constatant l'excitation qui le gagne. Il parle un peu plus vite et plus fort, et son accent portugais se fait davantage entendre.

— Tadaaaa ! s'exclame Miguel.

Lorenzo regarde l'affiche en cours de création sur l'écran de l'ordinateur. On y voit l'ombre d'un couple en train de danser. À la cambrure de leurs corps, on devine qu'il s'agit d'une danse latine. De grosses lettres roses se détachent sur un fond noir : « La Salsa Rosa vous propose une soirée salsa ». Et un peu plus haut : « Samedi 1er avril 2017 ». Il reste la mise en page à terminer, et un encadré vide laisse deviner qu'il manque un commentaire à insérer, mais Lorenzo n'a pas besoin d'en lire davantage pour comprendre les intentions du barman.

— C'est génial, Miguel ! Ça va redonner un peu de vie au bar, ce genre de soirée ! Ça fait combien de temps que tu n'en as pas proposé ? Au moins trois ans, non ? Je trouve ça super !

Miguel lui envoie une tape dans le dos.

— Ah, je savais que tu partagerais mon enthousiasme, mon ami ! Et malgré la date, ce n'est pas un poisson ! Tu as raison, ça fait bien trop longtemps que La Salsa Rosa s'encroûte ! Il faut lui redonner un peu de gaieté ! Les flyers, c'est moi qui m'en occupe, pour le budget, c'est mieux… Pas besoin d'en faire cinquante. Quelques affiches dans le bar et sur la porte. D'autres distribuées aux commerçants du quartier et placardées dans le coin, dans le parc… Une pub sur Facebook. Inutile d'en faire des caisses, je suis sûr que le bouche-à-oreille fonctionnera très bien. C'est dans moins d'une semaine. Je suis excité comme une puce, moi ! L'idée ne vient pas de moi, mais je dois dire que je suis vraiment enthousiaste !

— C'est une idée d'Estelle ? demande Lorenzo tout en farfouillant dans son sac à dos pour s'assurer qu'il a bien pensé à apporter ses affaires de toilette pour se doucher avant l'ouverture du bar.

— Euh, non… Justement, mon ami, il faut qu'on parle. Je voulais t'en toucher deux mots avant, mais tu sais… tu m'as parlé d'Estelle, et je n'ai plus pensé qu'à ça…

Les yeux de Lorenzo se plissent alors qu'il étudie son ami avec prudence pour mieux lire ce qu'il ne lui dit pas encore.

— Tiens, assieds-toi. Prends la chaise qui est là, et laisse-moi t'expliquer. Au début, tu vas peut-être grimacer un peu… Mais tu comprendras qu'en fait, c'est une super-idée.

— Arrête de tourner autour du pot, Miguel. Dis-moi.

Le regard de Lorenzo est brûlant. Miguel ne sait pas trop comment s'y prendre. Son ami n'a toujours pas pris place, et il n'est visiblement pas décidé à le faire. Le barman n'ose pas réitérer sa demande. Pourtant, le voir debout devant lui, les muscles contractés comme un félin prêt à bondir, lui donne la chair de poule. Il se lance, hésitant :

— C'est Carole… Elle assurera le spectacle… Elle est prof de danse, c'est dire si elle s'y connaît… En plus, son domaine de prédilection EST la salsa… On a de la chance, n'est-ce pas, mon Lolo ? Tu te demandes peut-être qui est cette Carole ? En fait, je ne la connais pas moi-même… C'est la sœur de Rachel. Tes amis seront là, aussi… Rachel, Gautier…

Le visage de Lorenzo semble se vider de son sang, à mesure que la voix de Miguel perd de son assurance, pour devenir presque inaudible. Il devient d'un seul coup tout blanc, et Miguel ne peut s'empêcher d'ajouter, un peu plus fort cette fois :

— Assieds-toi, mon ami…

Le jeune homme secoue la tête, les yeux fixes. La veine à son cou palpite au rythme du sang qui afflue. Soudain, Lorenzo s'écrie :

— Comment est-ce que tu peux me faire ça ? Comment tu oses, Miguel, te mêler de ma vie ?

— Mais je fais ça pour ton bien, mon ami ! Crois-moi. Je sens que c'est bon pour toi !

— Foutaises ! Comment peux-tu savoir ce qui est bon pour moi ?

Lorenzo laisse libre cours à la rage qui l'anime. Puis il se met tout à coup à ricaner nerveusement.

— C'est tout de même un comble ! Je me fais agresser, et tu te ranges du côté de mes agresseurs !

Au lieu de se confondre en excuses et de chercher à se justifier, Miguel sent la colère l'envahir lui aussi.

Son ami pousse le bouchon un peu loin. Il se pose en victime, et lui, Miguel Santos, fils d'honnêtes Brésiliens et parfaitement convenable lui-même, passe pour le méchant. Si Miguel est heureux à la perspective de cet événement qui va redonner du dynamisme à son bar, et lui faire gagner un peu mieux sa soirée – d'autant plus que Carole n'a demandé à être défrayée que de ses frais de déplacement et d'hôtel –, c'est avant tout pour Lorenzo qu'il a accepté. Pour lui donner une nouvelle chance de renouer avec ce passé qu'il a tant de mal à accepter. Miguel a envie de crier aussi fort que Lorenzo, mais il sait que ce genre de discussion ne les mènera à rien d'autre qu'à une impasse. Il choisit donc une autre voie.

— Eh ben, oui, mon vieux. C'est la règle des Cinq C.

— … ?

— C'est Con, mais C'est Comme Ça.

Miguel lui montre d'un geste le tableau réalisé depuis des années par Séverine, la meilleure amie d'Estelle. Des lettres, peintes en lettres blanches sur une planche de bois, avec une simple rose rose, cadeau qu'elle avait remis à Miguel le jour de l'ouverture de La Salsa Rosa. Lorenzo, qui voit le panneau pourtant tous les jours, avait complètement oublié cette phrase, qui peut s'adapter à toutes les situations.

— Je ne suis pas d'accord. C'est trop facile, ça.

— Ah oui, c'est trop facile ? Est-ce que tu veux qu'on parle de ce qui est trop facile, mon ami ? Repousser les gens qui t'ont aimé, ÇA, ce n'est pas un peu facile ? Faire l'autruche et refuser de voir la réalité en face ?

— Tu ne sais rien, Miguel…

— Mais toi non plus, tu ne sais rien, bordel ! Tu n'as donc pas envie de savoir ? C'est quoi, une vie sans pouvoir aller chez le médecin parce que tu n'as même pas de carte vitale ? Tu as la possibilité de remédier à tout ça, mon Lolo ! Je ne te laisserais pas passer à côté ! Ceux qui t'aimaient n'attendent qu'une chose : que tu leur ouvres la porte pour pouvoir te prendre dans leurs bras ! Ils ont souffert, eux aussi !

— Mais ils n'étaient pas là… Pendant six ans… Ils n'étaient pas là… Personne ne s'est soucié d'où j'étais avant aujourd'hui.

La voix de Lorenzo est étrangement calme, et son regard vide, signe qu'il s'est de nouveau retranché derrière les barrières qu'il a érigées.

— Laisse-leur le bénéfice du doute. Laisse-les t'aider à comprendre ce qui vous est arrivé. Pourquoi tu n'acceptes pas les mains tendues, mon Lolo ?

— La règle des Cinq C, mon ami. La règle des Cinq C.

*

Rachel soulève le heurtoir de la lourde porte et le laisse retomber deux fois. Elle perçoit l'écho de son bruit sourd se répercuter dans sa poitrine, de plus en plus rapidement à mesure que son cœur s'emballe. Il ne lui a fallu que trois jours pour obtenir ce rendez-vous. Il n'en aurait pas fallu un de plus, car les nuits étaient difficiles. Elle ne sait pas pourquoi, mais l'idée du face-à-face l'angoisse. La porte s'ouvre sur une petite dame rondelette qui porte une ample robe noire, revêtue d'un tablier blanc. Les deux femmes se saluent.

— Mademoiselle Dupont ? Suivez-moi, s'il vous plaît.

Rachel se laisse guider à travers un corridor qui longe un défilé de hautes portes vitrées à grands carreaux. La jeune femme se sent plongée dans une autre époque. Un temps où les domestiques recevaient les hôtes de leurs maîtres. Un temps où les statues antiques décoraient les jardins, comme elle en aperçoit quelques-unes à travers les fenêtres.

— Asseyez-vous là, je vais voir si Monsieur est prêt à vous recevoir.

Et la petite femme disparaît silencieusement, laissant Rachel à ses réflexions.

Elle est consciente que si elle a réussi à obtenir ce rendez-vous, c'est uniquement parce que sa famille, et plus exactement ses grands-parents connaissaient assez bien le procureur. Il n'est pas du genre à se laisser approcher de la sorte. Rachel ne se souvient pas bien de lui. Elle a déjà dû le croiser quelques fois lors de rares soirées mondaines organisées par la banque. Il s'était fait représenter par sa femme lors de la cérémonie en la mémoire de Vincent, qui avait fait office d'enterrement. Des paroles prononcées jadis par Grand-Ma lui reviennent en mémoire. La vieille dame parlait de lui comme d'un homme bouffi d'orgueil, un arriviste qui courait les femmes sans vergogne. Non pas pour servir sa carrière, ambition qu'il avait déjà assouvie, mais plutôt pour asseoir sa supériorité et profiter de ce pouvoir dont il se jugeait digne. Un homme de loi au-dessus de toutes les lois morales. Un homme que Rachel, à cause du portrait reconstitué au fil de ses souvenirs, n'a pas vraiment envie de rencontrer.

Mais il le faut. Elle doit comprendre pourquoi cet homme a déclaré Vincent mort cinq ans plus tôt. Il a fait prononcer le décès, alors qu'officiellement il aurait pu attendre encore quelques années. Le procureur n'a certainement fait que son travail, selon les éléments qu'il avait en sa possession. Ce n'est pas sa faute si Vincent a disparu. Rachel ne sait pas vraiment au fond d'elle-même ce qu'elle est venue chercher ni les réponses qu'elle espère trouver. Mais le fait est que cet homme s'est trompé. Comment peut-on faire des erreurs pareilles ? Un bruit de pas tire Rachel de ses pensées. C'est la petite femme qui est de retour.

— Vous pouvez avancer. M. Marchal vous attend.

Rachel pénètre dans le bureau, la boule au ventre. La pièce est vide. La domestique lui demande d'attendre avant de se retirer. Rachel se permet de jeter un œil autour d'elle et d'examiner les lieux. La vaste pièce est agrémentée de meubles lourds et anciens, avec un grand bureau brillant en acajou. Une vitrine expose quelques objets appartenant sans doute à M. Marchal : un club de golf doré, la reproduction miniature d'une Formule 1, un renard empaillé accompagné d'un fusil de chasse. Des représentations typiquement masculines qui mettent Rachel d'emblée mal à l'aise. Mais ce n'est rien comparé aux cadres accrochés au mur. Des diplômes, encadrés dans des moulures richement décorées, des photos de Marchal jeune, entouré de ses amis étudiants. Des photos plus récentes aussi, avec un groupe d'hommes, devant la statue de la Liberté. Marchal est partout. Mais aucune trace de sa femme ni de ses enfants. Lorsque Rachel tourne de nouveau la tête vers la porte restée entrouverte, elle sursaute. Il se trouve dans l'encadrement et la regarde, un drôle de sourire aux lèvres. Depuis combien de temps l'étudie-t-il en silence ? Elle n'en sait rien. Un frisson la parcourt, avant qu'elle ne se ressaisisse. Il est cependant plus rapide, et avance dans sa direction, le sourire plaqué au visage. Un sourire que la jeune femme qualifierait, sans même connaître le personnage, d'hypocrite et de sournois.

— Mademoiselle Dupont ! s'exclame-t-il.

Sa poignée de main est molle. Rachel s'attarde un peu sur les traits épais de l'homme, son nez large et proéminent, et ses joues tombantes. Ils restent tous les deux ainsi quelque temps, l'une se demandant ce qu'elle fiche ici, et l'autre laissant promener son regard sur le corps de sa visiteuse.

— Eh bien, mademoiselle Dupont, venez donc vous asseoir ! dit-il pour rompre le silence. (Sa voix est aussi grasse que son ventre est rebondi.) Qu'elle s'assoie donc ici, ajoute-t-il.

Il désigne le siège qui fait face au sien, de l'autre côté du grand bureau en acajou, chargé de dossiers épars.

— Qu'est-ce qu'elle ressemble à sa grand-mère !

Rachel déteste ces gens qui vous parlent à la troisième personne alors que vous êtes en face d'eux. Elle n'arrive pas à déterminer si c'est un signe de mépris ou de malaise. Le procureur étire ses lèvres mouillées en une grimace presque libidineuse. La jeune femme aurait bien envie de déguerpir en vitesse et, en même temps, elle s'interroge sur l'intérêt que semble avoir suscité Grand-Ma chez lui par le passé. Le procureur ouvre le tiroir de son bureau, et farfouille à l'intérieur. Il en extirpe une pipe, qu'il se met à bourrer de tabac. Il l'allume, tire une bouffée, et alors, seulement, demande :

— Ça ne la gêne pas ?

Rachel secoue la tête, même si cette odeur lui donne des haut-le-cœur. Puis elle se rend compte qu'elle n'a pas encore prononcé une parole. Elle doit se ressaisir. Un homme tel que lui sent la faiblesse de son interlocuteur et en abuse. Elle va devoir ouvrir les vannes de la réceptivité émotionnelle, et utiliser son intuition professionnelle de biographe pour diriger la conversation dans son sens.

— Merci d'avoir accepté de me rencontrer si vite.

D'abord l'amadouer. Lui faire croire qu'elle lui est reconnaissante. M. Marchal bat l'air de ses mains pour chasser la fumée devant lui.

— Je suis presque à la retraite. Je m'octroie davantage de temps à présent. Son nom ne me disait rien au début. Heureusement qu'elle a précisé qui étaient ses grands-parents, car je ne suis pas certain que je vous aurais reçue, sinon !

Ça a au moins le mérite d'être clair, songe Rachel, sauf concernant le pronom utilisé. Le vieux procureur se mélange un peu les pinceaux.

— Je comprends. Mes grands-parents auraient été très heureux de vous revoir. Enfin, si Grand-Pa était encore en vie, naturellement. Et si Grand-Ma se souvenait de vous.

— Mmmmhhh… Des gens charmants, vraiment. Bon. Mais que me vaut l'honneur de votre visite ?

— Je ne vais pas vous faire perdre votre temps. Voilà. Je ne suis jamais venue vous voir avant, mais je me suis souvent demandé pourquoi mon ancien compagnon disparu avait été déclaré mort ? Je veux dire… si vite ?

M. Marchal se met à tousser violemment et bruyamment. Il agite de nouveau ses bras courts et costauds.

Quand la crise passe enfin, il éteint sa pipe et la pose sur son bureau. Puis il plante ses yeux mornes dans ceux de Rachel, et la regarde d'un air condescendant.

— Elle en est encore là ?

La jeune femme est prise au dépourvu. Oui, elle en est encore là. Et alors ? La question est légitime, non ? Elle a le droit de savoir. Elle a le droit de se renseigner sur cette procédure qui n'est pas celle habituelle. Rachel se tait et attend la suite. Elle n'a pas à répondre à ça.

— Je peux vous poser une question, ma petite dame ?

Rachel acquiesce d'un signe de tête, bien qu'il ne la regarde pas. Il est occupé à se rouler une cigarette, cette fois.

— A-t-elle refait sa vie ?

La jeune femme va devoir prendre sur elle. Le procureur est un être méprisant, mais elle va devoir patienter un peu avant de lui faire sentir le fond de sa pensée. Elle songe à ce que Grand-Ma racontait concernant toutes ces femmes qu'il courtisait, et le dégoût qu'elle éprouve rien que d'imaginer une femme dans ses bras lui donnerait presque envie de rire.

— Non, monsieur. Vous savez, je n'ai jamais réussi à tourner la page. Il me manque tellement. (Rachel hésite à lui confier qu'en vérité, il n'est pas mort. Cela expliquerait sa démarche, mais une petite voix lui souffle d'attendre un peu avant de trop en dire.) Je voudrais comprendre pourquoi on ne l'a pas davantage cherché, poursuit-elle.

— Mais on l'a cherché ! On n'a fait que ça ! Pendant des jours ! Des semaines ! Des mois ! Il était introuvable ! Alors bien sûr, on aurait pu penser qu'il avait fait EXPRÈS de disparaître ! (Le procureur s'exprime de façon théâtrale.) Mais il y avait la moto, ma chère ! (Il se penche vers Rachel d'un air de conspirateur.) Vous vous souvenez de la moto, n'est-ce pas ? Et le casque dans la rivière ? Cette jeune personne ne connaît pas les lois, mais elle apprendra que si une personne disparaît dans un contexte jugé inquiétant, elle peut être déclarée morte. N'était-on pas dans ce cas, je vous le demande ?

— Je ne sais pas…

— Allons ! Elle ne sait pas ! Une moto encastrée dans un arbre, un casque dans une rivière, cela n'a rien d'inquiétant bien sûr…

— Mais pourquoi ne pas avoir attendu quelques années de plus au cas où il réapparaîtrait ?

— Mais sacrebleu ! Ce… je ne me souviens plus de son nom… Cet homme est mort ! Il ne reviendra plus ! Qu'on attende ou pas, un mort est un mort, et ne ressuscitera pas ! (Puis, se radoucissant un peu :) Ma petite dame. Vous êtes belle comme un cœur. Vous devez avoir tous les hommes à vos pieds. Acceptez donc de céder aux avances d'un autre pour oublier celui-ci ! À votre âge, c'est encore possible, non ?

Le procureur scrute sa réaction d'un regard inquisiteur. Il attend une réponse. Comme si cette remarque devait jouer le rôle de déclencheur chez Rachel. Comme si ses paroles devaient lui faire prendre conscience qu'il a raison, et que, oui après tout, qu'attend-elle pour refaire sa vie ? Il ne comprend pas que pour elle, il n'y a que Vincent qui compte. Rachel se rend compte qu'il ne s'agit pas d'un manque de volonté de la part de cet homme : ce n'est pas qu'il ne VEUT pas comprendre. C'est qu'il ne le PEUT pas. Son petit esprit étriqué ne peut concevoir un tel attachement pour une personne autre que lui-même. Son cœur est trop petit.

— Écoutez, balbutie la jeune femme tout en ramassant son sac et en le serrant contre sa poitrine. J'étais venue ici pour essayer de comprendre pourquoi Vincent avait été déclaré mort si vite… Je pense que nous avons fait le tour de la question… Je vais y aller, maintenant. Merci de m'avoir accordé un peu de temps.

— Mais de rien, ma p'tite dame, de rien. Vous voyez bien que remuer le passé ne sert à rien et ne le ramènera pas ! J'appelle Christie pour la raccompagner ?

— Non, non, ne vous dérangez pas, je retrouverai le chemin… Au revoir, monsieur Marchal.

Rachel serre la main molle et humide, et repart en sens inverse, longeant le corridor au pas de course. Plus vite elle sera dehors, mieux elle se sentira. La lourde porte d'entrée se referme en claquant derrière elle, et Rachel sursaute. Puis elle se hâte de remonter l'allée, tout en songeant au malaise que lui inspirait cet homme.

C'est alors qu'une main se referme tout à coup sur son poignet. Son sang ne fait qu'un tour. Son premier réflexe est de crier, mais elle se ressaisit avant qu'un son ne sorte de sa bouche, car la main qui l'agrippe est ferme et plus petite que celle du procureur. Elle se fige avant de tourner la tête. Son regard rencontre alors deux yeux bleu délavé, cachés derrière de petits verres ronds et épais.

— Venez par ici, Rachel, prononce la femme dans un souffle.

Rachel se laisse guider dans le jardin, jusqu'à un petit banc de pierre. Son esprit essaie de fouiller dans ses souvenirs à la recherche du nom de cette femme qui l'appelle par son prénom. Ce n'est que lorsqu'elle s'assied sur le granit froid qu'elle se souviens de celle qui était venue le jour de la cérémonie en l'hommage de Vincent : l'épouse du procureur.

— S'il arrive, nous ferons mine de parler de la santé de votre grand-mère.

Mme Marchal s'exprime avec empressement. Son regard terne et fatigué oscille de Rachel à la grande maison bourgeoise. Puis elle semble se calmer un peu, et recentre son attention sur Rachel, tandis qu'un sourire sincère étire ses lèvres. Ce sourire illumine ses traits, et Rachel se laisse aller à la contemplation du visage constellé de centaines de rides. Ses cheveux bouclés blond-blanc flottent comme un halo luminescent autour de ce visage frêle et pâle. Puis Mme Marchal baisse les yeux sur ses mains et se met à les triturer nerveusement.

— Je suis désolée, Rachel. Je n'ai pas pu m'empêcher d'écouter la conversation que vous avez eue avec mon mari. Oh… quelle idiote, je fais ! Vous m'avez reconnue au moins ? Je suis Claire Marchal, la femme du procureur.

— Oui, madame Marchal, je vous ai reconnue.

— Claire, appelez-moi Claire. J'ai eu tellement de peine pour vous, mon petit, pour ce qui vous est arrivé ! J'ai souvent pensé à vous, Rachel, vous savez. J'ai l'impression de vous connaître un peu. Quand j'ai vu dans l'agenda de mon mari que vous aviez pris rendez-vous avec lui, j'étais curieuse de savoir pourquoi. Et je n'ai pas pu m'empêcher d'écouter aux portes. Vous savez… son bureau est au sein de notre maison, alors… ce n'est pas si difficile. Bref… j'espérais qu'il vous le dise, mais c'est mal connaître Charles… Je suis trop naïve…

— Qu'est-ce qu'il aurait dû me dire, Claire ?

Claire Marchal prend la main de la jeune femme, et la serre dans la sienne. Rachel ne parvient pas à savoir si c'est pour lui donner du courage pour ce qu'elle va entendre, ou pour elle-même.

— C'est votre grand-mère qui a demandé à Charles de déclarer Vincent mort.

— G… Grand-Ma ?

— Oui. Quelques mois après la disparition de votre ami, elle est venue au bureau de Charles. Elle n'avait pas pris rendez-vous, mais il était là. Moi, je me trouvais dans la pièce attenante, à nettoyer quelques affaires. Quand j'ai entendu que c'était elle, je n'ai pas pu m'empêcher d'écouter. J'aimais beaucoup votre grand-mère. Je l'admirais, mais je l'ai aussi beaucoup jalousée à une époque. Elle et votre grand-père formaient un couple uni, soudé. Charles et moi… ça n'a jamais été ça. Il n'aime que lui… Enfin bref. Il a souvent tenté de séduire votre grand-mère. Mais elle repoussait ses avances. Elle était plus âgée, et surtout bien trop amoureuse de votre grand-père. Quand j'ai vu qu'elle s'entretenait avec Charles, j'étais curieuse d'en connaître la raison. Elle a parlé de votre peine, Rachel. De votre incapacité à remonter la pente. De sa souffrance de vous voir dans cet état. De son inquiétude quant à votre avenir. Charles lui disait que ça passerait. Qu'il pouvait vous faire rencontrer des hommes. Il me donnait envie de vomir. Et je crois que ça a irrité votre grand-mère. Elle s'est énervée, et ils se sont disputés. Puis elle lui a demandé de déclarer Vincent mort. Il y a eu un grand silence. Charles ne répondait toujours pas, alors Madeleine a enchaîné sur le bien que ça vous ferait. Que vous pourriez enfin tourner la page. Charles a refusé. Il ne pouvait pas faire ça, parce qu'il y avait trop de zones d'ombre. Votre grand-mère s'est encore emportée. Quelles zones d'ombre subsistait-il ? Il n'était pas revenu depuis des mois, et toutes les circonstances laissaient penser qu'il s'était produit un drame. Charles ne voulait pas en entendre parler. Alors elle a sorti sa dernière carte : celle du chantage. Charles a toujours eu la folie des grandeurs. Bien avant de devenir procureur, il menait déjà la grande vie. C'est votre grand-père qui lui a évité d'être interdit bancaire en effaçant une partie de l'ardoise de mon mari. Il était redevable envers votre famille. Cette décision ne lui coûterait rien et ne pouvait qu'être bénéfique pour vous. Je crois que Charles savait depuis le début qu'il finirait par accepter. Madeleine est une femme tenace. Sa requête servait une bonne cause, mais ce n'est pas la raison qui a fait céder mon mari. Non, lui, c'est le chantage qui…

— Christie ! Christie ! Bon Dieu, où est-elle passée ? On paie des femmes de ménage, qui ne sont même plus bonnes à faire le m… Vous êtes encore là, vous ?

Rachel se fige en entendant M. Marchal. En quelques enjambées, il se tient devant les deux femmes et les toise, l'air sévère, en quête d'une explication. Claire Marchal se redresse, ce qui accentue encore la différence entre les deux époux : elle, femme petite et fragile. Lui, homme à l'embonpoint proéminent et à la présence écrasante. Et quand elle déclare d'une voix empressée :

— Je demandais à Rachel des nouvelles de sa grand-mère… Mme Charrier ne va pas très bien, le savais-tu ?

Rachel a alors la certitude de savoir qui porte la culotte dans leur couple. C'est dommage que

Mme Marchal ne parvienne pas à moucher son mari, car elle semble pourtant plus futée que lui. Elle est au courant de tout ce qu'il voudrait lui cacher, et lui ne paraît même pas s'en rendre compte. À moins qu'il ne fasse semblant, lui aussi… Rachel se sent tout à coup bien dépassée par autant de mesquineries et de petits secrets. Mais visiblement les cachotteries font aussi partie de sa propre famille, puisque Grand-Ma elle-même en a été l'instigatrice. Mais pourquoi ? Les questions assaillent la jeune femme. La voix du procureur la fait redescendre sur Terre.

— Mmmhh, mmhh, grommelle-t-il. Qu'elle transmette mes amitiés à sa grand-mère, d'accord ?

C'est une façon de lui dire qu'il est temps pour elle de quitter les lieux. La jeune femme, énervée, ne peut cette fois s'empêcher de rétorquer :

— Qu'il ne s'inquiète pas, je lui transmettrai. Je n'oublierai jamais la façon dont il prend soin de ma famille.

M. Marchal fronce les sourcils. Sa mine interloquée vaut le coup d'œil et donne à Rachel l'envie de rire. Claire Marchal sourit, amusée, puis lui prend les mains dans un geste bienveillant.

— Embrassez bien Madeleine pour moi, ainsi que votre famille, ma petite. Et prenez soin de vous, surtout.

Rachel s'éloigne sans se retourner. Dans son dos, elle entend le grognement du procureur :

— Les jeunes sont d'un mal élevé de nos jours…

Le même soir, en se couchant, le cœur de Rachel déborde d'interrogations. Pourquoi Grand-Ma s'est-elle rendue au domicile du procureur pour lui demander de déclarer Vincent mort ? Pourquoi a-t-elle fait accélérer la procédure ? Pourquoi semblait-elle si pressée que ce chapitre soit refermé ?

Rachel serre l'oreiller entre ses bras, comme elle a l'habitude de le faire lorsqu'elle sent le besoin d'être réconfortée. En rentrant à la maison, elle a tout raconté à Carole et Gautier. Ils ont été unanimes : l'explication la plus plausible est celle donnée par Claire Marchal. Le but de Grand-Ma était d'aider Rachel à remonter la pente. Mais celle-ci n'est pas d'accord. On n'aide pas les autres à aller mieux en déclarant une personne morte, alors que finalement, on n'en sait rien. À l'époque, elle ne voyait pas les choses de cette façon, mais aujourd'hui, tout prend un sens différent. Non, cela ne colle pas avec la Grand-Ma qu'elle connaît. Grand-Ma se serait battue pour connaître la vérité, plutôt que de se presser d'enterrer un mort hypothétique. Quelque chose cloche. Le puzzle s'agrandit de jour en jour. Le cerveau de la jeune femme essaie de le reconstruire, mais elle n'a pas encore assez de pièces en sa possession. Arrivera-t-elle un jour à retrouver celles qui manquent ?

5

— Et un, et deux, et trois, et quatre ! On y va ! Mambo pour commencer : messieurs, pied gauche devant, mesdames, pied droit derrière. Et on continue ! Et un, et deux, et trois et quatre !

La voix de Carole, claire et limpide, couvre celle de Luis Enrique et sa musique sensuelle, juste assez pour que les danseurs de salsa en herbe se laissent guider avec un plaisir manifeste. Si Rachel fermait les yeux, elle pourrait facilement s'imaginer chez elle, assise dans un coin de la grande salle de danse, à regarder sa sœur dispenser un cours à ses élèves. Elle l'a si souvent fait ! Admirer sa sœur, et, peut-être, vivre par procuration cette aisance et cette libération du corps qu'elle ne connaîtra jamais. Rachel sait danser, car Carole lui a appris les bases. Mais son self-control, cette sorte de barrière, mélange de pudeur et de réserve, l'empêche de lâcher prise et de donner vie à son corps, comme sait si bien le faire sa sœur.

Mais, là, maintenant, elle ne peut pas fermer les yeux. Le sang pulse dans ses veines, et elle peine à tenir la paille de son sirop de citron sans trembler.

Dès qu'elle perçoit un mouvement dans son champ de vision, elle ne peut s'empêcher de vérifier si ce n'est pas Vincent.

En tout cas pour l'instant, aucune trace de lui. Le cours pour débutants de Carole a débuté à 19 h 30. Vincent était censé commencer son service à 19 heures, or il n'est toujours pas là. Miguel a l'air furax. Il a rassuré Rachel en lui confiant qu'il était persuadé qu'il viendrait, mais la jeune femme peine à le croire. D'ailleurs, preuve en est : Miguel a sollicité la présence d'un extra pour la soirée.

Trois quarts d'heure de retard, cela ne ressemble tout de même pas à Vincent. Tout à coup, Rachel se demande ce qu'elle fiche ici, attablée à cette table de bar. L'établissement est bondé, mais elle se sent très seule.

Elle termine son verre et jette de nouveau un coup d'œil en direction du bar. Une femme est arrivée il y a environ un quart d'heure. Elle aussi aide Miguel au service. Est-ce qu'il a fait appel à elle parce qu'il sait à présent que Vincent ne viendra pas ? Ou bien était-elle censée travailler ce soir ? De la manière dont Miguel la regarde, Rachel pense qu'il doit s'agir de sa femme. Elle aimerait bien qu'on la regarde de cette façon, elle aussi. Non, à bien y réfléchir, elle n'aimerait pas qu'ON la regarde de cette façon, mais plutôt qu'Il la regarde comme ça. Avec cet air qui laisse transparaître les sentiments. La femme doit se sentir observée, car elle tourne la tête dans sa direction. Elle lui sourit et se dirige vers elle. Rachel se concentre pour paraître détendue.

— Bonsoir, dit la femme.

— Bonsoir.

— Je suis Estelle, la femme de Miguel.

J'avais raison.

— Mon mari m'a expliqué qui vous êtes.

Estelle s'assoit en face de Rachel, tout en étouffant un bâillement.

— La soirée va être longue ! s'exclame-t-elle dans un sourire. J'ai travaillé toute la journée…

— Vous avez été appelée à la rescousse ?

— Non. J'avais déjà prévu d'être présente. Il y a quelques années, nous organisions des soirées salsa quasiment toutes les semaines. Mais il y a eu un désaccord avec la personne avec qui nous travaillions, et tout ça s'est arrêté. C'est dommage, parce que j'adorais ça ! (Estelle marque une pause avant de poursuivre :) Votre sœur aime son métier, cela se voit !

— Oui, elle est née pour danser.

— C'est beau, quelqu'un qui danse avec son cœur.

Rachel sourit, car elle pense exactement la même chose. Cette femme lui plaît. Elle la juge douce, dotée d'un esprit fin et clairvoyant. Estelle passe ses mains dans ses cheveux blonds. Parfaitement lissés, ils ne pourraient être mieux arrangés. Rachel songe à sa propre tignasse, et tente malgré elle, par mimétisme, de remettre quelques boucles en ordre.

— Vous avez de si beaux cheveux ! Si les miens pouvaient avoir cette texture, je n'aurais pas besoin de les lisser tous les matins ! soupire Estelle.

Puis elle reprend :

— Je suis heureuse de savoir que Lorenzo a vécu une belle histoire d'amour avec vous. Je l'ai toujours connu sans passé et tellement renfermé ! Je me suis souvent demandé à quoi ressemblait sa vie avant son accident. Il mérite d'être heureux. Miguel m'a raconté ce qu'il connaissait de votre histoire. Je suis certaine que lorsqu'on s'est aimés si longtemps, les sentiments ne peuvent disparaître. Grâce à vous, il pourra probablement retrouver une partie de son passé.

Estelle se tait un instant, avant d'ajouter, gênée :

— Oui bon, bien sûr, je parle comme si vous l'aviez attendu toutes ces années, mais vous avez peut-être refait votre vie… Après tout, ce serait bien normal.

Tout en secouant la tête, Rachel étudie les traits de la jeune femme. Elle y lit une inquiétude sincère. Estelle est attachée à Vincent, et tente de déceler les sentiments qui animent Rachel. Surtout, elle essaie de prévoir si Vincent risque de souffrir à cause d'elle. En cela, Rachel lui est reconnaissante. Au moins, durant ces six années, Vincent pouvait compter sur de vrais amis. Que serait-il devenu sans ce couple ?

Estelle continue d'observer Rachel, et semble attendre autre chose qu'un hochement de tête. Alors, Rachel répond :

— Vous avez raison : quand on s'est aimés si longtemps, les sentiments ne peuvent disparaître.

Son interlocutrice lui sourit, heureuse de la réponse. L'émotion fait écho en Rachel, qui songe, satisfaite, qu'elle a passé avec brio l'entretien de la première rencontre avec la nouvelle meilleure amie de Vincent. Mais elle n'est pas certaine que cette petite victoire la mène très loin.

— Vous savez, je ne suis pas sûre qu'il ait encore envie de me revoir. Il serait là, sinon, vous ne croyez pas ?

Estelle sonde les yeux verts avec tristesse.

— Laissez-lui du temps. Tout ça est si soudain. Je crois pourtant qu'il n'est pas insensible à votre retour. Sinon, pourquoi aurait-il rompu avec son amie ?

Rachel sursaute. Il avait quelqu'un dans sa vie ? Évidemment ! Que croyait-elle ? Il ne se souvenait même pas de son existence !

Estelle lit le trouble sur son visage et comprend que Rachel n'était pas au courant pour Angela.

— Ne vous inquiétez pas. Leur histoire était bien différente de la vôtre. On ne les voyait jamais tous les deux. Angela est une chouette fille, mais il n'était pas amoureux. Et puis, ça n'a pas duré bien longtemps. Deux, trois mois, peut-être. Peu de temps après le jour où vous l'avez retrouvé, Lorenzo l'a appelée pour lui dire que c'était fini entre eux. Ça veut bien dire ce que ça veut dire.

Estelle lui sourit avec bienveillance. Malgré ces mots réconfortants, Rachel ne ressent que de la jalousie. Comment réagir autrement alors qu'elle imagine le seul homme qu'elle ait jamais aimé dans les bras d'une autre ?

— Bon, il faut que j'y retourne ! s'exclame Estelle en se relevant et en désignant son mari d'un coup de menton.

Rachel se retrouve de nouveau seule. Pire que tout, elle se SENT seule. Sa sœur poursuit son cours. Si la jeune femme tendait l'oreille, elle pourrait l'entendre ponctuer les chansons avec entrain. Mais Rachel est bien loin de tout cela à présent. Elle songe aux paroles d'Estelle. Vincent avait quelqu'un. Il aurait soi-disant rompu depuis qu'elle est revenue. Estelle semble y voir un lien de cause à effet. Mais vu le peu d'intérêt qu'il lui a manifesté jusque-là, cette hypothèse lui paraît difficile à concevoir. Cela ne tient pas debout : pourquoi plaquerait-il une fille qu'il fréquente depuis plusieurs semaines pour une autre qu'il est censé connaître, mais dont il ne se souvient pas du tout ?

À moins que ce ne soit plus complexe que cela. Peut-être n'a-t-il pas quitté cette Angela pour elle, mais que la violence de ce passé ressurgi de nulle part lui a fait prendre conscience qu'Angela n'était pas faite pour lui ? Rachel ne sait pas ce qui se passe dans la tête de Vincent. Elle ne peut plus deviner ses pensées comme autrefois.

Pour éviter de broyer du noir, autant noyer son chagrin dans autre chose qu'un verre vide. Rachel fait signe au jeune homme embauché pour la soirée de s'approcher, et elle lui commande une bière. En attendant, elle observe la piste de danse. Carole a fait appel à Gautier pour lui servir de partenaire. Malgré son humeur maussade, Rachel ne peut s'empêcher de sourire : autant son cousin se défend plutôt bien sur un rock, autant la salsa n'est vraiment pas son truc ! Il a du mal à rouler les hanches, et sa raideur va de pair avec sa mine renfrognée.

Le garçon revient avec la bière. Rachel en boit une longue gorgée avant de s'enfoncer dans son siège. Puis elle soupire et se met à écouter la musique. Combien de fois a-t-elle dansé avec Vincent sur ce morceau d'Enrique Iglesias !

Elle ferme les yeux et les imagine tous les deux, six ans plus tôt. Parfois, le soir, après le dîner, Vincent allumait la musique, puis il s'avançait vers Rachel pour l'inviter à danser. Comme elle aimait ces moments-là ! Quand il s'approchait d'elle, il la regardait intensément, avec ce regard qui ferait fondre n'importe quelle femme, parce qu'il lui laissait penser qu'elle était unique. Même si elle était fatiguée, elle lui accordait cette danse. Plus qu'une danse, c'était une union de leurs deux âmes. Leurs yeux restaient accrochés l'un à l'autre alors qu'ils exécutaient les pas. Lors de ces instants précieux, Rachel sentait qu'ils étaient comme deux âmes sœurs. Et elle savait qu'il ressentait la même chose. Il la pressait contre elle passionnément, et parfois, la chanson n'était pas encore terminée qu'il commençait déjà à la déshabiller.

— Plus souples les hanches ! On fait bouger son bassin !

La voix de Carole tire Rachel de ses rêveries. Zut ! Elle s'y sentait tellement mieux que dans ce bar où le seul compagnon à l'étreindre se nomme « solitude ». Et tout à coup, tout lui revient comme un boomerang en plein visage : Rachel songe à cette Angela avec qui Vincent couchait. Cette fille qu'il invitait peut-être à danser, le soir, après dîner. Lui adressait-il le même regard ? Les larmes lui montent aux yeux, alors pour les arrêter, elle boit de nouveau une longue gorgée de bière. Cela lui pique la gorge, mais elle s'en moque. Et les larmes continuent de couler, intarissables. Rachel les essuie d'un geste de main rageur, puis tourne son visage vers le bar pour s'assurer que personne ne remarque ce geste de faiblesse. Et là, elle le voit. Il la regarde. Un éclair passe entre eux. Fugace. L'instant d'après, Vincent détourne les yeux et se concentre sur les verres qu'il entasse sur un plateau. Une nouvelle fois, le monde s'écroule autour de Rachel.

*

Miguel est satisfait du déroulement de ce début de soirée. Le bar est plein, la piste aussi, et les danseurs ont l'air d'apprécier le cours de Carole. Le barman a même été obligé de refuser du monde, ou de leur demander de revenir plus tard pour le cours suivant. Il se félicite de son idée de génie : installer une fontaine à eau dans laquelle il a ajouté du sirop de menthe, en libre accès. C'est donc boisson à volonté pour les clients adeptes de la menthe à l'eau. Pour le prix que lui coûtent une bouteille de sirop et l'eau du robinet, la satisfaction des clients fait plaisir à Miguel. Ce soir, il faut que tout soit parfait. Ce qui compte à ses yeux, c'est aussi la présence d'Estelle. Elle avait dit qu'elle viendrait l'aider, et elle a tenu parole. C'est bien. La seule ombre au tableau, c'est l'absence de Lorenzo.

Qu'est-ce qu'il fout, bordel ?

Lorenzo ne peut jamais être à l'heure, mais plus d'une heure de retard, cela ne lui est jamais arrivé. Miguel a essayé de le joindre plusieurs fois. Il lui a même laissé quelques messages incendiaires. Il n'aurait peut-être pas dû. Il ne faut pas le braquer. Depuis leur altercation quelques jours plus tôt, quand il lui a parlé de la soirée, Lorenzo n'a plus voulu aborder le sujet. Il s'est complètement fermé. Miguel a bien essayé de tâter le terrain pour s'assurer de sa présence le jour J, mais les vagues réponses de Lorenzo n'ont pas dissipé ses doutes. Alors il a embauché un petit jeune pour la soirée. Ce n'était pas prévu au budget, mais si jamais Lorenzo ne daignait pas se pointer, la soirée pourrait vite virer au cauchemar. Et la pauvre Rachel ! Miguel n'ose même plus la regarder. Plus le temps passe, plus elle a l'air malheureuse. Toute cette organisation spécialement pour lui, quel gâchis !

Ah, ben tiens, quand on parle du loup ! C'est pas trop tôt ! Une heure et quart de retard, bon sang !

Miguel prend une profonde inspiration pour éviter de lui crier dessus.

— Tiens, regardez-moi qui va là ! Lopez !

— Désolé…, marmonne Lorenzo. Je suis un peu en retard…

— Sans blague ? Un peu en retard ? Mais c'est un euphémisme, mon ami ! Ça fait plus d'une heure qu'on t'attend ! Ça fait des centaines d'appels, de textos, de messages que je te laisse ! Merci d'avoir prévenu, mon pote ! On me traite d'égoïste, mais alors là, si ça c'est pas de l'égoïsme grandeur nature, alors je sais pas ce que c'est !

— Ça va, je crois que j'ai compris que tu es en colère contre moi… J'ai présenté mes excuses, d'accord ?

— Moi, en colère ? Mais c'est un…

— Un euphémisme, oui je sais.

— Ne me fais pas le coup du mec blasé, Lopez ! Tiens, y a une nana qui s'emmerde à mourir depuis tout à l'heure, et son verre est vide. Va donc la resservir.

Miguel pointe du doigt la table sur laquelle est accoudée Rachel.

— Laisse tomber, Miguel. Elle n'a rien demandé. Va la servir, toi, si tu veux.

— Je suis ton boss, alors tu fais ce que je te dis ! C'est moi qui décide, ici, et je te demande d'aller la servir !

— Allez, calme-toi, mon vieux. La numéro sept attend sa commande. Laisse-moi terminer mon travail.

Lorenzo s'exprime d'un ton calme, avec une pointe de tristesse dans la voix. Puis il s'éloigne avec son plateau chargé, laissant un Miguel interdit.

Les dernières notes de Salsa Romántica s'égrènent, tandis que la voix de Marc Anthony se tait subitement.

Un léger silence flotte dans l'air, comme si chacun prenait le temps de savourer l'instant. Puis les applaudissements et les clameurs fusent. Carole félicite les salseros, et ceux-ci la remercient. Il est temps de faire une pause avant que le cours intermédiaire ne débute. Carole se dirige vers le bar en soupirant et passe ses mains sur son front moite. Elle repère alors Miguel et s'exclame :

— Alors ? Tu as trouvé ça comment ?

Elle connaît d'avance la réponse de son interlocuteur, qui se lit sur son visage radieux. C'est alors qu'elle remarque la silhouette de Vincent qui approche. Carole lève une main devant sa bouche grande ouverte et retient un cri. Elle était préparée à cette rencontre. Pourtant, l'émotion la submerge. Elle attend que Vincent ait posé son plateau vide sur le comptoir et se précipite pour l'étreindre avec force.

— Mon Vince !

Ses joues se couvrent de larmes. Elle ne prend pas la peine de se présenter. Il va bien comprendre de lui-même qui elle est. Miguel a dû le mettre un minimum au parfum. Et puis, elle aurait l'impression de se moquer de lui, en lui expliquant qu'elle est Carole, son ancienne belle-sœur. Ils étaient tellement unis tous les quatre, autrefois ! C'est idiot, elle sait bien qu'il ne se souvient pas. Pourtant, elle ne parvient pas à rentrer dans ce jeu. Ce serait comme donner raison à ce fichu morceau de lui qui manque. Carole tient Vincent à bout de bras pour mieux regarder son visage, puis le serre de nouveau contre elle. Le jeune homme reste sans voix, un peu gauche et les bras ballants. Il ne la repousse pas. Carole se demande si c'est par correction. Toujours si poli, et tellement droit ! Si soucieux de ne pas froisser les autres ! Elle étudie encore une fois ses traits avec attention. Les lampes tamisées de La Salsa Rosa projettent des ombres sur son visage. Est-ce le jeu des lumières qui le rend plus vieux, ou simplement le poids des années qui sont passées ? Son visage est plus anguleux, plus viril, peut-être.

— Tu as changé, c'est fou ! Tu piques !

La jeune femme rit à travers ses larmes, tout en caressant les joues barbues de Vincent. Son doigt s'élève ensuite vers la trace blanche qui barre son sourcil. Cette fois, Vincent retient son geste d'une main ferme. Puis, très doucement, il éloigne sa main et la replace le long de son corps. Carole ne bronche pas. C'est étrange de se retrouver face à quelqu'un qu'on a côtoyé si souvent et de se figurer que pour lui, c'est comme si c'était la première fois ! Cela lui laisse un goût amer dans la bouche. Pour elle-même, pour Gautier, pour tous ceux qui aimaient Vincent. Pour lui, aussi. Et surtout pour Rachel.

Où est-elle donc passée, d'ailleurs ? C'est ici qu'elle devrait être. Elle ne doit pas perdre une miette de cette soirée.

Gautier les rejoint. Il s'est mouillé le visage. Embarrassé, il s'arrête à la hauteur de sa cousine et bafouille un vague « salut » en direction de Vincent. Ce dernier sourit à demi. Le temps s'étire, tandis que tout le monde se jauge. La situation paraîtrait presque embarrassante, au point que Carole ne trouve plus ses mots. Quelqu'un vient taper sur l'épaule de Vincent, ce qui le fait sursauter. C'est Miguel.

— Alors, mon Lolo ! Tu ne salues pas ton ex-meilleur ami ? Bon, c'est vrai qu'en termes de retrouvailles, il a fait fort ! Je comprends d'ailleurs pourquoi tu as changé de meilleur ami ! En général, je démarre aussi au quart de tour, mais moi, j'utilise les mots M-O-T-S plutôt que les maux M-A-U-X !

Miguel envoie un clin d'œil complice à la cantonade, tout en se mettant à rire de son propre jeu de mots. Vincent passe une main distraite sur sa joue encore marquée. Gautier suit son geste du regard, l'air coupable. Il se souvient de ce sentiment qui s'est emparé de lui ce soir-là, avec une violence qu'il n'a pas réussi à contenir. Il n'a plus de colère en lui en cet instant. Il ne ressent plus que de la gratitude de ne pas avoir totalement perdu son ami. De pouvoir bénéficier de cette chance de vivre d'autres moments en sa compagnie.

Son regard se dirige vers les prunelles bleu glacier. Ses yeux rencontrent les siens. Vert face à bleu. Gautier n'y lit aucune animosité, aucune rancune. Un peu de méfiance, peut-être, mais le jeune homme se surprend à penser que Vincent a besoin d'aide pour ouvrir davantage la porte. D'ordinaire, Gautier n'est pas doué pour comprendre ce genre de chose, mais après tout, il s'agit de son ex-meilleur ami, non ? Alors, Gautier lui sourit. Pas d'un de ces sourires hypocrites qui ne remontent pas jusqu'aux yeux. Non. D'un vrai sourire sincère. Gautier tend la main à Vincent. Ce dernier baisse le regard vers la main tendue, puis se fend lui aussi d'un sourire sincère.

— Salut, Gautier, dit-il en lui serrant longuement la main.

Ces mots sont prononcés avec une sorte de solennité, comme s'ils se retrouvaient seulement maintenant. Carole prend conscience d'être le témoin d'un tournant dans leurs retrouvailles manquées. Elle en oublierait presque de respirer ! La voix de Vincent a pour effet de faire voler en éclats l'interruption du temps. Carole pourrait jurer qu'elle n'a pas vu cette lueur dans les yeux de Gautier depuis des années. L'espoir afflue en elle, et elle ne peut s'empêcher de poser sa main sur le bras de Vincent, pour le caresser avec tendresse, les yeux brillants d'émotion.

— Mon Vince !

Miguel ne se cache pas pour essuyer une larme du coin de l'œil.

— Allez, c'est ma tournée ! Qui veut boire quoi ?

— Où est Rachel ? On ne peut pas boire sans elle ! interroge sa sœur.

— Elle a passé une bonne heure sur la table en face, mais je l'ai perdue de vue.

Miguel hausse les épaules.

— Bon, ce sera un verre d'eau pour moi, et j'y retourne ! Le cours suivant va bientôt commencer ! s'exclame Carole après avoir jeté un coup d'œil à l'horloge rétro accrochée sur le pilier en bois du comptoir. Miguel, je t'emprunte Vincent pour me servir de cavalier, tu ne m'en veux pas ?

— Si ça peut vous aider à vous décider, je suis partant pour faire le service à sa place ! intervient Gautier, qui n'a surtout pas envie de se remettre en scène.

— Pas de problème, on a déjà fait sans lui depuis le début de la soirée ! Allez, mon ami, si tu veux remplacer mon Lolo, je vais te donner un T-shirt de La Salsa Rosa. Et puisqu'on va bosser, tous les deux, il va falloir me tutoyer !

— Ça ne vous dérange pas de ne pas vous occuper de mon avis ? intervient Vincent. Je suis désolé, mais je ne sais pas danser.

Carole se met à rire. Elle termine son verre d'eau d'une traite, puis se saisit de la main de Vincent pour l'entraîner vers la piste.

— Toi, tu ne sais pas danser ? Tu verras, mon Vince, la danse, c'est comme le vélo. Ça ne s'oublie pas.

*

Rachel réussit enfin à s'extirper des toilettes. La jeune femme ne se sent pas très bien depuis qu'elle a aperçu Vincent. Ce sentiment de ne pas avoir compté… elle ne pourra jamais vivre avec. Elle a croisé Estelle sur le chemin des toilettes, qui l'a arrêtée pour savoir si tout allait bien. On ne trompe pas un regard d'infirmière ! Rachel a dû avouer sa difficulté à accepter que Vincent ne lui jette même plus un regard. Estelle a répondu qu'il lui fallait du temps, qu'elle devait être patiente. L'une a parlé de Vincent, et l'autre de Lorenzo. Comme si elles évoquaient deux personnes différentes. Cette idée a fini par s'insinuer en Rachel. Vincent est peut-être mort six ans plus tôt, comme Marchal l'avait certifié à l'époque. Même si en réalité, Vincent n'est pas mort, il a été remplacé malgré lui par Lorenzo, quoi qu'elle en pense. C'est dur à admettre, mais il en est ainsi.

Quand Estelle s'est éloignée pour continuer son service, le premier cours de salsa prenait fin. Rachel aimerait partir. Elle a peur de croiser Vincent. Peur de se retrouver comme une idiote à ne pouvoir faire un geste, alors que lui n'aurait aucune peine à détourner le regard… La jeune femme repère Miguel au comptoir. Au moins, elle ne sera pas seule face à Vincent.

Avec la gouaille du barman, elle se sentira protégée. Elle sait qu'il est de son côté. Rachel se faufile entre les tables. La jeune femme tend le cou pour apercevoir Carole sur la scène, un peu en contrebas, délimitée par deux petites marches du reste de l'espace. Sa sœur poursuit le cours d'une façon un peu plus soutenue. Ces salseros-là connaissent bien les pas de base, et cela se voit. L'homme qui danse avec Carole connaît la salsa. Son corps se déhanche à la perfection, et il dégage une prévenance particulière à l'encontre de sa partenaire. Cette manière de danser, Rachel la reconnaît aussitôt. Elle se fige sur place et ne peut détacher son regard du couple qui évolue avec grâce. Elle sait bien qu'avec sa sœur, il n'y a aucune ambiguïté, mais que sait-elle de Vincent, à présent ? Comment se fait-il qu'il n'ait même pas daigné lui accorder un simple salut, et qu'elle le trouve en train de danser avec Carole ? Comment peuvent-ils lui faire ça ? Rachel sent le goût de la trahison lui piquer le fond de la gorge. Elle ne sait plus où elle en est. Elle ne se sent plus elle-même. Tout ça n'est que poison. Elle doit s'éloigner d'ici. Il faut qu'elle sorte. Vite. Elle étouffe.

— Rachel ? Est-ce que ça va ?

La voix de Gautier résonne à ses oreilles. La jeune femme met un peu de temps à recouvrer ses esprits. Très lentement, elle tourne la tête dans sa direction. Elle lit l'inquiétude dans les yeux de son cousin. Le jeune homme appuie un peu plus son regard, comme pour l'encourager à lui répondre, mais aucun son ne sort de la bouche de Rachel. C'est drôle, cette sensation de ne plus contrôler son corps.

— Rachel ?

Gautier s'avance un peu plus. Le regard de la jeune femme est attiré par ce qu'il tient dans les mains. Un plateau, surmonté de deux verres vides. Rachel remarque aussi son T-shirt, à l'effigie de La Salsa Rosa. Durant une fraction de seconde, elle ne comprend plus rien. Puis tout s'éclaire. Elle écarquille les yeux en sentant le deuxième couteau de la trahison s'enfoncer en elle. Gautier remplace Vincent. Il effectue son service à sa place pour qu'il puisse danser avec sa sœur. Dix jours auparavant, il lui balançait son poing dans la figure. Depuis, les deux hommes ne s'étaient pas parlé. Cela faisait en tout et pour tout un quart d'heure qu'ils s'étaient retrouvés, et déjà Gautier lui rendait ce service. Rachel n'a jamais nourri de sentiment de jalousie à l'égard de Gautier, même quand celui-ci lui volait quelques instants d'intimité avec son amoureux. Rachel aurait même été très contente de constater que leurs liens s'étaient resserrés de nouveau. Mais pas là. Pas comme ça. Pas dans son dos, alors qu'elle-même sent le fossé se creuser entre eux.

Le regard de la jeune femme oscille du plateau au T-shirt, et du T-shirt au visage de Gautier, qui perd peu à peu de ses couleurs. Il est en train de comprendre ce qui se passe dans la tête de sa cousine.

Rachel sent la détresse l'envahir, tandis que ses jambes flageolent, que sa bouche s'assèche et que les lumières tanguent autour d'elle. Puis ses oreilles bourdonnent, et son regard se voile. Comme dans un mauvais rêve, elle a l'impression de tomber dans un vide vertigineux. Mais la chute n'est pas douloureuse. Elle finit même pas se sentir bien, puisque, autour d'elle, il n'y a plus rien d'autre que le noir rassurant de la nuit.

*

Le soleil éblouissant dans une jolie clairière. Un calme à peine rompu par le clapotis d'une eau qui court un peu plus bas. Des fleurs sauvages aux couleurs éclatantes, qui dégagent un parfum entêtant. Puis, les arbres se mettent à grandir et à se resserrer les uns contre les autres, jusqu'à étouffer la clairière. Les fleurs noircissent et se fanent. La rivière calme devient un torrent grondant. Le soleil est soudain masqué par cette faune menaçante, et la nuit revient. *Non, pas encore la nuit !*

— Rachel !

Une petite voix l'appelle. On dirait une voix amie. Rachel regarde de tous les côtés, mais elle ne voit personne. La panique s'empare d'elle.

Il y a quelqu'un ?

— Je suis là !

La jeune femme cherche de nouveau d'où provient la voix, mais elle ne distingue plus rien du tout dans ce noir épais. Tout à coup, une main se pose sur son épaule. Rachel sursaute et pousse un cri strident.

— Chut ! Je suis là, Rachel. Tout va bien.

Rachel cligne des yeux. La lumière lui fait mal. Au-dessus d'elle, elle voit un halo de cheveux blonds impeccablement lissés. Estelle ! Mais que fait-elle ici ? Rachel se redresse. Elle est allongée dans un lit. Non, en fait, qu'est-ce qu'ELLE, Rachel, fait ici ? La jeune femme comprend qu'elle était en train de rêver, et que c'était la voix d'Estelle qu'elle entendait. A-t-elle crié aussi fort que dans son cauchemar ? De la musique latine parvient jusqu'à ses oreilles. Elle l'entend même assez fort. Les souvenirs affluent en même temps que les notes sensuelles. Rachel comprend qu'elle se trouve dans l'appartement de Miguel et de sa femme, probablement dans leur lit.

— Comment tu te sens ? demande Estelle. Tu nous as fait une sacrée frayeur !

— Ça va..., balbutie Rachel. Depuis combien de temps suis-je ici ?

— Pas très longtemps. Tu t'es évanouie dans le bar. Heureusement, Gautier était avec toi et il a eu le temps de te rattraper avant que tu ne tombes par terre. Il t'a montée jusqu'ici, et je suis restée avec toi. Ça va aller, maintenant. Il faut que tu te reposes.

Estelle remonte la couverture jusqu'au menton de Rachel, comme elle pourrait le faire avec un petit enfant. Être ainsi choyée apaise Rachel, qui se sent très fatiguée. Elle n'a qu'une envie, c'est fermer les yeux et dormir d'un sommeil réparateur.

*

Lorsque Rachel s'éveille, elle se sent fraîche et alerte. Les minutes ou les heures passées dans les bras de Morphée l'ont remise d'aplomb. D'ici, on entend la musique assez fort, et elle se demande comment elle a réussi à dormir, elle si sensible au bruit. Mais après tout, peut-être qu'Estelle ne l'a pas laissée depuis si longtemps ? Rachel ôte les couvertures et se met debout. Elle cherche la lumière à tâtons, puis repère le réveil qui affiche 22 h 14. Rachel fait un rapide calcul mental. Le second cours a dû commencer vers 20 h 45. Elle s'est évanouie quelques instants après. Elle a dû dormir une bonne heure.

À présent, tous les cours sont terminés. La soirée latine bat son plein en bas. Rachel sait qu'elle va bientôt devoir redescendre, sinon les autres vont s'inquiéter. Pourtant, elle n'a pas envie de se mêler à cette foule joyeuse. Pour l'heure, elle veut s'octroyer encore quelques minutes de calme. Elle se met à visiter les lieux. La cuisine est une toute petite pièce dans laquelle il est impossible de déjeuner. Il y règne un bazar sans nom, entre vaisselle sale et morceaux de pizzas bons à jeter. La jeune femme songe qu'Estelle n'a pas dû y mettre les pieds depuis quelque temps. Elle poursuit vers le salon. L'endroit est vaste, comparé à la cuisine, et plutôt bien rangé. À l'exception de quelques couvertures jetées au pied du canapé, chaque objet semble à sa place. La décoration est colorée. Un flamant rose campe, majestueux, sur un petit buffet, à côté d'une lampe en forme d'ananas. Sur les murs, des panneaux de bois aux couleurs vives affichent la direction des plages. À droite du canapé, un énorme pêle-mêle est rempli de photos. Rachel approche pour les regarder. Elle y reconnaît Miguel avec Estelle, tête contre tête, très amoureux. Il y a beaucoup de gens qu'elle ne connaît pas. Sans doute leur famille et leurs amis. Un bébé aussi. Elle suppose que cela doit être leur petite Lila, parce qu'on la voit sur la plupart des photos, à différents âges. Sur l'un des clichés, elle doit avoir deux ou trois ans. Elle est entourée de ses parents et se trouve dans les bras de Vincent. La petite fille le regarde avec un grand sourire. La bouche de Vincent est figée en forme de O, comme s'il était en train de lui dire quelque chose au moment où l'appareil s'est déclenché. Ils ont l'air tellement complices ! Rachel ne peut pas s'empêcher de passer un doigt sur l'image de Vincent. Elle soupire. Elle ne parvient pas à ne pas l'aimer. C'est plus fort qu'elle.

— Cette photo a été prise il y a trois ans, je crois.

Rachel sursaute et se retourne. Vincent se trouve face à elle. Il est si près ! Une dizaine de centimètres séparent leurs visages. Rachel ne peut pas reculer, car elle se trouve déjà contre le mur. Elle baisse les yeux, comme prise en faute. Elle était tellement concentrée, qu'elle ne l'a pas entendu arriver. Depuis combien de temps l'a-t-il rejointe ? Le silence s'étire. Aucun d'eux ne bouge. Rachel se rend compte qu'elle ne respire plus. Lentement, elle relève la tête en direction de son visage. Ses yeux rencontrent les siens, et elle se sent rougir. Il la regarde de la même manière que lorsqu'il venait l'inviter à danser, autrefois, après le dîner. Le cœur de Rachel s'emballe, et elle perd toute lucidité.

Qu'est-ce qu'il fait ici ? Pourquoi reste-t-il immobile de la sorte ? Qu'attend-il ?

Son corps le sait déjà, mais elle se refuse à se laisser aller à une quelconque forme d'espoir. À part ses yeux, son visage ne laisse rien transparaître. Vincent ne sourit pas. Il a plutôt l'air sérieux et concentré.

Concentré pour quoi ?

Rachel remarque les muscles de ses joues, tendus à l'extrême.

— Et puis mince…

Quoi ? Qu'est-ce qu'il veut dire par là ?

Rachel ne comprend pas, mais il ne lui laisse pas le temps d'analyser ses paroles. Sa bouche fond sur la sienne avec avidité. Vincent lui attrape les lèvres et glisse sa langue dans sa bouche. Passé le moment de surprise, Rachel lui rend son baiser avec la même ferveur. Oubliée sa résolution de feindre l'indifférence ! Elle ne songe plus à rien. Seulement à cette étreinte passionnée dont elle n'osait pas rêver, et qui l'emmène vers des contrées depuis longtemps inexplorées. Les bras de Vincent s'enroulent autour de sa taille, et elle vient se nicher contre son corps. Elle s'abandonne. Ainsi plaquée contre le mur, elle ne répond plus d'elle-même. Elle lève les mains vers les joues de Vincent et caresse la barbe naissante avec tendresse. Vincent lâche un soupir. Puis il écarte ses lèvres et pose son front contre le sien. Les yeux fermés, leurs souffles mêlés, les deux jeunes gens restent ainsi quelques minutes, chacun recouvrant ses esprits. Puis Vincent éloigne son visage, tout en maintenant celui de Rachel dans ses mains. Il dépose un chaste baiser sur ses lèvres et se retire pour la regarder dans les yeux.

— J'ai essayé, mais je n'ai pas pu… Je suis désolé…

— De quoi es-tu désolé ? souffle Rachel.

Elle n'ose pas parler à voix haute, de peur de rompre le charme.

— Je pense que je pourrais vivre sept vies différentes, comme les chats, c'est toujours toi que j'aimerais.

La révélation provoque chez Rachel un sentiment de plénitude absolue. En cet instant, elle se sent heureuse. Que lui dire de plus ? Qu'elle l'aime ? Cela, il le sait probablement déjà. Alors, elle décide de le lui montrer. Pour apaiser le feu qui couve en elle, elle prend son visage dans ses mains, et, avec la même avidité dont il a fait preuve un peu plus tôt, l'embrasse. Cette fois, leurs caresses se font plus aventureuses. À tâtons, Vincent guide Rachel vers la chambre dans laquelle elle a dormi tout à l'heure. Lorsque l'arrière de ses genoux bute doucement contre le matelas, elle se laisse tomber sur le lit et emporter dans ce torrent voluptueux qui l'embrase tout entière. De nouveau, leurs corps ne font qu'un. De nouveau, leurs deux âmes sœurs se rejoignent. Enfin elle se sent une femme accomplie.

*

Une main posée sur son torse, Rachel observe la respiration profonde et régulière de Vincent. Elle l'observe plus qu'elle ne l'entend, à cause des notes endiablées qui proviennent de l'étage du dessous. Rachel se demande comment Estelle et sa fille parviennent à s'endormir lorsque le bar est ouvert. Question d'habitude, sans doute. Pour l'heure, trop exaltée par ce qui vient de se passer entre eux, il n'est pas question pour la jeune femme de dormir. Elle a bien trop peur de se laisser aller au sommeil, et une fois éveillée, de se rendre compte que tout ceci n'était qu'un rêve et que Vincent n'est même pas vivant. Tout à l'heure, elle s'est pincée pour s'assurer que cette chance ne risquait pas de s'évaporer. Vincent est toujours là, près d'elle, alors elle suppose qu'il s'agit bien de la réalité. Elle a soudain envie d'en profiter pleinement. De savourer chaque instant et de le vivre comme si c'était le dernier.

Carpe Diem.

Telle était la devise de leurs dix-sept ans. Rachel se redresse sur un coude pour regarder le visage de Vincent. Il a un peu changé. Quelques ridules sont apparues au bord de ses yeux, et elle a remarqué de rares cheveux blancs disséminés çà et là. Il porte une barbe naissante, alors qu'autrefois il aimait être impeccable. Ce qui intrigue Rachel, c'est cette cicatrice qui lui barre le sourcil droit. Elle, elle doit savoir. Témoin du passé, dernier vestige de l'accident ou preuve de ce drame qui a failli causer la perte de Vincent, en même temps que la sienne. La jeune femme est fascinée par la marque blanche, à tel point qu'elle a envie d'y toucher. Comme si cela pouvait lui apporter les réponses à tant de questions. Rachel tend la main de l'autre côté du visage de Vincent, pour l'effleurer. Au moment où son doigt caresse la cicatrice, les yeux de Vincent s'ouvrent grand. Rachel ne sait pas si ce geste l'a chatouillé ou dérangé, mais elle penche pour la deuxième hypothèse. Elle le remarque à son froncement de sourcils. Son intuition lui souffle que cette cicatrice lui inspire une sorte de malaise, comme si elle était ce lien un peu perturbant avec son passé. La jeune femme recule sa main, en poussant un soupir de surprise. Vincent se hisse sur un coude à son tour pour l'observer dans les yeux, une lueur espiègle dans le regard.

— Je vous y prends, à m'observer pendant que je dors !

Rachel sourit, soulagée de constater qu'il a gardé son brin d'humour.

— Je n'ai plus que ça à faire, te regarder, pour rattraper le temps perdu !

Le regard de Vincent se voile un instant, puis il s'approche d'elle et l'embrasse tendrement. La jeune femme se laisse guider par ce baiser prometteur. Soudain, Vincent se dégage.

— On entend encore la musique. Quelle heure est-il ?

— Il doit être minuit et demi.

— Il faut que je descende voir s'ils n'ont pas besoin de moi.

— Tu ne penses pas qu'ils se doutent qu'ils ne peuvent plus compter sur toi, à l'heure qu'il est ? S'il te plaît, reste avec moi…

— D'accord. Mais il faut quand même que j'aille voir si on peut dormir là cette nuit. À moins que tu ne préfères qu'on dorme dans ta chambre d'hôtel ?

— Vincent, on vient de coucher dans leur lit…

— Ce n'est pas vraiment *leur* lit, en ce moment, mais plutôt celui de Miguel. On reste ici, si tu préfères. Ne t'inquiète pas. Miguel prendra ta chambre d'hôtel à ta place, et Estelle l'accompagnera si elle le souhaite. Ça peut même être un service à leur rendre : des retrouvailles dans une autre chambre que la leur…

— Mais… tu vas aller leur dire qu'on… enfin… tu vois…

— Qu'on vient de faire l'amour ? Je ne vais pas leur annoncer de façon aussi directe, mais comme tu viens de le dire, je pense qu'ils se doutent de la raison pour laquelle ils ne peuvent plus compter sur moi ce soir. Et j'ai comme l'impression que ça fera plaisir à tout le monde. Pas toi ?

Vincent lui envoie un clin d'œil complice, puis enfile son caleçon, tandis que Rachel rougit. Songer à Carole, Gautier, Miguel et Estelle, qui vont bientôt avoir confirmation de ce qui se passe à l'étage, la gêne terriblement. Presque comme une petite fille prise en faute, alors que Vincent et elle s'apprêtaient à se marier des années auparavant. Rachel est tellement pudique ! Vincent s'en aperçoit et se met à rire, tout en lui lançant un oreiller en plein visage, comme pour lui signifier de se cacher. Rachel sourit, puis fronce les sourcils, interloquée. Vincent faisait ça, aussi, avant. Quand il la faisait rougir, il lui balançait un coussin ou un oreiller. Lorsqu'on est amnésique, garde-t-on malgré soi certaines de ses habitudes, comme de vieux réflexes qui ressurgissent ? S'en rend-il compte ? Ressent-il cette impression de déjà-vu, lorsque ça arrive ? Elle a envie de lui poser la question, mais déjà, il s'éloigne.

— Tu monteras mon sac, que Miguel m'a mis de côté, s'il te plaît ! lui crie-t-elle.

Il se retourne pour hocher la tête en signe d'assentiment. Restée seule, Rachel songe de nouveau aux souvenirs effacés de Vincent et à la manière dont elle va s'y prendre pour l'aider à recouvrer la mémoire. En fait, elle n'a aucune idée de ce qu'elle va faire. Elle se renseignera sur le sujet. Une autre question s'insinue en elle : comment se fait-il qu'il soit déjà amoureux d'elle ? C'est vrai, ça. Ils se connaissent depuis seize ans. Mais au regard de l'état de Vincent, ne la connaît-il pas depuis dix jours seulement ? Il ne lui a même pas accordé quelques mots. Comment peut-il déjà l'aimer, et le savoir de manière aussi certaine ? Peut-elle lui faire confiance ? Elle n'a jamais douté de lui, et elle n'a pas envie que cela se produise aujourd'hui. Mais ce revirement de comportement à son égard n'est-il pas suspect ? Elle s'est laissé aller dans ses bras ce soir sans opposer la moindre résistance, car elle ne peut pas lutter contre ses sentiments. Aux côtés de Vincent, Rachel a toujours succombé, car elle est comme ça : amoureuse et entière. À présent, il va falloir que Vincent s'explique. Rachel enfile son débardeur et sa culotte, et l'attend.

*

Il n'est pas long à remonter. Elle entend son pas dans le couloir. Il la trouve assise sur le lit, les bras croisés autour de ses genoux remontés devant elle.

Il vient s'asseoir près d'elle et dépose un baiser sur son bras. Rachel ne souffle mot.

— J'ai remonté tes affaires, dit Vincent en désignant le sac à l'autre bout de la pièce.

— Merci.

— Carole et Gautier jouent les barmaids, et Miguel est aux anges, car il y a un monde fou.

— Bien…

— Ils m'ont pressé de remonter. Ils ont dit qu'ils n'avaient pas besoin de moi. Que toi, si, en revanche… Ils ont raison ?

Vincent s'approche et plonge son nez dans la nuque de Rachel, juste derrière l'oreille. La jeune femme frissonne, puis se dégage doucement.

— Ça va ?

— Je ne sais pas…

— Déjà ? Je ne suis pas sûr d'avoir envie de parler, alors.

— Moi, si.

Vincent se recule pour s'adosser à la tête de lit et étire ses longues jambes devant lui tout en soupirant.

— Je t'écoute.

— Qui est Angela ?

Rachel n'a aucune idée de la raison pour laquelle cette question lui vient en premier. Elle n'a pas tourné la langue sept fois dans sa bouche avant de parler. Vincent la regarde d'un air mi-surpris, mi-amusé.

— Il y a quelque chose dans cette pièce qui parle d'Angela ?

— J'espère bien que non…

— *Bien sûr que non*. Mais je te laisse cinq minutes, et puis je te retrouve avec une drôle de tête, et tu me parles de mon ex…

— Donc c'est ton ex.

— Oui.

Il n'ira pas plus loin dans les explications. Après tout, il a raison, car cela ne la regarde pas. Rachel se mord l'intérieur de la joue. Elle vient de griller une cartouche pour rien.

— Excuse-moi. C'était bête comme question, car je savais qui elle était. Estelle m'a parlé d'elle. C'est juste que j'ai ressenti de la jalousie en t'imaginant avec une autre.

— Tu n'as pas besoin d'y penser. C'est terminé, elle et moi.

— Pourquoi ?

Vincent plonge de nouveau son regard dans celui de Rachel avec intensité. En cet instant, la jeune femme sait avec certitude pourquoi elle lui a toujours fait confiance quant à ses sentiments à son égard. C'est au travers de ses yeux qu'ils transparaissent. On dirait que Vincent puise tout l'amour qu'il possède pour que le bleu de ses prunelles en déborde. Rachel semble y lire autre chose, aussi, ce soir, mais elle ne parvient pas à déchiffrer quoi.

— L'autre soir, quand je t'ai vu à La Salsa Rosa… il y a un truc qui s'est passé. J'ai reçu comme un électrochoc en te voyant. J'ai *su* que je t'aimais.

— Tu veux parler du soir où Gautier t'a mis son poing dans la figure ?

Vincent hoche la tête.

— Alors… depuis qu'on s'est retrouvés, tu éprouves des sentiments pour moi ? Même le jour où nous avons couru ensemble ?

Rachel peine à le croire.

— Oui, Rachel. J'ai lutté, pourtant. Mais je n'ai pas réussi.

— Mais pourquoi avoir lutté ?

— Parce que je ne suis pas un homme pour toi.

Son regard est brûlant de sincérité et de souffrance. Que s'est-il passé pour qu'il ait une si mauvaise estime de soi ?

— Qu'est-ce que tu racontes ? Tu as toujours été ce qui m'est arrivé de mieux dans la vie !

Vincent se met à ricaner. La tête en arrière pour reposer le long du mur, il regarde le plafond, comme s'il y cherchait une réponse. Rachel n'ose pas le toucher, de peur de couper le fil de la conversation. Pourtant, elle en meurt d'envie.

— Je suis soi-disant mort, et je t'ai fait souffrir. À cause de moi, tu as dû apprendre à faire ton deuil. À présent, je ne pourrai jamais t'offrir les réponses que tu attends. Toute cette histoire va rester inachevée, car il ne peut tout simplement pas en être autrement.

— Nous ferons ce qu'il faut pour que tu recouvres la mémoire, Vincent. Je t'aiderai.

— Mais tu ne peux pas ! s'écrie Vincent avec force, ce qui fait sursauter Rachel.

En guise d'excuses, il la prend dans ses bras.

— Je ne peux pas vivre sans toi, Vincent. C'est ce que cette histoire m'a enseigné.

Vincent se met à lui caresser les cheveux.

— Je l'ai compris. À te voir si malheureuse face à cette indifférence que je m'efforçais de te témoigner, dans ton intérêt – je te promets que c'est pour ton bien que je l'ai fait –, j'ai pris conscience que je t'apportais plus de souffrance qu'autre chose. Je n'ai pas pu me résoudre à poursuivre ainsi. Tu m'as fait tellement peur quand j'ai appris que tu t'étais évanouie… Mais je ne sais pas si j'ai choisi la bonne solution. Ce ne sera pas facile…

— Tu es là, et c'est tout ce qui compte.

— Rachel, je te le redis : ce ne sera pas facile. Je ne suis sans doute plus le même homme.

— Je te dirai qui tu étais pour que tu comprennes qui tu es aujourd'hui.

— Mon amour, je ne veux pas qu'on parle du passé.

— Jamais ?

— Jamais.

— Mais tu en as besoin…

— S'il te plaît, Rachel, essaie de me comprendre.

— D'accord. Mais tu me promets que tu y réfléchiras ?

— On verra…

— Ce n'est pas vraiment une promesse, ça…

— Je ne peux pas te faire une promesse que je ne suis pas prêt à tenir.

— Y réfléchir, ce n'est pas si compliqué, non ?

— Tu ne lâches jamais, toi ?

— Jamais.

— Promets-moi que tu y réfléchiras.

— À quoi faire ?

— À lâcher.

— Je ne peux pas te faire une promesse que je ne suis pas prête à tenir.

— Comment peut-on te faire taire ?

— C'est facile…

Rachel tend les lèvres vers celles de Vincent, et l'embrasse avec ardeur. Puis elle l'attire contre elle et lui prend la main pour la placer sur son sein.

*

Trois coups frappés à la porte tirent Rachel de son sommeil. Proviennent-ils de la porte d'entrée ? Deux coups renouvelés résonnant assez près de ses oreilles lui indiquent que la personne se trouve juste derrière la porte de la chambre. La jeune femme sursaute et couvre son corps dénudé à l'aide de la couette. Elle en profite pour en faire de même sur Vincent. Celui-ci n'a pas bougé d'un millimètre. Elle lui tapote le bras afin de le réveiller, car elle aimerait bien qu'il aille à la rencontre du visiteur, et lui laisse ainsi le peu d'intimité qu'il lui reste.

— Hoho ! Y a quelqu'un ? C'est moi ! claironne la voix de Miguel. Je vous ai laissé le temps de vous camoufler. À trois, j'ouvre la porte ! Un, deux…

— J'arrive ! s'écrie Vincent, à présent parfaitement alerte. Attends-moi dans le salon, j'en ai pour deux minutes.

On entend Miguel marmonner, puis obtempérer, et ses pas s'éloignent dans le couloir.

— Bien dormi ?

Vincent se penche vers Rachel pour lui voler un baiser. Puis il soulève le drap d'un geste brusque, découvrant ainsi son corps nu. La jcune femme pousse un petit cri de surprise.

— Tu peux te remettre à l'aise, il est parti.

Vincent sourit d'un air narquois. Rachel lui tire la langue et replace à la hâte la couverture pour se blottir dessous.

— Je file, car il est capable de revenir ! s'exclame Vincent tout en enfilant ses vêtements à la hâte.

Rachel observe tous ses gestes avec attention. Elle passerait son temps à l'admirer, comme pour rattraper le temps perdu. Cette nuit, l'un comme l'autre, ils se sont livrés corps et âme pour les réparer, ces six années que le destin leur a dérobées... Tandis que Vincent quitte la pièce pour rejoindre Miguel, Rachel soupire et laisse vagabonder ses pensées vers cette nuit magique. Combien de temps ont-ils dormi ? Pas longtemps, certainement. Un sommeil entrecoupé de câlins, de baisers et de grandes discussions – sur le présent, jamais sur le passé. Au milieu de la nuit, alors qu'elle s'était réveillée et qu'elle n'entendait plus de musique au rez-de-chaussée, elle a demandé à Vincent :

— Tu dors ?

— Non.

— Je pense à une chose.

— Quoi ?

— Doit-on considérer qu'on se connaît depuis seize ans, si on part du début où on s'est rencontrés, dix ans, si on considère le temps exact qu'on a passé ensemble, ou bien une soirée, si on s'en réfère à tes souvenirs ?

— Je t'avoue que je ne me suis pas posé la question.

Vincent a réfléchi longtemps, si bien que Rachel a pensé qu'il s'était endormi. Puis il a répondu :

— On n'a qu'à dire qu'on se connaît depuis toujours.

Elle a répliqué un vague « Mmmm » ensommeillé, puis chacun s'est assoupi... pour quelques heures seulement.

La porte s'ouvre doucement, et Vincent vient s'asseoir sur le bord du lit. Quelque chose a changé. Le remarque-t-elle sur son visage un peu plus grave, ou dans sa manière de se déplacer, plus crispée ? Rachel ne saurait dire, mais elle sent une tension en lui.

Inquiète, la jeune femme se redresse, tout en maintenant la couette contre sa poitrine – du peu qu'elle connaît Miguel à présent, il serait capable de faire irruption dans la pièce sans crier gare. Placée dans le dos de Vincent, elle l'entoure de ses bras, qu'elle noue sous son menton.

— Miguel veut qu'on déjeune tous ensemble ce midi, en bas. Pique-nique improvisé, ça te va ?

Rachel aimerait que Vincent se retourne pour sonder son regard. Aussi, elle se détache de lui. Mais il ne bouge pas. Il se force à paraître détendu. Cela ne marche pas avec elle. Elle sait reconnaître les signes qui ne trompent pas. Reste à comprendre la raison de ce malaise. Elle pense avoir sa petite idée. Il faut juste qu'elle trouve le moyen de l'amener sur ce terrain.

— C'est une super-idée !

— Mmmh mmmh…

Vincent se redresse et ramasse les vêtements de Rachel éparpillés sur le sol.

— Au fait, j'ai repensé à ce que tu m'as dit au sujet de la promesse.

Y aller en douceur… Ne surtout pas le braquer…

— Oui ?

Le ton de sa voix indique à la jeune femme qu'il ne l'écoute pas vraiment. Rachel se lève et se dirige vers Vincent. Parfaitement nue, mais elle s'en fiche. Elle ne pense plus à une soudaine intrusion de Miguel. Comme prévu, elle réussit à faire son petit effet : Vincent délaisse son occupation alibi pour la regarder.

Les hommes sont tous les mêmes, songe Rachel en souriant en son for intérieur.

Elle ne sait pas s'il est concentré sur ce qu'elle lui raconte, mais au moins elle est parvenue à attirer son attention. La jeune femme s'arrête devant lui et lève les bras de part et d'autre de sa tête pour lui caresser les cheveux.

— Je m'engage à respecter ton souhait de ne plus parler du passé. J'attendrai que tu me demandes d'aborder le sujet.

La bouche de Vincent s'étire en un demi-sourire amusé, qui dessine une fossette sur sa joue droite. À le voir aussi craquant, les souvenirs affluent dans la mémoire de Rachel. Elle se mord la lèvre pour honorer son serment.

— En quel honneur, une si soudaine et grave décision ?

Vincent sourit à présent de toutes ses dents, tandis que ses mains caressent son dos, tout en redescendant vers ses fesses. En réfléchissant aux mots qu'elle va utiliser, son visage devient grave. Elle passe sa main là où la fossette creuse sa joue.

— Je ressens tes craintes, mon amour. Ce déjeuner entre nous devrait te ravir, et pourtant il t'angoisse. Tes démons sont là, tout autour de nous. (Vincent détourne le visage, mais Rachel appuie sur sa joue pour le forcer à la regarder.) Cet après-midi nous reprenons notre train. Qui sait quand nous serons à nouveau tous réunis comme aujourd'hui ? Profitons de ce moment, tu ne penses pas ?

Au travers des mots, elle essaie d'exprimer toute la sincérité dont elle est capable. C'est probablement la raison pour laquelle ses yeux s'embuent malgré elle. Pourtant, elle ne cille pas. Vincent lit cette détermination et soupire. Rachel a accepté cette concession, car elle n'a pas le choix. D'ailleurs, elle n'attend pas qu'il fasse un pas vers elle, mais deux, puis trois. Elle sait bien que cela demandera du temps. Mais elle est prête à attendre. Elle n'a pas oublié comme la vie peut être douce à ses côtés.

— En toi j'ai confiance, Rachel. Mais les autres ne m'ont fait aucune promesse.

La jeune femme lui caresse la nuque d'un geste apaisant. Elle ne peut pas promettre pour les autres. En tout cas, elle avait raison : Vincent craint que ce déjeuner ne se transforme en étalage de son passé. Mais pourquoi ? Pour quelle raison refuse-t-il de lever le brouillard qui l'entoure ?

6

— Ouille !

Rachel lâche le tuyau de l'aspirateur qu'elle tenait dans les mains, et se frotte le coude avec vigueur. Elle vient de se cogner contre le chambranle de la porte. La douleur passée, elle éteint la bête bruyante et se dirige vers la cuisine pour se servir un verre d'eau. Cette matinée d'avril est particulièrement belle, quelle idée a-t-elle eue de choisir cette journée pour rester enfermée à faire le ménage au loft ? En même temps, si ce n'est pas elle qui s'y colle, ce ne sera ni sa sœur, qui a cours toute la journée, ni son cousin, qui vient de partir pour Paris. Gautier. Rien qu'à y songer, Rachel ne peut s'empêcher de l'envier. Que ne donnerait-elle pas pour se trouver aux côtés de Vincent à l'heure qu'il est ? Elle ne l'a quitté que depuis cinq jours, mais cela lui paraît une éternité. Plus qu'une semaine à tenir. Lundi dans dix jours, elle a rendez-vous avec M. Latour. Elle partira quelques jours avant pour pouvoir profiter de Vincent durant le week-end. Il travaillera, mais elle trouvera bien de quoi s'occuper. Il lui a demandé de louer une chambre au Repos parisien, car ce sera plus pratique pour elle de se trouver à proximité de La Salsa Rosa, plutôt que dans son appartement. À Paris, les distances sont vite importantes. Vincent ne sait pas que Gautier est sur la route pour venir passer ces trois jours avec lui. Son ami d'enfance lui a réservé une surprise, et Rachel trouve cela très positif. Les deux hommes vont enfin pouvoir se retrouver seul à seul. Ils en ont besoin.

Rachel se dirige vers le salon où elle a laissé choir l'aspirateur. Le soleil entre à flots par la baie grande ouverte. Ses rayons s'étalent sur le canapé chocolat, invitation offerte aux délices de la paresse. Rachel étouffe un bâillement. Elle se laisserait bien aller à quelques minutes de pause. Cette semaine, elle a reçu des clients tous les jours. Il est rare que ses rendez-vous soient aussi rapprochés, à croire qu'ils se sont tous passé le mot pour regrouper leurs entretiens la seule semaine depuis des années où elle a une vraie vie à côté du travail. En effet, le soir, lorsque Vincent avait fini son service, ils sont restés des heures au téléphone.

Cela peut paraître compliqué de parler tout ce temps, sans faire référence au passé – car oui, elle a réussi à tenir sa promesse. Mais en fait, ils réapprennent à se connaître, et Rachel adore ça. Ils échangent sur leurs goûts musicaux, cinématographiques – à ce sujet, Vincent en connaît toujours un rayon –, leurs façons de voir la vie… Vincent n'a pas tellement changé. Il est toujours le même homme droit et fin, qui aime la faire rire, parfois un peu maladroitement, qui sait changer de sujet lorsqu'il en ressent le besoin. Il est toujours le même, mais en plus grave. Cette épreuve l'a brisé. Il en est de même pour elle. Sauf que l'avoir retrouvé agit sur elle comme un baume réparateur. Un sourire de lui parvient à lui faire oublier ces années de vide au creux du ventre. En revanche, elle pressent que, pour Vincent, le chemin sera plus long. Tant pis, elle sera son guide dans la nuit, pour l'amener jusqu'à la lumière. Même au téléphone, elle respecte ses silences. Ils ne sont pas assourdissants, ils laissent juste passer un message : « donne-moi du temps ». Ce n'est pas grave, d'accorder du temps à quelqu'un, quand on pensait ne plus en avoir avec lui.

Finalement, Rachel s'allonge sur le canapé. Tandis que les rayons du soleil lui mordent doucement la peau, elle pousse un profond soupir de bien-être. *Qu'est-ce que c'est bon ! S'assoupir... Juste une petite heure... Juste une...*

Soudain, la sonnette de la porte d'entrée retentit. Rachel sursaute et sort de sa torpeur béate. En une fraction de seconde, elle est debout. Un coup d'œil à la fenêtre lui laisse deviner, étant donné que personne n'est garé devant la maison, que c'est sûrement Carole qui rentre de façon impromptue, et qui a encore oublié ses clés. Pourvu que ce ne soit pas Gautier, qui aurait fait demi-tour à cause du travail… Non, ce ne peut être lui, si c'était le cas, son coup de sonnette aurait été beaucoup plus… comment dire… agacé ! Rachel ouvre la porte, en s'apprêtant à sermonner sa sœur quant à l'oubli un peu trop systématique de son trousseau. Mais quel n'est pas son étonnement, quand elle découvre sur le pas de la porte…

— Vincent ?

L'effet de surprise ne dure pas longtemps. Bien vite, un large sourire illumine son visage, plissant ses yeux verts de fines stries, tandis que l'excitation la gagne tout entière, comme une gamine à qui l'on donnerait une glace.

— Vincent ! Je suis tellement contente de te voir !

La jeune femme se jette à son cou.

— Salut.

Vincent ne peut lui non plus s'empêcher de sourire. Leur étreinte est passionnée, on dirait deux amants qui ne se sont pas vus depuis des mois. *C'est pire que ça*, songe Rachel. *Des années.*

— Je n'en pouvais plus d'attendre, murmure Vincent entre deux baisers.

Dans la précipitation, son sac glisse de son épaule et émet un bruit mat en tombant sur le sol. Cela a pour effet de ramener les deux jeunes gens sur terre, surtout Rachel, qui pousse un cri en mettant sa main devant sa bouche.

— Gautier ! s'exclame-t-elle.

Vincent fronce les sourcils et la regarde d'un air interrogateur. Elle s'explique :

— Il a posé sa journée pour te faire une surprise. Il voulait que vous passiez le week-end ensemble.

— Aïe ! On a eu la même idée, mais pas avec la même personne ! Je sens que ça peut me valoir un nouveau coup de poing, ça, non ?

Vincent plaisante, mais Rachel voit bien qu'il est ennuyé.

— Tu devrais l'appeler, suggère-t-elle.

— À quelle heure arrive son train ?

— Vers 13 heures, je crois.

Rachel fait entrer Vincent. Elle lui sert une limonade, tandis qu'il laisse un message sur le répondeur de Gautier, en s'excusant platement que sa charmante attention tombe à l'eau, et qu'il ne soit pas là pour l'accueillir comme il se doit. Vincent ajoute qu'ils se rattraperont tous les deux, qu'il lui concoctera lui-même un petit week-end pour se racheter, et qu'en attendant, puisqu'il est sans doute trop tard pour faire demi-tour, qu'il peut demander à Miguel les clés de son appartement, qu'il l'invite à faire comme chez lui. Vincent a l'air un peu soulagé que Gautier n'ait pas décroché. D'une voix moins enthousiaste que dans son message, il ajoute à l'attention de Rachel, une fois qu'il a raccroché :

— On ne démarre décidément pas très bien, Gautier et moi…

— Tu ne pouvais pas deviner que vous vous croiseriez aujourd'hui…

Rachel range l'aspirateur qu'elle ne reprendra pas aujourd'hui…

— Non, mais quand même… D'abord le poing dans la figure… Maintenant, je vois bien qu'il fait de sacrés efforts, mais c'est compliqué…

— Je ne vois pas ce qu'il y a de négatif… Gautier sera déçu, bien sûr, mais il est capable de comprendre… Votre histoire ne se résume pas au fameux coup de poing ni à ce lapin que tu lui poses bien malgré toi. Il a pris un risque en voulant te faire une surprise… Je trouve que votre relation a bien évolué entre les deux. Regarde, dimanche : c'est bien lui qui t'a sauvé du vide dans lequel tu te trouvais, non ?

Rachel revient se blottir dans ses bras, la place qu'elle n'échangerait pour rien au monde.

— Évidemment, puisqu'il n'y avait personne d'autre pour m'aider ! la taquine le jeune homme tout en lui caressant les cheveux.

— J'ai tenu ma promesse ! Ce n'est pas moi qui t'ai parlé du passé !

Vincent sourit, mais Rachel sent la tension monter à la simple évocation du mot « passé ». Pour effacer tout signe d'un quelconque trouble entre eux, Rachel tend les lèvres vers lui et l'embrasse tendrement. Malgré elle, elle songe de nouveau à la tournure qu'a prise la discussion dimanche après-midi.

Tout a commencé à cause de la connivence rapide qui s'est établie entre Carole et Miguel, grands bavards tous les deux et adeptes du franc-parler, quitte à en oublier les sensibilités d'autrui. Carole a demandé à Vincent s'il lui arrivait de penser parfois à ses parents, d'avoir des sortes de flashs, ou de se demander à quoi ils ressemblaient et qui ils étaient. Vincent s'est mis à se trémousser sur sa chaise, premier signe du malaise qui le gagnait, et a fait non de la tête. Miguel s'en est alors mêlé, en s'exclamant qu'il aurait bien voulu savoir quel genre de parents avaient mis au monde un gars comme Lorenzo. Vincent a rentré davantage la tête dans ses épaules, en marmonnant que ce n'était pas la peine d'en parler maintenant. Estelle a enchéri comme quoi au contraire, c'était une excellente idée, et que cela leur permettrait de mieux connaître Lorenzo, en même temps que lui-même finirait peut-être par avoir un déclic à force d'entendre parler d'événements qu'il a vécus auparavant. La petite Lila a demandé, sidérée : « Tonton Lolo il a un papa et une maman ? » Rachel et Gautier ont préféré se taire et vivre cette discussion en spectateurs.

Alors, Carole s'est mise à parler de l'enfance de Vincent, élevé par une mère seule et très fragile. Son père, Raimundo, un bellâtre italien, avait accepté de reconnaître l'enfant né d'une idylle amoureuse estivale, lors de l'un de ses séjours en France, mais il n'avait pas été capable de s'occuper de son fils. Il prétextait toujours un surcroît de travail, et oubliait systématiquement son anniversaire, quand il n'omettait pas de lui envoyer un petit cadeau pour Noël. Quand Vincent a été en âge de ne plus croire au Père Noël, il était le plus heureux des petits garçons quand il découvrait que son papa avait pensé à lui. Mais bien vite, il a aussi compris que, Noël étant toujours fixé à la même date, il n'était pas normal que son père l'oublie. Une année, cela devait être l'été de ses huit ans, son père l'a invité à venir passer une semaine chez lui à Rome. Thérèse, sa mère, n'avait pu se résoudre à le laisser y aller seul. Elle l'avait accompagné dans l'avion et avait fait semblant de rentrer chez elle. En vérité, elle avait économisé dur pour se payer une semaine dans un appartement non loin de chez Raimundo. Elle voulait être tout près de son fils, au cas où… Quand quatre jours plus tard, elle l'avait retrouvé par hasard déambulant dans la rue, seul, pendant que son père se payait du bon temps avec sa voisine de palier, Thérèse était rentrée dans une grande fureur. Elle avait débarqué dans l'appartement, ramassé les affaires de Vincent, et le petit garçon n'y était plus jamais retourné. Ce n'est que bien plus tard, vers vingt-deux ans, que Vincent, accompagné de Rachel, avait frappé au domicile de son père à Rome. Une vieille dame lui avait ouvert, en lui expliquant à grand renfort de gestes que Raimundo avait déménagé. Vincent n'avait pas cherché à le retrouver.

Ayant toujours été l'homme de la maison, Vincent a mûri très tôt. Tout jeune, déjà, il protégeait sa mère. La grande fragilité de cette dernière l'a sans doute aussi poussé en ce sens. Il a eu de la chance, car elle ne s'est jamais droguée ni n'est tombée dans l'alcool, mais elle était encline à des sautes d'humeur frôlant la dépression. Elle était tantôt joyeuse à l'excès, tantôt si triste qu'elle pouvait rester tout un week-end enfermée chez elle à broyer du noir. Vincent a appris à gérer ce tempérament changeant. En grandissant, il a su prendre un peu de distance. Il aimait profondément sa mère, qui lui avait tout donné malgré la difficulté d'élever seule un enfant, mais il se rendait compte qu'elle l'étouffait. Prendre soin de sa mère pour qu'elle continue à rire, et culpabiliser lorsqu'elle pleurait, ce n'était pas la vie d'un petit garçon, ni plus tard celle d'un jeune homme. Sa rencontre avec Rachel avait été un tournant dans son existence. Il connaissait déjà un peu sa famille, car il était ami avec Gautier, mais les deux enfants se côtoyaient rarement en dehors de l'école. Dès que son histoire avec Rachel s'était officialisée, il en avait été autrement. C'est là qu'il est entré dans le clan. Et cela lui a fait un bien fou d'évoluer au sein de la famille dont il avait toujours rêvé. Non pas qu'il en oubliait sa mère pour autant. Les Charrier ou les Dupont l'invitaient même à des repas de famille. Mais il passait de plus en plus de temps avec eux. C'est surtout de Grand-Pa dont il s'est épris. Le vieil homme l'avait pris sous son aile. Ils s'entendaient bien, tous les deux. Parfois, ils allaient à la pêche ensemble, avec Gautier. Grand-Pa était son mentor, le grand-père, voire le père, que Vincent n'avait jamais eu. Leurs liens s'étaient resserrés quand il avait été question pour Vincent d'intégrer la banque.

Puis, comme Miguel se mettait à poser d'autres questions pour relancer Carole sur le chemin du passé,

Gautier a déclaré que c'était assez pour aujourd'hui, alors la jeune femme s'est tue. Rachel, qui observait Vincent en silence a remarqué les larmes qui faisaient scintiller son regard, et qu'il a fait disparaître d'un battement des paupières.

C'est en songeant à l'émotion de son homme que Rachel le serre un peu plus fort dans ses bras. Sa fragilité le touche et l'émeut. Elle aimerait tellement pouvoir lui éviter cette douleur. Elle aurait tant envie de panser ses blessures à l'aide d'un seul baiser, comme on le fait pour un petit enfant. Mais elle n'a pas ce pouvoir-là. Parfois, il faut accepter de laisser l'autre avoir mal pour lui permettre d'avancer. Pourtant, en cet instant, elle ne peut s'y résoudre. Alors, elle dit, avant même d'avoir pris le temps de réfléchir à une telle proposition :

— Tu as envie que j'organise un repas en ton honneur ce week-end ? Y convier ma famille et ta mère. Je peux dire aussi à Gautier de rentrer, et…

Mais Vincent ne la laisse pas terminer. Elle sent ses muscles se contracter, en même temps qu'il secoue la tête.

— C'est toi que je suis venu voir. Toi toute seule. J'ai besoin de passer du temps avec toi, avant de me laisser aller dans le grand bain du passé.

— Oui, je comprends, bafouille Rachel. Tu n'es pas prêt…

Puis elle ajoute, comme pour désarmorcer les craintes qu'il pourrait avoir :

— Tu sais, que ce soit Carole, Gautier, ou moi, nous n'en avons parlé à personne. C'est fou, non ? On est remplis de bonheur à l'idée que tu sois toujours là, mais ton amnésie nous empêche d'être euphoriques.

Quand ces dernières années j'osais imaginer que tu puisses être encore en vie, je me voyais débarquer chez tout le monde, et leur annoncer la nouvelle en pleurant de joie ! Aujourd'hui, je suis tout aussi heureuse, ne te méprends pas, mais… je suis plus prudente quant à mes émotions. On en a longuement parlé avec Carole et Gautier, et ils sont d'accord avec moi. Nous devons tous y aller en douceur.

— Dans la vie, rien ne se passe comme on pourrait le penser. Tout n'est pas si simple. Je suis heureux que vous respectiez mon besoin de temps, et de savoir qu'il vous en faut aussi.

Un sourire naît sur les lèvres de Vincent, tandis qu'il s'approche de Rachel pour l'embrasser.

— Alors, que veux-tu que nous fassions, ce week-end ? demande-t-elle d'un air taquin.

— J'ai envie de voir la mer.

— Tu n'as jamais vu la mer ?

— Non.

Elle n'a pas le cœur de lui dire qu'il est déjà allé un nombre de fois incalculable au bord de la mer, qu'il aimait arriver sur la plage et courir sur le sable chaud pour aller plonger dans l'océan sans prendre le temps de se mouiller. Qu'il aimait écrire toutes sortes de messages sur le sable et attendre le moment où la plus haute vague viendrait les engloutir.

— Je vais laisser un mot à Carole, et je file préparer mon sac. On dormira là-bas, je connais un endroit sympa.

*

Gautier se saisit de son sac à dos et suit la file compacte de passagers qui descend du train. La gare est pleine, cela se voit qu'il est à Paris. Le jeune homme a écouté le message laissé par Vincent un peu plus tôt. Sa première réaction a été de lui en vouloir. Il avait tout prévu pour lui faire une sacrée surprise, et son ami a tout gâché. Tout ça parce qu'il lui a préféré Rachel ! Mais il était injuste, ce n'était pas une histoire de préférence, puisque l'amour et l'amitié sont deux sentiments bien différents. Si lui avait rencontré une femme qu'il aimait autant que Vincent aimait Rachel autrefois, il est sûr qu'il aurait remué ciel et terre pour la retrouver. Car s'il y a bien une chose qui n'a pas changé chez Vincent, même s'il n'en est pas lui-même conscient, c'est la force de ses sentiments pour Rachel. Il suffit de voir son regard pour le croire…

C'est alors que l'idée a germé : tant qu'à se trouver dans la capitale, pourquoi ne pas en profiter pour aider Vincent à se souvenir ? Visiblement, il n'a pas envie qu'on l'aide, mais si on ne lui laissait pas le choix ?

Lors de leur déjeuner, dimanche dernier, ils ont évoqué l'endroit où Vincent a été pris en charge. L'hôpital des Grands Chênes. Vincent s'est réveillé là-bas. Il ne se souvient pas comment il a atterri là. Tout ce qu'il sait, c'est que c'est dans cet endroit que sa nouvelle vie a commencé et qu'il a été soigné. Si Gautier s'y rendait, peut-être parviendrait-il à convaincre le neurologue qui l'a suivi à l'époque de l'aider ? Peut-être lui donnerait-il des conseils pour que Vincent se souvienne ? Plus l'idée fait son bonhomme de chemin dans la tête de Gautier, plus elle lui paraît géniale. Il aurait très bien pu contacter le spécialiste par téléphone, mais à présent qu'il est sur place, autant essayer de le rencontrer. À supposer que ce médecin travaille toujours dans cet hôpital, et qu'il soit présent aujourd'hui. *Cela fait beaucoup de si, mais si on n'essaie pas...*

Gautier hèle un taxi et s'y engouffre. Trois quarts d'heure plus tard, il se retrouve debout au pied du grand bâtiment, dont la façade immense est percée d'une multitude de fenêtres, lui donnant un air de tour de verre. Gautier pénètre dans l'édifice par l'entrée principale et repère l'accueil, au milieu du hall, où une dame d'un certain âge reçoit les patients ou les visiteurs. Gautier songe un instant à lui demander où se situe le service neurologique, mais l'immense file d'attente l'en dissuade. Il va se débrouiller tout seul. Il avance sur la droite, en direction de quelques panneaux. « Ophtalmologie », « Gynécologie », « Gériatrie », « Oncologie », « Pédiatrie ». Pour l'instant, rien concernant la neurologie. Peut-être existe-t-il un autre nom pour cette discipline ? D'ailleurs, que signifie le terme « oncologie » ? Il n'en a jamais entendu parler...

Gautier s'apprête à sortir son téléphone pour y chercher la réponse, mais il remarque de nouveaux panneaux un peu plus loin, alors il poursuit sa route. Ces panneaux-ci indiquent les services se situant à l'étage. Toutes les disciplines y sont répertoriées, avec le numéro de l'étage en face. Le classement étant alphabétique, Gautier repère vite ce qu'il recherche. Huitième étage. Après quelques coups d'œil à droite et à gauche, il aperçoit l'ascenseur. Lorsque les portes se referment, coincé dans cet engin qu'il n'affectionne pas particulièrement, il se concentre sur ce qui se passe autour de lui. Un petit garçon suce son pouce tout en serrant son petit ours en peluche dans ses bras. À sa droite, sa mère tient un nourrisson contre son giron, le berçant doucement. Il y a aussi un couple de personnes âgées. La vieille dame agrippe le bras de son mari.

— Où est-ce que tu m'emmènes ? demande-t-elle d'une petite voix chevrotante.

— Je te l'ai dit il y a encore deux minutes, Rose ! s'exclame le vieil homme avec lassitude.

— Mais non… Tu dis toujours ça ! C'est pas vrai ! Je m'en souviendrai…

— On va chez le médecin, Rose…

— Ah oui, c'est vrai…

Elle se tait et semble réfléchir. Gautier observe la scène en silence, avec une certaine gêne. Quand est-ce que ce putain d'ascenseur va arriver, pour l'éloigner de cette merde à laquelle il doit déjà assister au sein de sa propre famille ? Ça lui fait tellement penser à Grand-Ma ! Heureusement, son mari à elle n'est plus là, contrairement à cette dame. S'aimer toute sa vie et finir par ne plus supporter son conjoint à cause de cette foutue maladie…

Le *ding* de l'ascenseur se fait entendre sur ces pensées, et Gautier sort en vitesse. Il se laisse une nouvelle fois guider par les panneaux. L'accueil du service de neurologie est indiqué en lettres noires sur une petite plaque dorée. Le jeune homme y pénètre. Un instant, il hésite. Au moins six personnes font la queue devant le bureau, où deux secrétaires ont l'air débordées, entre le téléphone qui sonne sans arrêt, les rendez-vous à noter, les règlements à encaisser. À croire que la terre entière a perdu la tête. Gautier glisse un œil du côté de la salle d'attente. Elle est aussi bondée. Il ne reste plus qu'une seule place de disponible. Le jeune homme décide de s'asseoir. Il repassera par le secrétariat lorsqu'il y aura moins de monde. Il pianote un peu sur son téléphone, parcourt les quelques revues éparpillées sur la table basse, et comme rien ne l'intéresse, il ferme les yeux… et s'endort.

Ce n'est que bien plus tard, quand une dame vient lui tapoter l'épaule, qu'il s'éveille en sursautant. La secrétaire lui sourit.

— Vous aviez rendez-vous, monsieur ?

— Euh… non… Je voulais voir si le neurologue est disponible. J'aurais voulu lui parler.

— Le docteur Heinz n'en a plus que pour une petite demi-heure. Avant de partir, je vais le prévenir que vous voulez le voir, mais je ne vous garantis pas qu'il accepte.

Elle lui adresse un petit sourire d'excuse, puis s'éloigne après lui avoir souhaité une bonne fin de journée. Gautier est complètement perdu. Il regarde autour de lui : en effet, la salle d'attente s'est vidée. Il n'y a plus personne ! Depuis combien de temps dort-il comme un bienheureux ? Il regarde sa montre : 16 heures. Le docteur… comment, déjà ? Reiss ? Reinz ? Non, Heinz ! Il ne finit pas tard ses journées, dis donc ! Gautier se redresse un peu sur son siège, passe sa main sur les commissures de ses lèvres pour s'assurer qu'il n'a pas bavé dans son sommeil, et masse son cou endolori par une position inconfortable. Une vingtaine de minutes plus tard, la porte s'ouvre sur un homme aux cheveux hirsutes. De grosses poches noires alourdissent ses yeux pâles cerclés de fines lunettes. Il doit avoir environ quarante-cinq ans, même si la lassitude qui se lit sur son visage semble encore le vieillir de cinq bonnes années. Gautier imagine une vie rythmée de nuits blanches, traversée à un train d'enfer. Le médecin remet un peu d'ordre dans ses cheveux blonds constellés de fils d'argent, et s'éclaircit la gorge avant de parler.

— Bonjour… Vous vouliez me voir ?

Il ne possède aucun accent, malgré les origines allemandes que suggère son nom de famille.

— Oui, bonjour, docteur, répond Gautier en se redressant aussitôt.

Il avance à sa rencontre, et lui tend la main, que le médecin serre, une interrogation flottant derrière ses lunettes.

— Gautier Charrier. Je ne serai pas long, ne vous inquiétez pas. J'ai juste quelques questions à vous poser.

Le docteur Heinz regarde sa montre d'un air ennuyé, mais pas agacé le moins du monde.

— C'est que… j'enchaîne avec les urgences dans une demi-heure… Allez, entrez. Cela me laisse encore un peu de temps, se ravise-t-il.

Gautier se sent honteux d'avoir pensé que le docteur Heinz avait terminé sa journée, alors qu'il est sur le point d'en commencer une deuxième ! La sympathie de cet homme, qui prend le temps de l'écouter alors qu'il ne le connaît même pas, force le respect et le ramène à la réalité : on a tous besoin les uns des autres. Certains sont prêts à donner plus que d'autres. Il faudra qu'il s'en souvienne, lorsqu'il n'aura pas envie de donner de son temps à autrui. Le docteur s'efface pour laisser Gautier entrer dans un bureau orné de posters, représentant pour la majeure partie des crânes humains et des cerveaux sous toutes les coupes. À droite d'une petite étagère sur laquelle trône un diplôme encadré, ainsi qu'une coupe gagnée à l'occasion d'un sport quelconque, une affiche attire l'attention du jeune homme. Une vieille dame est recroquevillée sur elle-même, perdue au fond d'une ruelle sombre. « Maladie d'Alzheimer » : le titre qui s'étale en grosses lettres blanches lui fait froid dans le dos. Le docteur Heinz semble lire le trouble sur son visage et suit son regard de ses yeux brillants d'intelligence et de clairvoyance.

— Une bien mauvaise maladie, commente-t-il d'un air triste.

— Ma grand-mère en souffre…, souffle Gautier comme s'il se parlait à lui-même.

— Je suppose que c'est la raison de votre venue ici ?

Gautier secoue la tête, aussi bien pour chasser ses rêveries, que pour signifier au médecin sa méprise.

— Non, pas du tout. Il s'agit de tout autre chose.

Le regard de M. Heinz se fait interrogatif. Sa curiosité piquée au vif, il attend les explications de Gautier, en croisant les mains au-dessus de son bureau.

— Mon meilleur ami est amnésique. Il a été victime d'un violent accident il y a six ans et ne se souvient plus de son passé avant le drame. Pendant toutes ces années, nous l'avons tous cru mort, et nous venons seulement de le retrouver. Nous habitons sur la côte atlantique. Pourtant, au lendemain de l'accident, c'est ici, à Paris, qu'il s'est retrouvé, par Dieu seul sait quel miracle. Vous imaginez nos interrogations aujourd'hui : que s'est-il passé ? Comment s'en est-il sorti ? Seule sa mémoire retrouvée pourrait nous permettre de comprendre. Je suis donc venu pour vous demander de convaincre Vincent de suivre une thérapie. Ou bien, d'utiliser, je ne sais pas moi ? L'hypnose ? Sa famille, ses amis… nous voulons tous savoir. Nous voulons connaître la vérité. Et si vous avez besoin d'aide pour y arriver, je serai là. Je répondrai à toutes les questions pour lesquelles je connais l'explication.

Gautier se tait, laissant au docteur Heinz le temps d'assimiler ses paroles. Celui-ci le considère d'un air inexpressif. Puis il dit, semblant peser chaque mot :

— Votre histoire est incroyable, monsieur. En presque vingt ans de carrière, je n'ai jamais rien entendu de tel. Ce que je ne comprends pas, c'est pourquoi vous faites appel à moi ?

— Parce que c'est dans cet hôpital qu'il s'est réveillé. Est-ce que vous travailliez déjà ici il y a six ans ?

— Oui.

— Alors c'est vous qui l'avez pris en charge et qui l'avez suivi.

— Moi ? s'étonne le neurologue, une incrédulité totale se lisant sur son visage.

— Oui, vous. Ou l'un de vos collègues.

M. Heinz passe une main sur sa barbe naissante en signe de profonde réflexion.

— D'accord. Alors, reprenons depuis le début, si vous voulez bien. Vous dites que c'était il y a six ans ?

— Oui. Vincent a disparu en juin, mais il dit ne s'être réveillé dans cet hôpital qu'en août. Entre les deux, c'est le trou noir.

— Mmmh. Bon, puisque vous le croyiez mort, c'est donc quelqu'un d'autre qui l'a amené ici. Une personne que vous ne connaissez pas, je suppose.

— Je ne sais pas. Il n'a jamais fait référence à une tierce personne. À son réveil, en tout cas, il était seul. Il a même confié à son amie qu'il se sentait seul au monde, attendant que quelqu'un vienne enfin le chercher.

— Mmmh, poursuit le docteur Heinz. Nous avons donc accueilli cet homme, qui ne se souvenait absolument de rien, y compris de son identité, je présume ?

— C'est ça.

— Et nous n'avons pas retrouvé de papiers sur lui ?

— Non.

— Vous a-t-il raconté ce qui s'est passé ensuite ?

— Malgré vos efforts pour raviver sa mémoire, aucun souvenir n'a jamais refait surface. Il est resté hospitalisé longtemps. Jusqu'à ce qu'il s'enfuie. Vincent n'est pas très loquace. Il a fallu lui poser de nombreuses questions pour qu'il finisse par nous donner ces quelques informations. Il ne veut plus parler de tout ça.

Le visage du docteur se pare d'une expression confuse.

— Je suis vraiment désolé, réplique-t-il. Je ne me rappelle pas avoir jamais eu un tel cas.

— Comment ça ? s'étonne Gautier, stupéfait de constater qu'un patient comme Vincent n'a laissé aucune trace dans l'esprit du neurologue.

Il ne doit pourtant pas soigner tous les jours des malades comme celui-là !

L'expression de M. Heinz s'adoucit, tout en se montrant toutefois plus ferme.

— Je n'ai pas suivi ce patient.

— Je ne comprends pas… (Gautier est désemparé, puis il s'exclame, ragaillardi par cette idée :) C'est probablement l'un de vos collègues qui a suivi le dossier, dans ce cas ! Est-ce qu'ils consultent encore à cette heure-ci, que je puisse aller leur parler ?

— Non, je suis le seul neurologue de cet établissement. De plus, la description que vous me faites de l'état dans lequel se trouvait votre ami me fait penser que le cas était suffisamment grave pour qu'on ne s'en soit pas référé à moi, à l'époque. Je suis donc formel : ce patient n'a pas été hospitalisé dans le service.

— Mais… comment c'est possible ?

Le docteur Heinz tente de trouver une explication.

— Votre ami a dû se tromper d'hôpital. Ce sont des choses qui peuvent arriver.

— Mais… c'est son passé AVANT l'accident, dont il ne se souvient pas. Pour le reste, sa mémoire fonctionne.

— Il se peut que le cerveau ayant subi un traumatisme garde des lésions sur du plus long terme. La mémoire est alors altérée, même en ce qui concerne des faits récents, explique le médecin en ôtant ses lunettes pour les essuyer sur sa blouse.

— Je l'ignorais…

Le docteur Heinz a probablement raison. Vincent s'est enfui de l'hôpital où il s'est réveillé et ne s'est jamais fait suivre ensuite par un spécialiste. En termes de sérieux, peut mieux faire ! Il a voulu tourner la page, et feindre que tout allait bien, mais il n'a jamais pu guérir totalement, si toutefois c'est possible.

Le désespoir remplit Gautier d'énergie, qui se met à réfléchir à toute vitesse. Une idée lui traverse l'esprit et franchit ses lèvres presque malgré lui :

— Cela vous ennuierait de regarder dans vos fichiers si un certain Vincent Ambrosini y figure ? C'est sans doute sans grand espoir, puisqu'il ne se rappelait pas son nom, mais… j'aimerais sortir d'ici en ayant la certitude qu'il n'ait jamais mis les pieds dans cet hôpital.

Le docteur hausse les épaules, signifiant par là qu'il y a effectivement peu de chances pour que ses recherches soient fructueuses, mais il se plie à ses exigences. Il enregistre dans son logiciel le nom et le prénom de Vincent, et attend qu'une réponse s'affiche. Lorsque l'ordinateur délivre ses renseignements, le dévoué médecin secoue la tête.

— Désolé. Tous services confondus, nous n'avons jamais reçu personne ici répondant à ce nom.

— C'était à prévoir, de toute façon. Je vous remercie, docteur, d'avoir pris le temps de m'écouter.

Gautier fait mine de se lever pour prendre congé, quand le neurologue reprend :

— Et maintenant que vous l'avez retrouvé, quel nom porte-t-il ?

— Il s'appelle Lorenzo Lopez.

Le docteur Heinz pianote sur son ordinateur pour renseigner ce nouveau nom dans son système informatique.

— Je ne pense pas que cela donnera quelque chose, l'interrompt Gautier. Il s'est trouvé cette nouvelle identité après être sorti d'ici. Je ne sais même pas sous quel nom vous auriez pu l'enregistrer ? Patient X ?

Gautier ricane, tandis que son interlocuteur hausse les épaules pour la seconde fois.

— On ne sait jamais…

À peine a-t-il prononcé ces mots, que son visage s'assombrit.

— Non, vous avez raison. Le logiciel a trouvé un Lorenzo Lopez, mais cela ne peut pas être lui.

On aurait pu en rester là. Gautier aurait remercié une nouvelle fois le docteur Heinz et serait parti. Mais sa curiosité est piquée au vif.

— Pourquoi ? demande-t-il.

— Parce que ce patient est entré au service des urgences le 16 août 2011. Cela correspond à vos dates, mais il n'avait que l'arcade sourcilière ouverte. Il s'est fait recoudre, il n'est même pas resté en observation.

— Comment ?

Gautier intègre l'information, qui s'insinue en lui en faisant tressauter son cœur. Le docteur Heinz le considère avec inquiétude.

— Vous allez bien, monsieur ? Vous êtes tout blanc !

— Quelle arcade sourcilière ? insiste Gautier dans un souffle à peine audible.

Le neurologue reporte son attention sur l'écran de son ordinateur et parcourt rapidement le compte rendu des urgences.

— M. Lopez s'est fait recoudre une plaie au sourcil droit, laquelle a nécessité huit points de suture. Il n'était même pas assuré. C'est tout ce qui est inscrit. Normalement, je n'ai pas le droit de vous donner ces indications. Mais nous dirons qu'il n'y a rien de confidentiel pour une arcade ouverte, n'est-ce pas ? Qui plus est, la cicatrice aujourd'hui ne doit être un secret pour personne…

Le docteur Heinz sourit et se lève. Gautier, quant à lui, reste cloué sur son siège, incapable de faire le moindre mouvement. Le poids de l'effarement pèse sur ses genoux. Le jeune homme est comme sonné, incapable de comprendre la vérité, si flagrante soit-elle. Il vient de se prendre un uppercut. Puis, cette vérité afflue, comme un torrent boueux qui emporte toute trace de vie sur son passage. C'est bien Vincent qui s'est présenté dans cet hôpital un beau jour d'août six ans plus tôt. Ou plutôt Lorenzo. Et si le neurologue ne s'en souvient pas, c'est tout simplement parce que Lorenzo Lopez n'est venu ici que pour se faire recoudre l'arcade sourcilière. Vincent… ou Lorenzo… peu importe… n'est pas amnésique. Il ne l'a jamais été. Il a CHOISI de disparaître. Il a CHOISI sa nouvelle vie. C'est sa putain de cicatrice qui aura fini par vendre la mèche. Gautier ressent une fureur naître en lui. Si Vincent se trouvait en face de lui en cet instant, il n'hésiterait pas une seule seconde, et lui péterait l'arcade gauche.

— Monsieur ? interroge de nouveau le médecin. Vous allez bien ?

Il fait le tour de son bureau, et se poste à côté de Gautier, posant une main légère sur son épaule. Cela lui fait l'effet d'un électrochoc. Le jeune homme secoue sa tête, et se redresse d'un bond.

— Merci, docteur. Merci pour tout ! s'exclame-t-il d'une voix blanche. Vous ne pouvez pas imaginer à quel point vous m'avez aidé.

— Je crois que si, dit le médecin.

*

Vincent observe Rachel, alors qu'elle a les yeux rivés sur la carte du restaurant. Il étudie les détails de son visage qui sont restés imprégnés en lui. L'arête fine de son nez, constellé d'une myriade de taches de rousseur. Sa peau claire, presque translucide, sous laquelle il devine la vie qui l'anime. Sa chevelure rousse qui ondoie tout autour de ce visage mutin. Elle est si belle ! Vincent passe une nouvelle fois la main dans sa barbe naissante. Son geste se veut apaisant, mais le bruit de sa piquante virilité l'irrite un peu. Sa nervosité est à son comble. Rachel redresse la tête, plisse les yeux, le temps de tenter de lire en lui, puis lui adresse l'énième « ça va ? » de la soirée. Il lui répond en esquissant le genre de sourire dont il sait qu'il saura effacer ses doutes. La jeune femme plisse les yeux, comme si elle sondait la véracité de son geste puis, rassurée, lui sourit à son tour avant de se replonger dans la carte. Lui fait mine d'en faire autant. Pourtant, il n'est toujours pas calmé, et son esprit est ailleurs, beaucoup trop occupé par ce qu'il doit lui dire. Après ça, rien ne sera plus pareil. Il la perdra. Elle est si droite. Rachel a l'esprit ouvert, mais elle donne d'elle-même avec tant de sincérité, qu'elle ne peut pas comprendre qu'on ne lui rende pas la pareille. Déjà, au début de leur rencontre, elle était comme ça. Vincent l'aimait, entre autres, pour cette raison. Il s'en souvient. Il se souvient de leur rencontre. Il se souvient même de tout.

Car en fait, il s'est toujours souvenu de tout.
Il n'a jamais perdu la mémoire.

Si un jour il avait pensé en venir à de tels mensonges… Depuis quelques jours, l'ombre de la solitude s'est évaporée, mais c'est celle de la culpabilité qui l'a remplacée. Elle pèse plus lourd sur ses épaules. Rachel va-t-elle comprendre la raison de cette mascarade ? Il a bien essayé de rester éloigné d'elle. Il savait que s'il faisait un pas dans sa direction, il ne pourrait s'empêcher d'en faire d'autres. Rachel a toujours eu cette emprise sur lui. Et c'est ce qui s'est passé. Est-il venu en Vendée pour lui avouer son secret ? Il a tendance à penser que oui, pour se sentir moins lourd.

Depuis que Rachel est revenue dans sa vie, il peine à se regarder dans un miroir. Il lui avait fallu déjà tellement de temps à l'époque, quand tout avait basculé, pour y parvenir ! S'il ne veut pas parler du passé, c'est pour éviter de mentir davantage. Il n'en peut plus de faire semblant. La seule façon de faire disparaître l'ombre de la culpabilité aujourd'hui, c'est de lui dire. D'ailleurs, ce n'est pas tant pour soulager sa propre conscience, que parce qu'il le doit à Rachel. Elle a le droit de savoir. Comment peut-on mentir à la femme de sa vie ? Quoi qu'il arrive, elle restera son grand amour. Même si elle s'en va. L'issue, à ses yeux, est inéluctable. Bien sûr qu'elle va le quitter. Son mensonge est beaucoup trop grave. Va-t-elle comprendre qu'il n'a pas eu le choix ? Et lorsqu'il lui confiera la raison de son imposture, que se passera-t-il ?

Vincent s'agite un peu sur sa chaise. C'était il y a six ans qu'il fallait lui avouer… Non, il n'est pas prêt. Pas ici. Elle s'insurgera avant qu'il ait le temps de tout lui expliquer, et il n'aura ensuite plus d'occasion. Il lui dira… bientôt. Ce soir, peut-être, une fois rentrés à la maison… Pour l'heure, il veut savourer encore un peu ces doux instants à deux. Après, rien ne sera plus jamais comme maintenant…

Rachel donnerait tout pour parvenir à déchiffrer ce qui se passe dans la tête de Vincent. Ils ont passé une journée formidable. Elle l'a emmené dans la maison de ses parents au bord de la mer. Dans leur vie d'avant, ils aimaient s'y rendre souvent. Rachel a pensé que la maisonnette aux volets bleus, avec sa petite allée de cailloux blancs qui sépare le jardin en deux et se termine sur un portillon donnant sur la plage, réveillerait ses souvenirs. Mais Vincent n'a soufflé mot en la découvrant. Pourtant, Rachel l'a vu remonter l'allée de cailloux blancs après avoir retiré ses chaussures, comme il se plaisait à le faire autrefois, pour masser ses plantes de pieds. Lorsque, après l'amour en ce milieu d'après-midi, il a enfoui son nez dans les draps fleurant bon la lavande, son odeur préférée, elle a aussi reconnu ce geste. Et quand il lui a couru après sur la plage, pour faire mine de la jeter à l'eau, un de ces vieux clichés de films romantiques, elle s'est revue avec lui quelques années plus tôt. Ce n'est pas possible que tout cela n'ait rien déclenché en lui. Peut-être, pour l'instant, une simple impression de déjà-vu, comme s'il avait vécu ces scènes, sans savoir si c'est vraiment le cas, ou si elles sont issues d'un rêve. Rachel n'a pas encore osé lui poser la question. Elle a peur que ce sentiment de plénitude entre eux prenne fin à l'évocation du passé. Pourtant, ce soir, à voir sa mine contrariée, elle est certaine que cette journée l'a bouleversé. Elle doit lui laisser le temps d'appréhender ses émotions, de les digérer, puis de les exprimer.

Ne pas le bousculer.

Rachel se fait violence. Quand les mots sont prêts à franchir ses lèvres malgré elle, elle lui adresse ce sourire dont elle sait qu'il saura lui faire tourner la tête. Alors, il la regarde avec un drôle d'air, et ses inquiétudes s'envolent.

— Rachel ?

— Oui ?

Elle redresse la tête, alertée par le ton de sa voix mal assuré. Il grattouille sa barbe une nouvelle fois. Pour l'aider, autant que pour calmer cette folle envie de le toucher, elle se penche en avant et tend la main pour effleurer sa joue du bout des doigts, à l'endroit même qu'il vient de caresser. Les yeux bleu glacier viennent s'ancrer dans les siens, avec une lueur de surprise, accompagnée d'un autre sentiment, plus confus. Vincent se saisit de la main de Rachel, qu'il garde un moment contre sa joue, serrée dans la sienne. Il ferme les yeux et semble lutter intérieurement.

Mais contre quoi ?

Rachel devrait savourer cet instant, cependant, elle ne peut empêcher son cœur de tambouriner dans sa poitrine. On dirait qu'il s'apprête à lui faire ses adieux… Puis, il rouvre les yeux, et en une fraction de seconde, l'angoisse retombe. Elle ne lit rien d'autre dans les prunelles bleues, qu'une parfaite symbiose entre eux.

— Tu n'as jamais pensé à refaire ta vie ? Avoir des enfants…

C'était donc cette pensée qui le tracassait ?

— En six ans… Tu aurais eu le temps, ajoute-t-il.

— C'est vrai. Mais je n'ai pas eu envie d'offrir ma vie à quelqu'un d'autre.

Vincent lève un sourcil. Il attend qu'elle lui en dise un peu plus.

— Je n'ai jamais rencontré un homme avec qui j'aurais eu envie de vivre. Qui aurait pu faire en sorte que j'arrive à t'oublier. En qui j'aurais pu avoir confiance, aussi. C'est important d'avoir confiance en la personne avec qui on partage sa vie.

Vincent toussote et gigote sur sa chaise pour se caler tout au fond. Puis il change de sujet.

— Lorsque tu te douchais tout à l'heure, j'ai lu les pages que tu avais laissées sur la table de la cuisine. J'aime ta façon d'écrire.

Un grand sourire éclaire le visage de Rachel, tandis que ses joues se colorent d'une légère teinte rosée.

— Merci, dit-elle.

— Tous ces gens pour qui tu écris, tu dois leur faire tellement de bien.

— Je l'espère… Quand notre travail est terminé, c'est en général là qu'ils se rendent compte de ce que ce livre représente pour eux. Voir leur sourire ou leur regard s'animer n'a pas de prix.

— Tu n'as jamais pensé écrire ton livre à toi ?

— Jamais je ne réussirai à écrire un livre sur moi ! Parler de soi est beaucoup trop compliqué ! s'exclame la jeune femme.

— Je ne te parle pas d'écrire un livre sur toi. Mais une histoire à toi. Un roman, par exemple. Tu pourrais te faire publier. Tu as un réel talent.

— Tu crois ?

— J'en suis sûr.

Le silence plane entre eux quelques minutes. Chacun est perdu dans ses pensées. Ce n'est que lorsque le serveur a débarrassé leurs assiettes que Rachel reprend :

— Écrire un livre est quelque chose de très intime. Ça m'a déjà effleuré l'esprit, bien sûr. Mais je ne sais pas si je suis prête. L'idée d'être lue par des inconnus m'effraie un peu. En fait, j'ai l'impression qu'un livre est comme un rêve. On dit que tous les personnages d'un rêve représentent le rêveur. Les méchants incarnent sa part d'ombre. Écrire une histoire, ce serait comme se mettre à nu, tu ne trouves pas ?

Vincent hausse les épaules.

— Je ne sais pas. Mais en tout cas, si tous les personnages d'un livre représentent l'auteur, cela doit être jouissif et libérateur d'écrire une histoire sur un criminel !

Rachel sourit. Effectivement, elle n'avait pas envisagé les choses sous cet angle.

Dans son sac posé contre sa jambe, elle sent son téléphone vibrer. Elle fourre la main à l'intérieur de sa besace, et en extirpe son portable. C'est Gautier. Rachel remet l'objet à l'endroit où il se trouvait. Cela ne se fait pas de répondre au téléphone, quand on se trouve au restaurant. Elle rappellera son cousin plus tard.

Cependant, Rachel oubliera de rappeler Gautier. Et quand il essaiera une nouvelle fois de la contacter, elle n'entendra pas son téléphone, car Vincent et elle seront occupés à faire l'amour. Ce soir-là, l'un comme l'autre se sentiront vibrant de vie et d'amour, portés par l'euphorie d'être ensemble. C'est pour ne pas gâcher cette nuit magique que Vincent ne lui dira pas ce qu'il doit lui avouer.

7

— Putain ! tempête Gautier en jetant d'un geste rageur son téléphone sur le canapé chocolat.

Il vient une nouvelle fois de tomber sur le répondeur de Rachel. Elle doit être en train de passer du bon temps avec Vincent. Pourtant, il faut qu'elle sache. Il doit lui dire que celui avec qui elle s'envoie en l'air se fout d'elle, qu'il se fout d'eux. Pas au téléphone, bien sûr. Il faut lui annoncer de vive voix, c'est mieux. Mais pour ça, il doit d'abord savoir où ils se trouvent. Elle sera horrifiée par cet aveu. Bien sûr. Comme lui-même.

— C'est moi ! crie-t-il à la cantonade pour s'assurer qu'il n'y a personne.

Seul le silence lui répond. Carole n'est pas là. Il s'en doutait, il n'y a jamais personne, dans cette baraque. Sauf quand Rachel n'est pas partie batifoler avec cet enfoiré de Vincent…

Gautier ouvre le réfrigérateur du loft, et se penche pour regarder à l'intérieur, à la recherche d'un mets appétissant. Il en ressort une crème au chocolat, qu'il engloutit en l'espace de quelques secondes, avant de jeter l'emballage dans la poubelle. Puis il réfléchit.

Où Rachel et Vincent sont-ils allés ? Ils n'ont pas pu se rendre bien loin, simplement pour quelques jours… Soudain, Gautier se frappe le front et se précipite à l'entrée. La clé des Embruns a disparu. Évidemment ! C'est dans la maison de ses parents au bord de la mer que Rachel a choisi d'emmener Vincent. Pour qu'il se souvienne… Mais il se souvient déjà… Et il se fiche d'elle en faisant croire que ce n'est pas le cas… Enfin, il préfère dire qu'il ne veut pas parler du passé !

Arrête un peu ton char, espèce de mytho !

Gautier sent la rage monter. Il n'a pas décoléré depuis que, grâce au docteur Heinz, il a compris la supercherie. Après être sorti de l'hôpital, il a tenté de se calmer, de prendre du recul. Il a marché… longtemps. Comme un con, seul dans Paris. Il ne savait pas où il allait, mais il s'en foutait. Il voulait se vider la tête. Et pourtant, il n'a fait que ressasser. Pour essayer de comprendre la raison du mensonge, et de savoir qui est en réalité Vincent. Un mec qui avait tout pour être heureux, ou presque, qui disparaît comme ça du jour au lendemain, sans jamais donner le moindre signe de vie. Et quand six ans après, on le retrouve, par le plus grand des hasards, il fait semblant de ne plus se souvenir de rien. Qu'est-ce qui a bien pu le pousser à faire ça ? Toute sa vie n'aurait été que mensonges ?

Gautier a continué son chemin de croix dans la capitale avec cette question lancinante dans la tête. Mais chaque fois, il n'a pas pu s'empêcher de songer que ce n'était pas possible. Il connaissait trop son ami. Quitte à passer pour un naïf aujourd'hui, Gautier ne parvient pas à remettre toutes leurs années d'amitié en question. L'incompréhension fait cependant monter la colère. Pourquoi, alors ? Pourquoi ? Même si Vincent a voulu leur fausser compagnie et les bannir à jamais de sa vie, tout a commencé par un accident de moto. Ça, ça a bel et bien existé. Et une arcade ouverte, quelques semaines plus tard… C'est à n'y rien comprendre. Il demandera des explications à Vincent. Mais avant, il faut qu'il évacue toute la rage qu'il sent courir dans ses veines.

Gautier attrape la clé de la Yamaha. Il va les rejoindre. Il va débarquer aux Embruns, et sauver Rachel des griffes de ce monstre. Putain… pour qui se prend-il, à présent ? Le sauveur masqué ? Un super-héros ? Gautier n'a jamais été fichu de sauver aucune princesse des filets d'un voyou. Là, il ne s'agit pas d'une princesse, mais de sa cousine. Et qu'est-ce qu'il ne donnerait pas pour elle ! Il l'aime tellement !

Il sait ce qu'il lui faut, avant de se rendre là-bas, ce qui canalisera ses émotions et le rendra plus fort. Gautier serre la clé de la moto dans sa main et claque la porte derrière lui.

*

Rachel chantonne au rythme de Shakira, se sentant pousser des ailes au volant de sa Fiat 500, la main de Vincent posée sur sa cuisse. Il somnole à ses côtés, mais elle le sent réagir au son de sa voix. Elle chante faux, pourtant elle s'en moque. Les paroles lui semblent tellement adéquates ! Elle les connaît par cœur… Difficile de faire autrement, avec une sœur accro aux musiques latines, qui inonde la maison des chansons à peine sorties, jusqu'à s'approprier chaque mot et chaque mouvement étudié au millimètre près. Rachel sourit en songeant à Carole. La veille au soir, elle lui a envoyé un message une fois rentrée au loft, sans doute après avoir découvert le petit mot que lui avait laissé Rachel :

Profite, ma chérie.

Ça, pour profiter… Elle est sans doute la mieux placée pour savoir que la vie se doit d'être croquée à pleines dents à chaque instant, car on ne sait pas ce que nous réserve le lendemain. Ni même s'il y aura un lendemain…

— Gautier t'a dit ce qu'il voulait ?

Perdue dans ses pensées, et croyant que Vincent avait de nouveau sombré dans la somnolence du passager, Rachel sursaute.

— Non, il ne m'a rien dit.

Shakira a terminé sa chanson, et l'euphorie provoquée par le rythme endiablé retombe comme un soufflet, à mesure que Rachel intègre les mots de Vincent. La jeune femme est un peu déçue d'avoir écourté leur petit séjour aux Embruns, mais elle doit avouer que l'insistance de Gautier pour la contacter l'a un peu déstabilisée. Son cousin est ce qu'il est, mais il a sans doute une bonne raison pour vouloir lui parler. La déception d'avoir raté son week-end avec Vincent, ou peut-être la jalousie de le savoir avec elle au lieu de passer du temps entre potes… Rachel doute que cela explique ses appels répétés. Lorsqu'elle a écouté son répondeur ce matin, la jeune femme a découvert deux messages laissés la veille au soir, dans lesquels Gautier lui demandait de la rappeler de toute urgence. Ce matin, il lui a envoyé un texto :

Je débarque là où tu es si tu ne me rappelles pas.

Catastrophée, elle lui a aussitôt répondu :

Tout le monde va bien ?

Il sait ce que ce message sous-entend : il n'est rien arrivé à notre famille ? Est-ce que Grand-Ma va bien ? En réponse, Gautier lui a écrit :

T'inquiète, tout le monde va bien à ma connaissance. Mais je dois te parler, c'est important.

Vas-y, je t'écoute.

Non, de visu, c'est mieux. Dis-moi où tu es.

Rachel n'a pas répondu. Elle n'avait pas envie que ce petit havre de paix soit gâché par l'emportement de Gautier, qu'elle ne comprend pas. Puis, plus tard, elle a reçu :

Ça y est, j'ai compris où vous êtes. J'arrive. Avant, je dois me calmer.

Alors, Rachel s'est dit que le temps de la parenthèse enchantée était arrivé à son terme, et qu'il était l'heure de rentrer. Elle sait où trouver Gautier. Il n'y a pas trente-six endroits susceptibles de le calmer. En fait, elle n'en voit qu'un. Un coup d'œil au compteur, et Rachel appuie sur l'accélérateur pour être certaine de ne pas manquer son cousin.

*

Dans le grand hangar de tôles grises, avec son ring bleu fiché là en plein milieu, Gautier sue à grosses gouttes. L'eau s'évapore de son corps à mesure que les affres de la colère le quittent peu à peu. Au départ, il devait rester concentré pour forcer son esprit à ne pas penser à Vincent. À présent que, depuis une heure, il tape sans vergogne, il n'a plus besoin de focaliser ses idées. Il lutte contre la fatigue qui crispe ses muscles et commence à les tétaniser. Il ne veut pas encore arrêter, c'est tellement libérateur. De toute façon, pour l'instant, il ne le peut pas. Une dizaine de minutes plus tôt, Ned, son entraîneur, a fait son apparition dans la salle. Surpris de constater la présence de l'un de ses chouchous, il a exhibé sa dentition jaunie par les roulées, et a crié de sa voix rocailleuse :

— On a besoin de se défouler, gamin ? Laisse-moi deux minutes et je m'occupe de ton cas !

Puis il est venu tenir le sac et a aboyé :

— 1, 2, 3 !

Gautier s'est tout de suite exécuté : jab, droite, crochet – jab, droite, crochet. Cela fait dix minutes qu'il enchaîne les mouvements dans cet ordre précis. D'ordinaire, il a droit à une pause à chaque round, mais Ned flaire que Gautier a besoin de s'abrutir, de se soûler de fatigue. D'autres gars s'entraînent un peu plus loin. On entend des cris brefs dus à l'effort, et le bruit mat des gants matelassés qui s'escriment sur les sacs de frappe.

Personne n'a remarqué l'arrivée de Rachel et Vincent, quelques minutes plus tôt. Fascinés, ils ne peuvent détacher leur regard de Gautier et de cette rage qui émane de tout son être. Ils l'ont déjà vu lors de ses entraînements, mais jamais il n'a dégagé une telle puissance. Le coach lui beugle quelques mots que les jeunes gens ne comprennent pas, et Gautier change de position et de façon de taper dans le sac. D'ici, ils voient les gouttes de sueur qui giclent au rythme des coups. Au-delà de la fascination, Vincent ressent un profond malaise. Quel est l'objet de cette fureur qui habite Gautier ? Vincent n'en sait rien. Ce n'est tout de même pas le lapin qu'il lui a posé bien malgré lui qui le mine à ce point… D'instinct, Vincent flaire le danger et éprouve le besoin de sortir de cet endroit. Il pose sa main dans le bas du dos de Rachel et chuchote à son oreille :

— Tu viens, on va l'attendre dehors…

La jeune femme, captivée, ne détourne pas le regard et ne l'écoute qu'à moitié :

— Chhht… Regarde comme il est fort ! Tu ne te le rappelles pas, mais on venait souvent le voir avant…

Rachel chuchote comme pour elle-même, les yeux rivés sur la puissance guerrière de son cousin. L'angoisse de Vincent monte d'un cran au rappel fulgurant de ses honteux mensonges.

— Rachel, il faut que je te dise…

Les mots peinent à sortir, bloqués dans le fond de sa gorge. Il doit lui dire. Maintenant. Avant que…

À cet instant précis, l'entraîneur crie « pause ! », et Gautier laisse retomber ses bras le long de son corps. À la façon dont son dos est voûté, on devine aisément qu'il est exténué. Tout en essuyant son visage d'un revers de poignet, il pivote sur lui-même, et son regard s'ancre instantanément dans celui de Vincent. La surprise ne le traverse qu'un dixième de seconde avant que ce soit la fureur qui prenne le dessus. Ses yeux lancent des éclairs de colère, tandis qu'en quelques enjambées, il traverse le ring, soulève les cordes bleues et blanches pour passer en dessous, et vient se planter devant les jeunes gens. Vincent se surprend à penser que l'impact du gant de boxe est peut-être moins douloureux que celui du poing de son ami, étant donné que le gant est matelassé. D'instinct, il recule d'un pas. Rachel tourne la tête en fronçant les sourcils, gagnée par une inquiétude sourde. Gautier ne soulève pas ses poings, mais les frappe l'un contre l'autre, comme quelqu'un prêt à en découdre. La scène dure quelques secondes à peine, mais elle paraît une éternité, avant que Gautier n'explose :

— Espèce de connard ! T'as pas honte de venir ici ! Ça te fait tripper, même, j'parie !

Après la dureté des mots, le silence flotte dans l'air. Personne n'ose bouger. Ils restent tous les trois pétrifiés, dans l'attente d'une réaction. Gautier a interrompu ses gestes de colère. Pour autant, il ne retire pas ses gants. Il n'y pense même pas. Rachel brise le silence :

— Calme-toi, Gautier, enfin ! Vincent ne savait pas que tu viendrais, c'est tout…

Aucun des deux hommes ne détourne le regard. Tandis qu'ils sont figés à un mètre l'un de l'autre, la tension est palpable, et le duel inégal. Entre celui mû par l'envie de cogner, et l'autre qui reste debout pour se défendre. Celui prêt à recevoir les coups, mais pas à en donner. Gautier se met à ricaner.

— Une super-idée que tu as eue là, *mon frère* ! Dis-moi, c'est bien comme ça qu'on s'appelait avant ? J'ai la mémoire qui flanche, je ne suis plus bien certain… Rafraîchis-moi la mémoire !

Un éclair dans les yeux de Vincent indique à son « frère » qu'il a parfaitement compris. Il ignore encore comment, mais il sait qu'il sait. Comme c'est jouissif de faire comprendre à celui qui nous a pris pour un con qu'on l'est peut-être un peu moins qu'il ne le pensait ! Gautier poursuit :

— Sinon, ton manège aurait pu durer un petit moment encore comme ça…

Vincent soutient le regard de Gautier. La souffrance lui soulève le cœur, mais il reste muet.

Que dire ?

Rachel les regarde tour à tour, perplexe.

— Qu'est-ce que tu racontes, Gautier ?

Sa question n'est qu'un murmure. Gautier choisit de ne pas répondre. Alors, elle insiste :

— Vincent ? Qu'est-ce qu'il veut dire ?

Sa voix est montée d'un cran, signe que la jeune femme se trouve sur le chemin de la compréhension. Comme le silence s'installe à nouveau, Gautier vitupère :

— Ben alors, tu ne lui dis pas ?

Un ange passe. La nervosité de Rachel qui s'accentue au fil des secondes contamine Gautier. Il ne sait pas combien de temps il va pouvoir tenir encore avant de péter un câble.

— Tu lui dis, ou c'est moi qui le fais ? Tu lui dis ? DIS-LE ! Dis-le que tu n'es qu'un putain de menteur, Vincent !

Les mâchoires serrées, Vincent ne parvient pas à prononcer le moindre mot. Il voulait lui avouer.

Il le voulait sincèrement.

Mais pas comme ça. Comment dire la vérité, à présent, sans passer pour le pire des monstres ? Rachel ressent son incapacité à parler.

— Gautier ?

— Il sait, bordel ! explose celui-ci. Depuis le début, il sait qui nous sommes, parce qu'il n'a jamais perdu la mémoire ! Il sait tout, et il nous prend tous pour des cons ! Je le sais parce que je suis allé dans ton hôpital, mon pote ! Ta saloperie de fable, c'est là-bas que je l'ai comprise !

Gautier fulmine, mais bizarrement, le fait d'avoir livré son incroyable révélation le soulage presque. Une fois sa tirade débitée, il n'a plus envie de lui crier dessus. Maintenant, il n'est plus seul à savoir.

Rachel écarquille les yeux, la bouche entrouverte, une expression de stupeur mêlée à une incommensurable déception. Elle attend que Vincent nie. Qu'il explique à Gautier pourquoi il s'est trompé. Mais rien ne vient. C'est la vision de son visage ravagé qui pousse Vincent à détourner le regard et à baisser la tête. Tel un gamin pris en faute. Gautier s'adosse sur l'un des piliers en acier qui soutiennent la charpente métallique. Il baisse la garde, le duel est terminé. Pourtant, les vapeurs de ce combat mené sans corps à corps sont encore plus nauséabondes. Les traces des coups portés par le choc des mots ont marqué les trois jeunes gens à jamais. Chacun en a parfaitement conscience : ils en sont arrivés à l'un de ces moments clés qui font tout basculer.

Attiré par les vociférations à peine masquées de Gautier, Ned, resté en retrait jusque-là, s'approche :

— Qu'est-ce qui se passe ici ?

Il s'arrête subitement, coi.

— Vérole ! Ce gars, il ressemble comme deux gouttes d'eau à ton pote, gamin ! Comment il s'appelait déjà ?

Les trois jeunes gens se crispent. Gautier en veut terriblement à Vincent pour ses odieux bobards, mais il ne sait pas pourquoi, il n'a pas envie de le balancer. De le jeter en pâture à tous ceux qu'ils connaissaient, de près ou de loin.

— Non, Ned, tu te trompes, répond-il.

Il se sent idiot de vouloir encore protéger ce type qu'il ne connaît plus, mais le regard de reconnaissance que lui jette Rachel le réconforte.

— Ah si ! Des yeux comme ça, on n'en voit pas tous les quatre matins ! Tu vois de qui je veux parler, au moins ? De celui qui avait disparu !

— J'ai compris, Ned. Mais je te dis que ce n'est pas lui.

— Ah, ben, bon Dieu, alors ! Sergio ! Viens voir par là !

Un colosse sort de derrière un sac de frappe après avoir lancé un sonore « Quoi ? ». Tandis qu'il se dirige vers eux, Vincent panique, tel un lapin pris dans les phares d'une voiture en pleine nuit. De loin, il entend : « Tu vois le gamin, là ? Tu trouves pas qu'on dirait l'ancien pote de mon gamin… » D'autres anciens ont relevé la tête. Dans quelques secondes, il y aura tout un groupe amassé autour de lui. Ils ne sont pas là pour le tabasser, mais Vincent ressent cette curiosité malsaine comme des coups de couteau. Alors, de toutes ses forces, il rassemble toute la sincérité et tout l'amour dont il est capable. Pour la dernière fois, il ancre ses prunelles de glace dans les iris bouleversés, et tente de faire comprendre à celle qu'il a toujours aimée ce qu'il ressent au fond de lui. Puis, comme autrefois, il pose ses mains l'une sur l'autre, et les place un instant devant son cœur. Avec ses yeux pour seul langage.

Puis il s'enfuit.

*

— Puisque je te dis qu'il sait !

Carole se lève et fait de nouveau les cent pas, tout en marmonnant :

— Non, ce n'est pas possible, ce n'est pas possible.

Elle se rassoit sur le petit fauteuil de cuir noir et se penche en avant pour caresser les avant-bras de sa sœur. Le tic-tac oppressant de l'immense horloge poursuit sa cadence effrénée, tandis que le silence s'installe.

Rachel a tellement trituré ses boucles que leur rondeur est cassée. Elle arbore sa tête des mauvais jours, comme trop souvent ces dernières années.

— Ce n'est pas Vincent, insiste Carole. Ça ne lui ressemble pas !

Rachel ricane, dégoûtée :

— Ça fait six ans maintenant qu'il ment à tout le monde.

— Mais tu es sûre de ce que Gautier a avancé, au moins ?

— Il n'a pas nié, Carole ! Son silence valait tous les assentiments du monde !

Sa voix est montée un cran trop haut. Pour la ramener un peu plus bas, elle ajoute en murmurant :

— Avant de partir, il m'a adressé le geste qu'il faisait toujours quand on était ensemble, pour me dire au revoir, ajoute Rachel tout posant ses deux mains sur son cœur. Gautier a dit la vérité, c'est certain. Et Vincent s'est enfui comme un lâche.

Carole accuse le coup. C'est la première fois qu'elle entend sa sœur prononcer une parole négative au sujet de Vincent.

— Où est-il allé ?

— J'en sais rien.

Rachel hausse les épaules.

— Rentré à Paris, je suppose, poursuit-elle.

La jeune femme se lève et traverse la salle de danse dans toute sa largeur, pour se planter devant la baie vitrée entrouverte. Elle sent l'air frais parcourir sa peau. Elle a besoin de ce coup de fouet pour la revigorer. Les nuages cotonneux parcourent le ciel bleu à vive allure. Les platanes et les peupliers de l'allée, au loin, ploient sous le vent mordant de ce mois d'avril.

Les trois bâtisses se dressent sur sa droite, immuables. La stabilité de cet endroit qu'elle a toujours connu apaise Rachel. Elle reste longtemps à contempler le paysage, une main posée sur l'embrasure de la baie, jusqu'à ce qu'elle se mette à frissonner. Alors, elle referme doucement le ventail et observe la cour avec attention. Il n'y a toujours pas de voiture, hormis celle de Sophie, venue s'occuper de Grand-Ma. Ses parents doivent travailler, son oncle se trouve à la banque, et Cécile, sa tante, doit être partie faire ses courses et celles de Grand-Ma, comme tous les samedis après-midi. Rachel se félicite de ne voir personne. Elle serait bien incapable de leur mentir ou de leur faire croire que tout va bien. Dans le même temps, elle n'est pas prête à leur raconter ce qui se passe. Elle ressent ce besoin de les protéger, et elle sait que si sa famille n'est pas encore au courant pour Vincent, c'est parce que Carole et Gautier sont animés par le même souci de préserver leurs proches. Le clan saura la vérité, une fois qu'eux-mêmes en connaîtront l'intégralité. Pour une fois, Rachel ne culpabilise pas à cause de ce mensonge par omission, puisque c'est pour leur bien. Elle espère que Gautier va les rejoindre, mais elle n'a pas trop d'espoir. Après l'épisode de la salle de boxe, il a dit qu'il avait besoin de s'évader à moto. Il ne sera probablement de retour que ce soir. Carole rejoint Rachel et lui caresse le dos.

— Tu as essayé de le contacter ?

— Gautier ? Non, je suppose qu'il se défoule sur sa moto…

— Non, pas Gautier ! Vincent !

— Ah non, certainement pas ! répond Rachel. Hors de question que je me rabaisse à faire le premier pas vers quelqu'un qui s'est moqué de moi de cette façon !

Carole hausse les sourcils et s'écarte de sa sœur pour la regarder.

— Tu n'en sais rien !

— De quoi, j'en sais rien ? Je ne sais rien, effectivement ! Mais ce que j'ai compris, c'est qu'il nous a pris pour des idiots en nous racontant des histoires d'amnésie !

Carole dévisage Rachel avec attention, afin de sonder le plus profond de son âme et de trouver de quelle manière elle pourrait l'aider. Elle ne l'a jamais vue aussi blessée. Elle la comprend. Toutes ces années, elle était rongée par le chagrin et la culpabilité d'être encore en vie et pas lui. Aujourd'hui, savoir que toute cette histoire n'était qu'un leurre la meurtrit. Mais jusqu'où va la mascarade, et pourquoi ? C'est là que Carole choisit d'être plus mesurée. Elle peut l'être, elle, car elle n'avait pas la même place dans la vie de Vincent. Et surtout, elle *doit* l'être. Rachel est en train de sombrer, elle se doit de la soutenir à bout de bras pour éviter que sa sœur ne tombe. Elle la prend par les épaules et capte son regard :

— Bon, ma cliente va bientôt arriver pour son cours de coaching privé. Tu vas t'asseoir dans le fond sans bouger. Ensuite, ce sera ton tour. Je vais te faire oublier jusqu'à son nom !

*

Rachel a la sensation que sa tête va exploser. La musique est forte, mais ce n'est pas la raison de son trouble croissant. Son esprit est en train de s'adonner à des exercices acrobatiques de remue-méninges, tandis qu'elle essaie d'analyser les faits, recroquevillée sur elle-même dans le fond de la salle. Gautier lui a raconté sa visite chez le docteur Heinz dans les moindres détails. Il n'y a rien qu'elle ne sache pas, et pourtant, elle ne comprend rien…

Vincent ne s'est jamais rendu à l'hôpital suite à un grave accident, et on ne lui a pas diagnostiqué d'amnésie. Si Rachel s'était retrouvée à la place de Gautier, elle n'aurait peut-être pas saisi aussitôt que Vincent leur avait menti. En effet, s'étant rendu à l'hôpital des Grands Chênes quelques semaines après l'accident, il aurait très bien pu avoir été soigné dans un premier établissement, et ne plus s'en souvenir. La jeune femme a beau tourner cette hypothèse dans tous les sens, elle n'y voit pas d'anicroche. Pourtant, elle sait très bien qu'il ne s'agit pas de la vérité, puisque Vincent n'a pas démenti les accusations de Gautier.

Elle doit arrêter d'être stupide et de vouloir à tout prix trouver une excuse ou une circonstance atténuante à l'homme à qui elle avait donné toute sa confiance. Il est temps pour elle d'accepter que celui qu'elle aimait n'est pas celui qu'elle pensait être. La question aujourd'hui est de savoir où a commencé le mensonge, et pourquoi ? Vincent a-t-il été jusqu'à mettre en scène sa propre mort, ou bien s'est-il inventé une amnésie totale pour éviter d'avoir à revenir sur une disparition traumatisante ?

Rachel sort son téléphone de sa poche. Elle ne veut pas, mais elle vérifie si Vincent lui a laissé un message. Non. Le portable est resté muet. La jeune femme soupire. Elle doit penser à autre chose.

Rachel se concentre sur la fille que Carole entraîne. Comme elle danse mal ! Son pas mal assuré peine à garder le rythme, et ses gestes sont beaucoup trop imprécis. Carole juge les premiers mouvements de son élève, fronce les sourcils, puis détaille elle-même l'enchaînement au ralenti, avant de remettre la musique au début, pour recommencer, encore et encore. Rachel la connaît, elle sait qu'elle reprendra tant que ce ne sera pas parfait. Pauvre fille ! Heureusement qu'elle n'a qu'une heure de cours !

Comme elle s'ennuie, les images dans son esprit ne tardent pas à revenir hanter Rachel. Vincent et elle, hier soir encore, faisant l'amour passionnément. Tout à coup, elle se sent idiote : cette façon qu'il avait d'être aussi proche d'elle, alors que pour lui, c'était comme s'ils venaient de se rencontrer… Elle avait cru que c'était parce que, justement, ils se connaissaient depuis des années, et que son cerveau, même inconsciemment, n'avait pu oublier ça. Elle aurait dû comprendre à ce moment-là qu'il se jouait d'elle. Et pourtant, elle n'a pas envie de croire que ce mensonge signifie qu'il ne l'aimait pas. Une partie d'elle est certaine qu'au fond, son amour était véritable. Elle repense à Carole quelques minutes plus tôt : « Tu n'en sais rien. » Avec ces mots, elle sous-entendait que tous les scénarios étaient envisageables.

Aussitôt, Rachel se mord l'intérieur de la joue. Elle ne doit pas s'autoriser la compassion. Elle est en colère, désespérée par ce qu'elle vient d'apprendre. Elle sort une nouvelle fois le téléphone de sa poche. Il en est toujours au même point. Et elle aussi. Alors, elle commence à pianoter un message, sans savoir encore si elle va l'envoyer.

Où es-tu ?

Elle hésite, le doigt en équilibre au-dessus de la touche verte. Effacer ? Ou valider ? Finalement, elle valide.

Voilà, c'est parti. Elle va passer pour celle qui accepte qu'on se moque d'elle. Et puis, non, après tout. Elle a le droit de comprendre. La réponse ne se fait pas attendre.

Je rentre chez moi. Je suis tellement désolé.

Chez moi.

Ces deux petits mots employés à dessein – mais dans quel but ? – lui font l'effet d'une bombe. Il se souvient de son chez-lui d'avant. C'est donc délibérément qu'il choisit l'endroit qui est devenu sa nouvelle maison. C'est une rupture volontaire de sa part.

Comme si c'était à lui de prendre cette décision !

Rachel a envie de le blesser, de la même manière qu'il lui fait du mal.

Et moi, tellement déçue.

Je comprends...

Pas moi. Et je veux comprendre. Pourquoi m'as-tu abandonnée ?

Rachel empreinte la piste ardue de celle qui a compris une partie de l'histoire. Pourtant, elle ne sait pas s'il l'a réellement abandonnée, ou si l'accident lui est bien arrivé contre sa volonté. Elle prêche le faux pour savoir le vrai. Elle n'a plus le temps d'attendre. Il faut aller droit au but. Vincent met cette fois un peu plus de temps à répondre :

Je n'ai jamais voulu t'abandonner.

L'espoir prend forme dans le cœur de Rachel. Il n'aurait donc pas feint l'accident ? Ce message est aussitôt suivi d'un autre, déroutant :

C'est toi qui n'es jamais venue.

Comment ça ?

Mais qu'est-ce que c'est que cette histoire ? En voilà une bonne, maintenant ! Elle n'est jamais venue où ? Comment pouvait-elle savoir ?

Je t'avais donné rendez-vous, Rachel. Et je t'ai attendue.

Rachel en reste abasourdie. Elle se repasse le film depuis le moment où Vincent avait disparu. Ce sentiment de déchirement intense. Cette sensation de s'être fait ôter un morceau d'elle-même. Ce vide béant. Cette détresse inconsolable. L'enquête, interminable et froide. L'attente, dont les bribes d'espoir s'effritaient avec le temps. Rachel fouille dans sa mémoire, mais à aucun moment un indice n'est venu lui insuffler un regain d'espérance. Elle cherche même avant l'accident. Des paroles prononcées par Vincent, peut-être, dans lesquelles il aurait pu placer un message. Mais non, elle ne trouve rien. À l'époque, elle n'avait tout de même pas pu perdre la tête au point d'avoir manqué une telle piste !

De quoi parles-tu ?

Le silence qui suit est un peu long. À tel point que Rachel vérifie à plusieurs reprises que le réseau fonctionne.

Je t'expliquerai tout.

Quand ?

Quand j'aurais fait ce que j'aurais dû il y a six ans.

La jeune femme prend peur, tout à coup. Elle sent la gravité de ce qui a dû se produire. Quel lourd secret Vincent cache-t-il donc ? Mais Rachel n'a pas le temps de se poser d'autres questions, car Carole vient se planter devant elle, satisfaite :

— À nous, ma belle !

*

Le vieux briscard assis à côté de lui, taciturne, se contente de regarder la route et de régler de temps en temps le son de l'antique poste de radio. Cela convient parfaitement à Vincent. Le siège de moleskine dont la housse défraîchie peine à masquer les trous s'avère plus confortable que prévu. Vincent s'est résolu à se laisser ramener par l'homme jusqu'à Paris, au lieu de prendre le train. Après sa fuite, il s'est mis à courir en direction de la gare, sachant qu'il en aurait pour des heures avant d'y arriver. En chemin, de temps en temps, il essayait de lever le pouce, mais de nos jours, qui accepte de prendre en stop un parfait inconnu ? Contre toute attente, un homme a fini par s'arrêter. Il va à Paris, justement. C'est toujours ainsi avec Vincent. Quelquefois, à travers les nuages gris des problèmes et des échecs qui s'amoncellent, un rayon de soleil pointe au moment le plus inattendu. Vincent apprend à reconnaître ces petits coups de pouce du destin auxquels il ne faut surtout pas tourner le dos.

Il pianote sur son téléphone :

Quand j'aurais fait ce que j'aurais dû il y a six ans.

Il espère qu'elle ne lui posera pas de question. Il n'a pas envie de se justifier maintenant. En reposant son portable sur son ventre et en le serrant de ses deux mains bien à plat, il songe à son échange avec Rachel. Il n'a pas pu s'empêcher de mentionner ce rendez-vous manqué six ans plus tôt. Pourtant, depuis qu'elle a été de retour dans sa vie, il a fini par comprendre qu'elle n'a jamais trouvé le message qu'il lui avait laissé. Il avait tout ce temps cru que le fait qu'elle ne vienne pas était volontaire, mais ces derniers jours, il a saisi qu'il s'était passé quelque chose qui l'avait empêchée de voir le mot. Elle n'en a tout bonnement jamais rien su. Malgré tout, il n'a pas pu se retenir de lui demander sans en avoir l'air. Il en a tellement souffert, de ce rendez-vous raté ! Tout l'après-midi, il l'a attendue dans ce bar ! Et pendant la semaine qui avait suivi, tous les après-midi il était revenu, espérant qu'elle se soit trompée de jour, ou qu'elle n'ait pu se libérer avant. Tous les jours, il s'était installé à la même table à 14 heures, avec une ponctualité déconcertante. Lorsqu'une semaine fut passée, la serveuse, un peu intimidée, était venue lui demander :

— Vous avez l'air triste, monsieur ? Vous attendez quelqu'un ?

— Oui à vos deux questions, avait-il fini par répondre.

Puis, il avait repris, l'espoir allumant une petite flamme dans ses yeux, que la serveuse avait trouvée touchante :

— Peut-être avez-vous vu une femme rousse qui cherchait quelqu'un, elle aussi ? Elle serait venue lorsque je n'y étais pas ?

La serveuse avait répondu en pensant qu'il était bien dommage que ce soit elle qui éteigne la jolie flamme :

— Je suis désolée, monsieur. Mais ça ne me dit rien…

Dès lors, Vincent n'était plus jamais revenu. À quoi bon ? Que penser ? Elle avait tiré un trait sur leur histoire ? Elle connaissait la vérité avant qu'il n'ait pu la lui avouer, et elle le considérait comme un monstre ? Il l'aimait. Sincèrement. Comment avait-elle pu renier leur histoire, sans essayer de comprendre ? La douleur était telle qu'il avait l'impression de devenir fou. Cet après-midi-là, il s'était mis à courir. Il n'avait pas beaucoup de force. Les quelques euros que de rares passants avaient daigné lui déposer, certains avec mépris, d'autres avec pitié, lorsqu'il avait fait la manche, ne lui avaient servi qu'à payer les consommations qu'il avait bues en attendant Rachel, ainsi qu'à s'acheter un peu de pain. Il avait même été jusqu'à entrer dans une parfumerie en feignant de regarder les produits, pour chaparder un échantillon d'eau de toilette, dont il s'était enduit le cou pour faire meilleure impression lorsqu'elle viendrait.

Ces moments-là resteront gravés à jamais dans sa mémoire. Comment avait-il pu en arriver à dormir dans la rue, et à quémander sa nourriture ? La veille, conseiller bancaire, le lendemain clochard. La roue qui tourne. La vie qui bascule. Ce jour-là, alors qu'il courait, amaigri, barbu, puant, et l'estomac gargouillant, c'était la rage qui le portait. Et quand, après la énième tentative pour arrêter un automobiliste, une voiture avait enfin ralenti, son conducteur déclarant qu'il se rendait sur Paris, Vincent avait été soulagé de partir loin de chez lui. Ce serait plus facile pour tourner la page.

C'est dans la rue de La Salsa Rosa que son chauffeur l'avait déposé, scellant ainsi le destin de Vincent. Celui-ci y était entré, fouillant dans ses poches pour en sortir les quelques euros qui lui restaient. Vincent s'était dit que le lendemain, il faudrait de nouveau faire la manche pour survivre, et il s'était senti très las. Si sa vie se réduisait à ça, à présent, autant crever. Pour oublier, Vincent avait commandé un whisky. Il avait horreur du whisky. C'était parfait, ça le soûlerait plus rapidement, car vu l'état de ses finances, il ne pourrait se permettre d'en boire plus de deux. Une fois les deux verres enfilés d'une traite, il en avait commandé un troisième. Il savait qu'il ne pourrait pas le payer, mais les vapeurs de l'alcool avaient déjà commencé à l'envelopper, et il trouvait que le serveur avait une tête sympathique. Il lui ferait sûrement une fleur. Et puis s'il lui demandait de faire la plonge en échange, ça pourrait avoir du bon : cela écourterait le temps à dormir dehors… Le troisième en avait amené un quatrième, puis un cinquième. Le serveur avait commencé à tirer une drôle de tête, et au sixième, il avait carrément refusé de le servir. Vincent avait protesté. C'était ça qui avait attiré l'attention de deux gaillards assis un peu plus loin. Ils s'étaient mis à le regarder et à ricaner devant lui. Puis ils s'étaient approchés et accoudés au bar.

— Putain, mais c'est quoi cette odeur ? s'était exclamé l'un deux.

— C'est le gars à côté de toi ! T'as qu'à voir sa gueule, elle est assortie à la puanteur !

Et ils avaient pouffé. Vincent avait senti la fureur l'envahir avec une force qu'il n'avait jamais connue. Derrière les affres de l'alcool, il avait eu une pensée pour son ami Gautier, éternel impulsif. Et à imaginer ce visage aimé qu'il ne verrait plus, la souffrance avait décuplé sa rage. Titubant, il s'était levé et dirigé vers eux. Les deux lascars avaient exulté :

— Regarde-moi ça ! Il marche mêmc pas droit !

— Mais c'est qu'il va chercher la merde, le clodo !

Dans son dos, Vincent avait entendu le serveur crier, paniqué :

— Pas de ça chez moi, les gars ! Vous sortez !

Mais personne ne l'avait écouté. Le plus grand des deux s'était mis face à Vincent, dos au comptoir.

— Vas-y, qu'est-ce que t'attends ? Frappe, connard !

Vincent avait levé son poing, mais il n'avait jamais cogné de sa vie, sauf de temps en temps à l'entraînement de Gautier, pour lui faire plaisir. Son geste lui avait paru durer des heures. Quand il avait cru que sa main allait s'écraser sur la joue du type, celui-ci avait esquivé au dernier moment. N'ayant pas calculé son mouvement, Vincent avait perdu l'équilibre, et sa tête avait heurté le comptoir. Le sang avait giclé.

Puis il ne se souvient plus que des cris affolés du barman, et du liquide chaud qui avait coulé dans son œil droit, le contraignant à fermer les yeux. Quand il s'était réveillé, il se trouvait dans un camion de pompiers. Il s'était fait recoudre à l'hôpital, où il avait passé le reste de sa nuit. Avant la visite des infirmières, il s'était enfui. Il n'avait même pas une carte vitale à présenter… Un peu plus tard dans la matinée, il était retourné à La Salsa Rosa pour présenter ses excuses au barman. Il s'appelait Miguel.

Miguel. Avant de faire ce qu'il aurait dû six ans plus tôt, Vincent a une affaire de la plus haute importance à régler : dire la vérité à Miguel. Il ne doit pas répéter la même erreur avec lui et risquer qu'il l'apprenne par Gautier ou Rachel. Il lui doit bien ça.

Quand il débarque à La Salsa Rosa, il sent la nervosité monter d'un cran. Vincent se revoit, six ans plus tôt, surgir de la même manière dans ce bistrot, avec l'état d'esprit de celui qui a tout perdu. À l'époque, Miguel et lui ne se connaissaient pas. Aujourd'hui, Vincent peut lui avouer. Il est enfin prêt à ouvrir les vannes de ce passé sordide qu'il a eu tant de peines à camoufler. Mais Miguel, sera-t-il prêt à entendre ce que son ami a à lui dire ?

Vincent le repère aussitôt au bout du bar. Il vient de servir un couple d'amoureux et se dirige vers le comptoir en haussant les yeux au ciel. Cette image arrache malgré lui un sourire à Vincent. Miguel ne changera jamais. Ce qui se passe dans sa tête se lit sur son visage. Vincent se demande comment il est possible que son établissement soit toujours debout avec un caractère comme le sien ! Après tout, c'est peut-être cela qui plaît !

— Hé là, mon ami ! s'exclame Miguel en faisant la bise à Vincent. Déjà de retour ? Je ne pensais pas te voir ici avant lundi, moi ! Je te préviens, demain, ne me gâche pas la journée, je la passe avec Estelle !

Miguel pointe un doigt vers le buste de Vincent sans insister davantage. Aussi vite qu'il passe ses verres sous le robinet, il change de sujet :

— Mais dis-moi, ça n'a pas l'air d'aller ? Tu as cette tête des mauvais jours, mon Lolo, je te connais par cœur ! Qu'est-ce qui s'est passé ? Ne me dis pas qu'avec Rachel, c'est terminé ?

— Si tu veux bien me laisser parler, j'ai quelque chose d'important à te dire.

— Comment ça, si je veux bien te laisser parler ? À ton avis ? Est-ce que j'ai l'air de monopoliser la conversation ? Je suis désolé, mon Lolo, mais quand tu n'es pas là, c'est pas pareil ! J'ai besoin d'extérioriser un peu, moi, tu comprends ? C'est pas avec le petit jeune que je peux m'exprimer autrement que comme un patron ! Bon, vas-y, je t'écoute. Dis-moi tout.

Miguel s'assied sur un tabouret, les bras croisés et les sourcils froncés, dans l'attente que Vincent daigne lui raconter ce qui semble lui tenir tant à cœur.

— Pas ici, Miguel. J'ai besoin de te parler à l'étage.

— C'est si grave que ça ?

Miguel se redresse aussitôt. L'expression de son visage indique qu'il mesure la gravité de la situation.

— Personne n'est mort, au moins ? ajoute-t-il, en plissant les yeux, comme s'il avait peur de la réponse.

Vincent fait non de la tête. Miguel se décrispe un peu, et relâche ses épaules de manière exagérée.

— Jérem' ! crie-t-il.

Le jeune homme, embauché comme extra le temps du week-end pour remplacer Vincent, le même que lors de la soirée salsa, et à qui Miguel a fini par accorder sa confiance, apparaît aussitôt.

— Je peux te laisser seul un instant ? Il n'y a pas grand monde. Je suis là-haut. Si tu as besoin, tu montes me chercher, ou tu m'appelles. C'est compris ?

— Compris, patron.

Miguel monte les escaliers quatre à quatre, suivi par Vincent. Ce dernier se demande si l'attitude pressée de son ami, tout à coup, est due au fait qu'il laisse Jérémy gérer seul le bar, ou bien si c'est parce qu'il a hâte d'entendre les révélations de Vincent. Miguel s'arrête dans le salon. Comme Vincent ne s'assied pas, il reste debout. Les deux hommes se tiennent ainsi un instant. Le silence inhabituel de Miguel décontenance Vincent.

— Assieds-toi, murmure ce dernier.

— C'est si grave ?

La voix de Miguel est à peine audible, et la tension monte d'un cran. Vincent attend que Miguel ait pris place dans le canapé. Puis il se met à arpenter la pièce pour se donner une contenance. Lorsqu'il se met à parler, il s'arrête aussitôt de marcher.

— Je t'ai menti, Miguel.

— … Tu peux développer ?

— Je te mens depuis le début. Je n'ai jamais perdu la mémoire.

Miguel accuse le coup. L'expression de son visage est tellement choquée, que Vincent a la sensation de lui avoir asséné un coup de poing dans le ventre. Les yeux écarquillés, Miguel regarde autour de lui, hébété, avant de reporter son attention sur Vincent.

— Depuis tout ce temps… tu te souvenais ?

Les mots peinent à sortir, mais sa mine parle d'elle-même. Il est en train de comprendre à quel point Vincent lui a menti. Le choc assimilé, il a le visage défait.

— Je t'ai tout donné, moi, Lorenzo… ou Vincent. Je t'ai tout donné. Un travail, un appart, ma confiance, mon amitié… Tu es même le parrain de ma fille ! Et toi, pendant tout ce temps, tu nous mentais !

Miguel est indigné. Il ne se met pas en colère. C'est pire que ça. La révélation l'a abasourdi. Il est profondément désabusé. Une nouvelle fois, Vincent déçoit. Et ce sentiment de ne pas avoir été à la hauteur est insupportable.

— Je n'avais pas le choix, mon ami.

— Mon *ami* ? Il faudra que tu relises la définition du mot « ami », Lorenzo. Je ne suis pas le tien, et je ne l'ai jamais été.

— Tu comptes pour moi, Miguel. Plus que tu ne le crois. Sans toi, je ne m'en serais pas sorti !

— Justement !

Miguel se redresse à son tour, et vient se planter devant Vincent. Il le regarde au fond des yeux, et dans ce livre ouvert qu'il lui offre, Vincent n'y lit toujours que déception.

— Justement. Pourquoi m'avoir menti comme tu l'as fait ?

— Parce que sinon tu ne m'aurais jamais aidé !

— Et pourquoi ça ?

— Parce que tu n'aurais jamais eu envie d'aider une personne soupçonnée de meurtre !

À ces mots, la bouche de Miguel s'ouvre en grand, et il retombe assis sur le canapé. Vincent s'assied lui aussi sur la table basse face à lui, et ajoute d'une voix douce :

— Je vais te raconter toute mon histoire, mon Miguel.

*

Les musiques s'enchaînent au même rythme que les danses. Rachel a choisi un cours de zumba. Sa sœur lui a proposé de lui apprendre une danse en particulier, mais Rachel ne veut surtout pas forcer son esprit à se concentrer. Elle préfère se vider la tête, en même temps que dépenser toute son énergie, pour ne plus avoir qu'une envie en rentrant : dormir. Elle veut se soûler de musique, s'abrutir de mouvements, expulser toute cette rage qui sommeille en elle. Elle sait que cette petite graine semée au creux de son ventre, lorsque Gautier lui a révélé la supercherie, est nourrie par le profond sentiment d'injustice qu'elle ressent, surtout quand elle repense à ces dernières vingt-quatre heures heureuses. Cette petite graine-là ne songe qu'à pousser et à prendre de plus en plus de place en elle, jusqu'à la dévorer tout entière. Elle doit s'en débarrasser avant qu'elle n'ait pris trop d'ampleur. La haine n'est que poison, et elle ne sert à rien. Cette haine est-elle entièrement dirigée contre Vincent ? Elle n'en est pas certaine. Passer d'un sentiment d'amour indéfectible à celui de la détestation en quelques heures, elle ne s'en sent pas capable. Cette rancœur-là, elle la réserve au destin tout entier, lequel depuis six ans ne la ménage pas.

Arrête de te plaindre, tu es en vie et en bonne santé. Il y a plus grave dans la vie, se répète-t-elle inlassablement.

Mais elle a beau se concentrer, il lui est difficile d'occulter sa douleur. Alors elle écoute la musique un peu plus intensément, et focalise son attention sur le moindre de ses gestes. Carole lui a concocté une playlist selon ses goûts.

— Relâche tes épaules ! Tes pieds bien ancrés dans le sol ! C'est une musique africaine, ma grande, alors on se lâche ! Allez, les épaules, on les bouge plus que ça ! Tes gestes ! Jusqu'au bout des doigts ! Allez, ma grande ! Donne tout !

Carole est un peu essoufflée, elle aussi. Cela fait presque deux heures qu'elle donne le cours à sa sœur. Elle attend un signe de sa part qui lui indique que la séance est terminée. Pour l'instant, elle la connaît, elle n'en a pas encore eu assez. Ce n'est pas suffisant pour qu'elle ait exprimé tout son mal-être. Carole se souvient de toutes ces fois, après la disparition de Vincent, où elle avait dû l'user pendant des heures pour que ses nuits soient moins agitées. L'expression par le corps. La thérapie s'était révélée d'une grande efficacité, mais c'était épuisant.

En attendant, elles dansent…

Et pointent les pieds, et lèvent les genoux à angle droit sur le devant du corps. Et s'envolent les idées noires. Et sautent, les mains en l'air. Et faiblissent les cris du cœur. Et s'entrecroisent les pas, sur un air de merengue. Et se tarissent les larmes sèches. Et se balancent les hanches. Et tournent, tournent les corps… Et tournent, de plus en plus vite…

— Allez, on arrête, déclare Carole à la fin d'une chanson.

Rachel s'exécute. Elle est à bout de souffle et écarlate. Sa sœur l'oblige à s'étirer, avant de l'envoyer se laver. Ce n'est qu'en sortant de la douche quelques minutes plus tard que Rachel s'aperçoit que quelqu'un l'observait, durant son cours de défouloir. C'est Grand-Ma. Elle ne sait pas depuis combien de temps elle se trouvait là, mais elle devine à sa première remarque qu'elle ne vient pas seulement d'arriver :

— Que se passe-t-il, ma chérie ? La dernière fois que je t'ai vue dans cet état, cela remonte à fort longtemps…

La jeune femme est un peu surprise de constater que sa grand-mère se souvient de cela. La trouver en forme lui remonte le moral. Elle s'approche d'elle en souriant, et se penche pour l'embrasser. Sous ses lèvres, elle sent la joue fraîche et ridée s'étirer en un sourire.

— Je suis contente de te voir là, Grand-Ma. Comment vas-tu ?

— Ça va… Veux-tu bien m'emmener faire un tour ? Sophie avait prévu de le faire… Tu sais que je l'aime bien… mais sa seule présence me ramène à ma condition… Je préfère que ce soit toi. Au fait, ta sœur m'a demandé de te dire que vous vous retrouviez chez vous. Elle se douche et fermera derrière nous.

Rachel acquiesce et se met à pousser le fauteuil roulant en direction de la baie. Elle songe, partagée entre agacement et gratitude, que Carole a dû profiter que

Grand-Ma était présente pour lui demander de parler à sa sœur. Bien vite, le sentiment d'agacement disparaît, car Rachel est consciente que même si on complote dans son dos, c'est pour son bien. C'est son clan, et il en a toujours été ainsi. Quand l'un de ses membres va mal, les autres sont là pour le réconforter. Pourtant, elle est certaine que Carole n'a pas dit un mot de la situation à Grand-Ma. Il n'est pas toujours nécessaire de parler de ce qui fait mal pour réussir à l'exorciser.

Rachel contourne le bâtiment pour s'enfoncer dans la propriété, en longeant le chemin qui borde le champ voisin, là où Grand-Ma adore se balader. Dans quelques semaines, les vastes étendues alentour auront revêtu leur parure dorée, et au-delà de la fine clôture de bois, le soleil donnera l'impression de se refléter à perte de vue. Grand-Ma inspire profondément. Elle cale l'arrière de son chignon gris sur le repose-tête, et même si Rachel ne peut voir son visage d'où elle se trouve, elle la devine fermant les yeux, profitant de ce moment de paix. Il fait bon, mais la vieille femme a recouvert ses genoux d'une couverture de laine. Ce patchwork qu'elle confectionnait jadis, pour chaque membre de la famille.

— Tu as si souvent peint cet endroit, Grand-Ma, souffle Rachel, assez bas pour ne pas troubler le calme ambiant, mais suffisamment fort pour que sa grand-mère l'entende. Tu t'en souviens ?

— Si je m'en souviens ! s'exclame la vieille femme d'un ton nostalgique. Pourquoi est-ce que je ne peignais jamais la mort ? reprend-elle au bout d'un long moment.

Cette fois, sa voix est bien présente. La question désarçonne Rachel. Quelle drôle de remarque ! Grand-Ma était capable de tout peindre. De quelques coups de pinceau, elle transformait ses toiles en chefs-d'œuvre de subtilité. Devant une nature morte, l'admirateur avait l'impression que s'il tendait sa main, il pourrait caresser les pétales des fleurs, et que s'il approchait son visage, il sentirait leur odeur. Lorsqu'elle peignait deux amoureux, au loin, devant un coucher de soleil, on pouvait presque percevoir leurs âmes vibrer en parfaite communion, et quand elle mettait en scène un petit garçon et deux fillettes rousses jouant dans un champ couleur or, si on se mettait à rêver, on entendait leurs rires éclabousser la toile, et on sentait le vent coucher le colza. Rachel se souvient de tous ces visiteurs, dans la salle de danse de Carole, qui servait autrefois de galerie à l'artiste peintre, qui touchaient les toiles du bout des doigts et les admiraient avec une drôle d'expression sur le visage. Souvent, un tableau les émouvait plus que les autres, leur racontait une histoire, et ils repartaient avec. Si Grand-Ma avait peint la mort, à qui cela aurait-il plu ? Qui aurait aimé avoir chez lui un tableau représentant une faucheuse ou un squelette ? Grand-Ma aurait sans doute trouvé une représentation plus subtile, mais tout de même… Comme elle ne sait pas quoi répondre, Rachel rétorque :

— C'est parce que tu aimais trop la vie, Grand-Ma.

— Tu as raison de parler au passé, ma petite-fille…

— Ce n'est pas ce que je voulais dire…

— Si, parfaitement. Aujourd'hui, je me suis habituée à l'idée de mourir.

— Ne dis pas ça…

— Et pourquoi pas ? La mort fait partie de la vie.

— Je ne suis pas d'accord, réplique Rachel avec véhémence. La mort est tout le contraire de la vie.

Grand-Ma se met à rire de bon cœur. Au bout de quelques instants, son rire se transforme en une toux rauque qu'elle peine à calmer. Inquiète, Rachel s'arrête et regrette de ne pas avoir pris d'eau. Mais Grand-Ma lui désigne la sacoche suspendue au fauteuil, dans laquelle Rachel trouve une bouteille et un verre. Tandis qu'elle sert la vieille dame, Rachel remercie mentalement la prévoyante Sophie. Lorsque, enfin, la crise est passée, Grand-Ma reprend :

— Tu me fais tellement penser à moi à ton âge, ma petite-fille ! Pourtant, quand tu auras appris à accepter que la mort fait aussi partie de la vie, tu comprendras qu'il est beaucoup plus facile de vivre certaines pertes…

Rachel ne dit rien. Elle se demande si Grand-Ma pense en ce moment à Grand-Pa. Elle sait toute la peine que sa grand-mère a éprouvée à sa mort, et elle songe qu'à cette époque-là, elle ne devait pas déjà réfléchir de la sorte. S'il lui fallait attendre à elle aussi d'être arrivée à l'hiver de sa vie pour accepter les coups durs du destin… La jeune femme s'agenouille à côté de sa grand-mère et lui caresse le bras, tout en l'observant.

— Tu penses souvent à Grand-Pa ? demande-t-elle.

Grand-Ma détourne son attention du champ pour la reporter sur Rachel. Les prunelles délavées se voilent.

— Il n'y a pas un jour qui passe sans que je ne pense à ton grand-père. Il me manque tant ! Et puis d'un autre côté, je suis si soulagée qu'il ne m'ait jamais vue dans cet état !

Rachel retient un sanglot. Elle ne doit pas pleurer devant la vieille dame. Pour éviter de montrer son trouble, elle se redresse.

— Je n'ai pas pris mon petit-déjeuner, ajoute Grand-Ma. Il faut que nous rentrions.

— Mais nous sommes en fin d'après-midi, Grand-Ma.

— Ah ? Eh bien, je voulais dire que je n'ai pas dîné, se ressaisit-elle.

Les traits de son visage semblent las, et Rachel sait que l'instant de répit est terminé. Peu à peu, Grand-Ma va de nouveau sombrer dans ce monde que Rachel déteste. Elle fait demi-tour et reconduit sa grand-mère vers sa maison. Elle croit que le trajet se fera dans le silence, mais Grand-Ma n'en a pas terminé.

— Bientôt, j'irai retrouver André...

Rachel n'aime pas quand elle parle de cette façon, mais elle choisit de se taire. C'est sans doute aujourd'hui l'espoir qui l'aide à tenir bon.

— Il serait sans doute toujours là, si Vincent ne l'avait pas tué...

À ces mots, Rachel s'immobilise. A-t-elle bien entendu ? Son cœur bondit dans sa poitrine, et tout le sang reflue de ses joues. Ses jambes se mettent à flageolcr, alors elle resserre ses doigts autour des poignées du fauteuil.

— Qu'as-tu dit ? murmure-t-elle.

Mais elle n'a pas parlé assez fort, et Grand-Ma ne l'a pas entendue.

— Qu'as-tu dit, Grand-Ma ? répète-t-elle en haussant la voix.

Elle préfère ne pas se mettre devant le fauteuil, car si sa grand-mère voyait son visage, elle lirait en elle toute sa détresse. Inutile de l'inquiéter, cela pourrait la perturber à tel point qu'elle ne saurait plus lui répondre.

— Que je n'avais pas pris mon petit-déjeuner ? demande Grand-Ma.

Rachel soupire.

— Non, je t'ai dit que c'était maintenant l'heure du dîner. Ce que tu as dit après… Tu as parlé de Grand-Pa, et puis de Vincent…

Rachel se remet à marcher au pas, pour montrer que tout va bien.

— J'ai dit que Vincent a tué André.

La jeune femme serre de nouveau les poings et continue de marcher, comme un automate. Peut-elle croire les paroles de sa grand-mère ? Son annonce a lieu alors que son état a l'air d'empirer. Quel crédit y accorder ? Cela ne tient pas debout ! Vincent adorait Grand-Pa. Pourquoi lui aurait-il fait du mal… Au point de le tuer ? C'est trop horrible… Vincent a sans doute beaucoup de torts, mais ce n'est pas un monstre !

— Pourquoi dis-tu cela, Grand-Ma ? demande Rachel doucement.

— Parce que c'est la vérité. C'est Chang Li qui me l'a dit.

— Qui est Chang Li ?

Grand-Ma ne répond pas. De toute façon, elles arrivent à la maison. Sophie ramasse le linge étendu sur le fil, et quand elle les aperçoit, elle leur lance un petit signe de la main. Rachel tente de se recomposer une mine décontractée. Cela lui paraît presque impossible, vu les dernières paroles échangées avec sa grand-mère.

— Ça a été, cette petite promenade, madame Charrier ? demande Sophie.

Elle parle fort, comme si la vieille femme était sourde ! songe Rachel avec exaspération. Aussitôt, elle se ressaisit. Ce n'est tout de même pas la faute de Sophie si elle est bouleversée !

— J'ai un peu mal à la tête, répond Grand-Ma.

— Pourtant ça allait bien, aujourd'hui, dit Sophie en se tournant vers Rachel. C'est bien, vous avez pu en profiter un peu avec elle. (Puis elle ajoute à l'attention de Grand-Ma :) C'est juste que vous êtes fatiguée, maintenant. Vous allez dîner, et puis je vais vous coucher. D'accord, madame Charrier ?

Grand-Ma acquiesce en silence.

— Vous êtes contente ? Vous avez pu vous promener avec votre petite-fille. Ça vous a fait plaisir, n'est-ce pas ?

— Oui, répond-elle d'une petite voix.

Cette petite voix-là rappelle à Rachel la Grand-Ma malade. Une boule se forme dans sa gorge comme chaque fois qu'elle assiste à son déclin. Alors, elle se penche pour l'embrasser et lui murmure :

— C'était bien, ce moment avec toi, Grand-Ma. Je t'aime.

Grand-Ma lui adresse un regard absent et l'embrasse à son tour.

— Au revoir, mademoiselle Dupont ! Allez, madame Charrier, allons manger la bonne soupe que je vous ai préparée !

Rachel regarde les deux femmes s'éloigner et reste, les bras ballants, tout le poids de cette révélation pesant sur les épaules. Dans ses oreilles, elle entend encore les mots résonner :

Vincent a tué Grand-Pa.

8

Charles Marchal est en train de peaufiner la préparation de sa sortie en mer du lendemain avec trois de ses amis. Avec le temps annoncé, ils vont pouvoir pêcher au gros, et cette idée le met en joie. Cela fait longtemps qu'il n'a pas pu s'adonner à l'une de ses activités favorites. Il va falloir qu'il se lève tôt pour rejoindre les trois autres au port à 8 heures. Gérald a demandé s'il pouvait venir accompagné. D'ordinaire, leurs rassemblements mensuels sont strictement interdits à la gent féminine. Si Charles a accepté, c'est uniquement en souvenir du week-end dernier, quand il s'est aventuré à passer en douce la main aux fesses de Kate, cette dernière conquête présentée par son ami. Quand il se remémore la façon dont elle s'est laissé faire, retenant même sa respiration quelques secondes, comme si elle en attendait davantage, le procureur en frétille d'excitation. Peut-être que lors de cette sortie en mer, il aura l'occasion de se retrouver seul avec elle à l'intérieur du bateau, et qui sait ce qui pourrait se passer alors ? Il n'est pas idiot, il a conscience qu'il ne pourra pas conclure, avec Gérald dans les parages.

Mais il n'est pas contre un simple petit rapprochement tactile pour servir de mise en bouche. Il parierait que, dans moins d'un mois, cette plantureuse quadragénaire se retrouvera dans son lit. C'est cela dont raffole Charles par-dessus tout : ce goût de l'interdit. Sur ces pensées affriolantes, la porte d'entrée se referme en claquant, et les pas pressés de Claire se font entendre. Charles soupire d'agacement. Elle a le chic pour débarquer toujours au mauvais moment. Cela lui coupe toute envie.

— Charles ? Où es-tu ? claironne-t-elle à travers la maison.

Quel besoin a-t-elle de s'époumoner de la sorte ? Elle a bien l'habitude de savoir où le trouver, qui plus est ! Il passe le plus clair de son temps dans son bureau ! Justement, elle frappe quelques coups à la porte, et entre, dans tous ses états :

— Ah, tu es là ! Tu ne devineras jamais quelle nouvelle je viens d'apprendre !

Le regard de Charles descend jusqu'au sac de provisions qu'elle porte au bras, et qu'elle n'a même pas pris le temps de déposer avant d'entrer. Comme il devine donc où sa femme se trouvait, il s'exclame :

— Je t'ai dit cent fois de laisser Christie s'occuper des courses ! Cela t'éviterait d'écouter tous ces cancans de bas étage !

— Charles, enfin je t'en prie ! J'ai besoin d'une vie sociale, tu le sais bien ! Que ferais-je si on faisait tout à ma place ? Et puis il ne s'agit pas du tout de cancans, attends donc de m'avoir écoutée !

Charles hausse un sourcil, et sans prendre la peine de répondre à Claire ni de daigner lui jeter un regard, il se met à ranger quelques dossiers sur son bureau.

Son épouse ne s'en offusque pas, signe qu'elle est habituée à ce comportement dédaigneux.

— Vincent Ambrosini a été vu ce matin.

Charles suspend son geste, la main en l'air tenant fermement un dossier rouge, l'air pétrifié. Claire laisse l'annonce faire son petit effet, puis comme son mari ne bouge toujours pas, elle s'empresse d'ajouter :

— Tu te souviens de Vincent Ambrosini, au moins ? C'était le petit ami de Rach.

— Je sais qui est Vincent Ambrosini, l'interrompt sèchement le procureur.

Claire se tait, tandis que Charles dépose le dossier sur le bureau, au même endroit. Puis, réaction aussi inattendue que déconcertante, il se met à rire. Claire l'observe, en attendant que la crise passe.

— Tu crois bien tout ce qu'on te dit, ma pauvre ! ajoute-t-il d'un ton méprisant.

— C'est la vérité ! se défend sa femme. C'est Mme Vergnaud qui me l'a dit. Son fils lui a raconté ce que tous les boxeurs ont vu ce matin à la salle d'entraînement. Ils étaient tous unanimes, et Franck n'est pas le genre de personne à inventer des histoires. Vincent s'y trouvait, avec Rachel Dupont, qui plus est. Mme Vergnaud n'en savait pas davantage.

Les révélations de Claire font leur petit bonhomme de chemin dans l'esprit de son mari. Pourquoi diable le fils de cette Mme Vergnaud s'amuserait-il à inventer de telles sornettes ? De plus, la coïncidence avec la venue de la petite-fille de Madeleine Charrier il y a quelques jours, pour l'interroger sur sa décision passée, lui paraît plus que louche. Le lendemain qui a suivi la visite de la jeune femme, Charles s'est demandé à maintes reprises quelles étaient les motivations réelles qui la poussaient à sortir de sa réserve pour lui parler autant d'années après. Si Madeleine est une femme mystérieuse, on ne peut pas dire qu'il soit plus aisé de déchiffrer les pensées de sa petite-fille ! Alors, au bout d'un moment, il a fini par croire que c'est uniquement parce que la petite n'est toujours pas parvenue à faire son deuil. Il a même songé que Madeleine s'était trompée, et que déclarer mort le jeune Ambrosini n'avait pas aidé sa petite-fille comme elle l'espérait…

Mais à présent, il est certain que le but de sa visite était tout autre. En effet, si ce Vincent est bel et bien vivant, elle devait déjà le savoir lorsqu'elle a franchi le seuil de la maison !

La garce !

Pourquoi dans ce cas ne rien avoir révélé ? Elle doit préparer un sale coup, c'est certain !

— Ça va, Charles ? Tu es tout blanc !

Le procureur fait oui de la tête, mais en vérité, il ne va pas bien du tout. Il sent une sueur froide lui couler dans le dos et le sang refluer de son visage. Ses oreilles sifflent, tandis qu'il songe à sa réputation en péril.

— Tiens, assieds-toi ! lui ordonne Claire tout en lui approchant le volumineux fauteuil à roulettes.

Charles s'y laisse lourdement tomber. Il se sent mal, comme acculé au pied d'un mur. C'est lui qui a déclaré Vincent mort. Jusque-là, il a toujours joui d'une réputation honorable. Il sait se montrer patient quand il le faut, et il possède un bon sens du discernement. Il est si sûr de lui que lorsqu'il prend une décision, il SAIT que c'est la bonne. Au cours de sa carrière, il n'a jamais connu de grave problème susceptible de remettre en cause son professionnalisme. Mais dans cette affaire, s'il s'avère qu'Ambrosini est toujours vivant, ce sera tout autre. On montrera sa faute du doigt, on incriminera sa bêtise, et il en sera fini de sa renommée. Peu importe que Madeleine Charrier ait été l'instigatrice de cette déclaration de mort un peu rapide, ce sera *lui* le seul fautif. Et d'ailleurs, s'il venait à se savoir que la veuve du banquier l'a poussé à précipiter sa décision, sa déchéance pourrait être pire encore. Une chance dans cette histoire que la vieille soit devenue sénile ! Mais en y repensant, pourquoi lui avait-elle demandé de déclarer mort le jeune homme ? Cachait-elle quelque chose ? Si ça se trouve, elle avait cherché à le supprimer, mais elle avait échoué ! Il y aurait une enquête, et on le considérerait complice de cette folie ! Mon Dieu, qu'avait-il fait ? Lui qui voulait prendre sa retraite à la fin de l'année ! La passerait-il derrière les barreaux, ou le pousserait-on dehors un peu plus tôt ?

Pour l'instant, ce qui lui reste à faire, c'est vérifier l'exactitude des commérages qui circulent et trouver le moyen de s'en sortir sans encombre.

Claire observe son mari attentivement. Il ne se doute pas une seule seconde qu'elle peut deviner ses pensées. Elle sait qu'il n'est pas blanc dans cette affaire. C'est peut-être la seule fois de sa vie qu'il s'est laissé berner sur le plan professionnel, mais cela peut lui coûter très cher. Claire savoure ce moment. Elle éprouve une véritable satisfaction à le voir ainsi défait. Lui, rempli de dédain et de suffisance, toujours prêt à la rabaisser. Cette fois, c'est lui qui s'effondre. Ça ne durera probablement pas longtemps. Mais c'est pour cela que cet instant est jouissif. Elle ne lui pose pas de questions, elle sait qu'il ne lui répondra pas. Elle reste longtemps à son chevet, lui tenant le bras comme l'image parfaite de l'épouse modèle qu'elle est depuis toutes ces années.

Puis il reprend ses esprits, et elle ramasse ses affaires pour s'éloigner avant qu'il ne la rabroue. Avant cela, elle le voit rayer dans son agenda à la page du lendemain « sortie en mer », et elle éprouve une pointe de déception en songeant à la tranquillité dont elle aurait pu bénéficier, seule avec son fils.

*

— Roule moins vite, mon Gaut' ! le presse Carole pour la troisième fois depuis qu'ils ont quitté le loft.

Rachel ne trouve pas que son cousin roule particulièrement vite, aussi se dit-elle que Carole retarde leur arrivée au domaine. Il est vrai qu'aucun des trois n'a réellement envie de ce déjeuner dominical. Pour une fois, la simple idée de se retrouver en famille leur pèse, sans doute parce que plus l'histoire avance, plus leurs cachotteries leur paraissent difficiles à assumer.

— C'est quand même dingue, cette affaire ! s'exclame Carole pour la énième fois.

Depuis hier soir, les trois jeunes gens ne cessent de parler des révélations de Grand-Ma, et les interrogations affluent au fil des heures.

— Je ne peux pas me résoudre à imaginer une seule seconde Vincent en meurtrier ! ajoute la jeune femme.

— Et pourtant, c'est l'explication qui me paraît la plus plausible. C'est même la seule ! Pourquoi sinon Vincent aurait-il feint l'amnésie ? Crois-moi, il avait besoin de cacher un lourd secret pour en arriver là !

Gautier s'exprime avec véhémence, d'une voix proche de l'excitation.

— C'est tout l'effet que ça te fait, toi ? demande Carole, en se tournant vers le siège conducteur. Ton meilleur ami a soi-disant tué ton grand-père, et on dirait presque que ça t'excite !

— N'importe quoi ! ronchonne Gautier.

— Puisque je te dis que si ! N'est-ce pas, Rachel ?

Carole se retourne vers sa sœur pour la prendre à témoin. Mais celle-ci n'a pas du tout envie de se mêler de leurs chamailleries. Elle détourne le regard et se concentre sur le paysage qui défile. Imaginer l'homme qu'elle a failli épouser, en tueur, lui glace le sang.

— Ça ne m'excite pas, cette histoire ! Au contraire, j'ai l'impression que plus ça va, plus les révélations sont sordides. Mais au moins on avance. On a peut-être enfin une chance de comprendre ce qui s'est passé, alors comptez sur moi pour ne pas la lâcher.

— Qu'est-ce que tu comptes faire ? Tu ne vas tout de même pas interroger Grand-Ma ? s'enquiert Rachel.

Gautier hausse les épaules.

— On verra comment elle se porte. Mais j'espère pouvoir m'entretenir seul à seule avec elle, au moins pour savoir qui est ce Chang Li.

Un vieil air d'AC/DC inonde les ondes tandis que chacun retourne dans ses pensées. Hier soir, quand Rachel est rentrée au loft après sa conversation avec Grand-Ma, elle s'est rendue aux toilettes où elle a vomi tripes et boyaux. Carole a déclaré sur le ton de la blague, que si elle était enceinte, il était un peu tôt pour être malade. Gautier lui a intimé de « fermer sa gueule », et Rachel leur a tout raconté. Autant Gautier a apporté un crédit instantané aux paroles de Grand-Ma, autant Carole s'est transformée en avocat du diable, ne pouvant se résoudre à imaginer « *son Vince* » endosser le rôle du criminel. Même si elle a bien envie que sa sœur ait raison, Rachel partage davantage les déductions de Gautier : comment sinon expliquer la mascarade qui les a tous choqués ?

— Vincent aimait Grand-Pa comme s'il était son propre grand-père. Ou même son père, puisqu'il n'en avait pas, reprend Carole. On ne tue pas son père, non ?

— On n'était pas là, contre Gautier. On ne sait pas ce qui a pu se passer entre eux. Peut-être que Grand-Pa lui trouvait des défauts. Si ça se trouve, Vincent faisait mal son travail, il lui en a fait part, et la blessure a été tellement forte qu'elle l'a rongé.

Carole exprime une moue dubitative :

— Mouais…

Le reste du trajet se déroule en silence, puis les grilles en fer forgé du haut portail apparaissent, avec, au loin, les formes rassurantes des bâtisses de leur enfance, de cet endroit qui a vu naître leur touchante complicité, ainsi que leurs irrésistibles jeux d'enfants. Ce cocon qui a toujours réussi à adoucir les épreuves de la vie.

Comme à son habitude, Carole fait une entrée tonitruante dans la cuisine de ses parents :

— Hello, la compagnie !

Clotilde est occupée à couper une mangue en petits dés, qu'elle jette ensuite dans un saladier où l'attendent déjà crevettes, avocats, tomates, noix de cajou, coriandre et feuilles de menthe – l'une des entrées favorites des filles –, tandis que Cécile fait revenir des pommes de terre grenaille dans de l'huile d'olive. Ces préparatifs culinaires répandent dans la pièce un cocktail olfactif qui éveille les sens et ouvre l'appétit. Les deux femmes lèvent la tête avec un large sourire pour accueillir leur progéniture.

— Salut salut, ma grande ! Bonjour, mon fils… Viens embrasser ta vieille mère ! Mmmmh, comme c'est toujours bon de vous retrouver !

Comme à l'accoutumée, Carole se moque en douce de ces câlineries entre mère et fils, et Gautier lui répond par un doigt d'honneur, dans un geste affectueux et discret qu'il dédie spécialement à sa cousine. Bientôt rejoint par les hommes, tout ce petit monde s'embrasse dans la joie et dans la bonne humeur, certains avec davantage de pudeur que d'autres. L'appréhension ressentie dans la voiture à s'imaginer mentir encore, en omettant d'avouer les seuls événements qui hantent leur esprit nuit et jour, cette appréhension-là est oubliée pour l'instant, tandis que chacun profite de ces retrouvailles hebdomadaires. Ce n'est que lorsque la famille s'apprête à rejoindre la table que la réalité rattrape les jeunes gens.

— Mais il manque une assiette ! Où est Grand-Ma ? s'enquiert Rachel, qui pensait trouver sa grand-mère assise dans son fauteuil roulant près de la fenêtre.

— Elle ne se sentait pas bien ce matin, répond Clotilde. Rien de bien grave, mais elle est fatiguée.

— Pour quelle raison ?

— Sophie dit que ça arrive, parfois. Grand-Ma était en forme, hier. Cela ne lui était pas arrivé depuis bien longtemps. Elle a peut-être préjugé de ses capacités et le paie aujourd'hui. Demain, elle ira mieux.

Gautier jette un regard en coin aux filles, qui en dit long sur ses pensées. Ce n'est un mystère pour aucun des trois jeunes gens : si Grand-Ma se sent mal aujourd'hui, c'est sans doute à cause du souvenir terrible de la mort de Grand-Pa qui l'a secouée la veille. Or, ils ne peuvent l'avouer à leur famille. C'est cette culpabilité qui traverse le regard de Gautier, mêlée à la déception de ne pouvoir en savoir plus sur le fameux Chang Li, mystérieux témoin sur lequel il pensait pouvoir obtenir quelques informations aujourd'hui.

— Alors, Rachel, raconte-nous où en est ton livre avec ce couturier parisien… ? J'ai perdu son nom… Comment s'appelle-t-il déjà ? lui demande sa mère en s'asseyant à table, et en enjoignant d'un geste le reste de la famille à en faire autant.

— M. Latour.

— Oui, c'est vrai. Ça avance ?

— Ça va… J'y retourne dans une semaine.

— Ah, c'est bien ! enchaîne Cécile. Tu dois être contente d'aller à Paris de temps en temps !

— Je m'en passerais bien…, maugrée Rachel.

— Pourquoi ça, ma fille ? s'étonne Philippe. Tu n'es jamais partie bien loin, alors que ta sœur a fait ses études à Toulouse, et qu'elle se rend parfois elle-même à Paris pour son métier ! Les voyages forment la jeunesse.

— Peut-être que je n'ai pas envie de partir loin, moi, se défend Rachel, qui sent que ce déjeuner ne va pas lui apporter le réconfort escompté.

Pourquoi vient-on lui dicter la façon dont elle doit gérer sa vie ?

Sa tante Cécile, qui sent toujours ce genre de chose, s'empresse de voler à son secours :

— Si c'est pas son truc, c'est pas son truc… Dis-nous, Rachel, à quoi ressemble la vie de ce M. Latour ?

Soulagée que la conversation ait pris une nouvelle tournure, Rachel répond en soupirant :

— À un homme meurtri qui espère que son livre aidera sa fille à comprendre son histoire et à faire un pas vers lui. Il ne l'a jamais connue, car sa mère, une conquête d'un soir, à l'époque mannequin, lui a raconté des horreurs à son sujet pour lui interdire de le rencontrer. Il vit seul avec Voltaire, son chat. Si vous saviez l'énergie qu'il met à me raconter toute sa vie dans le but de se faire aimer de sa fille et de son petit-fils ! Ça me rend tellement triste pour lui !

Clotilde fait mine d'essuyer une larme avec sa serviette, tout en piquant quelques morceaux d'avocat à l'aide de sa fourchette.

— C'est là qu'on se rend compte à quel point tu as un beau métier, ma chérie ! s'exclame-t-elle.

— Cette histoire me fait penser à Vincent ! ajoute Adrien, resté silencieux jusque-là.

Cette pensée dictée à voix haute tombe platement, et chacun met un peu de temps à l'assimiler.

— Ça n'a rien à voir, Papa ! Mange, au lieu de raconter des conneries, râle Gautier.

— Ce ne sont pas des *conneries*, comme tu dis, mon fils ! N'est-ce pas Cécile, qu'on s'en rapproche ? Si le père de Vincent racontait sa version, elle ressemblerait peut-être à celle de ce M. Latour.

Cécile jette un regard vers sa nièce, dont elle connaît toute l'émotion lorsqu'il s'agit de Vincent.

— Tu ne perds jamais une occasion de te taire, Adrien ! Si M. Latour peut encore arranger les choses avec sa fille, il est trop tard pour le père de Vincent !

Adrien, démuni de toute réponse capable de lui faire sortir la tête hors de l'eau, la plonge dans son assiette. Tandis que les trois jeunes gens en ont fait autant, et que le silence s'est installé, le vibreur du portable de

Rachel se fait entendre. Elle jette un coup d'œil à l'écran, mais sait déjà ce qu'elle va y découvrir ; il s'agit encore d'un appel anonyme. Trois hier soir, et c'est le deuxième depuis ce matin. La jeune femme est certaine que c'est Vincent. Que veut-il ? Elle n'a pas envie de lui parler. Il souhaite lui raconter sa version des faits ? Elle ne veut pas l'entendre. Il n'était pas prêt jusqu'à hier, aujourd'hui elle ne l'est plus. Pourquoi serait-ce quand LUI l'a décidé ? Et quelle excuse trouverait-il ? Elle est fatiguée des mensonges. Elle ne se sent plus la force d'en supporter davantage. Pourtant, quand son téléphone lui indique que son interlocuteur a enfin laissé un message vocal, Rachel ne peut s'empêcher de s'isoler pour aller l'écouter.

— Oui, mademoiselle Dupont, c'est le procureur Marchal… Elle doit être occupée, je suppose… Depuis hier soir, déjà… Pourtant, il faut absolument que je lui parle… C'est au sujet de M. Ambrosini… Est-ce qu'elle pourrait me rappeler ? Il y a… comment dire… il y a une rumeur qui circule en ville… J'aurais préféré m'entretenir avec vous de vive voix, mais comme elle ne répond pas… On l'aurait vu avec vous hier… M. Ambrosini… Ça me paraît évidemment ridicule… Nous avons parlé ensemble il y a seulement quelques jours, et il ne me semblait pas avoir compris alors qu'il était revenu du royaume des morts… Voilà. Je voudrais qu'on en discute. Qu'elle me rappelle… Le plus tôt sera le mieux.

Et il raccroche. Rachel reste un moment dans l'entrée, le téléphone dans une main, à réfléchir aux paroles de Marchal. Comment la rumeur a-t-elle pu circuler aussi rapidement ? Elle provient de la salle de boxe, c'est évident. Pourtant, Gautier a essayé de noyer le poisson.

Cela veut dire qu'ils ne l'ont pas cru… En même temps, Vincent se trouvait sous leurs yeux… Difficile de les prendre pour des idiots ! La jeune femme tente d'analyser la situation : quel danger cela peut-il présenter pour eux ? Précipiter la vérité ? Après tout, c'est bien ce qu'elle attend, non ? Comment la nouvelle a-t-elle pu arriver aussi vite aux oreilles du procureur ? Comment le monde de la boxe et son monde à lui parviennent-ils à se croiser en l'espace d'une seule demi-journée ? Sans doute parce qu'il possède un réseau impressionnant d'indic… Rachel devine la raison de son appel : vérifier si la rumeur est réelle, et quel impact pourrait occasionner son erreur de jugement… Il n'avait pas l'air très à l'aise au téléphone. Elle se l'imagine, rouge de colère et d'inquiétude, et cette image la fait sourire doucement. Elle n'aime pas Marchal. Alors s'il se sent mal aujourd'hui, c'est tant mieux. Il n'avait qu'à mieux faire son travail à l'époque, et ne pas se laisser influencer par Grand-Ma. Peut-être que s'il n'avait pas fait cesser les recherches, l'issue aurait été différente. Rachel est consciente que c'est trop tard, qu'on ne peut réécrire le passé, et qu'il est facile d'incriminer le procureur à présent qu'elle sait Vincent vivant. Mais cette petite satisfaction de savoir qu'elle pourrait réconforter Marchal, alors qu'elle ne le fera pas, lui fait du bien. Ce n'est pas grand-chose, mais c'est ainsi. Car elle ne le rappellera pas. De toute façon, pour lui dire quoi ? Que les rumeurs sont vraies, mais qu'il ne s'inquiète pas, elle fera en sorte de ne pas briser sa carrière ? Elle n'a rien à dire à Marchal. En revanche, Rachel songe que si toute la ville apprend que Vincent est en vie, la nouvelle risque de parvenir rapidement jusqu'à sa famille. Elle doit le leur dire avant.

— Carole, tu peux venir ? demande la jeune femme en passant sa tête dans l'entrebâillement de la porte de la salle à manger.

Tandis que sa sœur se lève pour la rejoindre, Clotilde souffle à Gautier :

— Rachel a l'air préoccupée ? Je parie qu'elle a quelqu'un… Tu dois le savoir, toi, Gautier, non ?

— Moi ? rétorque ce dernier, en faisant mine de se coudre la bouche.

— C'est bien ce que je pensais…

— Ne te mêle pas de la vie de ta fille, la réprimande son mari.

— Gaut' ? Tu peux venir ? l'appelle Carole à son tour.

Le jeune homme ne se fait pas prier pour rejoindre ses cousines.

— Toute la ville est au courant que Vincent est en vie ! lui explique Carole sans préambule, en amplifiant la situation.

Après un bref échange, les trois jeunes gens se mettent d'accord : ils doivent annoncer la nouvelle à leur famille. Maintenant.

Lorsqu'ils regagnent la salle à manger, la conversation va bon train sur l'élection présidentielle proche, avec tous ses candidats plus immoraux les uns que les autres. Cependant, Rachel remarque que le sujet abordé n'est qu'une façade pour faire diversion. En réalité, les parents aimeraient comprendre ce qui se trame. Obtenir des réponses sans poser de questions, ou plutôt ne pas poser de questions pour obtenir des réponses, voilà ce que ces quatre-là – et en particulier les mères – ont retenu de leurs anciens adolescents. Et une fois n'est pas coutume, Rachel se dit qu'ils vont être servis. Quand Clotilde remplit enfin le café fumant dans les tasses, sa fille annonce :

— J'ai à vous parler.

Elle lit sur le visage de sa mère « enfin, nous y voilà », mais celle-ci se garde bien de tout commentaire.

— Tout à l'heure, tu as eu tort, Tante Cécile, de dire que Raimundo ne pourra plus jamais se réconcilier avec son fils. Tu as eu tort, parce que Vincent est vivant.

Rachel contemple les réactions. Des sourcils qui se froncent. Une gorge qui se racle. Des regards qui se croisent… Des regards de surprise et de gêne. Cette gêne de s'imaginer que la pauvre Rachel n'a pas encore terminé son chemin vers la guérison.

— Oh, Rachel ! s'exclame Cécile d'un air désolé. Ne t'en fais pas pour ce qu'a dit Adrien tout à l'heure. Il a été tellement maladroit.

— Non, Tata, réplique Carole sur un ton calme et posé qui ressemble à s'y méprendre et de façon inhabituelle à celui de sa jumelle. Ce que dit Rachel est la vérité.

— Oui, c'est la vérité, parce que nous l'avons vu tous les trois, renchérit Gautier.

Une clameur se répand dans l'auditoire. Clotilde pousse même un petit cri et lâche la tasse qu'elle tenait entre ses mains. Celle-ci tombe sur la table sans se casser, mais le liquide brûlant se renverse sur la nappe et goutte sur le sol. La mère de Rachel ne réagit pas, et c'est Philippe qui court chercher une éponge et de l'essuie-tout pour nettoyer.

— C… comment… est-ce possible ? bégaie Clotilde.

— C'est Rachel qui l'a retrouvé à Paris, commence Carole. Nous non plus, avec Gautier, au début, on n'a pas voulu la croire… Vas-y, Rachel. Raconte-leur.

Alors, Rachel se met à relater toute l'histoire depuis le commencement. Elle explique comment elle a erré dans les rues après l'avoir perdu de vue une première fois. Elle raconte ce regard échangé dans le bar, et ce chavirement lorsqu'elle a réalisé avec certitude que c'était bien lui. Ses auditeurs ne l'interrompent que pour lancer des « oh ! » de surprise ou pour retenir leur souffle. Cécile pousse un « oh » mécontent lorsqu'elle évoque le coup de poing de son fils, et Rachel note qu'à ce moment-là, Gautier ne peut s'empêcher de baisser la tête. Rachel parle aussi de l'amnésie, de ce temps qu'il a fallu pour apprivoiser Vincent. Quand les mots peinent à sortir, Gautier prend la relève, et c'est lui qui leur annonce que cette amnésie n'était qu'une supercherie. Les cris de surprise se transforment en cris d'incompréhension et de déception, et quand enfin, Carole aborde le dernier chapitre de l'histoire, quand Grand-Ma révèle à Rachel que Vincent a tué Grand-Pa, on n'entend plus rien.

— Comment est-ce possible ? répète Clotilde, les yeux perdus dans le vague.

Adrien pose sa main sur la sienne. Ce geste agit comme un électrochoc, et elle s'écrie :

— Comment Vincent a-t-il pu tuer Grand-Pa ?

— Notre père est mort d'une crise cardiaque ! rétorque Adrien avec véhémence. Grand-Ma devait être dans une crise de délire, ça n'aurait rien d'étonnant, vu son état. Je ne pense pas que nous puissions nous fier à ses dires.

Mais Clotilde, bouleversée, n'en a pas fini. Elle se lève et regarde tour à tour tous les membres de sa famille assis autour d'elle, avec une intensité qui fige chacun à sa place.

— Est-ce que tout le monde dans cette pièce peut me jurer qu'il s'agissait bien d'une crise cardiaque ? Si quelqu'un est au courant de quoi que ce soit qui aurait été dissimulé, c'est maintenant qu'il faut parler.

Aucune réaction ne se fait entendre dans un premier temps. Puis quelques têtes se mettent à tourner lentement de droite à gauche, sous le choc des mots et du poids de ce qu'ils impliquent.

— Mais enfin, ma chérie, ressaisis-toi, déclare enfin Philippe, une pointe d'hébétude dans la voix. Nous ne sommes pas dans un film, mais dans la vraie vie ! Personne ici ne serait capable de mentir sur un sujet aussi grave !

— Vincent en a bien été capable, lui ! rétorque sèchement Clotilde. De toute façon, tu ne peux pas comprendre, il s'agissait de MON père…

— Je te rappelle, sœurette, que c'était aussi le mien.

Adrien s'exprime calmement, cette fois, afin de désamorcer la bombe qui menace d'exploser.

— Et je te rappelle aussi qu'on ne peut pas se fier aux dires de Grand-Ma.

— Je suis d'accord avec Tonton, affirme Carole. Grand-Ma n'a plus toute sa tête.

— Vous voulez dire qu'on ne peut pas lui faire confiance ? s'insurge Clotilde.

— Mais enfin, Maman, tu sais bien qu'on ne peut plus lui faire confiance ! Tu es la première à le dire, mais quand ça t'arrange, visiblement ! Toute notre famille réunie, nous étions comme les neuf doigts de nos deux mains. Vincent était le dixième. Il n'a pas pu nous faire ça.

Le ton est monté, et la tension est palpable.

— Carole, tu peux pas fermer ta gueule, un peu ! s'énerve Gautier entre ses dents.

Cécile donne une petite tape sur la main de son fils. Clotilde est toujours la seule à se tenir debout. Les muscles de ses joues sont tendus et ses doigts s'agrippent au rebord de la table, comme si elle avait peur de tomber. Contre toute attente, elle s'effondre tout à coup sur sa chaise et se met à pleurer à chaudes larmes. Philippe pose son bras autour de ses épaules, et l'attire contre lui, en murmurant : « Là, là… » Carole, capable de passer d'une émotion à une autre en un éclair, fait le tour de la table pour s'agenouiller aux côtés de sa mère. En lui caressant le bras, elle chuchote :

— Ma p'tite Maman…

Cécile est la première à se ressaisir :

— Allez, ma Clotilde, je vais te resservir une tasse de café, puisque tu n'as pas pu boire le tien. Rien de tel pour se requinquer. Adrien, sors donc la bouteille de cognac. Quelques gouttes dans le café, et elle sera sur pied, notre Clotilde !

Rachel est restée en observatrice. Elle essuie mollement une larme qui vient de rouler le long de sa joue. Elle vient de regarder sa famille se déchirer et sa mère craquer, mais c'est comme si elle avait assisté à la scène de très loin. Petite bulle de savon qui a pris de la hauteur pour éviter d'exploser à cause des remous de la colère.

— C'est dommage, annonce soudain Gautier, la seule personne soi-disant susceptible de nous éclairer est un certain Chang Li, mais nous ne savons pas qui il est.

— Chang Li ? répète Adrien. C'est l'ancien chef de la sécurité de la banque.

Les trois cousins sursautent et se regardent, une lueur d'espoir, que vient d'allumer la possibilité d'une nouvelle piste dans le regard.

— Quoi ? fait Gautier. (Puis il se frappe le front avec la paume de sa main.) Qu'on est cons ! On aurait dû penser que vous pourriez nous éclairer ! Mais on est partis sur la piste du domaine perso, car on ne pensait pas que Grand-Ma connaissait le nom des salariés de la banque.

— Eh bien, ça doit être lui. Je doute qu'il y ait cinquante Chang Li. C'est lui-même qui a prévenu les secours le jour où Grand-Pa a été terrassé par son attaque. Il n'était pas censé travailler ce jour-là, mais a été prévenu sur son téléphone d'une anomalie sur l'une des caméras. Il s'est déplacé pour réparer la défaillance. Par contre, il a quitté la société… Et la région, d'ailleurs, depuis… (Adrien réfléchit en dépliant ses jambes devant lui et en regardant le sol, les bras croisés devant la poitrine.) À bien y réfléchir, je crois qu'il est parti quelques mois après le décès… et la disparition.

— C'est bizarre…, s'étonne Rachel.

— À l'époque, il a expliqué que sa femme avait des problèmes de santé, une maladie des os, si ma mémoire est bonne. Les médecins leur avaient conseillé d'aller au soleil, pour qu'elle ait moins de douleurs.

— Et tu saurais où il est allé, P'pa ?

— Ah ça, non, je suis désolé, je n'ai pas une si bonne mémoire !

La déception se lit sur les visages, avant qu'Adrien n'ajoute :

— Mais il me semble qu'on a dû avoir ses nouvelles coordonnées, pour lui envoyer son solde de tout compte.

Puis il se lève en s'écriant :

— Bon, les jeunes, je ne vous promets rien, mais notre service RH est bien organisé. Avec un peu de chance, je vais retrouver son dossier en me connectant au réseau. Laissez-moi juste le temps d'aller chercher mon ordinateur du boulot, à la maison.

Pendant l'absence de son oncle, Rachel réfléchit. Comme Chang Li était le chef de la sécurité de la banque, l'hypothèse qu'il ait été témoin du meurtre de Grand-Pa est tout à fait plausible, puisqu'il pouvait se trouver à la banque à ce moment-là. Mais pourquoi ne pas avoir prévenu la police au lieu de ne mettre que Grand-Ma dans la confidence ? En tant que responsable de la sécurité, c'est bien ce qu'il aurait dû faire, non ? Et pourquoi avoir démissionné et déménagé peu de temps après le drame ? Aurait-il été mouillé dans la disparition de Vincent… mandaté par une Grand-Ma vengeresse ? Mon Dieu, cette idée lui paraît si abominable qu'elle refuse de la creuser. En tout cas, si Adrien réussit à trouver l'adresse ou le numéro de téléphone de ce Chang Li, que sont-ils censés faire ?

Très vite, Adrien est de retour avec l'objet de tous les espoirs. À ce moment-là, Rachel efflcure l'idée qu'il soit possible qu'on ne retrouve pas la trace de Chang Li. Ça, ce serait vraiment la poisse !

Le patron de la banque Charrier s'installe à table et allume son ordinateur, tandis que les trois cousins prennent place derrière lui, fourmillant d'impatience. Clotilde, qui a recouvré ses esprits, s'affaire à débarrasser la table avec Cécile. Pendant ce temps-là,

Philippe range les quelques bouteilles qui traînent : le cognac sur la plus basse étagère du meuble de la salle à manger, la bouteille de vin entamée rebouchée et déposée dans la colonne coulissante de la cuisine. Il a allumé la radio de la chaîne un brin rétro qui trône sur le buffet bas, et les notes monotones d'une chronique politique voilent à peine les clics fiévreux d'Adrien.

— Mince ! souffle-t-il, déçu. Je pensais que Marlène aurait modifié l'adresse du solde de tout compte, mais c'est toujours celle en Vendée qui figure sur le document…

— On ferait mieux d'en parler aux gendarmes ! s'exclame soudain Clotilde. Avec ces nouveaux éléments, ils réussiraient à remonter la piste facilement.

— Il en est hors de question ! riposte Rachel.

Chacun se tourne vers elle, surpris. Sa mère n'ose rien ajouter, face à cette détermination farouche.

— Rachel a raison, enchérit Gautier. Nous ne savons pas jusqu'où va cette histoire, les flics n'ont pas à fourrer leur nez là-dedans. Ils n'ont pas été capables de conclure correctement l'affaire six ans plus tôt, autant nous débrouiller seuls.

Carole hoche la tête en silence. Toujours persuadée de l'innocence de Vincent, elle n'a pas envie de l'envoyer en prison à tort.

— Je suis d'accord avec les jeunes. Jusqu'où va l'implication de notre mère dans la disparition de Vincent ? J'ai l'impression que nous ne sommes pas au bout de nos surprises… Laissons la justice en dehors de notre famille. Lavons notre linge sale entre nous, et tout ira pour le mieux…

Tout en parlant, Adrien poursuit ses recherches sur le réseau. Tout à coup, son visage s'éclaire.

— Bingo ! Je savais que je pouvais compter sur Marlène ! Il faudra que je pense à la féliciter pour son travail dès demain… Elle avait modifié l'adresse de Chang Li dans le registre du personnel. Il est parti vivre à Aubagne… S'il y est encore, remarquez… Elle a aussi noté son numéro de portable personnel.

Gautier s'approche de l'écran et le prend en photo avec son téléphone.

— Qu'est-ce que vous allez faire, maintenant ? demande Cécile en observant le geste de son fils.

Elle semble soudain très lasse.

— Je vais l'appeler ce soir, répond Gautier tout à trac.

— Ne faites rien qui soit dangereux, n'est-ce pas ? poursuit sa mère.

Les trois jeunes gens acquiescent d'un signe de tête.

— Mais non, intervient Philippe. Gautier va essayer de l'appeler, et si ça ne marche pas, eh bien, on les accompagnera dans le Sud. N'est-ce pas, Adrien ?

— Le week-end prochain, ce sera tout à fait possible. Pour l'heure, tout le monde a du travail cette semaine. On en reparlera dès qu'on en saura plus.

— T'as raison, P'pa. Je suis crevé. Les filles, on rentre ?

Après avoir dit au revoir à tout le monde et assuré Clotilde que tout se passerait bien, qu'en attendant elle devait se reposer et ne plus y penser, les jeunes gens prennent congé. Gautier laisse Rachel conduire sa voiture. Pendant ce temps, il essaie d'appeler Chang Li, de la banquette arrière.

Le numéro que vous demandez n'est pas attribué.

Il réessaie une deuxième fois, puis une troisième, afin de s'assurer qu'il ne se serait pas trompé de chiffre, mais chaque fois, la voix désincarnée de l'annonce se met en route, manquant de lui faire perdre patience.

— Alors ? demande Carole en se retournant depuis le siège passager.

— Ce con a changé de numéro.

Les deux filles soupirent. Le moral est en berne. Elles se mettent à discuter de la réaction de leur mère. Elles n'avaient pas imaginé que cette dernière serait si bouleversée. Elles en regretteraient presque de lui en avoir parlé. Pourtant, il le fallait. Si la nouvelle lui avait été annoncée par une tierce personne, les dégâts auraient pu être plus conséquents. Gautier garde le silence durant tout le reste du trajet. Lorsqu'il referme la porte du loft, il annonce à ses cousines d'un ton qui n'admet pas de réplique :

— Ce soir, vous préparez vos valises, et on se couche tôt. Demain à l'aube, on part pour Aubagne.

*

Tournez à droite. Puis, vous êtes arrivés.

Les trois jeunes gens soupirent de soulagement sur ces derniers mots du GPS. Ils ont pris la route ce matin, et cela fait bientôt dix heures qu'ils roulent. Ils se sont accordé quelques pauses sur le trajet, dans le but de se dégourdir un peu les jambes, et pour changer de conducteur de temps en temps. Ils se sont arrêtés plus longuement pour déjeuner. Là, Gautier s'est fait plaisir en engloutissant deux énormes sandwichs, et après ça, il s'est payé le luxe d'un petit somme sur la banquette arrière. Carole s'est organisée dès qu'ils sont partis concernant ses obligations professionnelles : elle a envoyé un texto ainsi qu'un mail aux participants prévus pour ses deux cours du lendemain, et a mis un message sur son profil Facebook pour indiquer que pour motif personnel, elle ne pourrait exceptionnellement pas assurer les séances du mardi. La journée du lundi étant mise à profit pour la création de ses danses, elle n'a pas eu à se soucier de prévenir qui que ce soit. Puis, la jeune femme a déclaré à Gautier qu'elle l'adorait, lorsqu'il faisait preuve d'un tel esprit d'initiative. Elle-même, pourtant fonceuse, n'aurait pas imaginé partir ainsi sur un coup de tête. Pourtant, c'est Gautier qui a raison : il est important, même primordial aujourd'hui, de ne pas lâcher cette affaire et de poursuivre tant qu'il existe le plus infime espoir de reconstituer enfin le puzzle.

— Voilà le numéro douze ! s'exclame Rachel. C'est ici !

La voiture passe lentement devant une haute bâtisse aux murs recouverts de végétation, mélange de lierre et de glycine, dont les grappes charnues étalent leur floraison violette autour des fenêtres de l'étage. Les quelques morceaux de murs vierges laissent deviner un enduit à la blancheur éclatante. L'immense portail blanc, fermé, donne sur une vaste cour caillouteuse. Aucune voiture ne s'y trouve garée. Il ne reste plus qu'à espérer que Chang Li la rentre dans le garage, et qu'il se trouve bien chez lui. Un sentier de cailloux jaunes relie le portail à la porte d'entrée. Les jeunes gens ne parviennent à distinguer ces détails que parce que Gautier a reculé la voiture et l'a arrêtée juste devant la grille. Car une immense haie mal taillée protège la maison des regards indiscrets.

— Gare-toi derrière la haie, qu'ils ne puissent pas nous voir, ordonne Carole.

Le jeune homme obtempère. Il fait demi-tour au bout de l'impasse, et revient se garer devant le numéro douze, cette fois à l'abri de la curiosité de ses habitants.

— Bon, on fait comment maintenant ? demande Gautier.

— Toi, tu restes là ! lance Carole d'un ton sans réplique.

— Pardon ? (Gautier manque de s'étrangler.) Tu t'imagines peut-être que je viens de me taper neuf cents bornes pour rester le cul dans la voiture à attendre que ça se passe !

— Eh bien, oui, mon Gaut' ! Je suis désolée, mais tu ne peux pas venir avec nous !

— Et pourquoi ça, Mââdame la Capitaine ?

— Ne le prends pas comme ça… Réfléchis un peu : je ne suis pas certaine que Chang Li soit très heureux de nous voir débarquer chez lui pour remuer des souvenirs qu'il a sans doute préféré oublier ! Il n'a jamais trahi le secret. Pour preuve : nous aurions été mis au courant, sinon. Alors, ne nous voilons pas la face : la famille qui débarque six ans après, ça sent mauvais ! Je te connais, mon Gaut' : si Chang Li ne s'explique pas rapidement, tu vas t'énerver ! Tu vas t'impatienter, tout le monde va le sentir, et notre hôte va se fermer comme une huître.

— Mais n'importe quoi ! s'insurge Gautier.

— Je suis d'accord avec Carole, intervient Rachel.

Gautier regarde sa cousine en soupirant. Il est vexé. Ils viennent de passer plus de dix heures ensemble dans l'habitacle de la voiture, et c'est seulement maintenant que les filles choisissent de se liguer contre lui et de l'évincer durant la partie qu'il jugeait la plus intéressante !

— Chang Li sera sûrement plus enclin à se confier sur ce passé un peu glauque en présence de deux jeunes femmes innocentes, plutôt qu'avec un cheval fougueux.

Gautier ne répond pas et semble réfléchir aux propos de ses cousines.

— Deux jeunes femmes innocentes, deux jeunes femmes innocentes ! finit-il par bougonner. Et comment je fais, moi, pour savoir si tout va bien ? Qui me dit que je vais vous laisser entre de bonnes mains ? Après tout, on ne le connaît pas, ce Chang Li ! Vous l'avez dit vous-même : on ne sait pas comment il va réagir !

— Avant de partir, je t'appelle sur ton portable, pour qu'on reste en contact tous les trois. Je le rangerai ici, tu pourras entendre notre conversation.

Carole tapote la poche de sa veste, située au niveau de son cœur.

— Et si ça tourne mal, comment j'interviens, si le portail est fermé ?

— Tu appelles la police, répond Rachel avec fermeté.

Le silence plane un instant. Un silence angoissé, durant lequel l'allusion à la nécessité d'un appel au secours laisse échapper des cris muets de terreur. Et si Gautier avait raison ? Si ça tournait mal ? Pourtant, le jeune homme pèse le pour et le contre. Ils n'ont pas fait tout ce chemin pour rien. Si Chang Li refuse de leur parler, parce qu'il a peur des conséquences que pourraient engendrer ses aveux ? Les jeunes gens n'auraient alors aucun moyen de pression. Ils ne pourraient tout de même pas le harceler ni le menacer. Les filles ont peut-être raison : deux jeunes femmes seules inspirent davantage confiance qu'avec un homme. Si Chang Li se trouve avec sa femme, le rapport de force sera équitable. En revanche, s'ils se présentent à trois, le couple pourrait se sentir menacé. Gautier extirpe son téléphone portable de la poche de son jean.

— Putain, fais chier… Je vais me faire tuer par les parents, moi !

Biiiip

Rachel expire un grand coup. Les dés sont lancés : Carole vient d'appuyer sur le bouton de l'interphone. Elle tourne la tête sur la droite et dirige son regard vers la voiture noire garée un peu plus loin. Gautier se tient immobile à l'intérieur, et les observe en silence. Il est encore un peu fâché d'avoir été mis à l'écart, mais s'il a fini par accepter, c'est bien parce que, au fond, il s'est rangé à leur avis.

— On dirait qu'il n'y a personne.

Rachel sursaute aux chuchotis de sa sœur. Quelle tension ! Après avoir respecté un temps suffisamment long pour ne pas friser l'impatience, Rachel appuie à son tour sur la sonnette. Les deux femmes, l'esprit en alerte, restent à l'écoute d'un quelconque grésillement qui leur indiquerait que quelqu'un vient de décrocher à l'autre bout de l'interphone. Mais dans cette rue tranquille, aucun son ne leur parvient. Rachel regarde de nouveau les environs : les maisons du quartier sont toutes grandes, cossues, et camouflées par de hauts portails ou une végétation dense. Seule la haie de Chang Li déroge à la règle d'une taille parfaite. Tout à coup, le bruit d'une porte qui s'ouvre et qui se ferme se fait entendre. Pas le bruit d'une porte qui claque. Non. Celui d'une porte refermée avec précaution, de manière si feutrée, que les filles ont du mal à déterminer si le son parvient du numéro douze ou d'une maison voisine. La réponse à leurs interrogations ne se fait pas attendre, lorsqu'une petite femme apparaît au bout du sentier de cailloux jaunes. Elle est si menue que ses pas sont silencieux. Elle semble voler. La femme s'arrête à hauteur du portail fermé, le visage strié de traits verticaux dus au soleil déclinant qui projette les ombres des barreaux. Elle leur adresse un vague hochement de tête, et l'interrogation muette sur son visage laisse deviner qu'elle ne doit pas recevoir beaucoup de visiteurs.

— Bonjour, madame. Excusez-nous de vous déranger…, commence Carole.

— Ça… pas marché ? demande la femme en désignant d'un geste du menton l'interphone. Vous pas m'entendre, quand moi parler ?

— Non, madame, s'empresse de répondre Rachel. Nous avons insisté parce que nous n'avons rien entendu.

La femme hoche de nouveau la tête en silence. Puis elle attend. Carole reprend :

— Nous cherchons un certain M. Li. Chang Li. Est-ce bien ici qu'il habite ?

Carole est presque sûre de la réponse : la petite femme qui leur fait face est d'origine asiatique ; ses yeux bridés, ses cheveux noirs et lisses en témoignent, de même que sa peau jaune. Ce serait vraiment une drôle de coïncidence s'il ne s'agissait pas de son épouse ! La dame fronce les sourcils, puis prononce deux mots d'une voix nasillarde :

— Mon mari.

— D'accord. Nous sommes les petites-filles de l'ancien employeur de votre mari, lorsque vous habitiez en

Vendée. Nous sommes de passage dans la région, et notre grand-mère nous a appris que M. Li avait bien connu notre grand-père. Nous l'aimions beaucoup. Il est mort il y a quelques années, alors c'est toujours un plaisir pour nous de le faire revivre au travers de témoignages de personnes qui ont partagé une partie de sa vie, de près ou de loin.

Rachel ne sait pas ce qui lui a pris, ni d'où lui vient cette tirade, accompagnée de ce pieux mensonge. Elle n'a pas du tout préparé son discours. Cela ne lui ressemble tellement pas ! Du coin de l'œil, elle voit Carole qui l'observe d'un air ébahi. La jeune femme se sent soudain très fière d'elle. Par contre, Mme Li l'a-t-elle comprise ? Elle ne parle pas très bien le français, et elle met du temps à réagir, aussi Rachel se met-elle à en douter. Finalement, un sourire fugace mais sincère éclaire les traits de l'Asiatique, avant qu'elle ne s'avance pour ouvrir le portail fermé par un cadenas.

— Entrez, dit-elle en les laissant passer.

Puis elle referme le ventail derrière les deux sœurs. Mme Li se dirige vers la maison avec le même pas aérien qu'à l'aller. Rachel songe à un petit oiseau fragile qui veut se faire oublier. Reste à savoir de quel prédateur elle espère se cacher… Elle ouvre la porte d'entrée, et pénètre à l'intérieur de la maison, laissant découvrir aux deux filles une vaste entrée où trône seulement un grand portemanteau. La femme les laisse entrer en se décalant sur la gauche, puis referme la porte. Ensuite, elle reprend la place du guide, en parfaite maîtresse de maison. Rachel et Carole la suivent sans broncher. Elles entrent tout d'abord dans une cuisine où règne un joyeux capharnaüm. Il y a des poêles remplies de nourriture, des pots de divers condiments ouverts sur la table, de la vaisselle sale dans l'évier. Mme Li était en train de cuisiner. Mais ce qui frappe en entrant dans la pièce, c'est l'odeur. Une odeur indéfinissable. Un mélange âcre et tenace qui ne met pas en appétit. Rachel est certaine d'avoir déjà senti cette odeur, mais elle ne parvient pas à remettre le doigt dessus. Pour l'heure, elle n'a pourtant pas le temps d'y réfléchir : Mme Li entrouvre une porte attenante à la cuisine, passe la tête dans l'entrebâillement, et se met à parler dans un langage que les filles ne comprennent pas. Elle parle vite et de façon animée. On croirait presque qu'elle crie. Il semblerait que la télévision soit allumée dans la pièce voisine, car on entend différentes voix, avant qu'un fond musical ne vienne les masquer. Puis une voix s'élève. Une voix forte et grave, et les filles comprennent qu'il s'agit de Chang Li. L'échange entre les deux époux dure quelques secondes. La femme ouvre alors la porte en grand et s'en écarte, en tendant le bras en avant pour indiquer à ses hôtes qu'elles peuvent avancer. Celles-ci s'exécutent, Carole en premier. Chang Li se tient au milieu du salon. Sa stature impressionnante contraste tellement avec celui de sa frêle épouse, que les filles en restent un instant coites. Le colosse mesure un bon mètre quatre-vingt, et ses vêtements pourtant amples peinent à cacher un embonpoint proéminent. Chang Li a la figure ronde, parsemée de taches brunes, et porte de petites lunettes cerclées d'une fine monture noire. Son absence d'expression, associée à son charisme imposant, n'incitent pas à la décontraction, et Carole doit prendre sur elle pour s'approcher de lui. Elle a l'impression de le déranger, comme s'il était pris en flagrant délit de paresse dans son propre salon.

— Carole Dupont, dit-elle en lui tendant la main. Bonjour, monsieur Li.

Le colosse reste un moment à les observer en silence, sans bouger. Puis il hoche la tête à la manière de sa femme, et serre la main de Carole d'une poigne vigoureuse.

— Bonjour, monsieur Li, répète Rachel à son tour.

Chang Li presse les phalanges de la jeune femme, tout en marmonnant un vague bonjour.

— Votre femme vous a-t-elle expliqué la raison de notre venue ? demande Carole.

L'homme hoche à nouveau la tête.

— Lan m'a expliqué. Que voulez-vous savoir ? questionne-t-il à brûle-pourpoint d'un ton prudent.

Sa voix est presque dépourvue d'accent, ce qui étonne les filles. Le mari et la femme sont très différents ! Rachel jette un regard vers sa sœur. Comment prendre le temps d'expliquer à cet homme ce qu'elles savent, et espérer qu'il coopère, tout en restant debout dans un salon, comme si elles pouvaient être mises à la porte à tout moment ?

— Notre grand-mère nous a dit que vous habitiez la région et que vous aviez travaillé pour notre grand-père. Est-ce que vous le connaissiez bien ?

— Je ne suis pas sûr d'être la bonne personne pour pouvoir vous parler de lui. Je ne l'ai pas vraiment connu. Je veux dire… il était juste mon employeur. Je ne l'ai toujours vu que comme tel…

— Et est-ce que vous connaissiez notre grand-mère ?

— Pourquoi est-ce que je l'aurais connue ? C'était l'épouse de mon patron. Je dirais que je la connaissais encore moins.

La voix grave de Chang Li résonne dans toute la pièce. Son ton n'est pas vraiment aimable, même s'il n'a pas l'air non plus agacé. Lan Li est restée debout près de la porte de la cuisine, et Carole se demande si elle comprend ce qu'ils disent.

— Grand-Ma est malade, aujourd'hui, mais elle se souvenait encore de votre nom.

Les mots de Rachel flottent dans le salon, comme retenus par la difficulté de dévoiler où elle veut en venir. Sans doute par politesse, Chang Li est contraint de demander à la jeune femme.

— Mme Charrier est souffrante ?

— Oui. Elle a la maladie d'Alzheimer.

— Je suis navré de l'entendre.

Chang Li fourre les mains au fond des poches de son jean. Puis il désigne l'un des trois canapés de cuir marron qui encadrent une table basse foncée au plateau en verre. Les deux filles prennent place côte à côte, tandis que Chang Li s'installe en face. Puis il s'adresse à sa femme de telle sorte que ses visiteuses ne puissent comprendre. Mme Li secoue subrepticement la tête, le visage impassible, et disparaît dans la cuisine. Elle revient presque aussitôt pour disposer trois dessous-de-verre, et leur servir un thé noir fumant. Rachel et Carole la remercient, tandis que Chang Li reste silencieux. Puis, Mme Li s'éclipse tout en refermant la porte de la cuisine derrière elle, et on entend bientôt le bruit de l'eau qui coule et de la vaisselle qui s'entrechoque. Bizarrement, son départ de la pièce détend un peu l'atmosphère. Ce n'est pourtant pas elle qui est intimidante !

— Vous n'avez pas pu beaucoup échanger avec Lan, déplore Chang Li. Nous sommes vietnamiens, mais moi, ma mère était franco-vietnamienne. Elle s'est attachée à m'apprendre le français dès le plus jeune âge. Ça aide pour s'acclimater à la langue, si vous voulez… Vous avez vu Lan, elle est petite et fragile. Elle est malade, elle aussi, mais des os. C'est pour ça qu'on a dû déménager au soleil. Moi, je serais bien resté en Vendée… Je m'y plaisais bien.

Carole pose la main sur son cœur et sent le téléphone au travers du tissu de sa veste. Elle pense alors à Gautier qui attend dehors et qui écoute leur conversation. Il faut qu'elle fasse accélérer l'entretien, car cela peut durer longtemps ainsi ! Elles ne sont pas ici pour connaître la vie de Chang Li ! Celui-ci, contre toute attente, a l'air de s'être déridé un peu. Autant en profiter, en espérant ne pas le brusquer.

— Nous ne vous avons pas tout dit, monsieur Li, sur la raison de notre visite.

— Ah ?

Son visage est sincèrement étonné, si bien que Carole songe qu'elle a raison depuis le début : tout ceci n'est qu'affabulations. Pourtant, elle poursuit, aussi bien pour en avoir le cœur net, que parce qu'elle en a déjà trop dit :

— Notre grand-mère a avoué il y a quelques jours à Rachel que Vincent, l'ami de ma sœur à l'époque, si vous vous rappelez, a tué notre grand-père. Elle était dans un bon jour. Vous savez, avec cette maladie, il y a des jours avec et des jours sans. Eh bien, là, c'était un jour avec. C'est pour ça que Rachel l'a crue.

Grand-Ma a aussi précisé que vous saviez ce qui s'était passé.

Impassible, Chang Li continue à boire son thé. Rachel a remarqué que son geste pour amener la tasse jusqu'à ses lèvres est resté suspendu un quart de seconde à l'écoute de la nouvelle, mais c'est le seul signe visible de sa confusion. Il repose sa tasse sans bruit, puis regarde en face de lui, mais sans vraiment accrocher son regard.

— Je vous en prie, insiste Rachel. Nous avons besoin de savoir…

Sa voix n'est qu'un murmure qui trouble à peine le silence du salon. M. Li ne semble pas l'avoir entendue, ses yeux sont toujours perdus dans le vide. Carole se lève et se tourne vers sa sœur :

— Viens, Rachel. Ne faisons pas perdre son temps à M. Li. Tu vois bien qu'il ne sait rien. Grand-Ma n'était pas dans un si bon jour que ça ! Allez, sœurette, lève-toi ! Et rassure-toi surtout : tu vois bien que Vincent n'était pas un monstre. Jamais il n'aurait été capable de faire une chose pareille ! Il a toujours été doux comme un agneau. Notre cher Vince ! Nous avons eu tellement tort d'en douter ! Ça ne change rien, de toute façon. Ils sont morts tous les deux, aujourd'hui. Mais au moins, on pourra continuer à chanter les louanges de Vincent, car nous n'avons rien à lui reprocher.

Rachel la regarde avec un drôle d'air. Qu'est-ce qui lui prend ? « Continuer à chanter ses louanges » ? Carole divague, ou quoi ? Et puis, rien ne presse. Ils n'ont tout de même pas fait toute cette route pour rien ! Chang Li vient gentiment de les inviter à s'asseoir dans son salon, et pour l'instant, il ne les a pas raccompagnées vers la sortie. Il n'a même pas pipé mot depuis les révélations de Carole. Elles peuvent tout de même lui laisser le temps de réagir et attendre encore cinq minutes ! Mais Carole n'a pas l'air de l'entendre de cette oreille. En effet, la voilà qui s'approche du Vietnamien qui l'observe sans broncher.

— Merci, monsieur Li. Merci pour votre accueil.

Puis elle se retourne :

— Allez, Rachel, ne reste pas bouche bée, comme ça ! Disons au revoir à M. Li, et estime-toi heureuse de savoir que Grand-Ma nous a inventé un scénario digne d'un polar ! Vincent était un homme bien.

Carole tend de nouveau la main à Chang Li. Celui-ci ne bouge pas et prend une profonde inspiration…

*

Madeleine Charrier garde les yeux ouverts dans la pénombre de sa chambre. Les chiffres lumineux de son radio-réveil, cadeau offert par ses enfants quelques années plus tôt, parce qu'elle ne voyait plus assez distinctement les aiguilles de son ancien modèle, projettent un halo de lumière verte dans toute la pièce. Sophie est partie depuis quelques heures. Comme à son habitude, l'infirmière lui a prodigué ses derniers conseils avant de se retirer :

« Passez le collier autour de votre cou, madame Charrier. Voilà, comme ça. Vous vous souvenez ? S'il vous arrive quoi que ce soit, vous n'avez qu'à appuyer sur le bouton, et votre famille sera auprès de vous. »

« Allez faire un dernier tour aux toilettes, avant que je me sauve ! »

« Je vous ai mis une bouteille d'eau sur votre table de nuit. Si vous avez soif, ça vous évitera de vous relever. »

Et bla-bla-bla, et bla-bla-bla. Comme un brave toutou à qui on a mis son collier, qu'on a sorti pour qu'il se soulage avant la nuit, et à qui on a laissé une gamelle d'eau fraîche.

Clotilde a ensuite effectué son tour de garde, comme tous les soirs, et aidé sa mère à se mettre au lit pour la nuit, non sans l'avoir obligée à retourner vider sa vessie une dernière fois. Certains soirs, Madeleine est tellement fatiguée qu'elle n'attend pas la venue de sa fille, ou quelques fois de sa bru, pour se coucher. Même si ses gardiennes ne viennent guère après 20 h 30, parfois, elle dort déjà. Elle-même ne couchait pas ses enfants après cette heure-là, lorsqu'ils étaient tout gamins. La roue qui tourne. Le cycle de la vie qui repart. Sauf qu'elle se trouve du mauvais côté de la pente… Bien souvent, Madeleine a le sentiment d'être infantilisée. Rabaissée au rang de petite fille, à qui l'on ne peut pas faire totalement confiance. À quatre-vingt-un ans, tout de même !

La vieille femme change une nouvelle fois de position. Ses articulations et son dos rouillés la font souffrir. C'est à cause de son fauteuil ! On la ménage trop, au lieu de la pousser à s'astreindre à quelques exercices quotidiens. Elle n'est pas prête à courir un marathon, mais quelques pas dans la journée ne lui feraient pas de mal… Plus ça va, plus on la laisse sur cet engin à quatre roues, parce qu'on n'a pas le temps de la prendre par le bras pour une petite promenade… Remisée au placard, la vieille, voilà ce qu'elle est !

Madeleine s'aide de la potence fixée à son lit pour se redresser. Zut, elle a envie d'aller au petit coin. C'est rare que ça lui arrive, car d'ordinaire, elle a le sommeil lourd ! Sophie lui laisse toujours à côté de son lit un paquet de garnitures « au cas où », bien qu'elle sache que Madeleine ne s'en servira pas.

Il est hors de question que je m'affuble d'une couche ! Jamais de la vie !

Mais Sophie persiste. Encore, il a fallu que Madeleine se fâche pour que l'infirmière enlève cette horrible chaise percée avec laquelle elle avait décidé de meubler sa chambre. L'humilier sous son propre toit ! Non, mais !

Lentement, Madeleine s'extirpe de son lit, et pose un pied à terre. Elle sait qu'elle doit y aller doucement. Au début, la tête lui tourne toujours un peu. Ça y est, la voilà sur pied. Puisque personne n'est là pour la voir, Madeleine s'octroie le droit de s'aider de son déambulateur pour avancer jusqu'aux toilettes. En un quart d'heure, elle a fait ce qu'elle avait à faire. Satisfaite, Madeleine sourit. Elle n'a toujours pas sommeil. Alors, au lieu de retourner dans sa chambre, elle se rend à la cuisine. Elle a soif. Heureusement que sa chambre ne se trouve plus à l'étage ! La vieille femme s'arrête pour allumer la lumière. L'ampoule grésille quelques secondes, puis une lumière blafarde se répand dans la pièce. Madeleinc fouille dans son esprit, à la recherche de l'objet de son insomnie. Est-ce à cause des paroles de sa fille, qui lui sont revenues en mémoire, la veille au soir ? Clotilde est venue un peu plus tôt que d'habitude, le visage défait. Elle voulait savoir pourquoi elle avait raconté à Rachel que Vincent avait tué Grand-Pa ! Mon Dieu, quelle horreur ! Pourquoi aurait-elle raconté de telles inepties ! Ah, les jeunes, de nos jours ! Ils regardent trop la télévision ! On ira lui dire, après ça, qu'elle perd la boule ! Madeleine dirige son regard vers le portrait d'André, qu'elle avait peint pour ses cinquante ans. La ressemblance est saisissante, et l'intensité de son regard capte quiconque pose ses yeux sur le tableau.

— Tu es fier de toi ? Même mort, tu fais encore des tiennes !

Le ton est affectueux et taquin. La vieille dame s'approche, et tend le bras vers la peinture. Ses doigts caressent le visage souriant, s'attardant sur les moustaches grises, contact doux et soyeux qu'elle aimait autrefois.

Madeleine songe une nouvelle fois aux propos de Clotilde, et ses idées vagabondent vers ce petit jeune, Vincent, qu'elle n'a pas vu depuis longtemps. Qu'est-il devenu ? Il faudra qu'elle songe à poser la question à sa petite-fille. La vieille femme délaisse bien vite ces pensées, car elle remarque soudain une odeur qui flotte dans la pièce. Une bonne odeur. Mais Madeleine ne parvient pas à la définir. Elle regarde autour d'elle et sourit en découvrant les fleurs qui trônent sur la table. Des amaryllis ! Ses fleurs préférées ! Qui les lui a apportées ? Clotilde, sans doute. Madeleine s'approche du bouquet, et hume son parfum ensorcelant. Puis elle fronce les sourcils. Qui a été mettre ces magnifiques fleurs rouges dans un vase bleu ? Non, non, cela ne va vraiment pas ! On lui a offert au Noël dernier – ou peut-être pour son anniversaire, elle ne s'en souvient plus – un joli vase blanc en céramique. Celui-là fera l'affaire. Sophie a dû le ranger dans le haut du buffet. Madeleine se munit de son déambulateur, et s'approche du meuble en chêne massif, qui trône dans la cuisine depuis plus d'un demi-siècle. Elle ouvre la porte du placard et aperçoit ce qu'elle recherche. Il est un peu haut, alors elle est obligée de se hisser sur la pointe des pieds. La vieille femme se saisit du vase et repose ses pieds bien à plat sur le sol. Son cœur bat un peu plus vite que d'ordinaire. Quelle aventure, cette escapade nocturne !

— Arrête de me regarder, toi là-bas ! raille Madeleine en direction du portrait. Je sais ce que tu penses, va ! Tu n'as plus besoin de me parler pour que je te comprenne ! Ne t'inquiète pas, je fais attention !

Et pour prouver à l'homme de la peinture qu'elle est toujours vaillante, du haut de son grand âge, Madeleine lâche le déambulateur et avance en direction de la table, le vase à la main. Elle y parvient sans encombre.

— Ha ha ! Tu vois bien, André !

La vieille femme pose les fleurs sur la table, tandis qu'elle transvase l'eau du pot bleu dans le pot blanc. Elle dispose ensuite les amaryllis dans leur nouveau contenant, et observe avec admiration l'accord parfait des couleurs.

Zut, la table est pleine d'eau.

Madeleine se tourne pour se diriger vers l'évier et attraper une éponge. Croyant qu'elle avait laissé son déambulateur plus près de la table, l'effet de surprise la fait chanceler un instant. La panique l'envahit, et elle bat l'air de ses mains pour se rattraper. Ses doigts effleurent le dossier d'une chaise. Soulagée, Madeleine l'attire à elle, pour l'utiliser à la place de cet objet si disgracieux qui l'accompagne lorsqu'elle ne se déplace pas en fauteuil – et qu'il n'y a personne dans les parages. Mais la chaise est moins stable que le déambulateur, et l'appui un peu trop lourd de la vieille dame déséquilibre le siège… qui part à la renverse, entraînant Madeleine dans sa chute. Un craquement sec accueille son atterrissage sur le côté.

Aïe, j'ai dû casser la chaise.

Voici la première préoccupation de Madeleine Charrier, qui vient de tomber sur le sol de sa cuisine, seule, à 23 heures passées. Ce n'est que lorsque la douleur irradie avec force dans sa jambe gauche qu'elle comprend que le bruit provenait de son propre corps. Les mots de Sophie s'entrechoquent dans sa tête :

Passez le collier autour de votre cou, madame Charrier. Voilà, comme ça. Vous vous souvenez ? S'il vous arrive quoi que ce soit, vous n'avez qu'à appuyer sur le bouton, et votre famille sera auprès de vous.

À tâtons, Madeleine cherche son collier. En appuyant sur le bouton, elle ne peut s'empêcher d'éprouver honte et amertume. Des larmes de rage s'échappent de ses yeux délavés, à cause de tout ce qu'elle ne peut désormais plus faire. Se lever seule dans la nuit. Voilà déjà ce dont elle n'est plus capable.

— André, viens me chercher, supplie-t-elle avant de perdre connaissance.

9

Dans le salon de sa confortable maison à Aubagne, Chang Li prend une profonde inspiration et annonce à ses deux visiteuses d'une voix assurée :

— Votre grand-mère est peut-être souffrante, mais le jour où elle vous a annoncé que votre ami avait tué votre grand-père, elle était dans un bon jour. Car elle a dit la vérité.

Carole cherche à tâtons le canapé, et recule jusqu'à sentir la fraîcheur du cuir derrière ses mollets. Là, elle se laisse choir, choquée par les mots prononcés par Chang Li, comme si elle venait de les recevoir en plein abdomen. De son côté, Rachel est pétrifiée. De la même façon que la première fois qu'elle a entendu ces mots de la bouche de Grand-Ma, à la différence que cette fois, il n'y a plus de doute à avoir : la version de la vieille femme, corroborée par Chang Li, ne laisse plus de place aux soupçons de vérité. Aux interrogations, si. Mais plus à l'incertitude. Vincent a bien tué Grand-Pa, et il va falloir s'y habituer. Vivre avec ça. Les deux sœurs vont bientôt connaître les circonstances de cette tragédie, mais Rachel se demande si elle a vraiment envie de savoir. Lorsque les mots seront posés sur les actes, ils rendront les événements tellement tangibles, que ceux-ci deviendront réalité, et qu'elle parviendra à se figurer les images, même derrière ses paupières closes. Elle aura beau fermer les yeux, ou se frotter les paupières pour chasser l'abomination de ses visions, elles seront toujours là. Malgré ses envies d'enfouir sa tête dans les coussins moelleux du canapé, Rachel sait qu'elle écoutera le récit de Chang Li. Elle l'écoutera jusqu'au bout, car elle plus que quiconque sait bien que la pire des afflictions est de ne pas savoir.

— M. Ambrosini n'a pas tué M. Charrier de ses mains. Ni avec un quelconque objet, commence Chang Li, après avoir croisé ses bras sur son ventre rebondi. Il ne l'a pas non plus frappé jusqu'à ce que mort s'ensuive, et ne lui a pas administré de poison. Cela peut rendre son geste moins monstrueux. À mes yeux, ça ne le rend que plus machiavélique. Vous comprenez, qui aurait pu deviner en effet que M. Charrier avait été *tué* ?

— Qu'a-t-il fait ? demande Carole dans un murmure glacé.

— M. Ambrosini l'a laissé mourir. Pire que cela ! Il a fait en sorte qu'il ne puisse pas s'en sortir !

Chang Li termine son annonce avec la véhémence de celui qui revit la scène et n'a toujours pas pardonné. Les deux filles se regardent. Elles n'y comprennent rien. Qu'est-ce que l'ancien chef de la sécurité veut dire ? Comment Vincent a-t-il tué leur grand-père ? Chang Li surprend leur échange déconcerté, et soupire.

— C'est difficile à expliquer quand on n'a pas vu la scène.

Il a l'air si déçu et en même temps tellement résigné que Carole a peur un instant qu'il s'arrête à ces explications, et que jamais elles ne connaissent le fin mot de l'histoire.

— Nous vous écoutons, monsieur Li.

— Je vous assure que le drame s'est déroulé de façon terrible ! M. Ambrosini y a mis une telle rage, vous comprenez ! Je n'ai pas su ce que le vieux lui avait fait, mais il est clair qu'il cherchait à se venger ! Ou à étouffer un lourd secret, je ne sais pas...

Les propos de Chang Li sont désordonnés, et les deux sœurs peinent à comprendre ce à quoi il a assisté, ce jour-là. Vincent, furieux, qui criait sur Grand-Pa ? Le vieil homme, terrassé par une crise cardiaque, et Vincent ne lui venant pas en aide ?

— Qu'a fait Vincent ? redemande Rachel.

— Lorsque j'en ai parlé à votre grand-mère, si vous voulez, elle a eu du mal à saisir de quoi il retournait. Vous savez... j'ai du mal à expliquer ces choses-là. C'est quand même la vie d'un homme qui s'est envolée ce soir-là. J'ai donc montré à Mme Charrier la vidéo de la caméra de surveillance du bureau de M. Charrier. Je l'avais récupérée après... le drame. Mme Charrier s'est montrée très courageuse, car elle l'a regardée sans broncher. Elle était touchée, bien sûr, mais elle a réussi à cacher ses émotions.

Rachel s'imagine Grand-Ma, déjà bouleversée par la mort de son mari, devant la vidéo de l'instant fatidique, seule avec le chef de la sécurité de Grand-Pa. Quelle horreur !

— J'ai gardé cette bande.

Chang Li déclare cet aveu de façon solennelle. Les filles s'arrêtent de respirer. Elles entendent la question induite, et il leur faut un peu de temps pour préparer leur esprit et leurs émotions. Le silence dure longtemps, jusqu'à ce que le Vietnamien reprenne :

— Vous voulez la voir ?

Les jumelles échangent des regards interrogatifs. L'une et l'autre connaissent pourtant la réponse. Ont-elles le choix ? Elles acquiescent de concert d'un lent signe de tête. Chang Li se lève alors du canapé et se dirige vers un buffet noir laqué au-dessus duquel est suspendu un miroir rectangulaire. Il ouvre le premier tiroir et en extirpe une boîte en acajou gravée de dessins représentant des bateaux. Puis il fouille dans le deuxième tiroir un moment avant d'en ressortir une petite clé, dont il se sert pour ouvrir la boîte avec précaution, comme s'il s'agissait d'un trésor. Tandis qu'il sort un DVD de l'écrin, il se tourne vers les jeunes femmes :

— Vous êtes sûres ? Ça va aller ?

Rachel hoche la tête en signe d'assentiment tout en souriant timidement à son hôte. Carole est la seule à remarquer une petite feuille de papier glissée sous le DVD qui, lorsque Chang Li se saisit de l'objet, se décolle et volette en direction du sol, avant de se glisser derrière la plante juste à côté du buffet. Carole ne sait pas pourquoi, mais elle ne dit rien. Chang Li s'affaire à introduire le DVD dans le lecteur, puis à trouver la télécommande. Sentant la tension de sa sœur en même temps que la sienne, Carole prend la main de Rachel. Une image apparaît à l'écran. La qualité est très médiocre. En noir et blanc, elle est brouillée, mais on y distingue Grand-Pa. Il est assis à son bureau. Rapidement, il se lève. Il a l'air furieux. Même si on ne peut voir ses traits avec précision, il est clair dans sa façon de se déplacer et sa gestuelle saccadée qu'il est très énervé. La vision de Grand-Pa à l'écran est troublante. Même préparées, les filles ressentent un choc, et leur étreinte se resserre. Puis Grand-Pa disparaît du cadre, qui reste vide un instant, avant que Vincent ne le remplace. Second choc pour Rachel. Les sourcils froncés, il dégage la même irritation. La bande est muette, mais on devine aux mouvements de sa bouche qu'il est en train de crier. La vidéo n'arrête pas de sauter, et les images se coupent à intervalles réguliers. Chang Li donne un coup de poing au sommet de la télévision, ce qui fait sursauter les filles.

— Satanée télé !

Lorsque l'image reparaît, Grand-Pa se tient debout, les deux mains pressées contre son cœur, avant de s'effondrer avec une lenteur angoissante. L'image se hache une fraction de seconde. Puis il tient une boîte de médicaments dans sa main gauche. Il tente de s'aider de la droite pour l'ouvrir, mais Vincent surgit et la lui arrache avec force. Il a l'air toujours aussi furieux.

— Purée ! s'écrie Chang Li en tapant de nouveau sur la télévision.

Rachel a envie de hurler. Le stress est à son comble avec cette vidéo, dans laquelle se dégage une violence saisissante. Et leur hôte qui n'arrête pas de s'énerver, lui aussi ! À croire qu'il revit en même temps les terribles événements. Nerveux, Vincent passe et repasse devant la caméra. On ne comprend pas bien ses gestes ni ses mouvements. Tout va si vite. Grand-Pa semble à présent inanimé, s'il n'est pas déjà mort. Puis c'est le calme. Vincent a disparu. Cela ne dure pourtant pas longtemps, car un nouveau personnage arrive aux pieds de Grand-Pa. Il se tient de dos, mais sa haute taille et sa corpulence permettent d'identifier Chang Li. Il se penche au-dessus de Grand-Pa, et écoute son cœur. L'image se coupe ici.

— Désolé pour la qualité, marmonne Chang Li. Cette télé fait parfois des siennes… À moins que ce ne soit le DVD qui commence à se faire vieux…

Les filles ne répondent pas, encore abasourdies par les images. En retirant sa main de celle de sa sœur, Rachel se rend compte qu'elle est toute moite et que ses doigts tremblent. Un ange passe. Ange malfaisant, ombre morbide qui déploie ses ailes en menaçant de les engloutir tous les trois. Mais Chang Li le repousse d'un claquement de langue.

— Lan ! appelle-t-il.

La porte de la cuisine s'entrouvre aussitôt, et Chang Li s'adresse à sa femme en vietnamien, sans même la regarder. Suivant les instructions de son époux, Mme Li revient dans le salon avec la théière fumante et sert précautionneusement ses visiteuses, avant de s'éclipser sans bruit. Remarque-t-elle le trouble qui règne dans la pièce ? Si tel est le cas, elle feint de ne pas s'en apercevoir. Est-elle seulement au courant du drame qui s'est déroulé avant leur déménagement ?

— Allez, buvez, ça vous fera du bien. Je suis désolé de vous avoir présenté des images si choquantes lorsqu'il s'agit de proches, mais c'était le seul moyen, si vous voulez, pour que vous compreniez la gravité des faits. Pour parler de ces choses-là… c'est difficile.

Chang Li approche la tasse de ses lèvres et aspire bruyamment quelques gouttes du liquide brûlant. Ragaillardie par les notes florales du thé, Rachel est la première à recouvrer ses esprits :

— Cette boîte de médicaments que Vincent a empêché Grand-Pa de prendre… qu'est-ce que c'était ?

— Je l'ai su après… C'est votre grand-mère qui me l'a expliqué. M. Charrier, si vous voulez, avait déjà fait une crise cardiaque quelques mois plus tôt. Vous le connaissiez mieux que moi, il détestait les médecins, les hôpitaux, les médicaments. Il a fait promettre à sa femme de ne pas répandre la nouvelle dans sa famille. Il ne voulait pas que vous vous inquiétiez pour lui. M. Ambrosini, lui, l'a su. Je ne sais pas comment, mais il le savait. Comment expliquer sinon qu'il se soit jeté sur les médicaments pour l'empêcher de les avaler, vous comprenez ? Car le docteur avait prescrit à M. Charrier de l'aspirine… comment déjà ? Ah oui, sans enrobage entérique, ou un terme de ce genre-là, à mâcher en cas de nouvelle attaque. Ce que vous avez vu là, c'est M. Ambrosini qui arrache des mains de votre grand-père le remède qui aurait pu le sauver, vous comprenez ?

Carole étouffe un cri.

— Je suis désolé, mademoiselle.

Rachel a envie de pleurer. Bien sûr, elle va réussir à se contenir. Pleurer devant cet inconnu est bien la dernière chose qu'elle désire. Mais elle se sent très lasse. Elle est écœurée. Son téléphone se met à vibrer dans sa veste, et elle se rend compte que tout à l'heure déjà, quelqu'un a essayé de la joindre. Elle regardait alors la vidéo, elle n'avait pas vraiment la tête à consulter son portable. Elle regarde à présent discrètement l'identité de son correspondant. Le numéro qui s'affiche lui est inconnu, mais il commence par l'indicateur 01. Inutile d'être devin pour savoir de qui il s'agit : cela ne peut pas être M. Latour, étant donné que son numéro est enregistré dans son répertoire. C'est donc Vincent. Rapidement, elle programme le téléphone en silencieux. Elle préfère ne pas entendre quand il la rappellera ni même s'il lui laisse un message sur sa boîte vocale. Il doit être à mille lieues de s'imaginer l'endroit où elle se trouve et en compagnie de quelle personne. Cela suscite une question à la jeune femme :

— Vincent a-t-il su que vous avez été témoin de son geste, et que vous en avez parlé à Grand-Ma ?

— Je l'ignore…, répond Chang Li en haussant les épaules.

L'interrogation de Rachel semble débloquer l'état de choc dans lequel était plongée Carole, qui demande à son tour :

— Pourquoi ne pas avoir prévenu la police, plutôt que Grand-Ma ?

— Parce que j'avais de l'estime pour M. Charrier, vous comprenez. Je ne le connaissais pas beaucoup, mais je savais que sa famille représentait tout pour lui. Il s'est toujours montré bon avec moi, alors je lui suis resté loyal. Vous savez, j'ai débuté dans l'armée. J'ai gardé de cet enseignement l'esprit d'obéissance et de droiture, si vous voulez. Je m'en suis remis à sa veuve, et je l'ai laissée prendre sa décision. Elle n'a pas voulu vous faire de mal, à vous particulièrement, mademoiselle Rachel.

En prononçant ces mots, Chang Li plonge son regard dans le sien, un fugace instant. Rachel se rend compte que depuis le début de leur entretien, c'est la première fois qu'il la regarde droit dans les yeux. Ces derniers sont tout à la fois perçants et impénétrables. C'est comme s'il essayait de lire en elle, sans toutefois se dévoiler. Cela la met mal à l'aise. Elle n'a pas fait attention s'il avait davantage regardé Carole. Pour cacher son trouble, elle poursuit :

— Vous savez comment Vincent est mort ?

Chang Li hausse de nouveau les épaules.

— Je suppose qu'il n'a pas supporté son geste et qu'il s'est suicidé… Et vous ? Avez-vous su ce qu'il est vraiment advenu de lui ?

— Malheureusement non, ment Rachel avec un aplomb qui la surprend elle-même.

Carole préfère ne pas s'appesantir sur ces propos :

— Monsieur Li, je suis désolée de vous demander ça, mais… accepteriez-vous de nous laisser le DVD ? Nous pourrions le montrer à notre famille, et éviter que les secrets nous étouffent.

Leur hôte réfléchit. Il fait tournoyer le reste de thé dans sa tasse avant de l'envoyer au fond de sa gorge, comme s'il tenait entre ses mains un godet de gnôle.

— Je comprends votre demande. Mais sachez que votre grand-mère en possède un exemplaire. Je lui en ai fait une copie, si vous voulez, au cas où elle aurait changé d'avis, et qu'elle aurait voulu dénoncer M. Ambrosini. Moi, j'ai gardé l'original. Au cas où il lui serait arrivé quelque chose, vous comprenez… Déformation professionnelle oblige…

À ces mots, M. Li se lève du canapé. Leur entretien est terminé. L'homme les reconduit dans la cuisine. Lan Li s'affaire toujours aux fourneaux. Avant de quitter la pièce, Carole demande :

— Pouvez-vous m'indiquer les toilettes, s'il vous plaît ?

Chang Li ouvre une autre porte, sur le mur perpendiculaire à celui séparant la pièce du salon.

— Vous tournez à gauche, vous longerez le salon. C'est tout au bout.

Puis il referme la porte derrière elle.

— C'est à cause de l'odeur, précise-t-il à l'attention de Rachel. Je voudrais éviter de dormir avec, cette nuit.

— Qu'est-ce que c'est ? interroge la jeune femme, désireuse de connaître la cause de ce relent désagréable qui hante la cuisine.

Chang Li rit de bon cœur d'une voix caverneuse. Il adresse quelques mots à sa femme, qui se met à rire elle aussi. Puis elle soulève un grand pot presque vide, sur lequel Rachel lit : « Sauce Nuoc-Mâm ». Rachel hoche la tête.

— Bien sûr, c'est vrai ! Cette odeur me disait bien quelque chose…

— Lan en met dans tous les plats. Aujourd'hui, elle a fait la cuisine pour plusieurs jours, alors il faut garder les portes fermées, vous comprenez. Savez-vous à base de quoi est fait le Nuoc-Mâm ?

— Non ?

Chang Li attend un peu avant de répondre, histoire que sa révélation fasse son effet.

— De poissons fermentés.

À voir les yeux ronds de sa visiteuse, Chang Li éclate de rire à nouveau.

— Les apparences sont parfois trompeuses, n'est-ce pas ?

De son côté, Carole tire la chasse d'eau. Elle espère que le bruit ne parvient pas jusqu'à la cuisine, car il lui reste une chose à faire avant de rejoindre les autres. Elle aurait dû commencer par là, mais elle ne sait pas pourquoi, elle qui n'a d'habitude peur de rien, elle a senti la trouille la saisir en imaginant Chang Li la surprendre. Carole reprend le couloir en sens inverse, mais au lieu de poursuivre jusqu'à la cuisine, elle s'arrête devant la porte juste avant, et l'entrouvre délicatement, en priant pour qu'elle ne grince pas. Puis, sur la pointe des pieds, elle fonce sans bruit vers la grande plante juste à côté du buffet noir laqué. La jeune femme se penche prestement, se saisit de la feuille de papier tombée derrière, et la fourre dans la poche de son jean, sans prendre le temps de la regarder, au cas où Chang Li pointerait le bout de son nez de manière impromptue. Puis Carole revient d'où elle est venue, et referme la porte tout aussi prudemment. Lorsqu'elle pénètre dans la cuisine, Chang Li l'observe d'un drôle d'air. C'est sans doute son imagination, elle ne doit en aucun cas montrer une mine coupable.

— Excusez-moi, toute cette histoire m'a donné mal au ventre.

Cette fois, c'est sa sœur qui lui jette un regard circonspect. Tant pis si elle passe pour une sans-gêne. De toute façon, Carole a toujours pensé que le ridicule ne tue pas, en particulier lorsqu'il s'agit d'un pieux mensonge.

— Merci, monsieur Li. Merci pour tout, ainsi que pour votre accueil.

Rachel, se tournant vers Lan, enchérit :

— Merci pour le thé. Il était délicieux.

Lan Li hoche subrepticement la tête et esquisse un sourire. Après leur avoir serré la main avec vigueur, Chang Li déclare :

— Je ne sais pas si mes confidences vont changer quelque chose pour vous, mais au moins, vous saurez la vérité.

— Nous avions besoin de cette vérité, monsieur Li, avoue Carole en se retournant pour le regarder. Même si elle n'est pas positive. Avec le temps, cela va nous aider. Lorsque nous penserons à Vincent, nous cesserons de l'idolâtrer. Et ma sœur refera sa vie sans culpabiliser.

Lan Li les raccompagne jusqu'au portail.

— Ne te retourne pas, souffle Rachel à sa jumelle. Chang Li nous observe de sa fenêtre.

*

Au lieu de tourner à gauche pour rejoindre Gautier, les filles prennent la direction de la sortie de l'impasse. Elles avancent dans la nuit, éclairées par les lampadaires du quartier, jusqu'à se trouver en dehors du champ de vision de la maison aux glycines. Là, elles s'arrêtent, et Carole sort son téléphone de la poche de sa veste.

— Gaut' ? T'es là ?

— Pour sûr que je suis là ! Ça fait deux heures que j'attends ! Mon portable est presque à plat, et comme le moteur de la caisse est à l'arrêt, je ne pouvais pas le recharger ! J'ai mis le son du téléphone à fond pour suivre votre conversation, mais des fois, c'est laborieux, et dès que tu bouges, j'ai les frottements du tissu de ta foutue veste qui viennent me décoller les tympans ! Alors oui, je suis là ! Si vous aviez tourné la tête sur votre gauche, vous auriez vu que j'étais là !

— Ferme-la et calme-toi ! Attends encore cinq minutes, et tu pourras démarrer pour nous rejoindre. On avance un peu.

La tonalité indiquant que son cousin vient de raccrocher clôt la conversation. Carole soupire.

— Ça promet !

C'est au tour de Rachel de montrer son agacement :

— Arrêtez un peu tous les deux ! Comportez-vous comme des adultes pour une fois, car je n'ai pas le cœur à jouer les arbitres.

Cinq minutes plus tard, deux phares s'avancent vers les jeunes femmes et ralentissent à leur hauteur. Elles s'engouffrent dans le véhicule, heureuses de se retrouver en sécurité en compagnie d'une personne connue. Gautier boude, mais les filles sont reconnaissantes de savourer un moment de paix durant lequel elles peuvent se remettre des émotions de la soirée.

— Une crêperie, propose Gautier d'une voix bougonne, au bout de quelques kilomètres, ça vous dit ?

Les jumelles approuvent l'idée à l'unisson, la simple pensée de manger déclenchant une faim tout à coup pressante.

— Alors ? s'enquiert enfin Gautier, lorsqu'ils sont attablés.

— C'était horrible, répond Carole. J'ai eu tort. J'ai eu tellement tort. Il n'y a plus de doute à avoir sur les propos tenus par Grand-Ma : *ça* s'est bien passé…

— La vidéo en est la preuve.

— Qu'est-ce qu'elle montre, cette vidéo ?

— Vincent, qui hurle sur Grand-Pa, et qui l'empêche de sortir vivant de sa crise cardiaque.

— Qu'est-ce qu'il lui disait ?

— On ne sait pas, il n'y avait pas de son.

— Chang Li n'en a pas mis, ou il n'y en avait pas ?

— Ben, puisqu'il n'en a pas mis, on suppose qu'il n'y en avait pas, idiot !

— Ça, vous n'en savez rien. Ce sont deux choses différentes. Et le médicament que Vincent lui a arraché des mains : vous avez vu qu'il s'agissait bien d'aspirine, comme il a dit ?

— Gaut' ! L'image était pourrie ! Tu voulais qu'on fasse comment ? Et puis on était sous le choc ! Je te promets qu'assister à la mort de Grand-Pa, ça a quelque chose de vraiment flippant ! Et puis c'est quoi, cette façon de douter, comme ça ? Tu veux me faire payer le fait de t'avoir laissé dans la voiture ?

— Pas du tout ! Je dis simplement que ce qu'on voit peut parfois avoir plusieurs interprétations différentes. On se laisse toujours influencer par ce qu'on VEUT nous faire voir.

— Gaut', tu n'as pas vu les images ! Elles parlaient d'elles-mêmes ! Et puis, tu as bien entendu la conversation, tout de même !

— Je t'ai dit que j'avais du mal à tout suivre. Quand vous parliez bas, je n'entendais pas bien.

— Gautier, je t'assure que j'ai vu la même chose que Carole. Et pourtant, je peux te dire que j'aurais aimé qu'il en soit autrement.

La voix de Rachel se casse sur ces dernières paroles.

— Je sais, p'tite sœur.

Gautier pose la paume de sa main sur celle de sa cousine, et Carole lui tire la langue. Il finit par en faire autant avec elle. Cela ne sert à rien de se chamailler. Autant rester soudés. Ils en ont besoin tous les trois.

— Il n'empêche que j'aurais bien aimé la voir, cette vidéo…

— Tu n'as pas entendu ce qu'a dit Chang Li ? Il a laissé une copie à Grand-Ma.

Gautier écarquille les yeux. De fait, à ce moment-là, Carole avait dû bouger, et il n'avait pas entendu la réponse du Vietnamien, quand la jeune femme lui avait demandé de repartir avec le DVD. Même s'il avait deviné son refus, il était loin de s'imaginer qu'une copie existe.

— Super… Demain nous rentrons, et je fouillerai dans les affaires de Grand-Ma. Il faudra que je trouve ce DVD… Si elle l'a conservé…

Les jumelles le souhaitent aussi, bien qu'elles ne voient pas vraiment ce que cela leur apporterait de plus.

— Et il était comment, ce Chang Li ?

— Bah, au début, glacial !

Rachel hoche la tête.

— C'est le moins que l'on puisse dire !

Elle se souvient de s'être demandé si elles allaient devoir vider leur sac, debout au milieu du salon.

— Puis, il s'est déridé… à quel moment, déjà ? Quand on lui a appris les soucis de santé de Grand-Ma, non ?

Carole acquiesce.

— Je n'ai pas compris pourquoi tu voulais déjà partir, au début de notre entretien, alors qu'il n'avait encore rien dit ?

— C'était fait exprès ! J'encensais Vincent, en répétant à tort et à travers que ça ne pouvait pas être vrai, ce que Grand-Ma nous avait raconté ! Je me suis dit que si Chang Li avait vu Vincent commettre le pire, il ne pourrait pas nous laisser partir avec une bonne image de lui. Il devait craquer.

— Je ne te savais pas si machiavélique !

Carole rit.

— Et toi ? Je ne te connaissais pas si bonne comédienne ! Madame « nous sommes en vacances dans le secteur » ! Tu t'es surpassée !

— Est-ce que vous croyez que c'est Chang Li qui a essayé de supprimer Vincent, sous les ordres de Grand-Ma, peut-être ?

Rachel a retrouvé son sérieux, et c'est avec gravité qu'elle a posé à voix haute la question qui l'a hantée une bonne partie de la soirée.

Carole hausse les épaules.

— J'en sais rien… Il a dit qu'il pensait que Vincent avait dû se suicider, mais il n'est pas impossible qu'il ne nous ait pas tout dit…

— Vous prendrez un dessert ? demande le serveur en débarrassant les assiettes.

— Nous allons réfléchir, merci.

— Tu devrais t'abstenir, Carole, dit Rachel. Toi qui avais mal au ventre tout à l'heure.

— J'avais mal au ventre ?

— Ce n'est pas ce que tu as dit en revenant des toilettes ?

— Putain ! s'exclame Carole, si fort, que les clients de la table un peu plus loin se retournent vers eux. Pardon, ajoute-t-elle, penaude, une main devant la bouche.

La jeune femme se lève précipitamment et rentre son ventre pour fouiller dans la poche de son jean, et en sortir une feuille de papier pliée en quatre.

— J'avais complètement oublié…

— Qu'est-ce que c'est ? interroge Gautier, la curiosité piquée au vif.

— Aller aux toilettes était juste un prétexte. Je voulais récupérer cette feuille. Tu ne t'en es pas rendu compte, Rachel, mais elle est tombée de la boîte secrète quand Chang Li a sorti le DVD.

Les yeux ronds, les trois jeunes gens se sentent au comble de l'excitation. Le serveur revient, et ils doivent encore attendre avant de découvrir le précieux document. Quelle n'est pas leur surprise, lorsqu'une fois la feuille dépliée sur la table, ils tombent sur une série de chiffres manuscrits :

3 23 14 12 23 18 5   23 24 3
14 22 18 10   3   14 19   14 4 26
2 10 25   14 18 21 11 4 24   23
18 24 3   14 13   23 18 24 2
2 13 23 14 1 25
3 4 24 3   18 10 1 14 4 26 18 21 25 7 14   3   14 19
2 14 1 4 14 17   4 1   10   14 1 14 25   23 24 22
14 13   14 1 18 10 2 1 14 5 18 23 23 10   21   14 13
1 4 24 19   14 21   4 10 14 3 10 17 12   21 13   14 3 24 12
10   14 13 23 24 22   4 13   3 4 24 11   4 13   14 15 10 12
4 10   2 1 14 16 23 10   10   18 24 22   2 23 18 24 19 14 1
3 14 19 4 2   23 24 22   10   14 3 23 24 12 10 1   23 24
4 26   14 12   2 10 25   14 3 4 24 12 14   23
2 10 25   14 3 14 18 4 26 23 18
3   14 23   23 14 18 11   2 18 10 5   14 19
1 4 24 22 10   23 24 22

Ils se sentent d’abord un peu déçus. Puis Gautier fronce les sourcils, et passe sa main sur sa barbe naissante.

— Qu’est-ce que ça veut dire ? demande Rachel.

— Chang Li a travaillé à la banque, réfléchit Carole tout haut. Ce sont peut-être des numéros de comptes. Ou des codes d’accès. Après tout, puisqu’il était le chef de la sécurité, ce serait logique.

— Pourquoi les aurait-il gardés ?

Le raisonnement de Rachel fait prendre conscience aux autres que cette hypothèse de codes d’accès ne tient pas la route.

— Vous savez à quoi ça me fait penser ? demande Gautier. Quand on était petits, vous vous rappelez, Grand-Pa nous apprenait à envoyer des messages codés. Il disait que quand il était résistant pendant la guerre, il en avait vu passer des centaines. Parfois, les lettres étaient remplacées par des chiffres. À une période, on passait des heures à s'amuser à les déchiffrer ! Bien sûr, on était gosses… Ils n'étaient pas très compliqués…

— Oui, c'est vrai ! s'exclame Rachel.

Et leur cœur à chacun se met à battre, car ils savent qu'ils tiennent une piste. Rachel, qui a toujours tout ce qu'il faut dans son sac à main, farfouille à l'intérieur. Ses gestes sont fébriles, si bien que la moitié du contenu se répand sur le sol. Carole l'aide à tout ramasser. Enfin, Rachel déniche, victorieuse, l'objet de ses recherches : un carnet dans lequel elle déchire deux feuilles vierges, l'une pour Gautier, et l'autre qu'elle garde devant elle.

— Tiens, Gautier, toi qui as déjà avalé ton dessert, tu vas noter les lettres de l'alphabet de A à Z, avec les chiffres correspondants en face, de 1 à 26.

Gautier s'exécute. La concentration fait naître une ride marquée entre ses deux yeux. Les deux filles engloutissent leur crêpe au chocolat pendant ce temps-là. Puis elles empilent les assiettes vides sur le bord de la table, et Rachel reprend ses instructions.

— Carole, tu vas énoncer les chiffres notés sur la lettre que tu as ramassée. Gautier, toi, tu t'occupes de rechercher à quelle lettre correspond le chiffre. Et moi, je note les lettres. Compris ?

Ils opinent de la tête, et Carole se met à énumérer les chiffres les uns après les autres :

— 3.

— C, lui répond Gautier.

— 23.

— W.

— 14.

— N…

Et ainsi de suite. Rachel écrit les lettres au fur et à mesure. De temps en temps, elle observe le texte qui se forme sous ses yeux, ou, tout du moins qui serait censé se former, car force est de constater qu'aucun mot compréhensible n'apparaît. Les lettres mises bout à bout ne veulent rien dire. Cependant, elle s'abstient de tout commentaire, et laisse les deux autres poursuivre. Qui sait ? Peut-être qu'une fois toutes les lettres renseignées, l'évidence lui sautera aux yeux ? De toute façon, elle n'a plus le temps de lever les yeux sur l'ensemble de la page. Elle écrit de plus en plus vite, car Gautier a pris le coup de main et répond à Carole du tac au tac. Ils n'ont pas terminé la totalité de la lettre, que le serveur est déjà de retour.

— Vous prendrez un café ? s'enquiert-il tout en débarrassant la vaisselle sale.

— Oui, s'il vous plaît, répond Carole, qui n'a qu'une idée en tête : qu'ils n'aient pas à bouger d'ici tant qu'ils n'auront pas terminé.

Avant que le serveur ne revienne avec les trois cafés, la traduction est finie. Voici la feuille de papier que leur tend Rachel :

C W N L W R E W X C N V R J C N S N D Z B J Y N
R U K D X W R X C N M W R X B B M W N A Y C D
X C R J A N D Z R U Y G N C N S B N A D N Q D A
J N A N Y W X V N M N A R J B A N E R W W J U N
M A D X S N U D J N C J Q L U M N C X L J N M W
X V D M C D X K D M N O J L D J B A N P W J J R X
V B W R X S N A C N S D B W X V J N C W X L J A
W X D Z N L B J Y N C D X L N W B J Y N C N R D
Z W R C N W W N R K B R J E N S A D X V J W X V

— Qu'est-ce que c'est que ce charabia ? grommelle Gautier.

Il boit son café d'une traite et repose sa tasse bruyamment sur la table, tout en gardant les sourcils froncés. D'un revers de main nerveux, il essuie la mousse qui ourle sa lèvre supérieure. Carole tente de trouver une autre solution :

— Dans cette série de lettres, il y en a peut-être qui sont ajoutées pour tromper l'adversaire, alors qu'elles ne servent à rien… Ou bien c'est comme un mots-mêlés : il faut deviner les mots qui se cachent à l'intérieur de cet ensemble… Lequel, je te l'accorde, mon Gaut', ne me paraît pas vouloir dire grand-chose…

Carole se saisit du stylo de sa sœur, et survole la feuille de papier, d'un air concentré. Puis elle arrête sa main, et entoure quelques lettres :

— NANY. Ça veut peut-être dire quelque chose ? Ou si ça se trouve, les lettres des mots à trouver ne sont même pas côte à côte… ni dans le bon ordre !

— Dans ce cas, on peut former tous les mots que l'on veut ! Je pense qu'on se trompe. Ça va, Gautier ?

— Mais oui, t'as raison Rachel : on se trompe ! On a recopié les lettres à suivre, mais on n'a pas respecté la disposition initiale ! Vous avez vu comme les chiffres sont bien ordonnés, les uns en dessous des autres ? Le texte est peut-être à lire à la verticale ! On va recommencer… Mais pas ici… Je crois que le serveur a terminé son service.

*

En effet, ils sont les derniers clients. Gautier paie la note, et les trois jeunes gens grimpent dans la voiture.

Carole les emmène jusqu'à leur hôtel, à une demi-heure de route. Fourbus par cette journée passée à traverser la France, puis si chargée en émotion, ils parlent peu durant le trajet.

Une fois arrivés, ils se retrouvent dans une chambre exiguë, avec une odeur de renfermé. Malgré la fatigue, tous les trois se remettent au travail. Cette lettre a aiguisé leur curiosité, et l'idée qu'a eue Gautier un peu plus tôt les tient en éveil. Les voilà maintenant dopés aux chiffres et aux lettres.

— 14.

— N.

— 19.

— S.

Cette fois, Rachel s'occupe aussi bien d'énoncer les chiffres que de recopier les lettres, afin de respecter l'alignement du message. Quelques minutes après, ils observent le résultat :

```
C W N L W R E   W X C
N V R J   C   N S   N D Z
B J Y   N R U K D X   W
R X C   N M   W R X B
B M W N A Y
C D X C   R J A N D Z R U Y G N   C   N S
B N A D N Q   D A   J   N A N Y   W X V
N M   N A R J B A N E R W W J   U   N M
A D X S   N U   D J N C J Q L   U M   N C X L
J   N M W X V   D M   C D X K   D M   N O J L
D J   B A N P W J   J   R X V   B W R X S N A
C N S D B   W X V   J   N C W X L J A   W X
D Z   N L   B J Y   N C D X L N   W
B J Y   N C N R D Z W R
C   N W   W N R K   B R J E   N S
A D X V J   W X V
```

— Purée ! s'exclame Rachel, déçue que leurs efforts restent vains. Ça n'est pas mieux comme ça.

Ses yeux brillants peinent à masquer son abattement, tandis que ses taches de rousseur ressortent un peu plus que d'ordinaire, sur son visage transparent qui laisse deviner les chemins sinueux de la vie qui court sous sa peau.

— Grand-Pa disait que les messages codés ne l'étaient pas si simplement, car il aurait été beaucoup trop facile de les déchiffrer. Tu te souviens, Gautier ? Il nous racontait que les tout premiers qu'il voyait passer correspondaient à ce qu'on vient de faire, mais qu'ensuite, certains s'étaient mis à prendre l'alphabet à l'envers.

— C'est vrai, ça. Recommençons.

Carole a du mal à garder les yeux ouverts.

— Va te coucher, Carole. On s'en charge, avec Gautier.

— Z'êtes sûrs ? balbutie-t-elle.

Pourtant, elle n'attend pas la réponse et se glisse sous les draps, en ôtant seulement son jean et sa veste.

Assis dans le fauteuil, Gautier se met à réécrire les chiffres en face des lettres, en commençant cette fois par la fin de l'alphabet. Une fois qu'il a terminé, les jeunes gens reprennent la transcription à voix basse, Rachel allongée sur le lit à côté de sa sœur, mais dans l'autre sens. Gautier met davantage de temps à répondre, car il s'était habitué à la correspondance des chiffres et les lettres de A à Z. Lorsqu'ils ont déjà écrit les trois premières lignes du texte, Rachel s'arrête pour regarder où ils en sont :

X W M O D I V D C X
M E I Q X M H M W A
Y Q B M I F P W C D

Ça n'a guère l'air mieux que tout à l'heure…

— Continuons, p'tite sœur. Il y a déjà plus de voyelles.

Et c'est ce qu'ils font. Mais de longues minutes plus tard, l'évidence les étreint de nouveau, avec son lot de déception : que le texte soit lu dans n'importe quel sens, même en diagonale, il n'est ni français ni anglais…

— C'est peut-être du vietnamien ? s'exclame Gautier, tout à coup sûr de lui.

— Ce ne sont pas les mêmes lettres que nous…

— Ce serait de la phonétique ?

Puis il se met à mimer l'accent de Chang Li et de sa femme, en tentant de lire les premiers mots du texte traduit de Z à A.

— Xwmodiv dcx meiq x mh mwa…

Rachel s'esclaffe, en plaquant sa main devant sa bouche pour ne pas réveiller sa sœur.

— Il n'existe aucune langue avec un mot formé par la seule lettre X ! s'exclame-t-elle entre deux rires.

— Au contraire, je crois que la signification de cette lettre est universelle ! Si ça se trouve, on se casse les pieds à tenter de décoder une lettre écrite par la maîtresse de Chang Li !

Gautier écarquille exagérément les yeux. Rachel lui lance un coussin.

— T'es bête !

À cause de sa position à moitié allongée, elle vise mal, et le coussin atterrit aux pieds de son cousin, qui se retient de le lui renvoyer, pour ne pas réveiller Carole. Puis Rachel étouffe un bâillement. Il est plus de minuit. Deux immenses cernes violacés lui mangent une partie du visage.

— Repose-toi, maintenant. Je vais continuer un peu, mais je ne vais pas tarder à éteindre.

Rachel ne se fait pas prier. Elle est à peine allongée dans le lit que ses yeux papillonnent et qu'elle se laisse aller dans les bras enveloppants et chauds de Morphée.

Rachel est allongée dans l'herbe fraîche. Elle ferme les yeux. Le visage offert aux puissants rayons du soleil, elle se laisse bercer par cette délicieuse fin d'après-midi. Un sourire flotte sur ses lèvres. Soudain, elle devine le ciel qui s'obscurcit. Des lèvres effleurent alors les siennes avec une grande douceur. Elle ouvre les yeux, et sa bouche se fend cette fois d'un franc sourire, alors qu'elle lève les bras pour les passer autour du cou de Vincent. Il s'écarte un instant, et le soleil qui reparaît brusquement devant elle lui fait plisser les yeux.

— Bon anniversaire, chuchote Vincent.

Rachel sourit de plus belle, incapable de se débarrasser de cette joie contagieuse qui la submerge lorsqu'elle est avec lui. Cela fait maintenant dix ans qu'ils se sont rencontrés, et elle ne parvient toujours pas à se contrôler quand il s'agit de lui ! Elle tâtonne sur sa propre poitrine à la recherche du pendentif qu'il lui a offert pour leur dixième anniversaire de rencontre. Pour la énième fois de la journée, elle admire la petite clé en or blanc. *La clé du bonheur*, a-t-il dit.

Rachel pivote sur le côté et s'aide du coude pour se relever. Elle s'assied et s'adosse au pied de l'arbre. Rachel tourne la tête pour regarder Vincent…

… Soudain, les bras de Morphée ne semblent plus si bienveillants, et Rachel ouvre les yeux d'un seul coup. Elle sait où elle se trouve, et elle a conscience de ce qu'elle était en train de faire : elle se trouvait au beau milieu de son rêve, celui qui se transforme en cauchemar, quand Vincent disparaît et que tout devient gris autour d'elle. Celui qui la pousse immanquablement à crier, et qui la laisse ruisselante de sueur, avec le goût de la peur dans la bouche. Rachel cherche ce goût de peur, mais elle ne le trouve pas. Elle touche sa poitrine au milieu des seins, mais elle ne transpire pas. Elle a su se réveiller avant que le rêve ne vire au cauchemar, et si elle n'avait pas l'habitude de ces nuits mouvementées, elle aurait même songé qu'il s'agissait d'un doux rêve dans lequel elle retournerait bien, pour ne plus jamais en sortir. Mais la vie n'est pas ainsi. Vincent s'est joué d'elle à tel point qu'il est allé jusqu'à tuer son grand-père. Dans quelle famille ce genre de drame se produit-il ? Rachel distingue une lueur dans son dos. Elle se retourne et découvre que Gautier est toujours en pleines recherches. Sa mine fermée lui indique qu'il n'a rien trouvé. Rachel regarde sa montre : il est 2 h 10 du matin. Comme elle sent qu'elle ne trouvera pas le sommeil, elle rejoint son cousin et s'assied sur le bord de son lit. Carole, elle, dort profondément.

— Tu ne dors pas ?

— J'y arrive pas. Je sens que c'est ça. Je sens qu'on tient une piste. J'ai essayé de tout réécrire en commençant par la lettre C en numéro 1. Avec D en 2, etc. J'ai choisi C comme Chang. Puis j'ai commencé par la lettre L, comme Li, ou comme Lan, puisque ça ne donnait rien. Puis j'ai réessayé avec le B, puis D, etc., et j'en suis à G.

— Ça prend du temps, de faire ça tout seul…

— Oh, je te dirais bien que j'ai dû piquer du nez deux ou trois fois pendant quelques minutes…

— Repose-toi, Gautier. On reprend tout ça au calme ensemble dès qu'on le pourra.

— On tient une piste, j'en suis sûr ! Les chiffres contiennent des espaces parfois plus marqués, comme pour indiquer la séparation entre les mots…

— Gautier, il faut que tu arrêtes d'y penser de cette façon ! Tu avais raison tout à l'heure : si c'est la maîtresse de Chang Li qui lui a écrit ? Ce que je veux dire, c'est qu'il ne faut pas trop attendre de ce message, car nous serions déçus. Fais-moi plaisir, Gautier, couche-toi. Si ça peut te faire dormir, je vais continuer un peu à ta place. De toute façon, j'ai fait un cauchemar, et je n'ai plus envie de dormir pour le moment.

Gautier finit par admettre qu'il a besoin de sommeil, et Rachel se retrouve seule devant les pages griffonnées. Puis elle s'applique à recopier l'alphabet et à inscrire les chiffres en face, en commençant par la lettre H. La jeune femme a du mal à se concentrer. Son rêve revient la hanter. Il a laissé les traces de la présence de Vincent. Une présence aimée et chérie, loin de cette rancœur qu'elle éprouve aujourd'hui pour lui. Rachel songe aux paroles de Chang Li concernant la sauce Nuoc-Mâm : « Les apparences sont parfois trompeuses. » Comme il a raison ! Jamais, du temps de l'époque heureuse, Rachel n'aurait imaginé son fiancé capable du pire ! Il était son tout. Et elle pensait qu'il en était de même pour lui. Il le lui disait tellement souvent ! Et au-delà de ça, le plus important à ses yeux, c'est qu'il lui montrait. Il lui prouvait que ses paroles n'étaient pas que du vent… Elle se souvient d'une fois où elle avait voulu allumer son ordinateur portable professionnel, qu'il avait ramené à la maison. Elle s'était immédiatement retrouvée coincée devant le mot de passe à renseigner. Quand elle lui avait demandé ce qu'elle devait taper, il avait répondu :

— À ton avis ? Qu'est-ce qui est le plus important à mes yeux ?

Rachel avait froncé ses sourcils et son nez d'un air mutin, puis, transportée par le délice enfantin du nombrilisme innocent, elle s'était exclamée :

— Moi !

Vincent avait acquiescé, le sourire aux lèvres :

— Tu as trouvé le mot de passe : R-A-C-H-E-L.

— « R », chuchote Rachel, une once d'excitation dans la voix.

Rachel recommence à écrire les chiffres en face des lettres, en démarrant le premier par la lettre R. Ses gestes se font rapides, mus par cette espèce d'intuition qu'elle ne comprend pas toujours.

— 3 : T – 23 : N – 14 : E – 12 : C – 23 : N – 18 : I – 5 : V.

Elle s'arrête au premier ensemble de chiffres, afin de vérifier que le mot trouvé est cohérent. Il lui faut un peu de temps avant de réagir. TNECNIV. Puis son cœur se met à battre la chamade, et son pouls s'accélère. Elle sent l'écho de son émotion résonner dans les moindres parcelles de son corps. VINCENT. C'est lui dont il est question. Elle a trouvé la clé. Il ne lui reste plus qu'à ouvrir la boîte.

— 23 : N – 24 : O – 3 : T…

Elle poursuit en murmurant, concentrée à l'extrême pour ne pas se tromper ni risquer de déformer une partie du message. Ses doigts courent avec urgence sur le papier, et elle sait que quelque chose d'important est à nouveau en train de se jouer. Quand elle termine son travail, elle a l'impression que son cœur est au bord de l'explosion. Elle inspire un grand coup et regarde le message formé :

```
T N E C N I V   N O T
E M I A   T   E J   E U Q
S A P   E I L B U O   N
I O T   E D   N I O S
S D N E R P
T U O T   I A R E U Q I L P X E   T   E J
S E R U E H   U R   A   E R E P   N O M
E D   E R I A S R E V I N N A   L   E D
R U O J   E L   U A E T A H C   U D   E T O C
A   E D N O M   U D   T U O B   U D   E F A C
U A   S R E G N A   A   I O M   S N I O J E R
T E J U S   N O M   A   E T N O C A R   N O
U Q   E C   S A P   E T U O C E   N
S A P   E T E I U Q N I
T   E N   N E I B   S I A V   E J
R U O M A   N O M
```

Son cerveau n'est pas habitué à lire à l'envers, non seulement avec les lettres de droite à gauche dans un même mot, mais aussi en commençant le texte par la fin. La jeune femme formule les mots lentement, mais ils s'imprègnent en elle avec force, lettres de sang marquant son esprit au fer rouge.

« Mon Amour

Je vais bien ne t'inquiète pas

N'écoute pas ce qu'on raconte à mon sujet

Rejoins-moi à Angers au café du Bout du Monde à côté du château le jour de l'anniversaire de mon père à 14 heures

Je t'expliquerai tout

Prends soin de toi

N'oublie pas que je t'aime

Ton Vincent »

Bouleversée, Rachel se met à pleurer. Les larmes coulent et inondent ses joues. Elle ne peut pas les arrêter. Gautier se réveille en sursaut, et surprend sa cousine en pleurs.

— Qu'est-ce qui se passe ? s'affole-t-il en se relevant d'un bond.

Carole aussi sort du lit, ensommeillée.

— J'ai réussi… J'ai déchiffré le message…

Et Rachel leur tend la feuille de papier. Au début, ils éprouvent quelques difficultés à comprendre le sens de lecture. Gautier est le premier à voir que les mots se lisent de bas en haut, et de droite à gauche, alors il les prononce à haute voix, lentement. Carole pousse un cri de stupeur. À court de mots, elle s'assied sur le lit aux côtés de sa jumelle, et la prend dans ses bras.

— Vincent… Putain, on s'était complètement plantés ! La lettre venait de lui !

— Il avait essayé de te prévenir, ma grande ! s'exclame Carole en s'écartant de Rachel et en la tenant à bout de bras pour la regarder, les yeux brillants d'émotion.

— En tout cas, ça répond à notre question de savoir si Chang Li a essayé de se débarrasser de lui. On dirait bien que ce n'est pas le cas, sinon comment Vincent aurait-il pu prévoir de laisser ce message ?

Tandis que les deux jeunes gens font le point sur ce que cette découverte implique, Rachel, silencieuse, réfléchit. Vincent a menti sur beaucoup de choses, pourtant il disait vrai lorsqu'il lui a confié par texto qu'il l'avait attendue, mais qu'elle n'était jamais venue. Les questions se bousculent dans son esprit. Que signifie « N'écoute pas ce qu'on raconte » ? En l'occurrence, elle n'a pas fait qu'écouter, elle a aussi vu… La preuve irréfutable. Six ans plus tôt, Vincent s'est-il vu contraint de fuir après avoir commis le pire, sachant qu'un témoin pouvait le dénoncer ? Il lui avait donné rendez-vous pour la berner en lui servant de pieux mensonges de jeune débutant ? Elle l'aurait cru, sans doute, à l'époque. D'un autre côté, comment se fait-il que le message se retrouve chez Chang Li ? Voulait-il la protéger ? Ou cela cache-t-il autre chose ? Son cœur se gonfle tour à tour de sentiments contradictoires : la colère, en pensant que Vincent était prêt à se moquer d'elle un peu plus encore, l'espoir lorsqu'elle se dit qu'il n'a pas voulu l'évincer de sa vie, les regrets quant à ce rendez-vous manqué, la tristesse au regard de cette confiance, donnée aveuglément à tort. Elle sait bien que ce mélange ne va pas ensemble, qu'il y a des incohérences ; certaines émotions ne peuvent pas aller avec les autres. Il faut qu'elle sache, à présent.

— Ouh ouh ! Rachel ? T'en penses quoi ?

— Hein ?

— Elle n'écoute même pas !

— Je veux le voir.

— Qui ?

— Vincent.

— Ça va être un peu compliqué, ma belle, puisque quelques centaines de kilomètres nous séparent… Et il est 3 heures du matin.

— Gautier ? Emmène-nous là-bas, s'il te plaît. Je ne peux plus vivre comme ça.

— Bon bon… Je veux bien, mais… s'il ne veut rien nous dire ?

— Nous irons au bluff. On lui raconte qu'on vient de chez Chang Li, qui nous a montré la vidéo. On sait tout, à présent. Nous voulons seulement avoir sa version. Et s'il refuse, on le menace : Chang Li nous a remis le DVD, et nous n'hésiterons pas à le montrer aux flics s'il ne s'exécute pas.

— Et c'est moi, la machiavélique ? Mon Dieu, Rachel ! Il est temps que cette histoire se termine, car je ne te reconnais plus ! Tu es sûre que tu ne veux pas l'appeler, plutôt ?

— Certainement pas. Il aurait le temps de se trouver une nouvelle excuse. Je veux que nous soyons tous les trois à entendre la même version. Et surtout, je veux pouvoir lire la vérité au fond de ses yeux.

Gautier opine de la tête tout en rassemblant ses quelques affaires éparses.

— C'est parti. Nous n'avons pas dormi assez longtemps, mais nous nous relaierons sur la route.

Et tandis qu'ils referment la porte de la chambre derrière eux, le jeune homme ajoute, songeur :

— Je me demande ce que ce message faisait chez Chang Li…

10

La grisaille est de mise en cette matinée d'avril. Paris s'est éveillé depuis longtemps déjà, et les randonneurs, joggeurs, et autres promeneurs sont moins nombreux à cette heure, dans le parc. Miguel tente de calquer son souffle sur celui de Vincent, en vain. Son ami lui parle sans qu'il ne puisse véritablement l'écouter, puisqu'il se concentre sur sa respiration, et il ne peut pas prononcer le moindre mot en retour. C'est horriblement frustrant. Rien que pour ça, il comprend pourquoi il nc court jamais. Aujourd'hui, il a fini par céder, car il pensait pouvoir le faire changer d'avis et l'empêcher de commettre la plus grosse erreur de sa vie. Il espérait profiter de ce moment privilégié, ainsi que de ce point gagné grâce à son sacrifice, pour lui parler et lui faire comprendre que c'est trop dangereux. Mais il n'avait pas songé à son incapacité à ouvrir la bouche, hormis pour souffler comme un bœuf. Ah, par contre, son Lolo, lui, il sait se rattraper ! Depuis qu'il s'est livré, d'ailleurs, c'est comme s'il avait ouvert la boîte de Pandore pour ne plus jamais la refermer ! Miguel est surpris, mais heureux de découvrir sous un jour nouveau celui qu'il voyait comme un incorrigible renfermé. Vincent rattrape le temps perdu. Six ans sans pouvoir se confier à une seule personne, c'est long !

— Marche, mon Miguel, lui conseille Vincent.

Ces mots, Miguel les entend, et il obtempère immédiatement. Pourquoi n'a-t-il pas fait ça plus tôt, d'ailleurs ? Peu à peu, il récupère.

— Respire ! Calque ta respiration sur la mienne. C'est bien. Non, ne t'arrête pas. Tu vas refroidir.

— Ffff... Ffff... Pas grave... De toute façon... Ffff... Ffff... Je repars pas...

— Tu rigoles ? Il nous reste cinq cents mètres à faire pour finir la boucle ! Tu ne vas tout de même pas t'arrêter avant la fin ! (Puis il ajoute, d'un air entendu :) Rachel ne s'était pas arrêtée, elle...

Miguel repart en trottinant. Vincent était sûr que le côté macho de son ami reprendrait le dessus.

— Si... J'y arrive... Ffff... Tu pars pas...

— Pas de chantage, Miguel. Ne te rabaisse pas à ça. Tu sais bien que je dois le faire...

Miguel secoue la tête pour lui signifier que non, il n'est pas obligé.

— Je n'ai plus le choix, reprend Vincent. Ça fait six ans que j'aurais dû le faire. C'est fou, ça ! Il a fallu qu'on en arrive là pour le comprendre ! En fait, je crois que c'est Rachel qui m'en a fait prendre conscience. Après la lettre, j'étais certain qu'elle viendrait... Quand j'ai su au bout d'une semaine d'attente et d'espérance qu'elle ne viendrait pas, j'ai cru que c'était parce qu'elle me détestait ! En fait, le rendez-vous manqué n'était pas dû au fait qu'elle ne se souvenait pas du jour de l'anniversaire de mon père – ça, je n'en ai jamais douté –, et encore moins parce qu'elle m'avait laissé tomber délibérément. Mais tout simplement parce qu'elle était restée dans l'ignorance du message. Durant six ans, cette hypothèse ne m'est jamais venue à l'esprit, tu te rends compte ?

Les mains sur les genoux comme Rachel quelques jours plus tôt, Miguel tente de faire baisser son rythme cardiaque. Il n'a pas tout compris à la tirade de Vincent, mais il doit encore s'agir de ce qu'il lui rabâche depuis qu'il a craché le morceau : sa Rachel, qu'il avait crue perdue à jamais, le haïssant et entraînant toute sa famille dans son rejet, alors qu'en fait, elle n'avait jamais lu le mot. Ou peut-être qu'elle n'avait jamais réussi à le décoder, va savoir ? Il était tout de même tordu, pour pondre un message aussi complexe ! S'il avait pu la prévenir avant, encore, sinon comment aurait-elle pu deviner que le chiffre 1 était égal à la lettre R ? Depuis quatre jours, Vincent ne change pas de disque… S'il avait dû être pareil, lui, quand Estelle l'avait quitté ! Enfin, il l'écoute quand même, son Lolo, car il sait bien qu'il en a besoin. S'il n'est pas là pour lui, qui le sera ? Puisque sa Rachel et son Gautier, cette fois, du coup, le haïssent vraiment…

— Bon sang, j'en peux plus, moi, mon Lolo ! Tu m'as fait courir comme un lapin ! C'est plus de mon âge, mon ami ! Tu n'as donc de respect, ni pour mon pauvre cœur ni pour mes artères ?

Vincent s'esclaffe. Ça fait du bien de l'entendre rire ! Il est dans la merde jusqu'au cou, mais il ne lui a jamais paru aussi léger. Soulagé du fardeau de son mensonge qui le rongeait comme un poison !

— Maintenant, tu vas me faire le plaisir de reporter ton départ, et d'attendre que je puisse t'accompagner.

Tu sais que ce n'est pas facile pour moi en ce moment de prendre quelques jours… En plus, avec Estelle à peine revenue à la maison… Tu ne veux pas que je lui dise déjà la vérité, quelle excuse j'aurai ? Partir en vacances avec toi, alors que nous venons seulement de nous rabibocher, et que je dois la reconquérir ?

— Pardon de te demander de mentir à ta femme. Mais je te promets que je lui expliquerai tout dès que possible. Je lui dirai que si tu ne lui as rien dit, c'est uniquement parce que je te l'ai demandé. Et je ne peux pas t'attendre, mon Miguel. C'est maintenant que je ressens l'urgence d'aller chez Chang Li.

— *Meus Deus*, c'est pas possible d'être aussi buté ! J'ai jamais vu personne d'autre borné de toute ma vie ! Tu m'en ferais presque regretter de t'avoir aidé sur ce coup-là ! S'il t'arrivait malheur, ce serait ma faute ! Tu penses à ton ami, parfois ? Tu t'imagines ce que je deviendrais après ça, moi ? On me dit égoïste, mais sur ce registre, t'es assez fort aussi, mon ami !

— Si c'est un merci dont tu as besoin, pas de souci, mon Miguel : je te remercie du fond du cœur de m'avoir rendu ce dernier service. Promis, après ça, je te bichonne !

— Si tu le peux encore !

Et alors que les deux amis se dirigent vers le bar, et que Vincent attire Miguel contre lui d'un geste exagérément affectueux, en enroulant son bras autour de son épaule, le barman ajoute :

— Bah, pas de ça avec moi, mon ami ! J'ai une réputation à tenir, ici, moi ! Et puis, tu pues !

Tandis que l'eau chaude ruisselle sur le corps de Miguel, emportant les stigmates des quelques minutes les plus sportives auxquelles il se soit adonné ces quelques dernières années – sport en chambre mis à part bien évidemment –, ses pensées vagabondent avec inquiétude vers les projets de son Lorenzo... Miguel a renoncé à l'appeler Vincent. Il restera son Lorenzo, même si c'est pour lui tout seul, après tout, c'est encore mieux. Se rendre chez Chang Li est trop risqué, il en est persuadé. Quels ennuis va-t-il encore s'attirer ? Qu'est-ce qu'il a pu être stupide, à s'emballer pour proposer son aide ! C'est tout lui, ça : agir avant de réfléchir. La veille, trop heureux d'avoir trouvé le moyen d'obtenir l'adresse de Chang Li – et de pouvoir épater Vincent, il doit bien l'avouer –, Miguel s'est empressé d'appeler la Banque Charrier, l'entreprise dans laquelle travaillaient Vincent et le chef de la sécurité au moment du drame. Lorsque la standardiste a décroché, il s'est fait passer pour un agent du service des impôts, souhaitant parler à une personne des ressources humaines. Jusque-là, rien de bien compliqué. La fille n'a pas fait barrage. Quand une nouvelle interlocutrice a pris le relais, et qu'il a reconnu une voix jeune, il s'est enhardi :

— Bonjour, madame. M. Aubineau du service des impôts. J'ai besoin d'envoyer une relance pour impayé à l'un de vos salariés, mais le courrier m'est revenu, car il n'habite plus à l'adresse indiquée. J'avais 5, rue de la Croix à Fontenay-le-Comte pour M. Chang Li. Pouvez-vous m'indiquer s'il a changé d'adresse ?

Prêcher le faux pour avoir le vrai.

— Monsieur... ? Vous m'avez dit ?

— M. Chang Li.

— Nous n'avons personne de ce nom.

— Il a peut-être quitté votre société. Vous pourriez vérifier ?

— Attendez, monsieur, je regarde.

Miguel entend quelques clics à l'autre bout du fil. La fille doit être nouvelle, elle n'a pas connu Chang Li. En attendant, il repense à sa facilité pour mentir. M. Aubineau… Où a-t-il été chercher ce nom ?

— Allô ? Oui, j'ai bien un M. Li dans nos archives. Vous n'aviez effectivement pas la bonne adresse, car moi j'ai route des Cerisiers, toujours à Fontenay. Par contre, je n'ai pas de numéro. Vous patientez, je vais voir ailleurs si je ne trouve pas l'adresse complète ?

De nouveau quelques clics, et le bruit du souffle dans le téléphone.

— Tiens, c'est bizarre, j'ai une autre adresse : 12, impasse des Grands-Chemins à Aubagne… Excusez-moi, monsieur… Marlène ? Dis-moi, j'ai un monsieur des impôts en ligne qui veut connaître l'adresse de M. Li Chang, car il n'arrive pas à le contacter. Mais j'ai deux adresses dans le système… une ici et l'autre dans le Sud, tu sais pourquoi ?

Miguel entend la réponse de la collègue de très loin :

— Chang Li a déménagé dans le Sud, c'est pour ça. Par contre, tu ne dois pas donner les adresses perso des salariés comme ça ! Si le type des impôts en a besoin, il envoie sa demande par courrier en bonne et due forme.

— Ah, d'accord… Monsieur ?

Miguel s'empresse de raccrocher. Il a obtenu ce qu'il voulait.

Le barman soupire en terminant de s'essuyer, tandis qu'il repense à cette conversation. À l'autre bout du couloir, il entend Vincent qui discute avec Estelle.

Il s'habille à la hâte, et les rejoint. Estelle se met à rire en le regardant :

— Regardez-moi ça comme il a l'air inquiet à l'idée de devoir se passer de son Lolo pendant quelques jours !

— Pas du tout !

— Menteur !

— Arrête de dire ça, tu sais bien que je n'aime pas ça.

Le regard du couple s'assombrit, alors qu'il est question à demi-mot de la tromperie de Miguel. Estelle réussit à passer outre l'ombre qui plane au-dessus d'eux. En acceptant de revenir vers lui, elle a aussi admis que le chemin sera difficile. Elle s'est persuadée qu'au début, elle devra prendre sur elle, mais qu'à force d'optimisme, les choses finiront par rentrer dans l'ordre. La confiance reviendra, comme avant.

— Bon, allez, moi j'y vais. Il faut que je passe faire quelques courses avant d'embaucher. Il y a besoin de quelque chose ?

— Je vais bientôt tomber en panne d'éponges pour le bar.

— Rroo, Miguel, pas pour le bar, pour la maison ! On ne mélange pas les comptes !

— Enfin, Estelle, tu peux quand même acheter des éponges pour le bar avec l'argent de la maison, et quand on en rachètera pour la maison, on les paiera avec l'argent du bar !

— C'est vrai que tout est toujours si simple, avec toi…

— Je ne vois pas où est le problème, ma belle ! Tout un pataquès pour moins de quatre euros !

Estelle se tourne vers Vincent, resté silencieux, et soupire :

— Et il ne veut pas me croire quand je lui dis qu'il est tendu à cause de ton départ ! Tu vas nous manquer, mon Lolo.

Estelle se penche pour embrasser Vincent sur les joues.

— Profite bien de tes quelques jours de vacances. Tu as raison de partir, ça va te faire du bien ! Depuis le temps que tu n'es pas parti, et avec tout ce que tu viens de traverser, en plus ! Allez, je file ! Et surtout, tu appelles pour dire que tu es bien arrivé ! Bisous ! À ce soir, Miguel. Je serai là vers 21 heures. Lila dort chez Maman. Ciao !

Elle sort en claquant la porte. Miguel expire bruyamment.

— Bon sang de bonnes femmes ! Tu peux me dire pourquoi on en a tant besoin ?

Vincent ne répond pas. Il est surtout désolé qu'à cause de lui, Miguel soit obligé de mentir à sa femme. Il se lève du canapé et se dirige vers son sac de sport. Il en sort une petite boîte. Puis il la tend à son ami. Ce dernier l'ouvre et jette un œil à l'intérieur, même s'il a déjà vu ce qu'elle contient : un cliché de Rachel, de la taille d'une photo d'identité, pris il y a quelques années, et un DVD. Vincent murmure, comme pour éviter de se porter malheur :

— Je te confie cette boîte. Si les choses tournent mal, essaie d'en faire bon usage, mon Miguel.

*

— Arrête de pousser ! râle Carole en se tournant vers Gautier. Passe le premier, puisque tu es si pressé.

La jeune femme s'écarte, un tantinet à fleur de peau. Tout le monde est tendu. La route a été longue pour parvenir jusqu'à La Salsa Rosa, d'autant plus que Gautier a préféré éviter les péages. Le manque de sommeil des trois jeunes gens les a poussés à s'arrêter un nombre incalculable de fois, c'est pour cela qu'ils viennent seulement d'arriver, en milieu d'après-midi. Après avoir garé la voiture le long du parc, ils pénètrent dans le bar. Les heures passées sur la route, cumulées à la fatigue, ainsi qu'à la confusion apportée par le message codé et sa mystérieuse signification, ont eu raison de leur colère. L'un comme l'autre en veulent bien sûr à Vincent pour ce qu'ils ont vu ou entendu sur la vidéo, mais leur émotion s'est apaisée. S'ils avaient eu Vincent à portée de main dès leur sortie de chez Chang Li, ils auraient, chacun à sa manière, déversé leur rancœur et leur incompréhension sur lui, sans chercher à le ménager. Mais le temps finit toujours par atténuer les choses, rendre leur contour plus flou et moins tranchant. Preuve en est encore aujourd'hui, puisque c'est dénué de tout sentiment de haine que les trois jeunes gens franchissent la porte du bar. Ils sont juste déterminés à obtenir enfin les réponses à leurs questions. Vincent n'aura pas d'autre choix que de les leur fournir, sinon, comme le suggérait Rachel, ils n'hésiteraient pas à bluffer et à le menacer. Malgré cette profonde détermination, le cœur de Rachel s'emballe lorsqu'elle s'imagine se retrouver bientôt nez à nez avec lui. Ne pas se laisser influencer par le passé, c'est cela qui va être le plus difficile. La jeune femme arrange sans même s'en rendre compte sa tignasse rebelle. Elle a une fois de plus trop tiré sur ses boucles, qui ont perdu de leur rondeur. D'un simple coup d'œil, ils s'aperçoivent qu'il n'y a personne au comptoir. Une porte dans le fond claque. Des pas résonnent. Au fond de la salle, Miguel, qui n'a pas remarqué leur présence, discute avec un client. La personne qui revient de la remise est donc Vincent. Rachel tente de calmer sa nervosité croissante. Une silhouette apparaît... Ce n'est pas Vincent, mais ce jeune homme qui a déjà effectué quelques remplacements ou quelques extras ici, notamment pour la soirée salsa. Tous les trois soupirent de déception et de frustration, car sa présence n'est pas bon signe. Le garçon leur adresse un cordial mais réservé signe de tête, les bras chargés de bouteilles de bière. Cependant, ils n'ont pas le temps d'échanger davantage, que d'autres pas cette fois plus pressés se font entendre dans leur dos. Le cœur de Rachel se paie de nouveau le luxe de dynamiques pulsations, mais la déception s'abat encore une fois : c'est Miguel, qui s'exclame :

— *Meus Deus !* Vous en avez mis du temps !

Les trois autres se regardent, incrédules. Qui a prévenu de leur arrivée ?

— Je me demandais si vous aviez disparu de la circulation, ou non ! Je me suis fait un sang d'encre, moi ! C'est seulement maintenant que vous vous décidez à apparaître ! Alors qu'il est presque trop tard ! Personne n'a de respect pour mon cœur, aujourd'hui !

— Excuse-nous, Miguel... De quoi tu parles ?

— J'essaie de vous joindre depuis des jours, pardi ! Enfin, ta sœur, plus exactement, puisque je n'ai que son numéro... Ça ne t'arrive jamais de répondre à ton téléphone, ma belle ?

Rachel ne sait que répondre. Instinctivement, elle fouille dans son sac pour y dénicher l'objet de la discorde. Oui, c'est vrai, elle l'avait éteint chez Chang

Li ! Avec toute cette histoire de lettre et ensuite le trajet en voiture, elle n'a pas pensé à le rallumer. Par contre, Miguel doit exagérer un peu, car si cela faisait réellement plusieurs jours qu'il cherchait à la joindre, elle l'aurait remarqué, puisqu'elle a enregistré son numéro. Or, elle n'a pas reçu tant d'appels : il y a eu ce numéro masqué, mais il s'agissait en fait du procureur. Et puis ce 01, mais elle pensait que c'était Vincent. À moins que…

— Avec quel numéro m'as-tu appelée ?

— Avec le fixe du bar. Je t'ai laissé plusieurs messages vocaux, tu ne les as pas reçus ?

Rachel fait non de la tête. C'était donc lui, et non Vincent, comme elle l'avait cru… Bizarrement, elle se sent déçue.

— Qu'est-ce qui se passe ? Où est Vincent ? demande Gautier avec une telle gravité que Miguel semble recevoir une décharge électrique, et il ne fait plus du tout référence à ses coups de fil vains.

Le barman hoche la tête en direction du comptoir d'un air entendu. Ses visiteurs regardent dans sa direction et se rappellent la présence du jeune extra. Visiblement, Miguel ne souhaite pas s'exprimer devant lui. Il va s'entretenir quelques secondes avec son salarié et lui demande s'il peut rester seul à tenir le bar quelques instants. Le patron le rassure en ajoutant qu'il ne s'absente pas, puisqu'il se rend à l'étage. S'il a la moindre question ou le moindre souci, il l'appelle, et il descendra sur-le-champ. Jérémy acquiesce, l'air détendu. Il se sent capable de gérer les quelques clients présents et ceux à venir.

— Un bon p'tit gars…, déclare Miguel en grimpant les escaliers, les trois autres dans son sillage.

Le barman les fait entrer dans son salon et asseoir sur le canapé. Un doux parfum règne dans la pièce. Sur la table basse, trois bâtonnets ont été disposés dans un flacon rose aux formes harmonieuses. La maîtresse de maison a réintégré les lieux, et cela se sent autant que cela se voit.

— Lorenzo est parti se faire vengeance lui-même, annonce leur hôte.

Gautier toussote, puis se racle la gorge, les yeux exorbités.

— Ce serait à lui de se venger de quelque chose ? Je nage en eaux troubles, je n'y comprends plus rien, moi ! On se tape plus de mille cinq cents bornes en deux jours pour se payer des migraines à s'en cogner la tête contre les murs, à force de chercher à comprendre ce qui nous dépasse. Je commence à en avoir plein les basques ! J'ai faim, j'ai soif, je suis crevé, et je voudrais savoir pourquoi mon pote a voulu la mort de mon grand-père, et pourquoi il se paie ensuite le culot de vouloir se venger ! De qui ? De quoi ?

Miguel contemple le jeune homme et se décompose au fur et à mesure de sa tirade. Quand Gautier se tait, Miguel, bouche bée, ne peut retenir un cri d'exclamation.

— Alors vous savez ?

— Bien sûr qu'on sait ! Mais alors, toi aussi…

— Je le sais parce que c'est lui qui me l'a dit. Par contre, ce n'est pas le cas pour vous, car Lolo ne sait pas que vous savez… *Meus Deus*, c'est une histoire de fous !

— Arrête de l'appeler Lolo, on dirait presque que tu lui pardonnes son geste !

— Ah non, mais si vous savez, alors que ce n'est pas Lolo qui vous a raconté, vous connaissez l'autre version ! Moi, j'ai entendu la vraie ! Lolo, il s'est fait avoir dans l'histoire ! Ce n'est pas lui, le coupable…

— Écoute, Miguel, déclare prudemment Rachel. On aimerait beaucoup te croire, mais nous revenons de chez Chang Li. Il nous a montré la vidéo, et nous avons vu la preuve de nos propres yeux ! Vincent est malheureusement bien coupable.

Miguel bondit sur ses jambes et s'exclame :

— Vous étiez chez Chang Li ? Vous êtes allés là-bas ? *Meus Deus !* Mon Lolo, c'est là qu'il va !

— Que compte-t-il faire ? Tuer Chang Li ?

Les paroles de Carole résonnent d'une drôle de façon.

— Bien sûr que non ! Vous avez l'air de le prendre pour un monstre ! Lolo ne ferait jamais une chose pareille ! Vous l'avez connu plus longtemps que moi, mais j'ai l'impression que c'est moi qui sais le mieux qui il est au fond de lui. Il est seulement parti récupérer la vidéo.

Le silence retombe. Chacun réfléchit, mais les idées s'embrouillent.

— Pour quoi faire ? Supprimer la dernière trace du passé ?

— Pour rétablir la vérité, ma belle.

Une sorte de sérénité se dégage soudain de Miguel, comme si le fait d'avoir prononcé ces paroles devait les faire devenir réalité. Comme s'il mettait une foi inconditionnelle en son ami et en sa capacité à atteindre son but. Mais quelle vérité ? Miguel se dirige vers la cuisine et revient avec des bouteilles de bière dans les mains. Il les décapsule avec dextérité, et les pose devant chacun de ses invités, sans avoir demandé si cette boisson convenait à tout le monde. Rachel n'en est pas friande, mais elle se dit qu'elle a bien besoin d'un verre d'alcool pour faire face à la situation.

— Quelle vérité ?

La voix rauque de Gautier retentit, après qu'il s'est passé une main sur le bas du visage.

— Toi, l'énervé, tu vas te détendre un peu. Tu as soif ? Voici de la bière. Désolé, mais je n'ai rien d'autre. Le reste est en bas, et j'ai la flemme de descendre. Tu as faim ? Tiens, ne bouge pas, je dois avoir un sachet de gâteaux dans ce placard. Voilà, vous vous servez. Tu veux comprendre pourquoi le pote que tu détestes tant veut se venger ? Il va déjà falloir que tu fasses preuve d'un peu d'ouverture d'esprit, et que tu envisages un seul instant qu'il ne soit pas coupable. Car Lorenzo est innocent. *Votre Vincent est innocent.* Il n'aurait jamais fait de mal à une mouche, et surtout pas à votre grand-père, car *il l'aimait.* C'est lui qui me l'a dit. Comment je saurais ça, sinon ? J'aurais préféré que ce soit lui qui vous dise ça, mais il n'est pas là. Alors je vais me faire son porte-parole : Lorenzo s'est fait berner. Il s'est fait rouler dans la farine par ce Chang Li que vous êtes allés voir et qui vous a tout autant dupés. Lorenzo affirme que la vidéo est un montage. C'est comme ça que votre grand-mère l'a cru coupable. Chang l'a réduite à ce qu'il a voulu montrer. Lorenzo est parti récupérer le DVD, pour tenter de mettre au jour l'histoire dans son intégralité.

Les trois autres sont sous le choc de ce qu'ils viennent d'entendre. Rachel a envie de faire preuve d'ouverture d'esprit, comme Miguel l'a suggéré à Gautier, mais elle ne peut pas faire tomber les remparts aussi facilement.

— Et tu l'as cru ? demande-t-elle.

— Oui, je l'ai cru.
— Pourquoi ?
— Parce que c'est ça, l'amitié.
— Il t'a pourtant menti.
— Je suis mal placé pour dire que je ne mens jamais. Je ne dis pas que le mensonge est une bonne chose, ah ça, non, mes amis ! Il fait même beaucoup de dégâts autour de soi. Y compris pour soi-même. Mais en l'occurrence, Lolo avait une bonne excuse. C'est peut-être pour ça, aussi, que je l'ai cru. Malgré ce que j'ai vu…
— Je le savais ! s'exclame Carole, à présent tout excitée. Depuis le début, je le savais ! Rappelez-vous, chez les parents : j'étais la seule à le défendre ! Vous deux, vous étiez bien trop aveuglés par la colère d'avoir cru qu'il nous avait menti… Mais Vince n'aurait jamais été jusque-là sans bonne raison ! Mais… que veux-tu dire, Miguel, par « malgré ce que j'ai vu » ? interroge-t-elle en repensant aux derniers mots du barman.
— Il m'a montré la vidéo.
— Quelle vidéo ?
— Eh bien, la même que celle que vous avez dû voir chez Chang Li, je présume.
— C'est impossible. L'autre vidéo, c'est Grand-Ma qui l'a.
— Gautier a raison, enchérit Rachel. Chang Li nous a dit avoir laissé une copie à Grand-Ma, mais il n'a pas parlé d'un autre exemplaire.
— Vincent a réussi à le dérober. C'est lui qui l'a récupéré.
— Mais alors… pourquoi aller chez Chang Li chercher le DVD ?
La voix de Carole monte dans les aigus.

— Parce que Lolo a lu sur Internet que l'original pouvait être rétabli. Apparemment, une protection sur les vidéosurveillances empêcherait de supprimer définitivement des séquences. Il m'a laissé sa copie au cas où les choses tourneraient mal, mais je ne vois pas ce que cela pourrait nous apporter…

Le silence emplit la pièce à nouveau, tandis que l'ampleur des révélations fait son chemin dans l'esprit de chacun. Rachel songe à la dangerosité du plan de Vincent. Si Miguel dit vrai, Chang Li n'accueillera probablement pas Vincent à bras ouverts. Puis elle repense au message codé. Il prend alors une tout autre signification. Vincent se savait en danger. Il a cherché à disparaître, mais pas définitivement. Il a essayé de la prévenir, avec la plus grande prudence.

— Chang Li a intercepté la lettre pour que je ne la trouve pas. Lorsqu'on pense à l'innocence de Vincent, les pièces du puzzle s'imbriquent d'une autre façon. Ce serait si plausible !

Rachel agrippe la main de sa sœur avec force. Elle a une telle envie d'y croire.

— De quelle lettre parles-tu ?

Rachel sort le morceau de papier plié en quatre de son sac à main. Miguel le parcourt des yeux un instant, avant de partir dans un grand éclat de rire. Les autres le considèrent d'un air circonspect.

— Vous avez réussi à décoder ce casse-tête ? Alors là, je vous tire mon chapeau ! Lolo a toujours pensé que toi, Rachel, tu le haïssais pour ce qu'il était censé avoir fait, et que tu l'avais banni de ta vie. Puis, en te retrouvant, il a vu que tu n'avais jamais eu le message. Quand il m'en a parlé, je me suis dit qu'aucun de vous n'avait jamais dû comprendre un truc aussi tordu ! Mais en fait, vous êtes tous aussi timbrés, ma parole !

Gautier ne peut s'empêcher de sourire en coin. Eh oui, c'est grâce à Grand-Pa et ses récits sur la guerre, tout ça ! Vincent n'aurait pu utiliser leurs jeux d'enfants, s'il avait fait du mal à Grand-Pa. Tout cela est absurde ! Le jeune homme a lui aussi envie de croire à cette version des faits… Il n'en connaît pas encore tous les tenants et les aboutissants, mais c'est beaucoup plus réconfortant de rétablir sa confiance à l'égard de celui en qui il a toujours cru ! La trahison serait la pire des issues. Il doit bien reconnaître qu'il s'est montré suspicieux quand ses cousines lui ont parlé de la vidéo, une fois sorties de chez Chang Li, allant même jusqu'à déclarer qu'on se laisse toujours influencer par ce qu'on veut nous faire voir. Preuve qu'il n'était pas complètement fermé d'esprit, comme l'a si injustement signifié ce donneur de leçons de Miguel… Mais en parlant de vidéo…

— Tu as dit que Vincent t'avait laissé son DVD ?

— Oui, pourquoi ?

— Je voudrais le voir. Je n'ai pas accompagné les filles, je suis le seul à ne pas avoir vu la scène.

Miguel hoche la tête et obtempère. Il va jusqu'à sa chambre et fouille dans son placard pour y dénicher, calée sous une pile de pantalons, la petite boîte, qu'il rapporte au salon. Il en sort le DVD et l'insère dans le lecteur. Rachel, qui ne se sent pas vraiment le cœur de revoir les images, fouille dans le petit écrin de bois. Il n'y a pas grand-chose à l'intérieur. Juste une photo d'elle. Elle se regarde, avec quelques années de moins. Elle se souvient des circonstances dans lesquelles le cliché a été pris : elle avait besoin de renouveler sa carte d'identité. En se rendant à la mairie, la dame lui avait dit que ça n'allait pas, les photos n'étaient pas conformes. Les normes avaient changé, elle ne devait plus sourire. On lui avait conseillé de se rendre chez un photographe. Rachel s'était dit que c'était dommage, elle avait fait des photos pour rien. Mais Vincent n'avait pas vu les choses ainsi. Au contraire, il avait déclaré que c'était tant mieux, puisqu'il n'avait pas de portrait d'elle dans son portefeuille, et qu'une photo avec le sourire, c'était quand même plus joli.

Malgré elle, le regard de Rachel est attiré vers la télévision. Les images défilent, semblables à celles visionnées chez Chang Li. La même vidéo en noir et blanc, sans bande sonore, de qualité plus que médiocre, avec des coupures aux mêmes moments. Le problème ne provenait donc pas de la télé de Chang Li. Il avait dû se payer leur tête pour éviter leurs soupçons… La bande s'arrête net, et comme au premier visionnage. L'effet que procure le film est glaçant.

— Brrr… Ça vous fiche la chair de poule, de voir des trucs pareils !

Miguel se lève pour sortir le DVD du lecteur et le ranger, mais Gautier stoppe son geste.

— Excuse-moi. Je peux regarder ?

Miguel acquiesce d'un signe de tête et lui tend l'objet. Gautier le tourne et le retourne dans ses mains. Il passe un doigt sur le disque jaune au milieu du CD. Sous le regard des trois autres qui l'observent en silence, il annonce d'une voix blanche :

— Ce DVD, *c'est* l'original.

*

Vincent s'octroie le plaisir de se laisser aller aux caresses des mains expertes. La tête penchée en arrière, il apprécie le massage de la fille sur son cuir chevelu. Ce moment est d'autant plus précieux, que c'est probablement le dernier – jusqu'à quand ? – dont il va pouvoir profiter, avec cette tranquillité inestimable. Les doigts habiles se retirent soudain, et Vincent sent l'eau tiède rincer la mousse. Lorsqu'il rouvre les yeux, il ne peut s'empêcher de cligner des paupières à cause du silicone. Il n'a pas l'habitude de porter des lentilles. Le corps étranger dans son œil provoque une gêne désagréable.

— Vous pouvez passer devant la glace, monsieur Lopez.

Ici, il est connu sous ce nom-là. Vincent prend place dans le fauteuil, et regarde droit devant lui, cet étranger aux yeux marron qui le fixe intensément.

— Vous n'avez pas changé d'avis, monsieur Lopez ? On coupe court ?

Vincent acquiesce d'un signe de tête. Il a la gorge nouée à cause de ce que la fille s'apprête à faire, mais il est sûr de lui. Pour l'instant, ce qui le dérange un peu, c'est la couleur de ses yeux : des yeux marron, qui lui semblent factices. Il n'arrive pas à déterminer si c'est parce qu'il n'est pas habitué à se voir ainsi, ou si la qualité des lentilles n'est pas optimale. Peu importe, de toute façon, c'est seulement pour passer inaperçu. La vendeuse n'a pas pu s'empêcher, tout à l'heure, de commenter son achat : « C'est dommage, de cacher d'aussi jolis yeux ! » Un peu pris au dépourvu, Vincent a répondu qu'il était invité à une soirée déguisée. Mentir. Encore. Il en a plus qu'assez de devoir se surpasser dans l'art du mensonge. Mu par la nécessité de voir la vérité éclater au grand jour, il ne pense plus qu'à ça. L'exactitude des faits révélée à la face du monde apparaît comme une urgence, un besoin vital sans lequel il ne se sent plus la force de continuer à avancer. Ces pensées le bouleversent, l'exaltent, le transcendent. Jamais il n'a ressenti une envie aussi essentielle, comme si sa vie en dépendait. C'est bien cela dont il est question, puisqu'il n'a plus de vie. Qui peut accepter de mener une existence sans identité ? Comment a-t-il fait pour tenir six ans ? Trois prénoms apparaissent devant ses yeux : Miguel, Estelle et Lila. Trois personnes dans sa vie, qui l'ont empêché de sombrer. Pour elles aussi, comme il a hâte que cette vérité éclate ! Après cela, chacun sera libre de l'aimer ou non. Ça n'aura plus la même importance, étant donné qu'on le jugera pour les faits, tels qu'ils se sont déroulés. Payer pour des actes qu'il n'a pas commis, il en a assez. Depuis toutes ces années, il semble se complaire dans son état de victime. Parfois, il se donnerait bien des claques ! Les mèches de cheveux tombent tout autour de son visage, tandis que la coiffeuse s'active au-dessus de lui. Il lui a demandé de ne pas toucher à sa barbe. Cela fait quelques jours qu'il ne s'est pas rasé. Elle pousse vite, car elle a déjà dépassé le stade de la simple ombre sur le visage. Sa coupe prend forme. Bientôt il sera méconnaissable.

Vincent se demande ce qu'il aurait pu advenir de sa vie si elle avait été différente. S'il n'y avait pas eu cette soirée maudite. D'ordinaire, il fait pression sur son esprit pour s'empêcher d'y songer. Il part courir, ou il se force à se concentrer sur un autre sujet. Mais là, il laisse vagabonder ses pensées vers ce passé, parfois aussi proche que lointain. Et il repense à ce soir-là, quand il n'a pas eu d'autre choix que de prendre sa moto pour aller la planter dans un arbre.

Ce soir-là, sortir la moto du garage pétrifie Vincent. Encore plus que lorsqu'il est monté dessus pour la première fois. Ce qu'il s'apprête à faire, jamais l'idée ne l'aurait effleuré. Pourtant, après deux bonnes heures de réflexions en élaborant les plans les plus farfelus, c'est le seul qui lui soit apparu comme l'échappatoire ultime. Le jeune homme sort doucement du loft, sans accélérer trop fort pour ne pas éveiller l'attention du voisinage. Une dizaine de minutes pour atteindre son but. Il n'en faut pas plus. Il ne doit pas trop cogiter, afin de ne pas reculer.

Pour elle. Pour eux. Pour lui-même.

Vincent respecte les limitations de vitesse. On ne sait jamais, il ne manquerait plus qu'il se fasse avoir ce soir, et tous ses plans tomberaient à l'eau. Pire, cela pourrait avoir des conséquences dramatiques. Il sait très bien où il doit se rendre. Il n'a pensé qu'à un seul endroit : celui de leurs amours d'adolescents. Il se trouve sur une petite route peu fréquentée à cette heure tardive. De plus, avec la rivière qui coule en bordure, on pourra finir par croire, en l'absence de corps, que les eaux l'ont englouti et ont emporté le secret des événements de ce 2 juin 2011.

Mais Rachel n'aura pas le temps de s'inquiéter, puisqu'elle aura déjà trouvé la lettre codée qu'il lui a laissée chez Grand-Ma. Il n'est pas certain qu'elle repasse au loft avant d'être alertée au sujet de l'accident, mais il sait qu'elle doit déposer sa grand-mère chez elle. Vincent fait un détour pour arriver par la petite route dans le bon sens. Il connaît les environs par cœur. Quand il arrivera à hauteur du chemin, il y aura une longue bande d'herbe sur sa gauche, longeant la Mère. En face, avant un virage, un arbre se dressera, un peu à l'écart, éclairé des seuls phares de la moto dans cet endroit sombre. Derrière l'arbre, la Mère. Vincent se concentre. Il doit faire preuve de vigilance, et repérer tout signe susceptible de faire capoter ses plans. Ça y est, il se trouve sur la petite route. Il doit à présent accélérer. Il n'a plus besoin d'embrayer pour changer de vitesse. Combien de fois se sont-ils entraînés, Gautier et lui, à rouler comme de vrais motards expérimentés ! L'ombre de son ami se profile devant lui. Contre toute attente, cela lui redonne de l'énergie. Lui aussi, il saura bientôt. Ce n'est l'affaire que de quelques semaines. En attendant, il se doit de mener à bien son plan.

Pour lui. Pour elle. Pour eux. Pour lui-même.

Dans la pénombre, il distingue sur sa gauche la forme épaisse et feuillue de l'arbre de leurs dix-sept ans gravé au couteau suisse. Et s'il mourait ce soir ? Il ne doit pas songer à ça. Il faut rester concentré. La silhouette de l'arbre qu'il est venu honorer se dessine au loin. Vincent fait un écart pour sortir de la route et emprunter la plate-bande herbeuse. Il accélère une nouvelle fois. Lancé à vive allure, il n'a pas le droit à l'erreur. En l'espace de quelques secondes, sa moto va percuter l'arbre de plein fouet. Si l'engin manque sa cible et plonge directement dans la Mère, ce n'est pas grave. L'histoire restera tout autant crédible. En revanche, si lui saute une fraction de seconde trop tard, ou bien reçoit des projectiles provenant de la moto déchiquetée, il peut y rester. D'ailleurs, pourquoi a-t-il choisi de lancer le bolide contre l'arbre ? Un plongeon dans la Mère aurait été amplement suffisant, et surtout moins dangereux… Il est trop tard pour changer d'option. Dans deux secondes, il doit sauter.

Pour elle.

Une. Deux.

Vincent concentre toute sa force dans ses jambes, pour les faire fonctionner comme un ressort, et s'éjecter de la bécane. L'instant où son corps se tend pour s'expulser de la moto semble s'écouler au ralenti, comme dans un de ces films d'action qu'il aurait probablement adoré. Puis le bruit de l'impact retentit avec une puissance saisissante, et les images s'accélèrent. Roulé en boule, il atterrit sur le sol. La chute est douloureuse, il a l'impression qu'il pèse une tonne au moment du choc. Sonné, il reste un moment recroquevillé. Le casque l'oppresse comme un étau, et pourtant, sans lui, sa nuque aurait pu se briser. Il n'a plus aucune notion de temps. Tout est allé si vite, il ne saurait même pas dire comment il a fait. Il sait juste qu'il est vivant.

Enfin, il ne sait pas encore dans quel état il se trouve. Il fait noir à présent. Les phares ont éclaté au moment de l'impact. Vincent se lève à tâtons. Il commence à toucher la jugulaire de son casque pour vouloir l'ôter, mais tout à coup, une terreur sourde s'empare de lui. Il a lu quelque part qu'il arrivait parfois que lorsque des motards victimes d'accidents enlèvent leur casque, leur cervelle vienne avec. Le goût de la bile remonte dans sa gorge.

Les mains tremblantes, il se saisit d'une anse de son sac à dos puis il fouille à l'intérieur, et trouve la petite lampe de poche qu'il a emportée. Il l'allume, se passe les mains sur le visage. Il est trempé. Il place ses doigts dans le faisceau de la lampe, le cœur battant. Ce n'est pas du sang, mais de la sueur. Ouf.

Il lui faut cependant quelques secondes de plus pour oser enlever son casque. Il est entier. Quelque part là-haut dans le ciel, une petite étoile veille sur lui. Vincent pousse un profond soupir de soulagement, et pour évacuer la tension, il jette de toutes ses forces l'objet de sa dernière angoisse dans la rivière en contrebas. Lorsque les gendarmes retrouveront le casque dans la Mère, ils orienteront leurs recherches sur la rivière. Et alors, si on le croit mort, on le laissera tranquille, au moins le temps qu'il fasse ce qu'il a à faire. Il ne doit pas perdre de temps à présent. Il n'a pas fait tout ça pour rien. Avec des gestes précis, il pose son sac à dos devant lui. Il se déshabille et troque ses vêtements et chaussures de motard contre un short, un T-shirt et des chaussures de course. Son épaule gauche est douloureuse, mais ça va aller. Demain, loin d'ici, il s'achètera de l'arnica avec les quelques billets qu'il a pris. Puis il fourre ses affaires dans son sac, qu'il remet sur ses épaules, avant de courir loin des lieux du drame.

Pour elle. Pour eux. Pour lui-même.

— Ça n'a pas l'air de vous plaire, monsieur Lopez ?

Vincent sort subitement de ses pensées, aussi sonné que s'il venait de vivre la scène. La coiffeuse se méprend sur l'expression de son visage. Il s'empresse de la rassurer :

— Ne vous inquiétez pas, c'est très bien. Et puis, des cheveux, ça repousse.

— C'est le temps de vous y habituer, vous verrez. Ça fait du bien, des fois, de changer de tête, dit-elle en époussetant à l'aide de son blaireau les petits cheveux tombés dans son cou. (Puis, elle ajoute, en le gratifiant d'un clin d'œil :) Faites attention, il y en a qui y prennent goût, et qui changent de vie après ça !

Si seulement ça ne tenait qu'à lui ! Heureusement qu'il n'a pas choisi de se faire raser la tête, cela aurait été le signe qu'il risquait de finir en prison, sans passer par la case départ !

Vincent paie et remercie la coiffeuse. Maintenant qu'il a terminé sa transformation, il ne lui reste plus qu'à rentrer chez lui préparer son sac. Le jeune homme consulte son téléphone : Miguel n'a pas essayé de le joindre. C'est bizarre, car son ami avait l'air tellement angoissé à l'idée de le laisser partir seul ! Vincent est certain qu'il va encore essayer de l'en dissuader. Il a peut-être raison, il va risquer sa vie. Mais il ne peut plus reculer. Il ne pourra plus vivre comme ça, de toute façon. Alors, pour s'assurer de ne pas être tenté de faire machine arrière à cause d'un Miguel trop persuasif, Vincent éteint son portable, avant de le remettre dans sa poche. Puis, ne pensant plus qu'à se hâter pour enlever les lentilles qui lui assèchent les yeux, il termine à pied le chemin qu'il lui reste à parcourir pour se préparer au départ.

*

— Répondeur, encore une fois…, grommelle Miguel. Oui, Lorenzo, c'est moi. Écoute, mon ami : ne pars pas. Ne prends pas ce fichu train, ce n'est pas la peine ! Et va encore moins jusqu'à chez ce taré de Chang ! C'est un truc de dingue, mon pote : depuis le début, c'est *toi* qui as l'original, tu m'entends ! Depuis tout ce temps, tu détiens la vérité ! Pourquoi je te dis ça comme ça, moi ? Comment on fait pour modifier ce message ? Te laisser un machin pareil de but en blanc sans préparation et sans être à côté de toi quand tu vas l'écouter, j'avoue, c'est un peu hard ! Mais après tout, si ça doit t'empêcher de partir, c'est l'essentiel ! Rapplique, mon ami ! Fais vite, on t'attend ! Allez, à tout de suite. Euh… au fait, quand je dis « on », c'est moi et tes potes… Enfin, viens et tu comprendras.

Il ajoute en bougonnant, une fois la communication coupée :

— J'ai jamais été bon pour laisser des messages, moi.

— Tu crois qu'il réussira à comprendre quelque chose ? le taquine Carole. (Puis, retrouvant son sérieux :) Tu es tombé sur son répondeur ?

Miguel hoche la tête, l'air grave.

— Il est soit déjà parti pour la gare, et il ne capte pas, ou bien il n'a plus de batterie… *Meus Deus*, qu'est-ce qu'on va faire ?

Le Brésilien fait partie de ces personnes qui, quelle que soit l'expression de leur visage ou la façon dont elles abordent les situations, ne sont jamais prises au sérieux. Étant donné qu'elles sont toujours dans l'exagération, les autres se demandent où se trouve la frontière entre la comédie et la sincérité, quand ils ne se méprennent pas. La première réaction de Carole est de rire. Mais elle se ravise en songeant à sa sœur. Elle, elle ne se moquerait pas de Miguel, car elle aurait deviné que cela le blesserait. Et puis, elle partage l'inquiétude du barman : que se passera-t-il si Vincent n'écoute pas le message de Miguel avant de monter dans son train, ni même en arrivant à destination ? A-t-il prévu de se rendre chez Chang Li, et d'entrer chez lui par effraction dès cette nuit, en quête du fameux DVD ? Ce serait pour lui comme chercher une aiguille dans une botte de foin ! Qui plus est, la maison du Vietnamien doit être équipée d'une vidéosurveillance, ou bien d'une alarme de sécurité. Qu'est-ce qui a bien pu passer par la tête de Vincent pour élaborer un plan pareil ? Cela ne lui ressemble pas, de partir avec aussi peu de cartes en main. Mais il n'a pas le choix. Voilà l'explication qui s'impose à elle. Alors, peu importe ce que montre le DVD dans son intégralité, la jeune femme sait que la loyauté de Vincent ne peut être qu'intacte. Pourquoi sinon se décarcasserait-il autant pour rétablir la vérité ?

À moins qu'il ne se décarcasse pour essayer de la cacher… Dans la minuscule salle de bains attenante à la chambre de Miguel et d'Estelle, les interrogations de Rachel sont moins optimistes. À vrai dire, elle ne sait pas quoi penser. Elle est empathique, pas devin. Croire ce qu'on *veut* croire, voilà qui est plus simple !

Rachel se passe une nouvelle fois de l'eau fraîche sur le visage. Si seulement cela pouvait l'aider à avoir les idées claires ! Elle n'y voit plus rien du tout dans cette débâcle d'hypothèses confuses. Vincent ne souhaite-t-il pas se rendre chez Chang Li pour mettre la main sur la dernière preuve susceptible d'être retrouvée ? Il ne sait pas encore qu'ils sont tous les trois au courant. Il sent peut-être que la vérité va bientôt éclater, et préfère s'éviter le pire… Mais dans ce cas, pourquoi a-t-il laissé la copie du DVD – qui s'avère en fait être l'original – à Miguel ?

Et au travers de ce torrent de questions, les mots de Chang Li résonnent dans la tête de la jeune femme : « Les apparences sont parfois trompeuses. » Il parlait alors de la sauce Nuoc-Mâm, mais Rachel est certaine que ses mots avaient un double sens… Reste à savoir s'il parlait de Vincent ou de lui-même…

La jeune femme sort de la salle de bains, et rejoint les autres dans le salon, où la tension est palpable. Gautier travaille sur l'ordinateur de Miguel. Il n'arrête pas de pester, parcourant les forums en quête d'informations sur la manière de réinitialiser le DVD pour rétablir la version originale et intégrale. Gautier est dessinateur projeteur mécanique, certes féru d'informatique, mais il n'a jamais été le roi du piratage ou du hacking. Il a inséré le DVD dans l'ordinateur, et essaie les démonstrations proposées, mais force est de constater qu'aucune ne fonctionne.

Miguel annonce à la cantonade qu'il descend voir si tout se passe bien au bar, mais que surtout, ils le tiennent au courant s'il y a du nouveau. Gautier tente une nouvelle fois de démarrer le lecteur de DVD, et de fouiller pour dénicher un module capable de lui offrir des possibilités de modifications. Mais il n'y a rien. C'est tellement frustrant ! Il ne peut s'empêcher de souffler et de jurer.

— Bon, mon Gaut', si ça doit te mettre dans des états pareils, je te suggère d'arrêter là. On n'a qu'à le remettre à la police, après tout ! Ils doivent bien être en possession de logiciels capables de faire sauter tous les barrages !

— Tu es folle, Carole ! s'exclame Rachel. Nous ne savons pas ce qui se trouve sur cette vidéo ! Tu ne vas pas faire comme Maman ! Laisse la police en dehors de ça.

— Tu ne fais pas confiance à ton homme.

— Ce n'est plus mon homme…

— Et merdeee ! Avec ce putain d'ordinateur qui rame comme pas possible ! En tout cas, il va falloir qu'on m'explique comment vous avez pu vous contenter de cette vidéo pourrie chez Chang Li pour le croire sur parole !

— Il nous a fait croire que c'était sa télé qui ne marchait pas…

— Enfin, quand même ! On voit bien que c'est un montage de scènes mises bout à bout, mais qui ne se suivent pas !

— Tu fais le malin, là ! Mais je te signale que tu n'avais qu'à…

Carole ne termine pas sa phrase.

— Je n'avais qu'à quoi ?

Le jeune homme se tourne vers sa cousine, et au fond de ses prunelles brillantes, celle-ci décèle une profonde fatigue, mêlée à une puissante soif de vérité.

— N'aie pas le culot de me dire que je n'avais qu'à venir pour constater de mes propres yeux !

— Ce n'était pas du tout ce que je voulais dire…

Personne ne saura jamais ce que la jeune femme voulait dire, car Miguel fait son entrée.

— Tout va bien en bas. Jérém' se débrouille comme un chef. Je retournerai le voir tout à l'heure, pour l'instant je ne tiens pas en place. Du neuf ? Des nouvelles de Lolo ?

Les trois autres lui font signe que non.

— Ton téléphone n'a pas sonné, ajoute Carole.

Miguel vérifie.

— Je vais retenter.

Vous êtes bien sur le répondeur du : 07 66 14…

Miguel raccroche sans plus attendre, en soufflant d'impatience autant que d'impuissance.

— Je vais chez lui, annonce-t-il tout à trac.

Carole le regarde avec des yeux ronds.

— Enfin, ça te servira à quoi, si tu dis qu'il est déjà parti pour la gare ?

— À quelle heure est son train ? interroge Rachel.

Miguel réfléchit, le poing placé devant sa bouche, et une ride barrant le milieu de son front.

— Ma foi, je ne me souviens plus si c'est 17 h 30, ou 18 h 30.

— Ah… Si c'est 17 h 30, il va falloir sacrément te dépêcher, car il est 17 heures passées, intervient Gautier, sans même prendre la peine de détacher son regard de l'écran d'ordinateur.

— Tu as raison, l'ami. Ce serait stupide de perdre du temps à se rendre là-bas pour rien. Si seulement il décrochait ! Ah, mais j'ai peut-être une idée !

Miguel appelle Estelle. Gautier vient d'indiquer qu'il est 17 heures passées. En général, à cette heure-là, sa femme se trouve chez une patiente âgée diabétique – Mme Lacroix ou Delacroix, quelque chose comme ça –, non loin de chez Vincent… Lorsque l'infirmière décroche, Miguel explique qu'il doit absolument contacter Vincent, parce qu'il a oublié de lui demander une chose très importante pour le travail et qu'il n'arrive pas à le joindre. Miguel demande à sa femme si elle peut passer chez lui une fois qu'elle en aura terminé avec sa patiente, pour vérifier si Vincent se trouve toujours chez lui et lui dire de le rappeler. Estelle rigole : décidément, il ne peut pas se passer de son Lolo ! Miguel pense qu'elle va refuser, prétextant un manque de temps pour elle, et une nécessité pour lui de laisser Vincent profiter de ses vacances. Alors, il ajoute que c'est vraiment « hyper important », et lui fait promettre de passer au plus tôt. Estelle promet.

Miguel aurait pu raccrocher. Après avoir réussi à obtenir ce qu'il voulait de sa femme, il aurait pu s'en arrêter là. Sauf que Miguel se sent soudain très las, et qu'il en a assez des mensonges. Il a bien failli perdre la mère de sa fille à cause d'une tromperie. Plus jamais il n'a envie de vivre de tels moments noirs. Il se sent sale et irrespectueux. Alors, il prend une profonde inspiration. Il va briser la promesse qu'il a faite à Vincent de ne rien lui dire ; après tout, elle n'est sans doute plus valable en de telles circonstances… Il n'a qu'à décrocher son téléphone ! Poussé par cette certitude d'agir dans leur intérêt à tous, Miguel raconte tout à sa femme. Il se contente d'un résumé, car le temps presse. Au travers de cet aveu, il joue quitte ou double. Estelle peut s'indigner du passé de Vincent et décréter qu'elle n'ira pas trouver chez lui cet homme qu'elle croyait connaître. Miguel sent son hésitation à l'autre bout du fil. Non seulement elle ne sait pas comment réagir à la nouvelle des mensonges de Vincent, mais en plus, son mari lui a encore caché la vérité. Mais elle lui a promis. Pour Estelle, une parole est une parole. Et ce qui l'emporte, c'est le sentiment qu'elle éprouve en comprenant que son mari dépose au creux de ses mains toute sa confiance, ainsi que le destin de Vincent. Une nouvelle fois, elle promet. Avant d'ajouter :

— Merci de me l'avoir dit.

*

Ding Dong !

Ça sonne chez Vincent. Qui cela peut-il bien être ? Le jeune homme vient juste de boucler sa valise, et il pensait pouvoir s'octroyer un peu de temps dans un bain avant de prendre la route pour la gare. Il espère bien qu'il ne s'agit que d'un démarcheur qu'il s'empressera d'éconduire pour se préserver ce moment de tranquillité absolue qu'il apprécie tant, et dont il a vraiment besoin. En ouvrant la porte, une idée le traverse : se pourrait-il que ce soit Miguel ? Ses pensées sont vite balayées par une tornade qui s'abat sur lui. Au début, il n'a le temps de rien voir d'autre qu'une silhouette féminine sur le pas de sa porte, qui lui tombe dans les bras. Et deux lèvres rouge écarlate qui se pressent sur les siennes avec une mollesse qui n'a d'égal que la vigueur avec laquelle la visiteuse s'affale sur lui. Les relents d'alcool autant que le geste en lui-même le poussent à se reculer, tout en la retenant de ses mains pour éviter qu'elle ne s'écroule. Cette chevelure de jais… Cette façon de se jeter sur sa proie sans crier gare, dont il fait l'objet pour la deuxième fois…

— Angela ?

La jeune femme se redresse et remet de l'ordre dans ses cheveux d'un geste maladroit, redorant ainsi le blason de son honneur un peu entaché suite au rejet de Vincent.

— Holà ! beau prince ! Tu as fait tomber tes cheveux ?

— Couper, oui.

Puis, après avoir jeté un coup d'œil embrumé dans la pièce autour d'eux :

— Tu t'en vas ?

La jeune femme désigne le sac qui attend près de la porte. Vincent hoche la tête.

— Je pars en vacances.

— Moi aussi… Ne fais pas cet œil inquiet, *amor*. Je ne vais pas avec toi ! Je pars aux États-Unis. Je vais travailler là-bas quelque temps.

— C'est bien.

La jeune femme contourne Vincent et va s'accouder à la table de la cuisine. Moulée dans sa petite robe rouge, elle se penche en avant dans une position suggestive. Son décolleté plongeant appelle le regard, autant que le bas du dos qu'elle arc-boute exagérément. À quoi joue-t-elle, vêtue de la sorte ? Elle est certes imbibée d'alcool, mais Angela est tout à fait consciente de ses actes. Elle est venue ici dans un but bien précis, cela va sans dire. Il faut réussir à garder la tête froide. Plus pour éviter que ses voisins ou tout autre visiteur n'assistent à la scène, il referme la porte. Angela se méprend sur son geste, et une lueur traverse son regard. Elle se redresse et s'approche de lui, dans une démarche lascive.

— Je pars à la fin de cette semaine, *amor*. Je suis venue te dire au revoir.

Son accent chantant se marie formidablement bien avec sa beauté solaire et ses gestes équivoques. Pourtant, au-delà de la femme fatale, Vincent perçoit cette personne fragile, que la soif inextinguible de reconnaissance pousserait à commettre les pires folies. Vincent espère au fond de lui qu'elle saura s'aimer assez pour ne pas faire n'importe quoi aux États-Unis. Il sait que c'est une fille bien. Angela se trouve maintenant juste devant lui. Elle pose sa main à plat contre son torse, et plante ses yeux dans les siens. Au travers des nimbes d'alcool, il lit le voile du désir dans son regard. Il déglutit, soudain mal à l'aise.

— Mon train part dans une heure et demie.

— Alors, on a juste le temps pour ça…

Angela ferme les yeux et avance son visage vers lui, les lèvres tendues. Vincent agrippe la main qu'elle a gardée contre son torse et la serre fermement. La jeune femme rouvre les yeux. Ils se font face sans rien dire, chacun jaugeant la ténacité de l'autre. Puis Angela se met à rire. Elle dégage sa main et s'en sert d'éventail devant son visage.

— *Que calor !*

Elle rit de nouveau. Son rire d'ordinaire cristallin est un peu pâteux.

— J'ai soif, *amor*. Je peux boire, *por favor* ?

Vincent s'exécute. Comme il se dirige vers la bouteille d'eau à côté de l'évier, Angela proteste :

— Non, *amor* ! Il me faut plus fort !

— Je ne te donnerai pas d'alcool. Il me semble que tu en as bu assez.

— Tu t'inquiètes pour moi, *amor* ?

Vincent soupire.

— Je n'ai pas vraiment le temps de jouer, Angela. Je t'ai dit que j'ai un train à prendre.

Angela fait claquer sa langue plusieurs fois contre son palais, d'une manière un peu ratée.

— Dis donc, *amor*, tu me dois bien ça, non ? Tu m'as bien laissée tomber comme une vieille chaussure !

— On dit une vieille chaussette, Angela. Mais je n'ai jamais voulu faire ce que tu dis. De toute façon, tu ne m'aimais pas vraiment…

Le regard d'Angela se remplit de malice. La jeune femme se dirige de nouveau vers lui avec cette démarche voluptueuse qui ferait tourner la tête de plus d'un homme. Elle se plante devant lui, et glisse un doigt sur sa joue. Même ivre, elle sent l'effet qu'elle provoque sur la gent masculine, et elle en joue.

— Qui te dit, *amor*, que je ne t'aimais pas un peu plus que ça ?

Leur face-à-face se prolonge. Puis Vincent pousse un profond soupire et pose sa main sur sa hanche à elle.

— Je suis désolé, Angela. J'ai beaucoup aimé les moments que nous avons partagés. Mais mon cœur est pris.

Une lueur blessée traverse le regard d'Angela une fraction de seconde.

— Déjà ? Je suis déjà remplacée ? *Muy rapido, señor* Lorenzo !

Sa moue exagérément sévère contraste avec la nonchalance de ses gestes.

— Ce n'est pas du tout ce que tu crois. J'ai retrouvé la personne que j'aime depuis mon adolescence.

L'incompréhension se lit sur les traits de la jeune femme, qui, derrière ses vapeurs alcoolisées, arrive toutefois à suivre le fil de leur conversation.

— C'est bien, tu as retrouvé la mémoire…

Angela va s'asseoir dans le canapé. Vincent trouve que c'est une très mauvaise idée : comment va-t-il s'y prendre pour la mettre dehors, maintenant ?

— *Amor*, fais-moi plaisir, maintenant : offre-moi un verre !

Vincent fronce les sourcils et s'installe près d'elle, en se tournant à demi pour lui faire face.

— Angela, il va falloir que tu te respectes plus que ça. C'est toi qui vas me faire plaisir : arrête de te mettre dans des états pareils.

La jeune femme sourit, les yeux mi-clos, la tête posée contre le dossier du canapé. Elle est prête à s'endormir, il doit régler cette situation au plus vite.

— Comment es-tu venue ici ?

Comme elle ne répond pas, il la secoue sans ménagement. Elle sursaute et ouvre les yeux.

— Comment es-tu venue ici ? répète Vincent, un brin agacé.

— En taxi.

— Il attend en bas ?

— Non. Je pensais passer la nuit ici… *Amor*...

Angela prononce ce dernier mot sur un ton ironique, mais elle n'a plus la force de rire. Vincent soupire tout en se relevant.

— Donne-moi ton téléphone.

— *Por qué ?*

— Je t'appelle un taxi.

La jeune femme désigne nonchalamment le petit sac qu'elle a déposé tout à l'heure sur la table de la cuisine. Vincent pianote quelques instants pour trouver le numéro d'une compagnie de taxis, et passe un coup de fil. Le chauffeur assure qu'il sera en bas de l'appartement d'ici dix minutes. Vincent regarde sa montre : il est 17 h 15. Il ne lui reste plus qu'une heure et quart avant son départ pour le Sud. Il ne peut pas se permettre de louper son train. Et en même temps, il lui est impossible de laisser Angela. Une jeune femme seule, habillée de la sorte, et soûle qui plus est, il serait bien naïf de croire qu'il ne pourrait rien lui arriver. Même s'il l'emmène jusqu'au taxi, qui sait à quel chauffeur elle peut avoir affaire ? Et puis, qui la montera jusqu'à son appartement pour la coucher dans son lit ? Il en a déjà fait les frais, il sait qu'elle est bien incapable de se coucher toute seule dans ces moments-là, d'autant plus qu'elle dort à présent sur son canapé. S'il devait lui arriver quelque chose, il s'en voudrait terriblement. Non, il n'a pas d'autre choix que de la raccompagner jusque chez elle. Par contre, il est loin de rouler sur l'or. S'il lui paie le taxi de chez lui à son appartement, il n'aura pas les moyens de poursuivre la course jusqu'à la gare. Tant pis. Il trouvera bien une solution. Même s'il doit faire du stop pour y parvenir, l'essentiel pour lui est de n'avoir rien à se reprocher.

Il est des événements dans la vie, qui sont des petits riens qui font tout. Des détails qui bouleversent le cours des choses. Des circonstances survenues au bon moment, qui changent à jamais la suite de l'histoire. À quelques minutes près, parfois. Mais cela, Vincent ne s'en doute pas encore.

11

— Je reviens de chez Lorenzo, Miguel. Il n'était pas chez lui.

Le barman ne répond pas tout de suite. Il sent la panique l'envahir. Il regarde sa montre : 17 h 35. Vincent est donc déjà parti ! Quelle poisse !

— Allô ? Miguel ? Tu es là ?

— *Meus Deus !* Ce n'est pas possible ! Tu es sûre d'être restée assez longtemps ? Tu as insisté, au moins ?

— Je file à la gare. Je suis en route. S'il n'est pas chez lui, c'est qu'il est probablement là-bas.

— Son train est peut-être déjà parti ! Je ne me souviens plus à quelle heure était prévu son départ ! *Meus Deus*, ma chérie ! Comment est-ce possible ?

— Calme-toi, Miguel. Ce n'est pas comme ça que nous trouverons une solution. Je te rappelle quand j'arrive à la gare.

Estelle raccroche. Miguel regarde son téléphone d'un air interdit, comme si le ciel venait de lui tomber sur la tête. Puis il se ravise : Estelle a raison. Lui-même se serait bien rendu à la gare. Il s'imagine, comme dans les films, arriver in extremis et hurler sur le quai, à un Vincent montant les marches du wagon, qu'ils sont déjà en possession de l'original. Mais on n'est pas au cinéma. Il va devoir se contenter d'attendre les nouvelles d'Estelle. Il sait qu'il peut lui faire confiance, elle se débrouille très bien toute seule. Et il doit à présent redescendre, car Jérémy lui a demandé de l'aide : à cette heure-ci, le bar est plein.

Carole est partie chez le traiteur d'à côté pour commander leur repas pour ce soir. Il s'agit surtout d'une excuse pour sortir.

Gautier s'énerve sur le clavier, car malgré le nombre de sites explorés et de recherches effectuées, il ne trouve pas l'ombre d'une piste.

Rachel s'est plongée dans les magazines people d'Estelle. Loin d'être passionnante, cette lecture l'aide au moins à se changer les idées. Ce qui ne l'empêche pas d'intercepter la conversation de Miguel avec Estelle et de l'interpréter : Vincent a donc quitté son appartement et probablement déjà pris le train pour aller chez Chang Li. Quand se déciderat-il enfin à consulter son téléphone ? Et s'il finissait en prison pour cambriolage ? Tiens, un article sur Vanessa Paradis…

— Putaaaiiiin ! Ça y est, j'en ai marre. J'arrête. Je laisse tomber.

Gautier se lève et, les mains dans les poches arrière de son jean, s'étire en cambrant le dos, sur la pointe des pieds. Rachel lève les yeux de son magazine et s'apprête à lui lancer qu'il n'a qu'à faire une pause. Mais elle n'a pas le temps de répondre quoi que ce soit : le téléphone de Gautier se met à sonner. Les yeux de celui-ci s'illuminent.

— Salut, P'pa.

— Bonjour, mon fils. Ça n'a pas l'air d'aller ?

— Comment tu fais pour savoir que ça ne va pas ? J'ai dit deux mots !

— Parce je suis ton père, je suppose.

— Ça doit être ça…

— Dis, tu sais pas la meilleure ?

— Non…

— Marlène du service RH m'a dit que hier, un homme a demandé par téléphone l'adresse de Chang Li. Il s'est présenté comme un employé des impôts, je crois bien. C'est étrange, non ? Je n'aurais jamais autant entendu parler de Chang Li qu'en ces quelques jours !

— Hum…

— En fait, je ne t'appelais pas pour ça…

Le ton de son père se fait hésitant, comme si ce qu'il s'apprêtait à lui dire n'allait pas lui plaire. Gautier se crispe. Adrien se racle la gorge, puis il lui explique que Grand-Ma est tombée dans sa maison, la veille au soir. Les épaules du jeune homme s'affaissent.

Rachel se rapproche de lui, pressentant qu'il s'est produit quelque chose de grave. Gautier active le haut-parleur, et Adrien leur explique la situation : Clotilde et lui ont été tirés de leur lit par l'alarme déclenchée par Grand-Ma. Comme c'était la première fois, ils ont mis un peu de temps avant de comprendre d'où le bruit provenait et ce qu'il signifiait. Quand ils sont arrivés sur place, accompagnés de Philippe et de Cécile, ils se sont d'abord rendus dans la chambre de la vieille dame, en raison de l'heure tardive. Quelques minutes plus tard, ils l'ont découverte, inanimée sur le sol de la cuisine. Les pompiers sont venus la chercher, et ce n'est qu'au milieu de la nuit, alors que tous les quatre somnolaient dans la salle d'attente des urgences, qu'ils ont appris avec soulagement que Grand-Ma était vivante. En revanche, elle s'est cassé le col du fémur et a été opérée dans la matinée. Elle va bien, mais les séquelles seront irrémédiables. À son âge, on ne se remet jamais totalement d'un tel accident.

— Ta mère est passée au loft, ce matin, puis ce midi, mais il n'y avait personne… Elle aurait préféré vous l'annoncer de vive voix. Elle n'a pas non plus vu tes cousines au domaine. Où êtes-vous ?

Gautier reporte le téléphone à son oreille, après avoir désactivé le haut-parleur.

— À Paris.

— En déplacement pour le travail ?

— Non.

— Mais qu'est-ce que vous faites là-bas ? Ne me dis pas que Rachel a besoin de vous pour rendre visite à son client !

Adrien marque une pause puis il s'exclame avec cette pointe de tension dans la voix, que son calme habituel met en exergue :

— Ou bien est-ce pour… ? Vous êtes allés voir Vincent !

Gautier comprend alors à quel point l'histoire révélée dimanche a bouleversé son père, même s'il avait pris soin de masquer son émotion.

— Écoute, P'pa. On a retrouvé une vidéo prise le jour de la mort de Grand-Pa, par une caméra de surveillance dans son bureau.

— Quoi ? Mais c'est impossible…

— Pourtant je t'assure…

— Je te répète que c'est impossible.

— Pourquoi ?

— Parce que Grand-Pa a toujours refusé de faire installer une caméra dans son bureau. Chang Li avait déjà tenté de le persuader d'en mettre une, par mesure de sécurité, mais ton grand-père disait que tant qu'il vivrait, ce bureau resterait le seul endroit où il serait libre de faire ce qu'il lui plairait, sans avoir le sentiment d'être épié. C'était une forte tête, ton grand-père…

— Pourtant je t'assure que j'ai bien récupéré une vidéo prise dans son bureau.

Gautier lui expose alors brièvement les faits : ils se sont rendus chez Chang Li – il s'empresse d'ajouter que ça s'est bien passé –, puis lui raconte que le doute subsiste malgré les propos du Vietnamien, et évoque la certitude de Miguel quant à l'implication seule et entière de Chang Li.

— Ce qui nous interpelle, c'est que les images de la vidéo ont été coupées. J'essaie de restaurer l'intégralité du DVD, mais je n'y arrive pas.

— Si cette vidéo est issue d'une caméra de surveillance, les images ne peuvent pas être modifiées irrémédiablement. Encore faut-il que ce ne soit pas une copie…

— J'ai l'original, j'en suis sûr. J'ai reconnu les petits pictogrammes au centre du DVD.

— Rentre avec le DVD, et je le ferai inspecter par Tony, le chef de la sécurité. C'est un homme de confiance.

— Il saurait faire ça ?

— Bien sûr. Ça fait partie de son métier.

— T'as moyen de me le passer au téléphone ?

— Là, maintenant ?

— Oui.

— Je vais voir ce que je peux faire. Je te rappelle.

Gautier est à présent tellement excité qu'il ne tient plus en place.

— On va y arriver, Rachel. On va y arriver. Je te le promets.

Le ton de sa voix est empreint de fébrilité, si bien que Rachel n'arrive pas à déterminer s'il essaie de la rassurer ou s'il s'en persuade lui-même.

— Tu n'as pas peur de ce que tu vas y trouver ?

Gautier hausse les épaules. De profonds cernes attristent son regard. Rachel prend conscience que cela fait bien longtemps qu'elle n'a pas vu l'ombre d'un rire dans ses yeux. Depuis la perte de son meilleur ami, la légèreté et le sens de l'humour l'ont quitté, remplacés par cette gravité et cet emportement auxquels ils se sont tous habitués. Gautier a toujours été impulsif, mais son sourire et ses yeux venaient immédiatement gommer ses excès. C'est si beau, des yeux qui rient !

— Miguel voue une confiance sans borne à Vincent. Avec tous ces rebondissements, j'avoue que je suis un peu partagé… Je pense malgré tout que c'est Miguel qui a raison, si frappadingue soit-il ! Au nom de l'amitié…

Le téléphone de Gautier sonne à nouveau. Le jeune homme sursaute et se précipite pour décrocher. C'est son père, qui lui explique qu'il va lui passer Tony, le chef de la sécurité de la banque. La voix grave de Tony résonne dans l'appareil, apportant une once de solennité à l'instant. Concentré, Gautier lui explique la situation, sans rentrer dans le détail des personnes concernées sur cette vidéo, à l'exception de Grand-Pa. Il expose les faits : il a retrouvé un DVD issu d'une vidéo-surveillance prise dans le bureau du patriarche le jour de sa mort, montrant une personne compromise dans la précipitation du décès. Cependant, les images ont été volontairement coupées et montées d'une certaine façon. Gautier veut faire exploser la vérité, mais il n'y parviendra pas seul. Tony, loyal envers son employeur, lui répond qu'il va faire en sorte de l'aider. Il connaît la procédure de restauration des vidéos utilisées par la banque. L'homme lui dicte les instructions, que Gautier s'empresse de suivre à la lettre. Au bout de cinq minutes de manipulations, Tony demande à Gautier de vérifier si la restauration a commencé. Rien n'a bougé.

— D'accord. La marche à suivre n'est pas la bonne. Nous avons affaire à un autre type de matériel.

Tony s'exprime avec calme, ce qui apaise Gautier. L'homme lui indique qu'il va chercher dans les dossiers de son bureau, car il lui semble avoir déjà repéré de vieilles procédures concernant du matériel obsolète, utilisé par la banque il y a une dizaine d'années. Tandis que Gautier et Rachel patientent, sur les charbons ardents, la porte du salon s'ouvre sur une Carole faussement enjouée.

— Ça y est, on ne mourra pas de faim ce soir ! Ben, qu'est-ce que vous avez tous les deux ? Vous en faites une tête !

Rachel désigne le téléphone vissé à l'oreille de Gautier.

— C'est Vincent ? demande Carole à voix basse.

— Non. C'est le chef de la sécurité de la banque. Il est peut-être en mesure de communiquer à Gautier comment faire pour restaurer la vidéo.

— Mais c'est génial ! s'exclame Carole, réellement enthousiaste. Par contre, on peut vraiment s'y fier, aux chefs de sécurité de la banque ? ajoute-t-elle à haute voix.

Gautier lui fait signe de se taire.

Pendant que le jeune homme reste en attente, Rachel prend les mains de sa sœur dans les siennes. Cette dernière, alertée par les précautions prises par sa jumelle à son égard, se laisse conduire jusqu'au canapé.

— Qu'est-ce qui se passe ? On dirait que j'ai loupé quelque chose, moi… Peut-être bien que je ferais mieux de ressortir, non ?

Avec des mots tendres prononcés à voix basse, Rachel raconte à Carole ce qu'Adrien leur a appris quelques minutes plus tôt. Une larme s'échappe des cils de Carole, lorsqu'elle apprend que sa grand-mère se trouve en ce moment même à l'hôpital. Rachel serre sa sœur contre son cœur, et lui murmure que leur famille se trouve auprès d'elle, qu'elle est vivante et que c'est tout ce qui compte. Carole renifle bruyamment, puis les jeunes femmes se relèvent aussitôt en entendant Gautier déclarer :

— Oui, je suis toujours là. Je vous écoute.

Tony reprend le fil de la conversation.

— J'ai trouvé quelque chose. La procédure est plus longue cette fois-ci. Je ne vous garantis pas que ça fonctionne, mais ça vaut le coup d'essayer. Connaissant Chang Li, avec qui j'ai travaillé par le passé, je doute fort qu'il ait investi dans du matériel pour le bureau de M. Charrier. Je pense plutôt qu'il aurait pu utiliser ce qui avait été relégué au placard.

— Je ne vous ai pas parlé de Chang Li…, se récrie Gautier, interdit.

— Votre père m'a tout raconté avant que je ne vous rappelle. Nous allons commencer. Vous êtes prêt ?

Gautier acquiesce, et suit à la lettre les instructions de Tony. Il a envie d'y croire. Si son père lui fait suffisamment confiance pour tout lui révéler, c'est qu'il doit être un type bien. Les deux filles attendent, tandis que Gautier pianote sur l'ordinateur. La procédure est longue, et ses cousines savent bien que le jeune homme aurait d'ordinaire piaffé d'impatience avant la fin. Est-ce par volonté de parvenir bientôt à ses fins, ou par crainte et respect devant le charisme de Tony ? En tout cas, il semble tout à fait calme, concentré dans son opération « vérité ». Quand, dix minutes plus tard, Tony demande à nouveau de vérifier si la restauration a commencé, Gautier ne voit rien de changé. Puis, apparaît à l'écran un petit encadré :

Restauration : 1 %/100 % – Temps restant : 9 min 36 s

— Ça a démarré, souffle Gautier.

— L'opération doit durer longtemps ?

— Il reste neuf minutes.

— Très bien. Il faut que je retourne travailler, je ne vais pas pouvoir rester en ligne. Après ça, vous n'aurez plus qu'à lancer la vidéo comme d'habitude. S'il y a un souci, rappelez-moi.

— D'accord. Merci.

— Bonne chance.

Les jeunes gens s'observent, pétrifiés. Tous les trois dirigent en chœur leur regard vers le compte à rebours qui défile sur l'ordinateur, comme s'il s'agissait d'une bombe prête à exploser.

— Je vais prévenir Miguel ! lance Carole, incapable de tenir en place.

À peine une minute plus tard, Miguel entre comme une tornade dans la pièce.

— Mes amis ! Vous avez trouvé ! C'est magnifique ! Je suis tellement content que j'en pleurerais ! Si seulement Lolo était là pour voir ça !

— Avant de te réjouir, attends donc de voir, maugrée Gautier entre ses dents. On ne sait pas encore si ça marche. Et puis on n'a aucune idée de ce qui se trouve réellement là-dessus…

— *Meus Deus !* Mais il n'a pas confiance en son ami, celui-là !

— Pourquoi tu lui as dit de monter déjà, Carole ?

— Ça va, Gaut'…

— Je vais faire comme si je n'avais rien entendu, je suis tellement content ! Lolo va pouvoir reprendre la vie d'un homme qui n'a plus besoin de se cacher ! Je vais perdre Jérém', après cette soirée, mais c'est plus fort que moi : je ne peux pas redescendre avant d'avoir vu ce truc !

Quand, enfin, après d'interminables minutes, l'ordinateur indique « réinitialisation terminée », les jeunes gens soupirent de soulagement. Tous les quatre entassés devant l'écran, au fond du salon, ils ne prennent même pas le temps de s'installer dans le canapé. Gautier appuie, tremblant, sur le bouton de lecture. La vidéo indique une durée de cinquante-sept minutes, au lieu des quelques minutes de la version courte. La première image qui défile est la même que celle qu'ils ont déjà vue : Vincent arrachant le médicament des mains de Grand-Pa. Une profonde stupéfaction se lit alors sur tous les visages. Ils connaissaient déjà cette scène, mais la revoir une fois la vidéo restaurée leur fait prendre conscience qu'il n'y a peut-être que ça à voir. En tout cas, la qualité du DVD n'est pas la même que celle de l'ancienne version : les images en noir et blanc sont à présent très nettes, et le son n'est pas coupé. Gautier est le premier à réagir. La vidéo ne démarre pas au début, mais plutôt au moment précis où il l'avait stoppée lors de son dernier visionnage. Il positionne le curseur quelques minutes après cette scène et clique. Sur la scène suivante, on ne voit rien d'autre que Grand-Pa gisant à terre. Gautier n'a pas envie de regarder la vidéo dans son intégralité. À cet instant, ce dont il a besoin, c'est une preuve tangible de la culpabilité ou non de Vincent dans cette affaire. Il ne peut plus attendre. Ensuite, ils visionneront les cinquante-sept minutes de film du début à la fin, pour tenter de comprendre toute l'histoire. Mais pour l'instant, fébrile, il continue de cliquer au hasard pour le faire défiler plus rapidement. Enfin, il trouve ce qu'il cherchait : un homme de forte corpulence – les filles reconnaissent d'emblée Chang Li – avance derrière Vincent, penché sur Grand-Pa, et positionne un objet dans son dos en criant : « Tu ne le sauveras pas ! », puis, Vincent s'écroule, inanimé. Les filles poussent un cri, aussitôt suivies de Miguel. Après le choc, Rachel sent une vague de sentiments déferler en elle : le soulagement, l'espérance, l'indignation quant à cette cruelle injustice. Ce mélange de sensations fait couler les larmes le long de ses joues. Ça y est, le rideau vient de tomber : Vincent n'est pas ce monstre qu'elle ne parvenait pas à imaginer.

Tout à coup, derrière les quatre jeunes gens, un bruit mat les fait tous sursauter. Miguel pousse un nouveau cri, avant de se retourner…

*

Il est là. Le regard fixé sur l'écran d'ordinateur, il vient de tomber à genoux. Au fond des prunelles de glace, les émotions défilent à la vitesse de l'éclair. Il pleure en silence, l'eau ruisselle sur ses joues. Son cœur tambourine si fort dans sa poitrine, que son écho résonne dans tout son corps. Incapable d'esquisser le moindre geste, il ne peut pas détacher ses yeux de la vidéo. Son salut. Ce dont il rêvait sans oser y croire. Puis il croise le regard des personnes qu'il aime tant, toutes tournées vers lui. Le temps semble figé. Vincent s'attarde sur les larmes de Rachel, sans prendre conscience que les mêmes inondent son propre visage. C'est Miguel qui rompt le premier cet instant suspendu.

— Mon Lolo ! Tu t'es enfin décidé à consulter tes messages ! Dieu soit loué, mon ami !

Les bras tendus, il se précipite vers lui, l'aide à se relever, et le serre un long moment dans ses bras. Tout en essuyant ses larmes et en reniflant, il ne cesse de répéter : « Je le savais, je le savais. » Les autres se sont relevés et attendent, penauds, que cette effusion prenne fin. Même Carole en a perdu sa langue, et garde ses mains enfoncées dans ses poches. Enfin, Vincent retrouve l'usage de sa voix :

— Je n'ai pas allumé mon portable, Miguel. Je passais juste te demander si tu pouvais m'emmener à la gare en voiture, car j'ai eu un empêchement.

— Mais tu n'as plus besoin de prendre ce foutu train, maintenant, hein ?

Miguel lui tapote la joue comme on le ferait à un petit enfant. Ensuite, il fronce les sourcils en signe de profonde réflexion et se met à rire lentement :

— Ah ! Ah ah ! Ah ah ah ! Ce mec est quand même énorme ! On se fait un sang d'encre pour lui, et lui, pendant ce temps, il se permet d'avoir un « empêchement » ! Si ça, ce n'est pas le signe qu'on veille sur toi tout là-haut, mon ami !

Miguel désigne le plafond, comme s'il s'adressait à une toute-puissance divine.

— Ah ah ! Un « empêchement » !

Puis il reprend son sérieux et ancre ses prunelles sombres dans celles aussi limpides que l'eau d'un torrent.

— J'ai eu tort de m'en faire pour toi, mon Lolo. Tu es comme les chats, je devrais le savoir. Bon, allez, ce n'est pas tout, mais avec tout ça, moi, je suis sur le point de perdre l'unique salarié – hormis toi, bien sûr – en qui j'ai confiance. Je connais toute l'histoire, puisque tu me l'as racontée. Je n'ai pas besoin de regarder ce DVD, je te crois sur parole. Et j'ai pas envie de faire des cauchemars ! Il faut aussi que je prévienne Estelle que ce n'est plus la peine de te courir après ! Elle s'inquiétait tellement de ne pas te trouver à la gare ! On s'inquiétait tous pour notre Lolo national, mais maintenant qu'il est là, je vous le laisse, les enfants ! Moi, je retourne en bas ! Par contre, un conseil les amis : dans votre cas, les images valent mieux que les paroles. C'est votre linge que vous devez laver en famille. Pour ça, il vous faut vous acquitter de cette heure de visionnage. Une histoire pareille, tout le monde a le droit de la connaître.

Sur ces mots, il quitte la pièce, non sans avoir envoyé une dernière tape amicale sur l'épaule de Vincent. Les quatre autres restent pantois, et une sorte de malaise flotte dans le salon, jusqu'à ce que Gautier désigne à Vincent la chaise auparavant occupée par Miguel. Chacun reprend donc place devant l'ordinateur. L'embarras est toujours tangible tandis que Gautier positionne la vidéo à son commencement. Il paraît tellement étrange d'avoir attendu des explications de Vincent, et à présent qu'il se trouve à leurs côtés, de connaître la vérité grâce à un DVD ! Et pourtant, Miguel a raison : en l'occurrence, la preuve en images est plus signifiante que les mots. Vincent n'a pas besoin de se justifier, toutes les réponses tiennent dans un simple disque. Ses propos ne pourront pas être déformés ni mal interprétés. Et surtout, personne ne pourra douter de la véracité de son discours.

La vidéo démarre sur la vue de Grand-Pa, seul dans son bureau. Comme quelques minutes auparavant, Vincent reçoit l'image comme un boomerang en pleine tête. Cela fait si longtemps qu'il n'a pas regardé ne serait-ce que les séquences du film en version raccourcie ! Depuis qu'il avait cru que Rachel l'avait banni de son monde, il ne s'était pas une seule fois autorisé à replonger au cœur de ses meurtrissures. Même quand il avait montré le DVD à Miguel, lui-même n'avait pas pu regarder. À présent, il se laisse absorber tout entier dans cette soirée où tout a basculé.

La caméra est positionnée de telle sorte qu'apparaît le grand bureau sombre du P.-D.G. sur la droite, avec à sa gauche le canapé de cuir bleu nuit à deux places qui sert davantage d'objet de décoration, les clients ou les salariés prenant place d'ordinaire dans l'un des deux confortables fauteuils club assortis au canapé, en face du bureau. Grand-Pa aimait le bleu. C'était sa couleur préférée. C'est peut-être pour cela qu'il complimentait souvent Vincent sur les topazes qui brillent entre ses paupières. André Charrier se lève et pose sa main gauche sur son costume, toujours impeccable, pour se masser la poitrine. Une douleur le tiraille depuis le matin. Elle est supportable, il n'a pas besoin de s'en faire. Rien à voir avec cet élancement fulgurant, quelques mois plus tôt, qui a failli le terrasser.

Il faudrait peut-être qu'il écoute un peu Madeleine et se résolve enfin à laisser sa place. Il ne se fait plus tout jeune, et Adrien est prêt à prendre la suite. Il faudra qu'il y songe. Les doigts de sa main gauche se mettent à fourmiller. Il ne se fait donc vraiment plus tout jeune ! Un peu trop longtemps sur le même appui, et le sang ne circule plus ! Il prendrait bien ces médicaments que le médecin lui a prescrits en cas de récidive à son attaque, mais il n'est pas certain qu'il s'agisse d'une attaque, et il n'est pas friand des médicaments non plus. Il va attendre un peu de voir comment ça évolue. Être vigilant aux symptômes, voilà ce que le médecin lui a recommandé. Il est marrant lui, mais comment on les reconnaît, ces symptômes, quand on n'est pas médecin ?

On frappe à la porte.

— Entrez ! s'exclame André avec sa voix de stentor, qui intimide toutes les nouvelles recrues de la banque.

Vincent fait son apparition dans le bureau.

— Ah, mon petit ! Entre, entre. Assieds-toi. Je t'attendais. Je n'ai pas oublié que tu voulais t'entretenir avec moi. Arf…

— Vous allez bien, monsieur Charrier ?

— Oui, oui, mon garçon. Je me fais vieux, vois-tu, et quand je m'assieds dans mon fauteuil, mes articulations commencent à rouiller… Alors… dis-moi, mon garçon, de quoi voulais-tu me parler ? N'y a-t-il donc rien qui puisse attendre après ton mariage ? Si Rachel te savait là !

Le vieil homme se met à rire, jusqu'à ce que son éclat se termine en quinte de toux rauque.

— Vous êtes sûr que ça va, Grand-Pa ?

— Ça va, ça va. Ah, tu es un bon p'tit gars, toi ! Tu es comme chacun de mes petits-enfants. Tu as les mêmes valeurs que notre famille. Tu t'intéresses *vraiment* aux autres. Je suis content que tu épouses bientôt ma petite-fille. Et puis, après ça, il ne faudra pas trop tarder à me donner des arrière-petits, hein ? J'ai envie d'en profiter un peu !

Les yeux de Grand-Pa pétillent de malice et d'amour.

Vincent s'efforce de sourire. André n'est pas dupe.

— Allez, gamin. Dis-moi ce qui te tracasse.

— Est-ce que nous sommes seuls ?

André Charrier roule de gros yeux interdits derrière l'ovale de ses lunettes.

— Eh bien, je ne sais pas… Regarde sous le canapé.

Vincent ne plaisante pas. André retrouve son sérieux.

— Nous sommes un jour férié, évidemment que nous sommes seuls. D'ordinaire, il n'y a que moi pour revenir travailler un jour comme aujourd'hui !

— Alors, je dois vous confier quelque chose de grave.

Vincent marque une pause, comme pour donner à ses propos plus de solennité.

— Depuis quelque temps, j'ai remarqué des anomalies sur les comptes, reprend-il. Je n'ai rien voulu dire avant d'en avoir le cœur net, car ce sont des accusations très graves. J'ai mené ma petite enquête et essayé de remonter la piste informatique. Beaucoup d'argent a été détourné. Hier soir, j'ai réussi à obtenir l'identité du malfrat. C'est quelqu'un de chez nous.

— Quoi ? Comment ça ?

— …

— Mais qui donc ?

— C'est Chang Li. Le chef de la sécurité.

André Charrier place de nouveau sa main sur son cœur. Puis il frappe d'un grand coup sa paume droite sur le bureau, ce qui fait sursauter Vincent. Face au P.-D.G. dans le milieu qui est le sien, le jeune homme se sent toujours très humble.

— Notre chef de la sécurité… un malfrat ? Comment est-ce possible ? tonne Grand-Pa.

— Il a réussi à trouver un système pour prélever mensuellement, de façon automatique, entre un à trois pour cent du montant des livrets vie et de tous les comptes d'épargne de la banque. Imaginez-vous que cela dure depuis des années ! Je ne sais pas combien exactement, je n'ai pas pu remonter assez loin. Au moins quatre ans, je dirai. Multiplié par le nombre de nos clients, cela chiffre sûrement à plusieurs centaines de milliers d'euros…

André, l'air furieux, réfléchit. La douleur au creux de sa poitrine s'intensifie. Il sent que ce n'est pas normal. Il aurait bien envie de se lever pour exprimer sa rage quant à cette escroquerie dont tous sont victimes, en premier lieu ses clients, bien entendu, mais aussi les employés de la banque, et pour finir, lui-même. Mais il n'ose pas se tenir debout, car il a peur de ne pas y parvenir. Il lui suffirait de dire à Vincent que quelque chose ne va pas. Qu'il aille jusqu'au petit secrétaire pour chercher dans le tiroir les pilules magiques censées lui fluidifier le sang et lui éviter le pire. Mais cette révélation concernant Chang Li ! Pour l'instant, rien ne lui ferait davantage plaisir que de tenir le gredin entre ses doigts et de le forcer à avouer !

— Comment expliques-tu que personne ne se soit jamais rendu compte de rien ?

— Il avait enregistré des intitulés en fonction des

comptes, comme « frais bancaires » ou « prélèvement intérêt sur livret vie », etc. Les relevés de ces comptes-là ne sont envoyés aux clients que tous les trois mois, ou parfois même annuellement. La totalité des frais bancaires se retrouve noyée sur l'année ou sur le trimestre, et bien souvent leur pourcentage n'apparaît pas en clair. Si des clients ont posé des questions aux conseillers sur ces montants, ils n'ont pu que leur répondre ce qui était noté, à savoir qu'il s'agissait de frais de tenue de compte, de gestion, ou d'intérêts divers. C'est plausible, d'autant plus que les montants sont modiques. C'est leur répétition et leur proportionnalité aux montants présents sur les comptes qui rendent la somme globale conséquente. Cet argent prélevé est versé sur un compte à l'étranger, au nom de la femme de Chang Li.

— C'est pas possible ! On aura tout vu ! Comment ai-je pu accorder ma confiance à cet escroc ! Dès demain, nous irons voir la gendarmerie.

— Il ne faudra pas tarder, car s'il s'y connaît un peu en informatique, vu ce qu'il a été capable de mettre en place. Il pourra se rendre compte rapidement que j'ai visité cette partie du réseau via ses codes d'accès.

— Alors, allons-y dès ce soir, mon garçon. Je ne veux pas te mettre en danger. Tu as fait du bon travail, gamin. J'ai toujours su que je pouvais compter sur toi.

Grand-Pa se lève avec difficulté de son fauteuil, mais sa tête tourne. Il se rattrape à son bureau.

— Je n'aurais pas dû vous en parler ce soir, Grand-Pa. Ça vous rend tout chose.

— Mais non, mais non, je ne suis pas trop en forme, c'est tout. Va donc jusqu'à mon secrétaire, veux-tu ? À l'intérieur du premier tiroir, tu trouveras une boîte de médicaments.

Vincent s'empresse de s'exécuter, mais il n'a pas le temps de faire deux pas qu'il entend un grand fracas derrière lui : Grand-Pa vient de tomber sur le sol. Il accourt à son chevet, tout tremblant. Qu'est-il censé faire dans ces cas-là ? Il regrette de ne pas s'être porté volontaire pour suivre sa formation de sauveteur secouriste du travail le mois dernier. Il doit réfléchir vite. Il y a quelques années, on lui a appris à effectuer un massage cardiaque. Heureusement, en se penchant sur Grand-Pa, il s'aperçoit qu'il est conscient. Ses yeux papillonnent avant de s'ouvrir.

— Est-ce que ça va, Grand-Pa ?

— Mmmmh…

— Vous me reconnaissez ?

— Je ne suis pas sénile, mon petit. Je suis juste tombé.

Grand-Pa parle à voix basse et peine à articuler.

— Vous êtes en train de faire une crise cardiaque, il me semble. Je ne suis pas médecin, mais on dirait bien que ce sont les symptômes.

— On dirait bien que je les reconnais, moi aussi !

— Tenez, posez vos jambes sur cette chaise. J'ai lu quelque part que c'est mieux de les garder en hauteur. Ne bougez pas, j'appelle immédiatement les secours.

— Ça, pour ne pas bouger…

Tout à coup, la porte du bureau de Grand-Pa s'ouvre à toute volée. Grand et costaud, Chang Li est encore plus impressionnant vu du sol. Le chef de la sécurité s'avance, mais reste à une distance respectable. Dans sa main droite, il tient un objet noir que Vincent n'a jamais vu. Il devine qu'il s'agit d'un taser, puisqu'il sait que les employés de la sécurité de la banque sont dotés de cette unique arme, au cas où ils auraient besoin de se défendre. Vincent se redresse lentement, le téléphone dans une main, en prenant garde de ne brusquer aucun de ses mouvements.

— Tu ne vas rien faire du tout ! hurle Chang Li en tendant la main vers Vincent pour lui indiquer qu'il doit lui donner son portable.

Le jeune homme hésite.

— M. Charrier est mourant. Laissez-moi appeler les secours.

— Donne-moi ce téléphone ! aboie le Vietnamien, en faisant mine d'approcher son taser du conseiller bancaire.

Vincent abdique, tout en murmurant :

— Tenez bon, Grand-Pa. On va vous sortir de là.

À quoi cela servirait-il qu'il joue les héros en composant le numéro des secours malgré l'interdiction du Vietnamien ? Celui-ci le neutraliserait avec son arme, et après ? Comment pourrait-il être utile à Grand-Pa s'il gît lui aussi sur le sol ?

— Mes médicaments…, supplie le vieil homme dans un chuchotement à peine audible.

Cet appel au secours crève le cœur de Vincent. Tant pis pour ses dernières considérations. Il doit faire vite. C'est à cause de lui, tout ça. S'il n'avait pas fourré son nez dans une histoire trop dangereuse pour lui tout seul, il ne serait pas en train de se demander si Chang Li va le laisser sauver la vie de l'homme qu'il admire le plus au monde. Celui qui lui a ouvert les bras avec tant de générosité. Il va lui donner ses médicaments, même si le malfrat doit lui passer sur le corps ! Mais celui-ci, plus rapide que lui, devance son geste, et se saisit de la boîte salvatrice.

— C'est ça que tu cherches ? demande-t-il en ricanant.

Comment sait-il où se trouvaient les médicaments de Grand-Pa ? Le ton employé par Chang Li est mauvais, et le rictus qui flotte sur son visage tout autant. Il est conscient qu'en cet instant, c'est lui qui tient les cartes entre ses mains. Il sort quelque chose de sa poche et le jette en direction de Grand-Pa. L'objet atterrit à quelques centimètres de la main du mourant.

— Tiens, grand-père ! Tes médicaments !

André Charrier erre dans un brouillard de plus en plus épais. La douleur qui lui transperce la poitrine est presque insoutenable. Derrière les vapes de l'inconscience, une petite partie de son esprit sait qu'il est en train de vivre ses dernières minutes. Il repense à sa femme, Madeleine, rencontrée un soir d'été alors qu'elle était en train de peindre dans son jardin. Le sourire qu'elle lui avait décoché l'avait tellement ébloui qu'il n'avait plus rêvé que d'elle. Il songe à ses deux enfants, qu'il a toujours préservés du besoin et du malheur, et aimés de tout son cœur. Adrien, le fils exemplaire, soucieux de reprendre le flambeau familial. Clotilde, la fille aussi passionnée que passionnante, ayant suivi le chemin de sa créativité débordante. André Charrier a une pensée attendrie pour sa bru et son gendre, à qui il n'a jamais rien eu à reprocher, et qui ont su apporter à ses enfants un amour stable et sincère. Enfin, le vieil homme garde ses dernières rêveries pour ses petits-enfants : les jumelles, aussi jolies qu'opposées. Carole, la forte tête fonceuse, et Rachel, la douce sage et réservée. Et son petit-fils, fougueux et attachant, assumant ses choix professionnels différents. La vie a donné un deuxième petit-fils à André Charrier : Vincent. Droit, respectueux et travailleur. Grâce à lui, le P.-D.G. sait qu'il peut partir tranquille. Grâce à eux tous. Il a eu une belle vie. Il n'a pas de regret.

Un drôle de bruit vient le sortir de sa torpeur. Le mot « médicaments » parvient jusqu'à son cerveau. Dans un dernier effort pour la vie, le vieil homme attrape la boîte et tente péniblement de l'ouvrir.

— Ne touchez pas à ça, Grand-Pa ! Il cherche à vous tuer !

Vincent se précipite pour lui arracher l'objet des mains. Surpris, Grand-Pa lui lance un regard vitreux. Il n'a même plus la force de prononcer un mot. Un rire amer s'élève dans le dos de Vincent.

— Tu deviens parano, Ambrosini ! C'est un médicament pour la gorge ! Je n'avais pas prévu de tuer le boss ! En revanche, toi, tu viens de faire un geste que tu pourrais regretter !

Une lueur s'allume dans le regard de Chang Li. Une illumination démente, qui fait froid dans le dos de Vincent, et lui donne la chair de poule. Il n'a pas la moindre idée de ce qui se prépare, mais il flaire le danger. Vincent jette un regard du côté de Grand-Pa. Même s'il ne bouge plus, Vincent décèle le faible mouvement de sa poitrine qui soulève la chemise trempée de sueur.

— Laissez-moi appeler de l'aide ! se met à hurler le jeune homme, qui peine à garder son calme.

— Ta gueule ! Je t'ai déjà dit que tu ne ferais rien du tout ! Tu as vu comme il se meurt ? ajoute le Vietnamien en désignant Grand-Pa du menton, un plaisir non dissimulé dans la voix. Tout ça, c'est ta faute, Ambrosini !

Fallait pas te mêler des affaires qui te concernent pas, tu comprends ? Vous en avez rien à foutre, autant que vous êtes, avec votre famille de riches ! Nous autres, nous sommes bien obligés de nous débrouiller ! Mais quand on a tout ce qu'on veut, on ne peut pas comprendre, n'est-ce pas ? Je faisais pas de mal ! Quelques dizaines d'euros par mois pour des gens qui ont suffisamment d'argent pour économiser, c'est pas si grave, non ? Tu pouvais pas me laisser continuer sans rien dire ? C'est pas ton fric, que je sache ! Tu vas le regretter, Ambrosini. Ton vieux, là, il est en train de crever, et compte pas sur moi pour te laisser l'aider ! Après ça, il n'y aura plus que toi qui sauras pour mes petits trafics ! Mais manque de bol, quand tout le monde aura eu connaissance que c'est *toi* qui as laissé mourir le patriarche, tu seras évincé de la famille.

— Vous n'allez pas bien, Chang Li ? Comment pourraient-ils croire une chose pareille ?

— La vérité se trafique à loisir, Ambrosini… Les apparences sont parfois trompeuses…

— La vérité triomphe toujours, Chang Li !

Le chef de la sécurité émet un rire tonitruant et glacial. Vincent l'observe, figé, en constatant avec effroi sa terrible folie. Un coup d'œil vers Grand-Pa l'alarme d'autant plus : les yeux fixes et la bouche entrouverte, le vieil homme ne donne plus l'impression de respirer. Faisant fi du taser toujours pointé sur lui, Vincent se précipite au chevet de Grand-Pa. Il doit tenter un massage cardiaque. Grand-Pa ne peut pas, *ne doit pas*, mourir.

Elle est là. Dans le jardin de son enfance, assise devant son chevalet. Dans sa main droite, elle tient le pinceau imbibé de peinture jaune. Elle se retourne et ancre son regard dans le sien. Ses yeux ourlés de noir ressemblent à ceux d'une biche. Une mèche de cheveux blond cendré tombe sur son front. Tout en la rejetant vers l'arrière, elle se lève, puis lui tend la main. Il hésite un peu, il a tellement mal. Mais son doux visage, souriant et confiant, a raison de ses dernières incertitudes. Il s'avance, et la douleur s'efface peu à peu. Il lui prend la main. Madeleine. Sa Ma. À présent, il n'a plus mal du tout.

— Qu'est-ce que tu peux être con, Ambrosini ! Tant pis pour toi, je t'aurais prévenu ! Tu ne le sauveras pas !

Vincent n'a pas le temps de se retourner. Une puissante décharge électrique prend naissance dans le bas de son cou, et se répand dans tout son corps à la vitesse de l'éclair. Ses muscles se tétanisent, si bien que Vincent perd le contrôle de lui-même. Sous le choc et malgré ses efforts pour se retenir, le jeune homme tombe par terre, aux côtés de Grand-Pa. La douleur est tellement insupportable qu'il perd connaissance.

Chang Li lui attrape les chevilles puis il le tire vers la sortie du bureau. Quand il revient dans la pièce, de longues minutes plus tard, il se penche pour écouter le cœur de Grand-Pa. Puis il compose enfin le numéro d'urgences. Il explique à la femme qui décroche qu'il vient de retrouver son patron inanimé dans son bureau. Il ajoute qu'il s'agit sans doute d'une crise cardiaque, et qu'il tente de le ranimer à l'aide d'un massage, sans résultat. Il donne l'adresse de la banque, et la dame promet que les secours seront bientôt là. En raccrochant, le sourire aux lèvres, Chang Li croise du regard la petite caméra qu'il a cachée tout en haut de la bibliothèque du bureau, là où il était bien certain qu'André Charrier ne touchait jamais à aucun livre.

— C'est vrai que tu es encore là, toi, dit-il en tendant le bras pour la récupérer. Allez, tu as bien joué ton rôle. Au-delà de mes espérances. Il est temps de rentrer voir Papa.

Puis il appuie sur le bouton pour l'éteindre.

*

Dans le salon de Miguel, lorsque la vidéo se coupe, chacun tente de retrouver une contenance en s'essuyant les yeux et en se raclant la gorge. Seule Carole se retourne vers Vincent dans un geste spontané, les joues inondées de larmes.

— Mon Vince ! Si seulement on avait su… C'est horrible !

La voix brisée par la douleur, elle se lève pour enrouler ses bras autour du cou de Vincent. Ce dernier se laisse bercer par la chaleur qui réchauffe son cœur meurtri dans un geste apaisant. Le spectre de Grand-Pa plane dans la pièce. Comme il leur manque ! Jamais personne n'avait envisagé ce scénario concernant sa mort. Ils avaient cru qu'il s'était éteint, seul dans son bureau. Seule Grand-Ma avait su à l'époque qu'une terrible tragédie s'était jouée à l'endroit même où Grand-Pa passait le plus clair de son temps. Sauf que sa version était tout autre… Chang Li lui avait fait croire l'impensable ! Comment avait-elle pu garder ça pour elle durant toutes ces années ?

— Allons nous installer dans le canapé. Je sais pas vous, mais moi j'ai mal aux fesses sur cette chaise…

Les trois autres suivent Carole, tels des automates.

Sous le choc des images, la réalité est difficile à concevoir. Vincent s'assied dans le petit fauteuil en face du canapé, comme s'il s'apprêtait à affronter son auditoire. Pourtant, il n'y a plus de combat à mener, plus de vérité à défendre. Cette dernière vient d'éclater dans toute la force de sa cruauté.

— Quand je pense que mon petit Grand-Pa s'est vu mourir… C'est sans doute pire que de finir seul, puisqu'il a dû comprendre que Chang Li t'empêchait de lui porter secours… Je me demande ce qu'il a ressenti en partant… À quel moment est-il vraiment mort ? Difficile de le savoir…

Vincent acquiesce en silence, la gorge nouée.

— Et ensuite ? demande Gautier d'une voix rauque qui fait sursauter les trois autres. Que s'est-il passé ?

Alors, Vincent fait un dernier effort pour se replonger dans ces moments de sa vie depuis longtemps occultés.

— Quand je me suis réveillé, j'ai deviné que j'étais resté inconscient de longues minutes, car Chang Li avait eu le temps de me traîner dans un autre endroit. J'avais les pieds et les mains attachés ensemble dans le dos, et un bâillon dans la bouche. J'avais mal partout. Lorsque mes yeux se sont habitués à l'obscurité, j'ai reconnu le bureau d'Adrien, juste à côté de celui de Grand-Pa. Ensuite, les secours sont arrivés, toutes sirènes hurlantes. Je me suis pris à espérer que c'était la police, et qu'on viendrait me libérer, mais personne n'a ouvert la porte. J'entendais des voix dans la pièce d'à côté. Comme les murs étaient bien insonorisés, je ne parvenais pas à entendre ce qui se disait. J'avais envie de hurler pour signaler ma présence, mais j'étais comme dans un cauchemar où aucun son ne parvient à sortir. Et puis je me suis dit que si je ne pouvais pas être sauvé, au moins Grand-Pa le serait. Ils allaient le réanimer et il reviendrait. De loin, certes, mais il reviendrait. Alors, j'ai attendu qu'ils s'en aillent. Cela faisait déjà quelque temps que je n'entendais plus aucun bruit, quand quelqu'un a tourné la clé dans la serrure. J'étais pétrifié. Chang Li a allumé la lumière, puis s'est agenouillé près de moi pour me parler. Je me souviens encore de ses mots : « À avoir voulu ma peau tous les deux, ça s'est retourné contre vous : le boss est mort, Ambrosini. » Il a prononcé cette phrase comme s'il était touché, alors qu'il jubilait. J'étais autant atterré que bouillonnant de rage… Chang Li a poursuivi, après avoir marqué une pause pour s'assurer que j'assimilais l'ampleur du drame : « C'est toi qui l'as tué, Ambrosini. Avec tes conneries. Tu m'as fait un sacré cadeau, jamais je n'aurais pu rêver meilleur scénario… Maintenant que le vieux n'est plus de ce monde, tu vas disparaître. Tu vois, je suis clément dans mon genre, puisque je vais t'éviter la taule ! Tu vas disparaître sans demander ton reste, si tu ne veux pas payer pour la mort de Charrier. Tu comprends ? J'avais installé une caméra dans son bureau. Comme je te l'ai déjà dit, la vérité se trafique à loisir. Je vais monter cette vidéo de sorte qu'on n'y voie que ce qu'il y a à voir. Ensuite, je la montrerai à ta famille. Ta vie est foutue. N'oublie jamais ça, Ambrosini : *c'est toi qui as tué le vieux, et personne d'autre*. Maintenant, je vais te détacher. Avant ça, je vais encore te chatouiller avec le taser. Je crois qu'il t'aime bien, tu comprends ? Étant donné que tu as reçu une décharge électrique il y a moins d'une heure, je ne suis pas certain que tu survives. Il va falloir que tu aies le cœur plus accroché que le vieux ! » Je me suis mis à trembler comme une feuille. J'ai attendu le coup fatidique. La douleur a été tellement violente que j'ai cru que c'était la fin. Je pense que je suis resté longtemps dans cet état d'inconscience. Suffisamment en tout cas pour que Chang Li puisse faire ses petites affaires… Quand j'ai rouvert les yeux, il faisait noir. J'étais toujours allongé sur le sol, perclus de douleurs dans tout le corps. Il m'a fallu un peu de temps avant de saisir que j'étais libre : mes poignets et mes chevilles délivrés de leurs liens. Péniblement, je me suis relevé. Je suis tombé plusieurs fois, et quand enfin j'ai réussi à tenir debout, c'est là que j'ai pris conscience que j'étais vivant. Le deuxième coup de taser ne m'avait pas tué.

« Ça peut paraître idiot, mais j'avais peur d'allumer la lumière, et que Chang Li repère ma présence. La panique m'a envahi lorsque je l'ai imaginé repasser le seuil de la porte et m'assener une troisième décharge. M'avait-il enfermé ? Non, j'ai réussi à ouvrir la porte. Il suivait sa logique, puisqu'il voulait que je disparaisse sans laisser de trace. Je suis sorti dans le couloir, et j'ai commencé à courir. Mon cerveau gambergeait. Grand-Pa était-il vraiment mort ? Si ça se trouve, le saligaud avait marché au bluff. Je ne devais pas lui faire confiance. Peut-être y avait-il un espoir. D'une part, si par malheur il avait vraiment succombé, j'avais peut-être encore la possibilité de déjouer les plans de Chang Li. D'arriver avant lui et sa vidéo truquée, de crier la vérité. Ce dégénéré ne pouvait ni dicter ma vie ni décider de ma chute. Je n'avais rien fait de mal. Comment peut-on tomber quand on n'a rien à se reprocher ?

« Je suis ressorti de la banque, et j'ai pris ma voiture. En consultant mon téléphone, j'ai remarqué que tu m'avais laissé un message, Rachel : en larmes, tu m'annonçais que Grand-Pa était mort d'une crise cardiaque. C'était donc vrai. Le salaud n'avait pas menti. J'ai pleuré, moi aussi. Puis, sans réfléchir, je me suis mis à rouler en direction du domaine. J'ai failli rebrousser chemin en arrivant, parce qu'il n'y avait pas de voiture. Mais je me suis rendu compte que c'était allumé chez Grand-Ma. Je ne sais pas trop ce que je comptais faire à ce moment-là. J'avais sans doute besoin de me retrouver avec l'un de vous. Partager ma douleur, tendre les bras pour se réconforter les uns les autres. La porte d'entrée était ouverte. Je suis entré sans frapper. Je m'apprêtais à m'annoncer, quand j'ai entendu des voix. Immédiatement, j'ai reconnu celle de Chang Li. La terreur m'a envahi. À cet instant précis, j'ai su qu'il avait gagné. Ma vie était foutue, comme il me l'avait annoncé. En tendant l'oreille, mes suppositions se sont transformées en certitude : Chang Li et Grand-Ma discutaient de la vidéo qu'il lui avait déjà montrée : "Faire une chose pareille ? Vincent et André s'entendaient si bien… Il faisait partie de la famille… Ce n'est pas possible…" La voix de Grand-Ma était bouleversée, mais je l'imaginais digne en face de ce salaud.

« "On n'est pas dans la tête des gens, madame Charrier, vous savez… Il y a probablement une histoire de jalousie, là-dessous. Que comptez-vous faire maintenant ? — Notre famille va porter plainte. André doit être vengé. — Vous êtes sûre que c'est la bonne solution ? Vous savez, madame Charrier, si je suis venu vous voir avec cette vidéo, c'est pour vous laisser le choix. Vous l'avez bien mérité, avec le drame qui s'abat sur votre famille. J'étais très attaché à votre mari, dans le sens où il était un bon patron, vous savez.

Je me suis dit que laisser la vérité éclater pouvait être encore plus douloureux pour tout le monde. Votre petite-fille doit épouser M. Ambrosini, il me semble ? Ne risque-t-elle pas d'être bouleversée ?" Il y a eu un long silence. J'étais pétrifié. J'aurais pu faire irruption dans la pièce et crier que ce n'était pas vrai. Mais j'avais alors le sentiment que Grand-Ma ne me croirait pas. Je ne savais pas ce qu'elle avait vu, ni comment il s'y était pris pour modifier les images. En tout cas, elle accordait du crédit à sa version. J'ai donc attendu en silence la réponse de Grand-Ma. "Je ne peux pas faire ça à ma petite-fille. Elle l'aime tant. Elle ne s'en remettra pas. — C'est bien ce que j'ai pensé… — Mais il ne peut pas l'épouser. Il doit disparaître. Je vais lui demander de ne plus jamais remettre les pieds ici. Il vaut mieux qu'elle croie qu'il l'a quittée. Elle lui en voudra terriblement, mais elle rebondira. — Hum. — Et s'il refuse, je le menacerai d'aller tout révéler à la police. — Je suis sûr que vous n'aurez pas à en arriver là. Je pense que vous prenez la décision la plus sage, madame Charrier. Bien sûr, si vous préférez porter plainte, je me plierai à votre souhait, vous comprenez. Mais dans ma culture, nous avons un proverbe qui dit : toute vérité n'est pas bonne à dire dès lors qu'elle porte atteinte au bonheur d'autrui." Grand-Ma est restée silencieuse. Je sentais la rage déborder de tout mon être, comme jamais je ne m'en serais cru capable. Je n'avais pas de haine envers Grand-Ma, évidemment. Bien au contraire, je la comprenais. À sa place, j'aurais agi de la même manière : elle voulait protéger sa famille et venger son mari. Je bouillais face à la perversion de Chang Li. Il était prêt à tout pour dissimuler ses magouilles. Il l'avait dit : le parfait scénario s'était présenté à lui, il ne laisserait pas passer sa chance. Chang Li a repris la parole : “J’ai fait une copie du DVD que je viens de vous montrer. Je vais vous la laisser. Si jamais vous changez d’avis, vous pourrez toujours l’utiliser pour dénoncer M. Ambrosini. Par contre, je vais me permettre de garder l’original. On ne sait jamais ce qui peut se passer avec un homme prêt à tout : s’il devait vous arriver quelque chose, j’aurais toujours la preuve avec moi, vous comprenez. Sachez, madame Charrier, que je suis vraiment navré du drame qui vous bouleverse. Si jamais je peux être utile en quoi que ce soit… Mais vous êtes toute blanche ! Montrez-moi votre cuisine, voulez-vous ? Je vais vous servir un verre d’eau.” Quand les pas se sont éloignés, la torpeur qui m’avait envahi s’est volatilisée aussitôt. Le temps m’était compté, alors j’ai fait vite. Je suis allé dans la salle à manger où ils se trouvaient l’instant d’avant, et j’ai repéré un DVD. J’ai cru qu’il s’agissait de la copie dont Chang Li avait parlé, et que l’original se trouvait encore dans l’ordinateur qu’il avait laissé allumé. Je me suis trompé. Je ne sais pas si Chang Li s’en est un jour rendu compte… Ensuite, j’ai pris mes cliques et mes claques. Je suis parti en n’ayant qu’une idée en tête : trouver le moyen de prouver mon innocence. En attendant, j’allais disparaître, comme Grand-Ma et Chang Li le souhaitaient. J’allais me faire oublier un moment, le temps de chercher une solution. Pour m’assurer que Chang Li me fiche la paix, j’ai imaginé la mise en scène de ma propre mort. Je voulais, comme aux échecs, avoir un coup d’avance sur lui. Le surprendre et déjouer les plans qu’il avait savamment orchestrés. Cependant, j’étais conscient du mal que j’allais causer autour de moi. C’est pour cela que je t'ai laissé un message codé, Rachel. Ensuite, je me suis préparé à organiser ma disparition.

Vincent poursuit son long monologue. Suspendus à ses lèvres, les trois autres écoutent le récit de son plan, et comment il a écrasé sa moto contre l'arbre au bord de la rivière. Lorsqu'il se tait, il a la gorge sèche d'avoir autant parlé. Les révélations ont remué des sentiments longtemps enfouis en lui, mais en même temps, lui procurent une sensation de délivrance. Ça y est. Il n'y a plus de secret. Il n'est plus, ni le disparu amèrement pleuré, ni l'accidenté amnésique qui faisait de la peine autant qu'il suscitait les interrogations. Il n'est pas non plus le menteur en qui on ne peut pas avoir confiance, et encore moins ce monstre qui a tué Grand-Pa. Il n'a plus besoin de se glisser dans la peau de Lorenzo, celui qui l'a aidé à survivre. Il peut de nouveau être Vincent Ambrosini, celui qu'il a toujours été.

Comme à son habitude, Carole est la première à réagir. Elle se lève d'un bond du canapé et se jette dans les bras de Vincent.

— Mon Vince… Mon Vince…

Vincent se redresse pour mieux répondre à son geste et l'enserre à son tour. Que c'est bon de pouvoir s'abandonner à nouveau… La profonde amitié qui le liait à Carole refait surface, intacte. La jeune femme finit par s'écarter, son visage trempé de larmes éclairé par un sourire sincère. Vincent reste debout, un peu penaud, ne sachant comment réagir face aux deux autres. Il ose à peine les regarder. Conscient de sa gêne, Gautier se lève à son tour. Il se plante devant Vincent. S'il a essuyé ses larmes par pudeur, il reste néanmoins les stigmates du choc et du chagrin au fond de ses prunelles. Dans un souffle, Gautier murmure :

— Pardon.

Vincent soutient son regard tout en esquissant un sourire. Il comprend. Bien sûr qu'il comprend.

— Pardon, putain ! Pardon ! Mon frère…

Gautier s'avance de quelques pas et ouvre les bras pour étreindre Vincent. Son ami. Son frère. Il regrette de ne pas avoir su deviner. De ne pas lui avoir fait confiance. Mais comment l'aurait-il pu ? Il s'en veut : les paroles de Miguel tournent en boucle dans sa tête. *Parce que c'est mon ami.*

Pourquoi lui, ne lui a-t-il pas fait confiance ? Le temps efface-t-il les sentiments à ce point ?

— Je ne t'en veux pas, Gautier. Je ne t'en veux pas, mon frère.

En s'écartant de son ami, Gautier rit, en larmes, qu'il essuie d'un revers de main. Il n'éprouve plus de honte à pleurer, puisque la barrière entre eux vient de tomber.

Les regards se tournent vers Rachel. Assise dans un coin du canapé, elle n'a pas bougé. Elle observe la scène en silence. Si elle a pleuré, son visage n'est plus humide. Elle semble loin d'eux. Gautier passe alors son bras autour des épaules de Carole dans un geste tendre et demande :

— Dis, ma Carole, il ne serait pas temps d'aller chercher notre repas ?

— Le traiteur ! Tu as raison, Gaut', allons-y. Ensuite, on ira boire un verre en bas. Avec toutes ces horreurs, j'ai besoin de me remettre le cerveau à l'endroit !

Une fois les deux jeunes gens sortis, Vincent penche la tête, un peu gêné, et se concentre sur ses chaussures. Pas un mot ne vient troubler le silence pesant. Le jeune homme se racle la gorge, puis vient s'asseoir sur le canapé, à une distance raisonnable. Rachel relève la tête et sonde son regard. Elle se perd un instant dans l'immensité bleue. Les larmes lui montent aux yeux. Que pense-t-elle ? Il aimerait le savoir. Énigmatique. Voilà le mot qui lui vient à l'esprit. Il la connaissait si bien autrefois. Mais elle a coupé le lien qui les reliait, et il n'arrive pas à le retrouver. Elle fouille à l'intérieur de son âme. Pour chercher quoi ? Il lui a déjà donné toutes les réponses.

— Vincent ?

— Oui ?

— C'est bien toi ?

— Oui, c'est bien moi. Je n'ai pas changé. Je suis toujours le même. Je me suis juste perdu en chemin.

— Pourquoi ne pas m'avoir fait confiance ? Pourquoi ne m'avoir rien dit avant ?

C'est donc cela qu'elle cherche : la raison pour laquelle il ne lui a pas avoué le drame plus tôt. Si seulement ça avait pu être si facile…

— Je t'aimais assez pour te faire confiance, Rachel. Je croyais tout simplement que de ton côté, tu avais perdu cette même confiance. Regarde Grand-Ma : elle me faisait confiance, avant ça. Si elle n'avait pas vu ces images trafiquées, elle ne m'aurait pas cru capable de vouloir la mort de Grand-Pa. Mais un vrai manipulateur parvient toujours à ses fins. Il nous a tous bernés… Je suis sûr que si tu avais vu la vidéo en l'état, à l'époque, tu aurais douté de moi, aussi. Pire, tu aurais été certaine de ma culpabilité.

— Tu as raison. Quand j'ai visionné le DVD chez Chang Li, j'ai pensé que tu étais coupable.

— Tu es allée chez ce… ce taré ?

Vincent manque s'étrangler. Rachel se rend compte alors que, s'il leur a raconté toute son histoire, il ne sait pas ce qui s'est passé de leur côté à partir du moment où il s'est enfui de la salle de boxe. C'est à son tour de prendre la parole pour détailler les événements : les aveux de Grand-Ma, à demi-mot, qui avaient suscité tant d'interrogations. Leur visite chez Chang Li, avec ce bout de papier dérobé par Carole.

— Il me l'avait donc pris ? Je l'avais laissé au domaine pour que tu le voies tout de suite, et que tu n'aies pas le temps de t'inquiéter… Je t'ai attendue, Rachel. Si tu savais…

Rachel pose un doigt devant ses lèvres. Elle est en train de rétablir ce lien qu'il cherchait désespérément. Puis elle sourit au travers de ses larmes. Il se rapproche un peu, et tient son visage entre ses mains. Lentement, il essuie de ses pouces les gouttes qui ruissellent le long de ses joues. Elle sourit encore. Il a envie de lui dire qu'il est désolé. Pour son grand-père. Pour ne pas avoir réussi à le sauver. Il lui avait juré qu'elle pourrait toujours compter sur lui, mais il n'est pas parvenu à tenir sa parole. C'est cela aussi qu'il a eu tant de mal à accepter. Il a envie de lui dire qu'il est désolé pour leur histoire, pour ces années perdues, pour cette souffrance qu'il lui a infligée malgré lui. Mais il sent que ce n'est plus le moment, que le temps n'est plus aux paroles. Alors il se penche vers elle et, dans un baiser très doux, cueille ses lèvres. Il sent le goût du sel sur les siennes.

— Je t'aime tellement, murmure Vincent.

Il s'écarte pour la regarder dans les yeux. Pour qu'elle lise au fond de son âme la puissance de ses sentiments. Face à lui, les prunelles vertes le sondent avec passion, avec rage, presque. Il ressent son urgence de vivre et de rattraper le temps perdu. Pour lui montrer que la même force le consume, il l'entoure de ses bras et la renverse sur le canapé. Leur effusion devient brûlante, et il sait avec certitude que rien ne saura éteindre le feu dévorant de leur passion.

*

Affalé dans la confortable chaise de la salle à manger, les yeux mi-clos, on pourrait croire que Chang Li s'est assoupi. Les trois hommes qui l'accompagnent autour de la table ronde savent qu'il n'en est rien : au contraire, l'esprit de Chang Li est concentré à l'extrême. Va-t-il bluffer cette fois-ci ? Il est rare que le Vietnamien se mette à feindre lorsqu'ils sont réunis tous les quatre. En général, il choisit plutôt les parties où il ne se retrouve que face à un ou deux adversaires… Mais avec lui, il faut s'attendre à tout !

Ce que ses amis de poker ignorent, c'est que Chang Li n'est pas dans son assiette. Il est même très contrarié. En rangeant le DVD l'autre jour, il s'est rendu compte que le message codé qu'il avait dérobé à Ambrosini avait disparu. Envolé. Il a cherché partout, mais impossible de remettre la main dessus. Tout le monde s'en est pris pour son grade : aussi bien Lan que la femme de ménage. L'une et l'autre se sont défendues d'avoir jeté quoi que ce soit. Chang Li s'est efforcé de remonter le fil du temps, mais quel que soit le scénario évoqué, il en est arrivé à une seule conclusion : le précieux document avait été perdu lorsque les gamines Charrier sont venues ici, et qu'il avait sorti la boîte. Peut-être qu'en extrayant le DVD de son contenant, la feuille avait glissé sous le meuble. Or, quelqu'un aurait dû la retrouver. En tout cas, ce n'était ni Lan ni la femme de ménage. En réfléchissant, Chang Li se dit qu'il peut leur faire confiance : en six ans, le contenu de la boîte n'a jamais été visité. Où peut donc se cacher ce foutu bout de papier ? Les jumelles l'auraient-elles pris ? À quel moment l'auraient-elles pu ? Remarque, celle des deux qui était la plus hardie s'est bien éclipsée un instant pour aller aux toilettes… Il aurait dû être plus vigilant.

Ce qui le contrarie, c'est qu'il n'aimerait pas que le message écrit par Ambrosini soit déchiffré. Après tout, il a bien réussi, lui. Ça lui a pris des jours, mais il y est parvenu. Enfin, cela ne lui a pas tellement servi, étant donné qu'il n'a jamais obtenu la date d'anniversaire du père d'Ambrosini… Il a bien essayé de poser la question sans en avoir l'air, au boulot, après les événements. Mais ce n'était pas évident de s'intéresser à ce sujet sans risquer d'attirer l'attention, d'autant plus que personne ne savait strictement rien sur le géniteur du chouchou de tous ces crétins… Pourquoi le prénom de Vincent flottait-il sur toutes les lèvres ? Qu'est-ce qu'il avait pu enrager à les entendre ! Puisque personne n'était capable de lui fournir la moindre information, il s'était mis à aller régulièrement à Angers, pour tenter de le repérer. Si, au vu de la lettre, son souhait était de revenir, il saurait l'en dissuader… Mais le bougre n'a jamais pointé le bout de son nez… Chang Li a suivi l'enquête de très près, toujours mine de rien. Il s'est également intéressé au comportement de la fiancée d'Ambrosini. Tant qu'elle allait mal, il pouvait respirer. *Le malheur des uns fait le bonheur des autres…*

Quand, quelques mois après sa disparition, Ambrosini a été déclaré mort, Chang Li a d'abord été surpris par la vitesse du jugement. Mais comme rien n'évoluait – le petit fouineur ne réapparaissait pas, la police ne débarquait pas chez lui, des preuves accablantes sous le bras, et la veuve était toujours éplorée –, Chang Li a fini par penser qu'Ambrosini était bel et bien mort. On lui offrait sur un plateau le genre de chance dont on ne bénéficie pas deux fois dans sa vie. Bien sûr, dès le lendemain des événements, il avait arrêté ses détournements de fonds. Il avait pris conscience que la supercherie était trop risquée, et qu'elle pouvait lui coûter cher. Il avait joué avec le feu des années durant, il était temps d'arrêter. De toute façon, il était déjà à l'abri du besoin avec tout cet argent. Le train de vie du couple n'avait pas vraiment changé, car Chang Li ne voulait pas éveiller les soupçons de son épouse. L'avantage, avec le fait qu'elle ne parle pas bien le français et le lise encore moins, c'est qu'il pouvait lui cacher facilement un nombre incalculable de choses et lui faire signer n'importe quoi. Comme ce compte à l'étranger, par exemple. Utiliser son prénom et son nom de jeune fille avait au moins l'avantage de brouiller les pistes.

Quand Chang Li a été parfaitement certain qu'Ambrosini ne reviendrait plus, il a inventé une maladie osseuse à sa femme – sa méconnaissance du français lui offrait pléthore d'opportunités – pour déménager dans le sud de la France. Il ne pouvait plus habiter dans un endroit où il devait se méfier de tout et de tout le monde. De plus, il en avait assez de travailler. Il avait fait croire à Lan qu'ils pouvaient se permettre de vivre aisément grâce à ses gains au poker, et à sa pension de militaire à la retraite. À cinquante ans passés, c'est plausible, après tout. Et comme Lan ne pose jamais de questions, il n'a pas eu à en rajouter des tonnes.

Le regard de Chang Li est attiré au-dehors. Le soleil darde ses rayons dans le jardin, et un objet scintille dans le grand arbre, éclat luminescent presque douloureux pour les yeux. Le Vietnamien s'énerve de son manque de concentration. Si ce n'est déjà fait, ses acolytes vont bientôt le remarquer et profiter de la situation.

Quelques coups frappés à la porte d'entrée. Le portail n'était donc pas bien fermé ? Chang Li ne s'en irrite que davantage. Même s'il n'a pas besoin de se déplacer pour aller ouvrir, puisque c'est sa femme qui va s'en charger, il s'agit encore d'une raison pour ne pas avoir l'esprit accaparé par le jeu. Il ne peut pas se le permettre, car sa mise est importante. C'est à son tour de jouer. Voyons voir… Quelle option choisir ? La sécurité ? Ou le bluff ? Alors que Chang Li hésite, la porte de la salle à manger s'ouvre sans crier gare. Assis de dos, le Vietnamien n'a pas besoin de la voir pour deviner que Lan pénètre dans la pièce. Que lui arrive-t-il donc, elle qui prend toujours soin de frapper ? Ne voit-elle pas qu'il se trouve en pleine partie de poker ? Elle sait pourtant à quel point il a horreur d'être dérangé dans ses moments de jeu ! Sans prendre la peine de se retourner, Chang Li rabroue sa femme en vietnamien. Les trois autres n'ont pas besoin de comprendre les mots… Des pas s'arrêtent dans son dos. D'ordinaire, on n'entend pas les pas de Lan… Mû par un drôle de pressentiment, Chang Li redresse soudain le buste et se retourne avec lenteur. Il se retrouve face à un uniforme, qui annonce :

— Police. Vous êtes en état d'arrestation, monsieur Li…

Sonné, Chang Li n'entend pas la suite. Ses oreilles se mettent à bourdonner. Il jette un œil hagard autour de lui. Deux policiers sont venus le chercher chez lui. En retrait, Lan observe la scène en silence, le visage marqué par l'incompréhension et la peur. C'est la vision de la dernière personne qui fige Chang Li sur place. Entre la police et son épouse, se tient un homme. Droit et fier. Ses cheveux sont plus courts, tandis que sa barbe a poussé, et qu'une cicatrice barre son sourcil droit. Chang Li le reconnaîtrait entre mille. Ces yeux de glace, jamais il ne les a oubliés… Non, c'est impossible ! Il va se réveiller de son cauchemar. Les yeux bleus vont disparaître, et les hommes de loi aussi. Ainsi que ses copains de poker. Il n'a plus envie de les voir, à l'heure qu'il est. Il va même arrêter de jouer. Il a assez joué dans sa vie. Il va passer du temps avec sa femme, tout simplement. Il va fermer les yeux, et lorsqu'il les rouvrira, c'est exactement ce qu'il va faire. Chang Li cligne des yeux. Mais quand il les rouvre, Vincent s'avance. Chang Li ne bouge pas. Il est devant lui à présent, et le domine de toute sa hauteur.

— Tiens, Chang Li. Rachel m'a chargé de te remettre ceci.

Le jeune homme tend le bras et dépose un petit pot sur la table. Chang Li fronce les sourcils. Il ne comprend pas. Il n'a pas envie de porter d'intérêt à ce que lui raconte Vincent, mais sa curiosité l'emporte. Qu'est-ce que cela signifie ? Le Vietnamien observe le bocal. Il s'agit d'un pot de sauce Nuoc-Mâm. Il repère une étiquette écrite à la main en lettres capitales, que Vincent a tournée vers lui à dessein. Chang Li lit alors ces mots :

Les apparences sont parfois trompeuses…

ÉPILOGUE

Installée sur le transat de la terrasse, juste en face de la petite allée de cailloux blancs qui mène à la plage, je suis bien.

La paix que me procure la lecture de mon livre est à peine troublée par les cris de joie des enfants, portés par le vent. La chaleur de cette matinée estivale est douce et agréable. Une banderole publicitaire flotte dans le ciel, tractée par un avion. D'ici une semaine, la plage se sera vidée de la moitié de ses occupants, puisque les enfants retrouveront le chemin de l'école et que chacun reprendra le cours de sa vie.

Vincent ne devrait plus tarder. Cela fait une bonne heure qu'il est parti courir. Nous irons ensuite profiter du marché, puis nous rentrerons à la maison. Vincent a appris hier que l'acte attestant qu'il n'est pas mort est parti au courrier par recommandé. Il a hâte de le récupérer. Son acte de renaissance… Lorsque j'y repense, je me dis que le destin s'est vraiment joué à peu de chose. Si je n'étais pas allée à Paris chez M. Latour ? Si je n'avais pas tourné les yeux dans sa direction, le jour où je l'ai vu quitter cet immeuble ? Notre destinée tient parfois à des détails… Je n'arrive pas à m'imaginer quelle serait ma vie aujourd'hui, si je ne l'avais pas retrouvé. Une vie morne, insipide, sans saveur. C'est fou ce qu'une personne peut tout changer. L'avoir perdu une fois m'apporte un regard nouveau sur nos vies : je veux en profiter au maximum, parce que je sais que tout peut s'arrêter du jour au lendemain. *Carpe Diem.*

La personne qui a le plus souffert des révélations du mois d'avril, c'est sans doute Maman. Lorsque Grand-Pa est mort, elle a eu beaucoup de peine. Apprendre qu'il est mort dans ces circonstances horribles a été une source intarissable de larmes et de crises d'angoisse.

Mais au retour de Vincent, elle l'a pris dans ses bras, et a déclaré qu'elle était sincèrement heureuse qu'il soit là de nouveau. Que sa fille soit épanouie est si important pour elle !

Nous sommes redevenus les neuf doigts des deux mains. Il ne manque que le dixième, mais celui-là, nous l'avons définitivement perdu. Grand-Pa nous manque à tous, mais ce qui nous réconforte, c'est de savoir que justice sera faite.

Chang Li a été écroué pour détournement d'argent, ainsi que pour homicide volontaire. Notre avocat et le procureur insistent sur ce dernier chef d'accusation. Si ce n'est pas lui qui l'a tué de ses propres mains, la vidéo est explicite quant à ses intentions. Grand-Pa aurait pu être sauvé. Il n'est pas mort foudroyé net par la crise cardiaque. Il aurait eu le temps de bénéficier des soins nécessaires à sa survie. Les actes de Chang Li sont bien plus graves qu'une non-assistance à personne en danger. Son procès se déroulera d'ici à la fin de l'année. De son côté, Lan Li n'a pas été inquiétée. Son mari l'a tout de suite mise hors de cause en avouant qu'elle n'était pas au courant de ses agissements.

C'est le procureur Lévy qui a repris l'affaire, après qu'elle a été retirée des mains du procureur Marchal. Je revois encore l'air décomposé de ce dernier, lorsque nous nous sommes rendus à son domicile sans nous annoncer, Carole, Gautier, Vincent et moi, avant que l'affaire n'éclate et que tous les journaux locaux y consacrent leurs unes. Le procureur n'a toutefois pas été long à retrouver son naturel, en nous servant des explications douteuses et en retournant la situation à son avantage. Claire, elle, a pleuré de joie. Sa gentillesse m'est allée droit au cœur. Plus tard, elle est revenue nous voir au loft, seule, et m'a présenté des excuses à la place de son mari. Il n'est pas le seul responsable, mais c'est tout de même lui qui a pris la décision d'écouter Grand-Ma et d'écourter la procédure habituelle. Je n'en veux à personne en particulier – excepté à Chang Li, bien sûr –, mais je voudrais qu'on comprenne qu'on nous a volés six ans de nos vies.

Les retrouvailles les plus émouvantes ont été celles de Vincent avec sa mère. Il a voulu que je vienne avec lui. Nous nous sommes rendus dans ce petit hôpital où Thérèse avait demandé à être internée trois mois plus tôt, parce qu'elle perdait pied à nouveau. Depuis la disparition de Vincent, ses séjours dans cet hôpital étaient devenus fréquents, mais jamais elle n'était restée hospitalisée si longtemps. Quand nous sommes arrivés, j'ai remarqué l'anxiété grandissante de Vincent, et le malaise qui l'étreignait. La culpabilité aussi, comme il l'avait souvent éprouvée à l'encontre de sa mère. La culpabilité de se dire que sa détresse et son internement étaient sa faute. J'imagine ce qu'il a ressenti lorsqu'il l'a vue ! Chaque fois que mes yeux se posent sur elle ces dernières années, mon cœur se soulève en découvrant ses joues émaciées et son teint blême. Alors lui qui ne l'avait pas vu depuis six ans ! Elle était assise sur un banc du jardin, le regard perdu dans le vide. Il a fallu que Vincent vienne se planter devant elle pour qu'elle le regarde. Moi, je suis restée en retrait. Lorsque son cerveau a enregistré qui était cet homme qui se tenait face à elle, Thérèse s'est mise à hurler. Je me suis sentie gênée de tous ces regards qui convergeaient sur nous. Heureusement que nous avons prévenu les soignants à notre arrivée, car il est probable qu'on nous aurait jetés dehors ! Vincent s'est penché sur sa mère et l'a étreinte longuement. Thérèse s'est mise à sangloter en s'agrippant à lui comme si elle avait peur qu'on lui enlève.

« Mon fils… Mon fils… » a-t-elle répété inlassablement.

Et moi, je pleurais à côté. Thérèse est retournée vivre dans sa maison moins d'un mois après. Elle est toujours suivie, mais elle va mieux.

Je n'ai pas Vincent pour moi aussi souvent que je le voudrais. Je dois le partager avec un Gautier toujours soucieux de lui faire plaisir. Ils aiment passer du temps ensemble. Gautier l'emmène voir des matchs, au restaurant, voir des films de science-fiction, d'action ou d'espionnage au cinéma. Il va courir avec lui tous les dimanches matin, et ils se sont inscrits ensemble à la salle de sport. Bref, ils rattrapent le temps perdu. Et je ne peux pas leur en vouloir pour ça.

Carole est souvent absente en ce moment aussi. Au début, je croyais que c'était pour nous laisser tranquilles au loft, en attendant qu'on s'installe ailleurs, mais je crois qu'en fait, c'est parce qu'elle a rencontré quelqu'un. Il y a ce nouveau courtier en assurances qui gère ses dossiers. À l'issue de leur premier rendez-vous, elle m'avait confié qu'il était *beau gosse*. Depuis, quand je pose des questions, elle reste évasive et change de sujet. Cela ne lui ressemble pas !

De temps en temps, nous allons tous les quatre, Vincent, Gautier, Carole et moi – enfin ces derniers temps plutôt tous les trois, puisque Carole est occupée… – à Paris pour voir Miguel et sa famille. Son Lolo lui manque. Après tout ce qu'il a fait pour Vincent, ce n'est pas juste que ce soit lui qui paie pour son bonheur retrouvé. Jusqu'au mois de mai, Vincent a continué à travailler pour lui. Il ne voulait pas le lâcher en lui expliquant qu'il n'avait plus besoin de lui, que plus rien ne le retenait… Je comprenais. Durant cette période, j'ai passé le plus clair de mon temps à Paris aussi. Cela m'a permis de terminer l'ouvrage de M. Latour. Quand je suis rentrée parce que d'autres projets m'appelaient – et puis, il faut dire que je ne suis pas vraiment amoureuse de la vie parisienne –, Miguel a déclaré à Vincent, avec sa verve habituelle, qu'il lui rendait sa liberté. Il ne voulait pas d'un employé triste comme une pierre, et avait donc embauché Jérémy en CDI. Tout le monde était content – sauf lui, mais qui s'en souciait ? Vincent n'avait même pas eu de préavis à respecter, puisque de toute façon, Miguel avait embauché un sans-papiers ! C'était sa règle des Cinq C, a-t-il répété à qui voulait l'entendre. Je crois que cette séparation a beaucoup peiné Vincent. C'est le seul point négatif de ce retour à notre vie. Quoiqu'il se pourrait bien que ça change… Miguel et sa famille sont venus quinze jours en vacances en Vendée, cet été. Miguel a adoré la région. Il aurait bien envie de venir s'y installer… Estelle, Parisienne dans l'âme, sera plus difficile à convaincre. Peut-être que l'avis de Lila, qui a craqué pour la mer, fera peser la balance en faveur de son papa…

La culpabilité ronge encore souvent Vincent. Parfois, je le vois dans son regard, quand il m'observe à la dérobée. Je ne lui en veux pas. Personne ne lui en veut. Mais il faut qu'il s'en persuade. Il faudra du temps, certainement. J'espère que le jugement attendu en fin d'année l'aidera en ce sens. Ce qu'il a le plus de mal à admettre, c'est qu'il est à présent trop tard pour que Grand-Ma connaisse la vérité. Son état s'est beaucoup dégradé depuis l'accident. Elle n'a plus de moment de lucidité. Les souvenirs s'envolent, comme les oiseaux qu'elle ne regarde même plus par la fenêtre. Elle semble avoir vieilli de dix ans. Elle n'a pas réagi en revoyant Vincent. Je me console en pensant qu'un jour elle retrouvera Grand-Pa, et qu'il lui dévoilera toute l'histoire. Je sais que lorsqu'elle sera délivrée de cette enveloppe vide, elle lira la vérité dans nos cœurs.

Hier soir, j'ai mis un point final à l'écriture de mon livre. Mon premier livre à moi. Contre toute attente, j'ai décidé de raconter mon histoire. C'est tellement difficile de parler de soi ! Ce n'est pas mon genre, et j'ai même horreur de ça ! Mais je dois dire qu'après ces événements peu banals, j'en ai eu besoin. J'ai couché par écrit le récit de nos vies, pour mettre de la distance entre ce qui s'est passé et ce que je suis. Mettre des mots sur les faits pour mieux les apprivoiser.

Sur l'allée de gravier, devant la maison, j'entends des pas qui accourent. Il est temps que je repose mon manuscrit. Laisser le passé pour me tourner vers notre avenir. En souriant, je regarde le titre qui se détache en grosses lettres sur la première page :

SIX ANS À T'ATTENDRE

*

FIN

REMERCIEMENTS

Mai 2018 :

Je tiens d'abord à remercier Marion et Émilie, mes deux premières lectrices et amies de toujours, qui ont eu la patience d'attendre de longues semaines entre chaque envoi pour connaître la suite de l'histoire… J'avais hâte de terminer un chapitre afin d'avoir leur ressenti, et elles le vivaient comme si elles suivaient une série ! J'ai essayé de ménager le suspense pour leur donner cette envie de poursuivre. Merci à vous les filles !

Un grand merci également à mon petit mari, qui, sans broncher, m'a laissée passer toutes ces soirées avec Rachel, Vincent, et les autres… Heureusement, tu es là !

Merci à ma Maman, transformée pour l'occasion en correctrice au regard aiguisé !

Un énorme merci à Sigolène Métais, pour la création de la couverture. La couverture d'un livre doit être sa continuité. Elle doit donner envie au lecteur de le choisir, celui-là et pas un autre, tout en reflétant l'histoire. Elle doit ne faire qu'un avec le roman. À mes yeux, c'est parfaitement réussi !

Merci à toutes les personnes de mon entourage qui m'ont lue, conseillée, soutenue, écoutée, encouragée, ou qui m'ont simplement fait confiance. Il en faut des soutiens, pour mener un tel projet à bout de bras !

Vous êtes ma source d'inspiration. Des mots échangés, un dîner entre amis… Un petit rien, parfois. Bien souvent, je n'y pense pas sur l'instant. C'est après, que mes pensées viennent piocher dans les anecdotes de la vie. Ainsi, une soirée avec des amis a vu naître la règle des Cinq C de Miguel. J'ai même respecté le prénom de Séverine, meilleure amie d'Estelle dans l'histoire, qui a créé le tableau accroché à La Salsa Rosa. Un petit clin d'œil amical à la vraie Séverine, qui serait bien capable d'avoir fabriqué un tel objet de ses mains !

Merci à mes professeurs, qui croyaient en moi et mes dons d'écrivain, alors que je n'en avais même pas encore conscience, à l'époque où j'étais leur élève. Grâce à leurs remarques bienveillantes, j'ai persévéré.

Il arrive parfois que la vie nous offre aussi des rencontres inattendues, anodines, parfois, mais qui nous marquent à jamais. Sans elles la suite n'aurait pas été pareille… Je crois au destin, et je sais qu'il fait parfois bien les choses.

C'est ainsi que je remercie Sidonie, ma première fan, objective puisque inconnue… la manière qu'elle avait eu de me complimenter sur la première version de *Six ans à t'attendre*, qu'une personne de mon entourage lui avait prêtée, m'accompagne toujours, et me porte dans les moments de doutes, même si je ne l'ai jamais revue depuis.

J'ai également eu droit à un très beau retour de Céline, une autre lectrice inconnue, qui m'a prodigué de précieux conseils, et a déniché d'autres fautes qui avaient échappé aux regards de lynx ! Merci infiniment, Céline, pour ce temps que tu m'as offert.

J'en profite pour remercier Delphine, ma belle-sœur, toujours très enthousiaste après m'avoir lue, et qui n'hésite pas à me recommander. Sans elle, les rencontres évoquées plus haut n'auraient pas été possibles.

Enfin, merci à vous mes très chers lecteurs. Merci d'avoir lu cette histoire jusqu'au bout (et, j'ose y croire, de l'avoir aimée ?).

Quinze ans que cette histoire trotte dans ma tête. Quinze ans qu'elle se façonne, s'efface, réapparaît sous une autre forme, et se forge un nouveau caractère. Quinze ans qu'elle vit à mes côtés et s'imprègne de mes expériences et de ma maturité. Il était temps de la laisser s'envoler pour aller à votre rencontre…

Je vais désormais la laisser vivre sa vie dans ce livre, et me consacrer à d'autres personnages, d'autres histoires, et, qui sait : peut-être me suivrez-vous ?

Mai 2019 :

Un an est passé depuis la sortie de mon livre en autoédition. Une année intense et passionnante. D'abord, il y a eu vous. Votre enthousiasme, votre soutien et vos mots si touchants. Publier un livre est une mise à nu très intimidante. L'accueil que vous avez réservé à ce premier roman est allé bien au-delà de mes espérances. Vous êtes plusieurs milliers à avoir lu *Six ans à t'attendre*. C'est fou ! Alors merci.

Cette aventure n'aurait pas été la même si je n'avais pas été épaulée par ma maison d'autoédition : Librinova. Je tiens à remercier toute l'équipe qui fait un travail formidable. Réactivité, proximité, bienveillance. Un merci particulier à Andrea Field, grâce à qui mon rêve est en train de devenir réalité. Je me souviendrai longtemps de ce 13 mai !

Mon rêve, c'est celui d'être éditée. L'autoédition était pour moi un moyen d'y parvenir. Je ne savais si ce serait avec *Six ans à t'attendre* ou un prochain livre, ni même si ce rêve se réaliserait un jour. Je voulais juste avancer, petit pas après petit pas, laisser mon empreinte. C'est Florian Lafani qui a fait de ce rêve une réalité. C'est lui qui a décidé de me faire confiance. Je l'en remercie du fond du cœur. Merci également à Émeline Colpart pour son efficacité et son professionnalisme – la rapidité de correction me laisse toujours autant admirative ! Enfin, je remercie toute l'équipe de Fleuve que je ne connais pas encore, et qui travaille pour que *Six ans à t'attendre* paraisse dans les temps.

Une page se tourne. Une nouvelle aventure commence. J'ai hâte !

N'hésitez pas à me laisser vos commentaires, remarques, suggestions, avis et ressentis sur les plateformes d'achat et sur mon compte Facebook @ delphinegiraudauteur, ou directement sur mon adresse mail : gigi.giraud@wanadoo.fr. Je me ferai un plaisir de répondre à vos messages.

Et n'oubliez pas : partagez !

À bientôt.

Delphine

La photocomposition de cet ouvrage
a été réalisée par
Graphic Hainaut
30, rue Pierre Mathieu
59410 Anzin

Imprimé en Espagne par
Liberdúplex
à Sant Llorenç d'Hortons (Barcelone)
en janvier 2023

POCKET - 92, avenue de France - 75013 Paris

S30806/08